다매체 시대의 문학 이론과 비평

저자 소개

최성민. 서울 출생. 문학박사. 문학평론가. 현 서강대학교 국어국문학과 대우교수. 서강대학교 국어국문학과 및 동 대학원 졸업. 연세대학교 인문학연구원 박사후연구원을 거쳤으며, 숙명여대, 가톨릭대, 한림대, 한라대, 청주교대, 나사렛대 등에 출강한 바 있다. 저서로『근대 서사 텍스트와 미디어 테크놀로지』, 『대학생을 위한 글쓰기 강의』(공저), 『글쓰기와 스토리텔링』(공저)이 있으며, 대표 논문으로「대중매체 텍스트의 리얼리티 문제 연구」, 「청년 개념과 청년 담론 서사의 변화 양상」, 「융합시대 글쓰기 교육의 과제」 등이 있다. 평론으로는「신 앞에 선 소설(가)의 운명」, 「텍스트에 대한 텍스트로서 역사소설의 경향 : 소설의 전유와 향유」 등이 있다.

다매체 시대의
문학 이론과 비평

초판 인쇄 2017년 4월 20일
초판 발행 2017년 4월 25일

지 은 이 최성민
펴 낸 이 박찬익
편 집 장 권이준
책임편집 조은혜
펴 낸 곳 ㈜ **박이정**

주   소 서울시 동대문구 천호대로 16가길 4
전   화 02) 922-1192~3
팩   스 02) 928-4683
홈페이지 www.pjbook.com
이 메 일 pijbook@naver.com
등   록 2014년 8월 22일 제305-2014-000028호

ISBN 979-11-5848-295-4 (93810)

* 책값은 뒤표지에 있습니다.

※ 이 저서는 2012년 정부(교육부)의 재원으로 한국연구재단의 지원을 받아 수행된 연구임(NRF-2012S1A6A4020006).
This work was supported by the National Research Foundation of Korea Grant funded by the korean Government(NRF-2012S1A6A4020006)

다매체 시대의
문학 이론과 비평

최성민 지음

(주)박이정

모든 새로운 것들은 낡은 것이 되어가고, 모든 고정된 것들은 연기처럼 흩어진다. 새롭게 등장한 미디어들은 어느새 낡은 전통적 미디어가 되고, 확고부동해보였던 '문학'의 개념이 모호해지면서 문학의 위기 담론은 반복적으로 찾아온다.

1900년을 전후로 신문은 가장 중요하고도 영향력 있는 미디어로 등장하였다. 초기의 근대 문학은 신문과 함께 탄생할 수 있었다고 해도 과언이 아니다. 당시 문학 작품들은 신문을 통해 게재되고 독서됨으로써 소통될 수 있었다. 신문은 근대 문학의 미디어로서 각광을 받았고, 문학은 신문의 콘텐츠가 될 수 있었다.

이 시기 근대적 문학이 탄생했지만, '문학이란 과연 무엇인가'라는 정체성에 대한 질문을 숙명적으로 안고 있었다. 문학과 다른 콘텐츠가 잘 구별되지 않았기 때문이었다. 신문에는 논설, 시가, 그림, 광고 홍보물 등이 혼성되어 있었을 뿐만 아니라, 사실성의 문제나 계몽 이데올로기 영향 하에서 문학만의 특수성은 명확하지 않았다. 그래도 이광수를 비롯한 당시 문학인들은 문학을 신문기사나 논설, 구전되던 설화들과 구별하여 인식하기 위해 노력을 기울였다. '문학'이라는 개념은 그전까지 변별되지 않던 수많은 담화와 기술(記述)들로부터 분리함으로써 인식될 수 있는 것이었다.

어렵사리 문학이 개념적 정체성을 획득하였을 때, 그로부터 그리 오랜 시간이 지나지 않아서 곧 많은 사람들이 문학의 위기를 거론했다. 문학이 예술적 가치보다 정치적 가치나 이념적 가치에 압도될 때 위기를 말하는 이도 있었고, 상업성에 물든 현실에서 위기를 말하는 이도 있었다. 근대 문학 개념이 우리에게 다가온 뒤로 불과 2,30년이 흐른, 193,40년대의 일이다.

다시 40여 년의 세월이 흐른 뒤, 20세기 말부터 대두된 문학위기론은 한마디로 대중들이 문학작품을 잘 읽지 않게 되었다는 것이었다. 문학이 대중들로부터 멀어졌다는 것이다. 193,40년대에는 문학이 대중들과 지나치게 가까워지려는 상업성을 문제 삼더니, 근래에는 대중들과 멀어진 것이 문학위기의 원인이 된다. 어쩌면 문학은 언제나 위기에 직면해 있었다.

문학 이론은 이것이 문학의 본질이라며 이러쿵저러쿵 하고, 때로 그 개념을 뒤바꿔 정의하곤 했지만, 문학은 인류의 역사와 더불어 지속되어 왔다. 그것은 문학이 수많은 사회 변화와 매체의 변화 속에서 내용과 형식을 바꿔올 수 있었기 때문이다.

2017년의 현 시대에 문학을 논한다는 것, 문학에 대해 이야기한다는 것 자체가 어쩌면 진부해보일 수 있다. 다매체 시대라는 말 자체도 1990년대 이후 지겹도록 들어오다 보니 새삼스럽지도 않다. PC 시대, 디지털 시대를 넘어 스마트폰 시대, 유비쿼터스 시대, 그리고 또 다른 무언가의 시대를 맞이하고 있는 지금, 여기서 다매체 시대의 문학에 대해 이야기하고자 한다. 그것은 단지 테크놀로지의 측면에서 발전된 기술과 뉴미디어의 등장이라는 현상에만 주목하고자 하는 것이 아니다.

진정으로 문학이 중요한 이유는 문학이 본질적으로 다매체적이고, 복잡한 감각과 공감 능력을 활용하며 소통되어 왔던 것이기 때문이다. 우리가 할머니 무릎을 베고 누워 옛날이야기를 듣던 시절, 혹은 판소리 창자(唱者)의 가창을 듣던 순간을 떠올려보자. 그 옛날이야기를 글자로 옮겨 책에 옮긴 '구비문학집', 판소리 가창을 글자로 옮기며 이론적 분석과 비평을 가하는 '고전문학이론서'와 '비평서', 당대 급변하는 사회 변화와 수많은 이데올로기와 주장이 난무하던 근대 신문의 한 귀퉁이를 차지한 신소설들을 따로 떼어 들어 옮겨놓은 '개화기문학선집'은 지금까지 문학연구자와 문학이론가, 문학비평가들이 택한 접근 방식이었다. 그것들은 결코 다매체적이지 않다. 하지만 할머니가 토닥이던 엉덩이의 감각과 시간이 흐를수록 날카롭게 갈라지며 더 구성져지는 창자의 목소리, 바로 위 신문 기사와 묘하게 연관되며 다음 회를 기다리게 하는 신문 연재소설의 시각적 배치를 돌아보면, 문학은 본래 다매체적일 수밖에 없음을 깨닫게 된다.

롤랑 바르트는 1960년대, '작품에서 텍스트로(From work to text)'라는 에세이를 통해 문학 연구의 중심을 저자의 권위가 지배하는 '작품'에서 독자의 읽기와 해석을 강조하는 '텍스트'로 이동시키는 혁명적 전환을 이루어냈다. 최근에는 텍스트라는 개념 외에 '콘텐츠'라는 개념이 대두되고 있다. 텍스트는 독자에 의해 해석되고 구성되는 대상을 의미하지만, 콘텐츠는 개별적 독자가 아니라 '대중'으로서의 수용자를 강조한 개념이며, 다양한 미디어로의 전환과 활용을 전제한 개념이다. '콘텐츠'는 상업성이 강조된 개념으로, 또 국적 불명의 용어로 비판받기도 하지만, 롤랑 바르트가 의미의 고정성을 해체하기 위해 '텍스트' 개념을 강조했던 것처럼 매체의 고정성을 해체하기 위해 '콘텐츠' 개념을 보다 활용할 필요가 있다.

〈다매체 시대의 문학 이론과 비평〉은 세 가지 목표를 가지고 저술되었다.

첫째, 이 책은 문학 개념을 확장적으로 재정립하고 그로부터 문학을 다시 지금의 우리와 가까운 곳에 가져다 놓고자 한다. 문학이 '언어 예술'이라고 해서 문자 언어나 종이 위 인쇄물이라는 한정된 영역에 스스로를 가둬둘 이유는 없다. 종이 위에 인쇄된 책을 통해 소통되는 소설책이 전통적 방식의 전형적인 문학인 것은 분명하다. 하지만 현 시대에 있어서, 스마트폰의 액정 화면을 통해 보게 되거나 팟캐스트 음성 낭독으로 듣게 되는 소설을 문학이 아니라고 보기는 어렵다. 더 나아가서 스마트폰을 통해 접하는 웹콘텐츠들, 즉 웹툰이나 게임, 동영상들도 문학의 영역과 격리될 필요는 없다.

원시 종합 예술로 문학의 원류를 거슬러 올라가면 문학은 인간이 자아와 세계를 성찰한 결과를 이야기하고자 했던 본능적 욕망에서 기원한 것이다. 근대 문학이 신문이나 책을 통해 크게 부각시킬 수 있었던 것은 그 욕망을 가장 효과적으로 소통시킬 수 있는 당대적(當代的) 수단이 활자였기 때문이었다. 다매체 시대는 활자 매체의 독점적이고 우월한 지위가 해체된 지점에서 형성된 것이고, 이 책은 바로 그 자리에서 출발하고자 한다. 문자언어를 기본 바탕으로 하되, 그 리터러시(literacy)를 활용하여 서사적 욕망이 표출되고 소통되는 범주의 장르들을 폭넓게 문학 이론과 비평의 대상으로 포괄하려고 한 것이 이 책의 첫 번째 본질적인 기획 목적이다.

둘째, 이 책은 확장된 문학 개념을 바탕으로 하여, 문학 이론이나 비평에 대해 다소 고루하게 느끼거나 어렵게 느끼는 비전공자와 일반 대중들을 포함한 이들에게 인문학적 기반의 문화 텍스트 분석의 묘미를 전달하고자 한다. 영화와 방송 프로그램, 만화와 컴퓨터 게임까지, 다양한 장르의 서사물과 문화 텍스트들에 대해 폭넓은 연구와 비평 스펙트럼을 바탕으로 하여, 다양한 분석 가능성들을 보여주고자 한다. 문학이 쌓아 올린 서사 이론과 분석 비평의 노하우들이 대중들의 호기심을 유발할 수 있는 친근한 텍스트들을 대상으로 이루어질 때, 문학 이론의 활용도를 한껏 확장시킬 수 있을 것이다.

셋째, 최근 들어 문학 연구자들이 막연하게 관심을 기울여왔던 다매체적 콘텐츠 영역들, 가령 영화나 방송, 만화, 게임과 같은 장르를 오가는 트랜스미디어적 연구 환경에 대한 성찰적 접근이다. 그저 대중들의 관심이 옮겨갔다고 해서, 그리고 원 소스 멀티 유즈에 대한 문화산업적 접근이 강조되고 있다고 해서, 문학을 연구하는 인문학자가 스스로에 대한 성찰을 앞세우지 않고 유행을 좇는 것 역시 바람직하지 않다고 본다. 이와 관련하여, 근래 문학 연구 풍토에 대한 우려가 일각에서 제기되는 것도 충분히 의미 있는 일이다. 이 책을 통해 예술 창작과 텍스트의 존엄성이 사라지고 상업과 산업의 부품 역할처럼 전락해버린 콘텐츠 시대의 운명을 비판적으로 성찰하고, 이러한 흐름이 어떠한 시각과 관점을 기반으로 극복되어야 하는지에 대한 토론이 이루어지길 희망한다.

모쪼록 문학이 대중들과 괴리된 학문에 영역에 머물거나, 연구자들만의 동네잔치에 머물지 않을 수 있도록, 더 많은 대중들이 문학의 이론과 비평의 관점으로 문화와 사회, 그리고 텍스트와 콘텐츠를 즐길 수 있기를 희망한다.

이 책에는 본인이 과거 저술한 저작이나 논문의 일부를 다듬어 포함시킨 부분이 있음을 밝혀둔다. 아울러 연구 및 집필 과정에서 한국연구재단의 인문출판저술지원사업의 지원을 받았음도 감사히 알려둔다.

미숙한 탓에 지금까지 공부의 길에 신세를 진 분들이 많다. 모교의 모든 교수님들, 특히 학위논문을 지도해주신 이재선 교수님과 우찬제 교수님의 은혜를 많이 입었다. 그 외에도 학문과 교육의 길에서 마주친 선후배 동료들과 학생들에게도 많은 도움을 받았다. 늘 응원해주시는 양가 부모님과 가족들, 가장 가까이에 있는 아내 세미와 아들 도하에게도 감사한 마음을 전하고 싶다. 이 책을 통해 그간의 감사한 마음, 모두의 건강과 행복을 기원하는 마음이 조금이라도 전해질 수 있기를 바란다.

2017년 겨울에서 봄 사이에
저자 최성민

| 차례 |

제2부 문학 이론과 비평의 확장

제3부 새로운 시대를 위한 시각들

제4부 결언 : 텍스트에서 콘텐츠로

제1부

다매체 시대
문학 개념의 재정립

1. 문학이란 무엇인가

(1) 문학 개념의 정의와 해체

우리가 현재 문학이라고 칭하는 개념은 서구의 개념으로부터 온 것이다. 개화기 무렵 이광수가 이미 영어의 리터러처(literature)의 번역어로서 '문학' 개념을 도입하고 제시한 바 있다.[1] 이는 일본과 중국에서도 마찬가지였다.

'리터러처'는 라틴어 리테라(litera)에서 비롯된 것으로 알려져 있다. 이는 본래 '문자(文字)'라는 의미를 갖고 있었다. 근대 이후 문학이라는 개념 자체에 이미 '문자'라는 속성, 혹은 표현 수단이 깊이 자리 잡고 있었던 것이다.

동양에서 리터러처의 번역어가 '문학(文學)'이 된 것은 자연스러워 보이기도 하지만, 꼭 그렇지만도 않다. 왜냐하면 동양에서 '문학'은 모든 학문(學問)을 포괄하는 개념으로 이미 활용되던 어휘이기 때문이다. 우리가 흔히 옛 선비들이 '글공부'를 했다고 말할 때, 그들이 공부한 것은 '글자'나 '글쓰기'가 하니라 전반적인 학문의 영역이었다.

연암 박지원의 〈허생전〉에서 허생은 생계를 걱정하는 부인의 성화로 인해 이러한 대화를 나누고 자리를 박차고 일어서게 된다.

---

1) 황종연, 「문학이라는 譯語 : '문학이란 何오' 혹은 한국 근대 문학론의 성립에 관한 고찰」, 문학사와비평연구회 편, 『한국문학과 계몽 담론』, 새미, 1999.

어느 날, 허생의 아내는 배고픈 것을 참다못해 눈물을 흘리며 푸념을 늘어놓았다.

"당신은 한평생 과거도 보러 가지 않으면서 어쩌자고 글만 읽는단 말입니까?"

그러나 허생은 태연자약, 껄껄 웃었다.

"내 아직 글이 서툴러서 그렇다네."

"그렇다면 공장(工匠) 노릇도 못 한단 말입니까?"

"공장일을 평소에 배우지 못했으니 어쩌오?"

"그렇다면 하다못해 장사라도 해야지요."

"장사를 하려 해도 밑천이 없으니 어쩌오?"

아내는 드디어 역정을 냈다.

"당신은 밤낮없이 글을 읽더니, 그래 '어쩌오' 하는 것만 배웠수? 공장일도 못 한다, 장사도 못한다, 그럼 도둑질은 어떻수?"

허생은 이 말에 책장을 덮고는 벌떡 일어섰다.

"애석한 일이로다. 내 10년을 작정하고 글공부를 하려 했더니 이제 겨우 7년이로구나."

10년 글공부를 하려다 7년에 마쳐야 했던 허생은 이렇게 집을 나선다. 변씨를 만나 돈 만 냥을 빌린 후에 장사를 시작해 허생은 큰 돈을 벌게 된다. 허생은 아내에게 공장일을 배우지 못했고 밑천이 없다는 핑계를 대며 생업 전선에 나가기를 회피하지만, 결국 집 밖으로 나온 뒤에 무역과 경영, 전략, 전술, 정치 등에서 놀라운 능력을 발휘하기에 이른다. 한낱 무능한 서생(書生)이었던 허생이 어찌 이런 놀라운 변화를 보일 수 있었을까? 물론 연암의 이야기 속의 인물일 뿐이지만, 허생이 그간의 글공부, 즉 '문학(文學)'을 통해 각종 학문 분야의 이론적 습득을 이미 마쳤기 때문이었다. 요컨대, 허생이 했던 글공부는 그저 글자 공부가 아니라, 다양한 분야의 학문적 습득이었던 것이다.

동양의 '문학' 개념은 본래 이렇게 모든 학문 분야를 아우르는 것이었다. 문학(文學)은 곧 '학문(學問)'이었다.

서양의 문학 개념은 어땠을까. 고대 그리스 시대에는 '시(詩)'가 곧 문학이었다. 고대 그리스인들에게 '시'는 지금의 문학과도 다름없는 것이었지만, 사실 당시의 시는 연행되고 노래되며 불려지는 것이었지, 글자에 기반하여 독서되던 것은 아니다. 근대 이후 '문학'이 문자를 통해 소통되는 것으로 한정되었던 것, 더 나아가 그간 '문자' 매체가 특별한 지배적 권위를 누렸던 것에는 뚜렷한 영속적 근거가 없다.

중요한 것은 '문학'을 문자에 한정하느냐 마느냐를 넘어서서, 문학이 기본적으로 사람과 사람 사이에 소통되던 것이라는 측면을 이해하는 일이다.

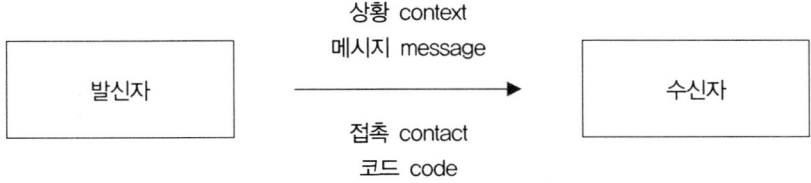

위에 제시한 것은 로만 야콥슨의 기호학적 소통 모델이다. 예술이 상호간에 소통되는 것이라고 할 때, 결국 메시지가 무엇으로 이루어져 있느냐, 그리고 어떻게 발신자와 수신자 사이에 접촉이 이루어지느냐는 결국 예술의 표현 수단이자 소통 수단, 즉 매체의 문제가 되며, 이것이 각각의 예술을 변별하는 기준이 된다.

우리가 흔히 제1의 예술에서부터 제10의 예술까지를 "연극/회화/무용/건축/문학/음악/영화/사진/만화/요리"[2]로 꼽는다. 회화의 표현수단은 점과 선과 색이며, 무용의 표현수단은 몸짓이다. 음악의 표현수단은 리듬과 선율이다. 이때 문학의 변별적인 표현수단은 바로 '언어'이다. 물론 이 표현 수단은 곧 예술적 소통 수단이자, 예술의 '매체'라고도 할 수 있다.

문학은 '언어로 표현된 예술'이라고 간단하고도 전통적인 방식으로 정의할 때, 이때의 언어가 문자언어에 국한되지 않는 것은 당연하다. 인류의 역사와 함께 시작했다고 할 수 있는 문학의 역사는 '문자' 이전의 시대에 이미 시작되었기 때문이다. 고대의 주된 독서의 방식은 공개적인 '낭독'이었고 혼자 읽는 경우에도 대개는 소리를 내서 읽는 '음독'을 했다. 이때 '낭독'이나 '음독'의 방식은 그저 쓰여진 문자를 '소리'로 내는 것이 아니라, '암기'가 전제되어 있었다. 당시의 '읽기'는 '소리내어 암기하기'이거나, 암기 내용을 확인하며 다시 반복하여 쓰는 필사 작업과 연관되었다.

'문자'와 고전적 방식의 '인쇄술'이 활용되던 시기에 이르러서도, '문자'는 일단 '음성'으로 전환된 후에 소통되는 경우가 많았다. 적어도 서구에서는 10세기 무렵까지 '묵독(黙讀)'은 보편화되지 않은 독서 방식이었으며, '문자 텍스트'는 '가독성(可讀性)'에 대한 고려 없이 만들어졌다. 당시의 '문자 텍스트'에는 구두점 표기나 띄어쓰기가 이루어지지 않았다. 우리 한글의 경우에도 개화기 무렵까지 '띄어쓰기'는 거의 이루어지지 않았으며, 세종대왕은 한글창제 당시에 '띄어쓰기'를 아예 염두에 두지 않았었다. 요컨대, 문자 언어는 오랜 세월동안, 음성 언어와 분리된 채 독립적으로 '소통'될 수 있는 매체가 아니었다고 할 수 있다. 문자 언어와 음성 언어는 독립적이기보다는

---

2) 사진, 만화에 이어 요리까지를 '예술'로 보고 있는 것은 비교적 근래의 관점이다. 그런데 제10의 예술까지의 이 순서를 예술로 등장한 순서로 이해하는 곤란하다. 요리는 인류의 역사와 더불어 시작된 것이 분명한 분야일 것이다. 이 순서는 예술로 '간주'되고 '평가'된 순서, 즉 그 가치를 '소통'의 측면과 '문화'의 측면에서 인정하게 된 시점의 순서로 보는 것이 타당할 것이다.

상호보충적 성격으로 존재해온 것이다.

  16세기 중반 이후 구텐베르크의 인쇄술이 본격적으로 활용되기 시작하면서, 인쇄된 '책'은 비로소 본격적이고 독자적인 소통의 수단이 되었다. 그때에 이르러 이제 '독서'가 '사적(私的)'으로, 그리고 편재적(遍在的)으로 이루어질 수 있는 토대가 마련된 셈이었다. 이 무렵부터 '묵독' 형식의 독서는 점차 확산되었다. 이때는 의도적인, 혹은 비의도적인 오독(誤讀)을 통해 종교개혁의 불씨가 생겨났으며, 개인의 이성을 강조하는 '근대 의식'이 싹트던 시기였다. 묵독을 통해, 독서가는 '발음'하는 데에 시간을 허비하지 않아도 되었다. 구텐베르크 이후, 점차 책은 자신의 소유물이 되었고, 독서는 곧 개인 지식의 바탕이 되었다.

  대량 인쇄된 '책'을 통한 권위의 양산이 가능해지면서, '책'은 종교적 성격이나 공동체적 오락·연행의 성격보다는 '계몽'의 목적의식을 담아 활용되기 시작했다. 실제로 서구에서나, 우리에게 있어서나, 초기 근대적 서사 텍스트들은 '계몽의 담론들'이었다고 해도 크게 지나치지는 않다. 서구에서는 대화형식의 교리문답이나 교훈적 우화들이, 우리에게는 개화기 역사 서사나 위인 서사들이 그러한 예들이다. 그리고 '대량 인쇄' 시스템은 자연스럽게 최소한의 '상업성'을 확보해야만 하는 상황을 불러왔다. 인쇄 기술이 발달하면 발달할수록, 그래서 동일한 인쇄물이 동시 다발적으로 더욱 광범위하게 유통될수록, '자본'과 '권력'의 영향력은 심화되었다. 따라서 텍스트 생산 과정에는 상업적 고려가 필연적으로 개입될 수밖에 없었다.

  근대적 문학은 바로 이러한 흐름 속에서 등장한 것이다. 근대 이후 '문학'이 '책'이란 매체를 통해 유통되는 일종의 '상품'으로 자리 잡게 되었고, 문학은 당연히 '책'을 통해 소통되는 것이라는 인식이 생겨났다. 사실, 구술적 전통을 포함하면, 문학의 전체 역사에 비해, 활자화되어 '책'으로 소통된 역사는 매우 짧은 기간에 불과하다. 좀 더 과격하게 말하자면, '문자' 위주로 '문학'이 소통되고 있는 것은 불과 100~200년 사이에 일어나고 있는 일시적 '현상'이라고도 말할 수 있다. 그럼에도 불구하고, 근대 이후의 '문학'이 활자화된 '책'이란 대체에 지나치게 의존하게 되었다는 것은 부인할 수 없는 '현실'이다. 여기에는 '문학'이 그저 향유와 소통의 대상이 되는 데에서 그치지 않고, 하나의 학문 체계로 자리 잡게 되는 과정과도 밀접한 관계가 있다. 문학이 문헌 중심의 학문으로 자리하게 된 데에는 도서관과 대학이라는 '제도'도 중요한 영향을 미쳤다.[3]

오늘날 우리는 흔히 '문학'을 '언어로 된 예술'이라 간략히 정의하곤 하지만, 이때의 언어는 문자 언어와 음성 언어를 포괄할 때, 보다 넓은 시기의 문학을 아우르는 개념이 될 수 있다. 그런데 이렇게 정의를 재조정해보아도, 사실 문학의 개념적 범위는 그렇게 명료하지만은 않다.

다음을 살펴보자.

---

[3] 근대적 문학 개념의 확립과 인쇄 기술, 대학과 도서관 제도의 관계에 대한 보다 상세한 논의는 최성민, 『근대 서사텍스트와 미디어 테크놀로지』(소명출판, 2012), 43~72쪽을 참조.

```
호수

                  정지용

얼굴 하나야
손바닥 둘로
폭 가리지만,

보고 싶은 마음
호수만 하니
눈 감을 밖에
```

```
섬

                  정현종

사람들 사이에 섬이 있다
그 섬에 가고 싶다
```

　왼쪽의 시는 정지용 시인의 『정지용 시집』(1935)에 실린 「호수」이고, 오른쪽 시는 정현종 시인의 시집 『사람들 사이에 섬이 있다』(1991)에 실린 「섬」이다. 상식적으로 알려져 있듯이, 시란 압축적 언어로 운율감 있게 표현된 문학 작품을 의미하는 문학 장르이니, 간결한 두 편의 시는 시다운 압축성을 극대화한 문학 작품으로 보기에 손색이 없다.

```
묵념, 5분 27초

                  황지우
```

```
텔레비전 1

                  박남철
```
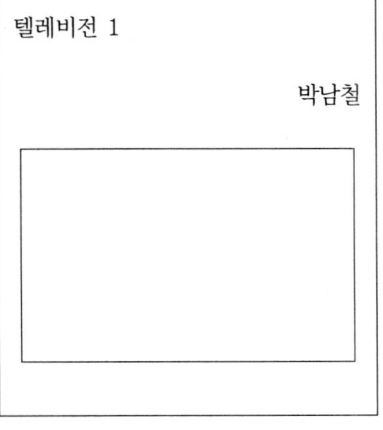

왼쪽은 황지우의 시집 『새들도 세상을 뜨는구나』(1983)에 실린 「묵념, 5
분 27초」이고, 오른쪽은 박남철의 시집 『반시대적 고찰』(1988)에 실려 있
는 「텔레비전1」이다. 앞에 인용한 정지용, 정현종의 시와는 다른 문제가 눈
에 띈다. 여기에는 '언어'가 없다. 제목은 드러나 있지만, 언어로 쓰여지지
않은 것을 '시'라고 할 수 있는지, '문학'이라고 할 수 있는지의 문제는 간단
하지 않다.

널리 알려져 있듯이, 존 케이지의 「4분 33초」는 연주가 없는 음악이다.
악보에는 음표가 그려져 있지 않으며, 연주자들은 악기 소리를 내지 않는
다. 공연장에서 지휘자는 빈 악보를 손으로 넘겨갈 뿐이며, 관객들의 헛기
침 소리만이 공연장을 채우는 유일한 소리이다.[4] 이것은 음악일 수 있을까?

존 케이지라는 작곡가는 〈4분 33초〉라는 작품을 발표했다. 이 음악은 세
개의 악장으로 구성되어 있지만, 그저 '조용히(TACET)'라는 악상과 쉼표만
존재할 뿐, 어떠한 리듬이나 멜로디가 없이 그저 '침묵'만 흐르는 작품이다.
존 케이지는 공연장에서 연주자가 피아노 뚜껑을 열고, 4분 33초 뒤에 다시
닫는 행동만으로도 일정한 메시지를 줄 수 있다고 보았다. 침묵이 흐르는
시간 동안, 관객들의 헛기침 소리가 들리는 가운데 연주자의 행동 하나하나
는 더욱 주목을 받게 될 것이고, 텅 비어있음으로 인해 채워지는 음악의 의
미가 발견될 수 있을 것이라 생각했다. 그러나 누군가가 이 작품을 음원 다
운로드 사이트에서 몇 백 원의 비용을 지불하고 다운로드 받은 뒤에, 자신
의 MP3플레이어를 통해 이어폰으로 청취하려 했다고 가정해보자. 과연 어

---

4) 이에 대해서는 EBS 지식채널 e의 「4분 33초」 편을 참조.
   http://www.ebs.co.kr/tv/show?courseId=BP0PAPB0000000009&stepId=01BP0P
   APB0000000009&lectId=1177977
   드라마 〈베토벤 바이러스〉에서는 이 곡 연주를 통해 시립 오케스트라의 지휘자가 신임 시장
   을 강하게 비판하는 장면을 볼 수 있다.

떠한 의미를 발견할 수 있는 작품이 될 수 있을까? 침묵의 음악도 음악일 수는 있지만, 그것은 적합한 미디어 환경이 뒷받침될 때에 가능한 것이다.

다시 앞에 인용한 황지우의 「묵념, 5분 27초」에 대해 생각해보자. 이 시는 1983년 문학과지성사에서 초판을 발행한 시집 『새들도 세상을 뜨는구나』의 84페이지에 실려 있다. 그리고 바로 옆 페이지에는 「도대체 시란 무엇인가」라는 제목의 시가 있으며, 그 다음 시는 제목은 없고 내용만 적혀 있는 시이다. 우리는 '시집'이라는 매체 안에서 황지우의 「묵념, 5분 27초」를 만날 때, 아무 것도 쓰여지지 않은 '언어의 공백'을 통해 그 의미를 생각해볼 수 있게 된다. 참고로 이 시는 1980년 5월 27일, 광주 민주화 항쟁에서 가장 많은 희생자가 나왔던 날에 대한 시이며, 시인은 광주에 보고 들었으나 정작 '언어'로, '시'로 그것을 표현할 수 없었던 1980년대의 현실에서 침묵을 강요받는 '시인'의 절규와 죽은 이들에 대한 묵념을 '침묵의 언어'로 써낸 것이다. 1980년 5월 27일 광주에서 벌어진 역사적 사건과 1980년대라는 억압과 검열의 시대라는 '콘텍스트'가 텅 비어있는 '텍스트'의 의미를 생성해주는 것이다. 하지만 이 시의 사회적 맥락을 이해하지 못한다고 해서 이 시를 감상할 수 없는 것은 아니다. 아무 것도 쓰여지지 않은 것일지라도 그것을 '문학'이라고 받아들이는 순간, 그것은 문학적으로 소통될 수 있는 대상이 된다. 하지만 만약 어느 인터넷 게시판에서 제목만 있고 아무 내용이 쓰여져 있지 않은 글을 보게 된다면, '침묵의 언어'가 주는 의미를 성찰하기란 쉽지 않은 일이다.

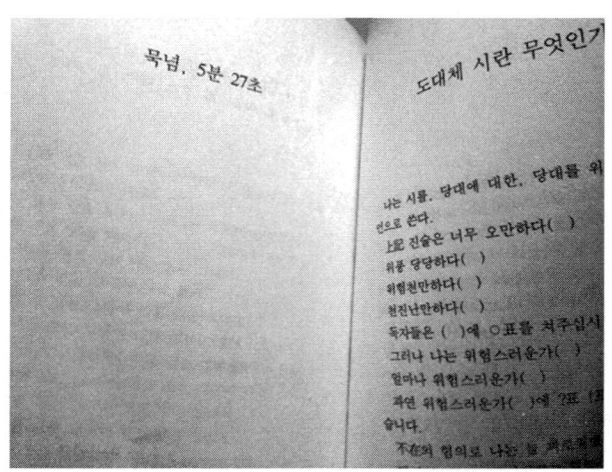

황지우의 시집 『새들도 세상을 뜨는구나』 (1983) 중에서

황지우의 「묵념, 5분 27초」는 시집 안에 실려 있을 때, '시'일 수 있다. 이 시를 시로 만드는 것은 '시집'이라는 매체이다. 시집의 책장을 넘겨가며 시집을 읽는 독자의 태도는 인터넷 게시판에서 수많은 게시물들의 제목을 클릭할 때와는 마음가짐이 다를 수밖에 없기 때문이다. 마셜 맥루언이 일찍이 말한 "미디어는 메시지다"라는 명제는 바로 여기에서 다시금 주목된다. 문학의 매체를 주목하지 않고서는 문학을 정의할 수 없다. 여기서 문학의 매체란 앞서 다른 예술과의 변별 과정에서 언급한 '언어'라는 표현수단, 그 추상적 개념에 국한되지 않는다. 바로 '시집'이라고 하는 매체, 즉 대중적으로 문학을 읽고 접하는 수단이라고 알려진 물리적 실체도 중시되어야 한다.

박남철의 「텔레비전」도 마찬가지다. 박남철은 '텔레비전'이란 제목의 연작시를 썼는데, 「텔레비전Ⅰ」과 「텔레비전Ⅱ」에는 네모만 그려져 있고, 「텔레비전Ⅲ」에는 몇 마디 단어가 덧붙여져 있을 뿐이다. 이 시는 1980년대의 강압적인 언론통폐합 과정, 채널을 돌려봐야 같은 말만 앵무새처럼 반복하던 통제적 언론 상황 등의 시대적 맥락을 고려할 때, 그 의미를 추론해낼 수 있다. 물론 이 경우에도 이것에서 의미를 찾아내려는 시도(試圖), 즉 독자의 적극적 해석이 가능한 상황일 때 가능할 일이다.

그렇다고 시집에 실려 있는 것만 시이고, 소설책에 쓰여져 있는 것만 소설이라는 얘기는 아니다. 문학의 매체를 주목하되, 오히려 그 문학의 매체 범위는 현실의 변화에 맞게 더욱 확장시켜 접근해야 마땅하다고 본다. 20세기 초, '신문'은 기존의 논설이나 시가, 근대적 신문학, 그림, 광고 홍보물 등이 혼성된 복합적 콘텐츠들로 채워져 있었다. 말하자면 '신문' 역시 일종의 '멀티미디어' 역할을 했다고 볼 수 있다. '라디오'나 '텔레비전' 역시 기본적으로 당대에 활용 가능한 각종 기술, 텍스트, 예술 등이 총 집결된 결과물이었다. 최근 10여 년간, 과거에 '파라텍스트(paratext)'[5] 취급을 받거나 '문학(혹은 학문) 외적 영역'이라 취급받던 신문 기사, 잡지 기사, 광고들을 그것들이 함께 실려 있던 문학 작품 텍스트와 연계시켜 분석하고 비평하려는 시도들을 진행해왔다. 이 성과를 바탕으로 문학 이론과 비평의 양상을 재정립하고자 하는 것은 당연한 귀결이다.

문학의 '문자'라는 영역이나, '시, 소설'과 같은 장르 구획들에 가둬두려는 시도는 문학에 대한 오해에서 기인한다. 『베오울프』는 아주 우연히 발견된 필사본 덕분에 영문학의 기원으로 불리지만 본래 구비시(口碑)였고, 『오딧세이아』 역시 구비시였다. 『캔터베리 이야기』나 『춘향전』과 같이 판본이 아주 다양한 작품들도 존재한다.

---

5) 핵심적 텍스트가 아니라 그 주변부의 텍스트를 가리킨다. 프랑스의 문학이론가 제라르 주네트는 저자 이름, 서문, 발문, 각주 등을 '파라텍스트'라고 지칭하는데, 이것은 주 텍스트로 들어가기 위한 '문턱'이라고 말하기도 한다. 하지만 그 문턱을 넘지 못하면 결국 주 텍스트로 진입조차 할 수 없고, 주 텍스트의 의미도 파라텍스트를 통해 확장되거나 심화될 수 있다는 점에서, 최근에는 크게 주목받고 있다.

어느 하나의 텍스트를 확정적으로 선택하여 문학 연구의 대상으로 삼으려는 시도도 때로는 필요할 수 있지만, 문학은 구술의 전통에 따라 다양한 판본과 양상을 만들어내는 것이 당연하다.6)

시장에서 '전기수(傳奇叟)'7)가 구연하던 「임경업전」과 손주에게 할머니가 들려준 「임경업전」은 다른 판본이었을 테고 그 둘 중 무엇이 보다 완성도 높은 서사성을 보여줄 수 있었겠지만, 둘 중 하나만 문학이고 그 나머지는 그렇지 않다고 할 수는 없다. 경판본 「춘향전」과 완판본 「춘향전」 역시 서로 다르지만, 둘 다 문학 텍스트다. 다매체 시대의 문학은 때로는 문자적 텍스트로 존재할 수도 있지만, 때로는 '팟캐스트'8)의 형식으로 구술될 수도 있고, 때로는 다른 매체로 전환되어 전달될 수도 있다.

교과서 책에 실린 황순원의 「소나기」는 문학이고, 전자책으로 보는 「소나기」나 성우의 음성으로 녹음된 「소나기」 낭독 파일은 문학이 아니라고 말할 수는 없다. 마찬가지로 글로 쓰여진 '희곡'과 그것을 배우들의 연기로 무대 위에서 공연되는 '연극'을 완전히 다른 예술로 격리시켜야 할 필요도 없다.

이런 관점에서 보면, 모바일 게임의 시나리오나 TV 광고의 시나리오는 어떠한가? 뮤직비디오의 시놉시스는 문학의 대상이 될 수 없는 것일까? 45

---

6) 서구의 경우, 문자로 기록된 텍스트의 경우에도 한동안 그것은 확정적이고 고정적인 텍스트일 수가 없었다. 양이나 송아지의 가죽으로 만드는 '양피지'(羊皮紙, parchment)는 종이가 보급되기 전, 기원전 1000년 경부터 사용해왔던 것으로 알려져 있는데, 양피지는 시간이 흐르면서 글자가 흐려지거나 지워지는 경우가 빈번했고, 표면을 긁어내면 의도적인 수정도 가능했다. 식물성 재질인 파피루스의 경우에는 아예 부서지거나 바스라지곤 했고, 습도 변화에도 취약해 더욱 불안한 글쓰기 도구였다.

7) 조선 후기, 문맹자가 많던 시절에 소설을 목소리로 '구연'해주던 전문 직업인을 가리키는 말이다.

8) 팟캐스트는 애플사의 휴대용 기기 아이팟(ipod)과 방송을 뜻하는 브로드캐스트(broadcast)의 합성 조어(造語)이다. 본래는 애플의 휴대용 기기에서 들을 수 있는 라디오 방송 형식의 음성 파일이나 그 방송을 뜻하는 말이었지만, 지금은 일반적인 디지털 기기에서 접할 수 있는 방송 형식의 프로그램들을 포괄하여 뜻하는 말로 쓰인다.

자 내외로 규격화된 '시조'나 17음절에 불과한 일본의 하이쿠[haiku, 俳句]는 언어의 간결성과 정형성을 이유로 '정형시' 문학 장르로 분류되는데, 글자수 제한이 되어 있는 '트위터'의 멘션들은 문학의 장르에 포섭될 가능성은 없을까?

그렇다고 '연극도 문학'이며, '뮤직비디오도 문학'이라는 주장을 하려는 것은 아니다. 문학의 매체를 주목하여야 '문학'을 이해할 수 있지만, 문학의 매체의 범위를 쉽고 간단히 한정할 수는 없다는 의미이다. 앞선 질문들의 답을 구할 때, '문학은 이러저러한 것이다(혹은 그렇게 정의된 적이 있다)'는 것을 내세워 논하는 것은 무의미한 일이다. 요 근래까지 대체로 통용되던 근대적 문학 개념이란 종이 인쇄물이 지배하던 100여 년 남짓하던 기간 동안에 일시적으로 쓰였던 것이라고 본다면, 무엇이 문학이냐 아니냐를 따지기보다는, 문학의 개념 자체를 해체하고 재구성하는 편이 훨씬 합리적이고 효율적인 방법일 수 있겠다.

원시 종합 예술로 문학의 원류를 거슬러 올라간다면 문학은 자아와 세계에 대한 인간의 성찰을 이야기하고자 했던 욕망에서 기원하여 파생된 수많은 문화적 산물들을 아우르는 개념으로 확장 가능하다. 근대 문학이 신문이나 책을 통해 부각될 수 있었던 것은 그 욕망을 가장 효과적으로 소통시킬 수 있는 수단으로, 그 당대의 기술적 차원에서 '활자 매체'가 채택된 탓이었다. 지금의 다매체 시대는 활자 매체의 독점적이고 우월한 지위가 해체된 지점에서 형성된 것이고, 그러한 관점에서 조망되어야하기 때문에 전통적 근대 문학의 개념의 해체는 그다지 무리한 시도라고 생각되지 않는다. 문자 언어적 사고 체계를 기본 바탕으로 하여, 그에 대한 리터러시를 활용하여 표출된 서사적 욕망의 결과물, 그리고 그 소통의 범주를 우리는 '확장된 문학' 개념으로 활용할 수 있을 것이다.

확장을 전제로 문학의 이론과 비평 방법을 재구성할 필요가 있다. 이제 문학적 서사를 바탕으로 한 소통이 이루어지는 매체의 범위는 영화, TV, PC, 스마트폰 등으로 넓어졌으며, 서사적 영상물, 게임, 웹툰 등까지 포함해야 함도 당연하다. 그 모든 영역으로의 확산은 자연스럽게 정밀함과 체계의 훼손을 가져온다. 새로운 시대, 다매체 시대의 문학을 다시 정의하기란 이제 새롭게 담장을 허물고 떠나는 문학의 노마드적 여정이다. 아직 그 여정은 끝나지 않았고, 그 끝에 무엇이 있을지도 명확하지 않다. 매체 현실은 지금 이 순간도 끊임없이 진화하고 변화하고 있다.

(2) 소통으로서의 문학

커뮤니케이션 이론에서 가장 오래되고 보편적인 도식적 모델 중의 하나는 1949년 샤논과 위버가 만들어낸 다음과 같은 모델이다.

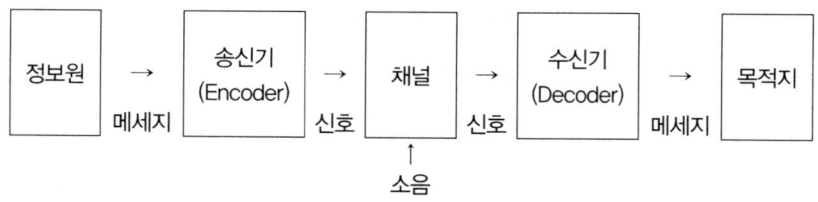

이 모델은 전신기나 라디오와 같은 기기가 가장 첨단의 통신기기이던 시절의 모델이다. 따라서 기본적으로 단방향적인 소통모델이며, 소음(noise)을 최대한 줄여서 정보원에게서 나온 최초의 메시지가 목적지에 도달할 때까지 최대한 '손실' 없이 전달되는 것이 최우선 과제이던 시대의 생각이 반영되어 있다.

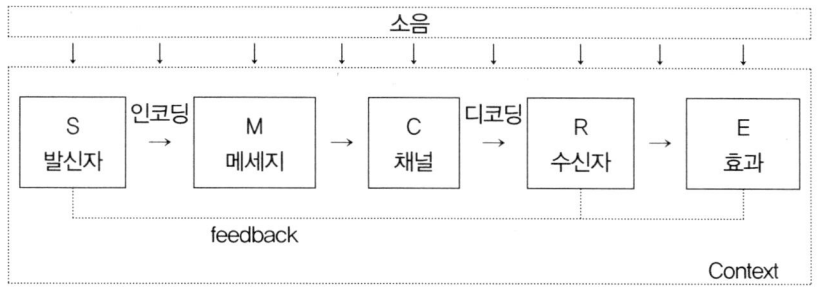

위 모델은 라스웰의 모델이라 불리는 소통 모델이다. 흔히 S-M-C-R-E로 요약되는 이 모델은 쌍방향적인 전화기를 염두에 두고 만든 모델이고, 효과와 피드백 과정을 포함시키고 있다는 점에서 진일보한 것으로 평가된다. 현재의 디지털 휴대폰들도 기본적으로는 이러한 모델을 바탕으로 소통되는 시스템이다.

하지만 이 모델 역시 기본적으로 발신자와 수신자 사이에 소음에 의한 손실을 줄여 메시지를 전달하는 것을 목적으로 하는 기술적 측면이 강조되어 있다는 점에서는 샤논과 위버의 모델과 유사하다.

이 두 개의 모델에서 채널이라고 표현된 것은 '미디어(매체)'로 바꾸어도 큰 문제가 없는데, 이때 미디어는 손실 없이 정보를 전달하는 것이 목표일 뿐, 그 자체로 어떤 영향력이나 의미를 갖는다고 보기 어렵다.

지금의 커뮤니케이션 상황에서 채널, 혹은 매체(media)는 20세기 초중반처럼 간단하지 않다. 라디오를 들을 때, 과거에 AM이냐 FM이냐의 문제는 소음이 개입할 여지를 줄여주기 위한 기술적 과제였지만, 정작 청취자들에게는 채널 선택 범위의 문제 정도였다. 오늘날 TV 프로그램을 볼 때에도 시청자 입장에서는 지상파 채널이냐, 케이블 채널이냐는 기술적 문제보다는 그것을 실시간 TV로 볼 것인가, VOD나 스트리밍의 형태로 PC나 모바일 기기를 통해 볼 것인가의 문제가 더 중요한 문제로 다가올 수 있다.

한 마디로 말해서, 미디어, 즉 매체의 목적은 그저 손실 없는 정보와 메시지 전달에 있는 것이 아니라, 미디어 그 자체가 소통 주체에게 주는 의미와 태도에 있다고 할 수 있다.

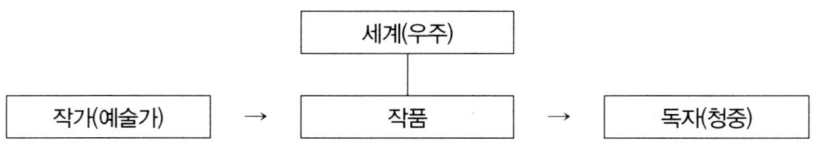

흔히 문학의 소통 모델을 간단히 그리자면 위와 같이 표현되곤 한다. 이것은 에이브럼즈의 『거울과 램프』 이후로 흔히 반복하여 보게 된 도식적 구도이기도 하다. 물론, 실제 문학의 소통 과정은 이렇게 단방향적이지도 않고, 단순하지만도 않다. 특히, 샤논과 위버의 모델이나 라스웰 모델과 결정적으로 다른 것은 문학적 소통은 발신자로부터 수신자까지의 메시지가 '손실' 없이 전달하는 것이 목표가 아니라는 점이다.

작가의 독점적 권위를 허물어뜨린 롤랑 바르트 이후의 현대적 문학 이론의 체계에서, 문학적 소통의 목적은 오히려 작가와 독자 사이에 보다 많은 메시지들을 '생성'해내고 그것을 통해서 복잡한 해석과 논쟁을 만들어내는 것에 있다.

폴 헤르나디[9]는 다음과 같은 도식으로 작품을 둘러싼 작가와 독자 사이의 소통 모델을 제시하였다.

---

9) 폴 헤르나디, 「비평의 이론」 (박철희 편, 『문예비평론』, 탑출판사, 1988.에서 재인용)

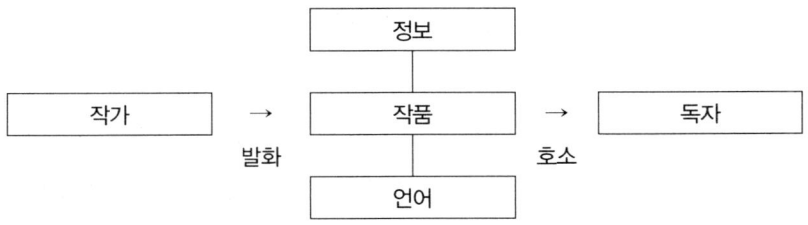

헤르나디는 실제작가와 내포작가, 실제독자와 내포독자 사이의 차이, 그리고 작가 및 독자가 살아가고 있는 세계와 작품이 재현하는 세계와의 차이 등을 고려하면서 다음과 같은 도표로 수정한다.

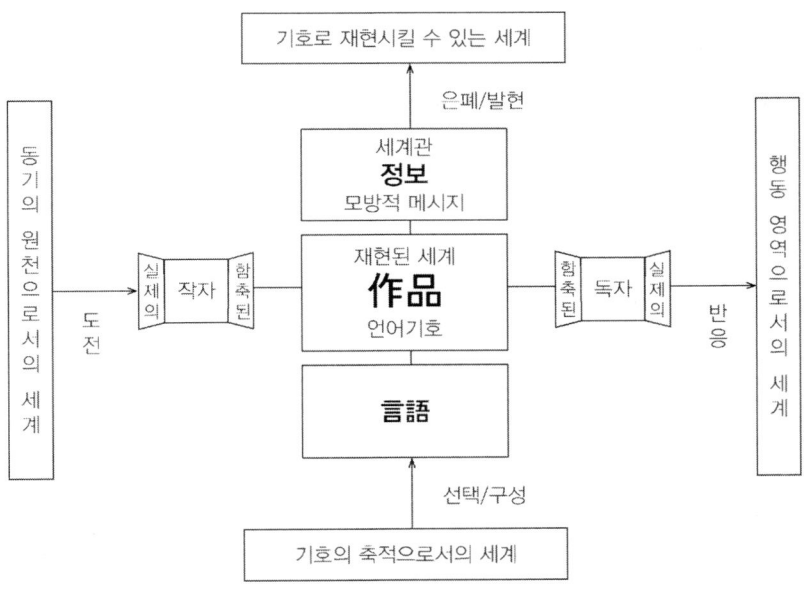

작가는 실제 생물학적 실체로서의 '실제작가'와 작품의 발화에 포함되어 있거나 작품의 주제의식이라 할 수 있는 '내포작가(함축된 작가)'로 구별되

며, 독자 역시 '실제독자'와 작품 속에 내재되어 있거나 이상화된 해석 능력을 갖춘 '내포독자(함축된 독자)'로 구별될 수 있다.

에이브럼즈의 도식에서 '세계(우주)'는 작품에 반영되는 세계를 지칭하는 것이었지만, 헤르나디는 작가에게 동기를 부여하는 세계, 독자의 반응이 영향을 미치는 세계, 기호로 재현될 수 있거나 축적된 세계, 그리고 작품 속에 재현된 세계로 구별하고 있다.

롤랑 바르트의 주장처럼 작품을 대체하는 '텍스트' 개념을 활용하고, 모든 세계에 대한 인식 역시 각자의 텍스트로 구성된다는 점에서 다음과 같은 소통 모델을 그려볼 수도 있다.

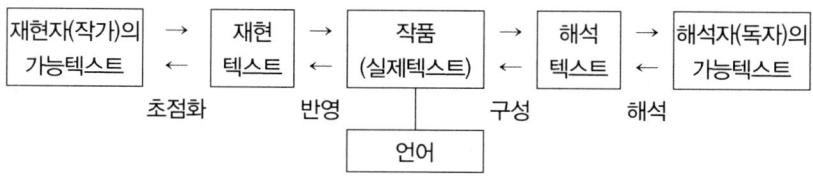

이 도표는 작가와 독자를 각기 재현자와 해석자라는 표현으로 대체한 뒤에, 각기 자신의 경험적 세계를 바탕으로 한 '가능텍스트'의 영역에서 작품을 향한 '초점화'와 '해석'으로 '재현텍스트', '해석텍스트'를 구성해내며, 결국 작품을 매개로 두 개의 텍스트가 소통하고 논쟁하는 것이 '문학적 소통'의 본질임을 표현하고자 한 것이다.[10] 말 그대로 모든 것이 '상호텍스트적'인 관계 안에서 문학 작품이라는 텍스트가 된다는 관점을 적용한 모델이다.

문학은 오랜 세월동안 문학을 바라보는 관점과 태도에 대한 이론과 비평적 수단들을 만들어왔고, 끊임없이 논쟁해왔다. 우리가 활자의 권력이 종언

---

10) 최성민, 「서사텍스트의 구성 원리 연구」, 서강대학교 석사학위논문, 2001. 참조.

을 선언했다고 할 수 있을 다매체 시대에 굳이 '문학'이라는 용어를 여전히 활용하는 이유는 '문학'이 다른 예술 장르들을 포섭하고자하는 제국주의적 욕망을 가졌기 때문이 아니라, 문학이 가장 오래되고 정교한 논쟁과 토론을 거쳐온 예술적 대상이기 때문이다.

문학이 거두어온 성과를 바탕으로 다양한 매체와 장르에 그 이론을 체계적으로 적용하고자 하는 시도는 다매체 시대에 소통되고 있는 콘텐츠들을 가장 엄밀하게 바라보고 분석하는 가장 효과적 방법이 될 것이라 생각한다. 이제 예술은 창작자의 예술혼이 담긴 '작품'도 아니고, 수용자의 해석을 유도하는 정전(正典)으로서의 '텍스트'도 아니고, 다양한 매체를 통해 소통될 수 있는 '콘텐츠'로 규정되고 있다. 문학의 이론과 비평적 체계는 자칫 폄훼될 위기의 콘텐츠들을 다시 예술의 시야 안으로, 분석의 체계 안으로 포섭하여 발전시켜 나갈 것이다.

2. 문학의 기원에 대한 몇 가지 가설들

지금까지 문학의 개설서나 이론서들은 몇 가지 가설들로 문학의 기원을 설명해왔다. 그 가운데 '원시적 제의', 혹은 '발라드댄스(ballad-dance)'에서 비롯되었다는 설, '원시종합예술 기원설'이 있다. 이 가설은 문학이 본질적으로 융합적인 예술 문화에서 기원했다는 시각을 드러낸다는 점에서 의미심장하지만, 모든 예술의 기원을 두루뭉술하게 설명하는 데에 그친다는 점, 보편적 대중들의 욕구와 본능보다는 상위계급의 시각에 국한된다는 점 등에서 한계를 지닌다. 실제로 3,40년 전만해도 가장 강력한 지지를 얻고 보편적인 이론으로 인정받던 이 학설은 최근 들어 신뢰가 약화되고 있는 추세이다.

또 하나의 가설은 '실용도구설'이다. 헌과 그로세는 "원시 부족들의 장식품은 우리가 보기에는 그저 장식이지만, 그들에게는 매우 실용적인 목적의 물건"이라고 말하며, 여기에서 착안하여 고대의 예술은 실용적 요구로부터 기원한 것이라 설명한다. '구지가(龜旨歌)'를 함께 부르며, 왕이 오기를 기원했다는 설화는 고전 시가가 주술적인 목적의 실제 쓰임새가 있었음을 보여준다. 농공업 현장에서 불리는 노동요(勞動謠)나 스포츠 경기장에서의 응원가도 이러한 연장선상에서 이해할 수 있다.

반면, 본능적인 인간의 충동들이 문학과 예술의 기원이 되었다는 가설도 존재한다. 세분화하면 세 가지로 설명될 수 있다. 모방충동설, 유희충동설,

자기과시충동설이 그것이다. 이에 따르면, 현실과 세계를 모방하여 표현하려는 '모방충동', 즐거움과 유미적 쾌감을 주려고 하는 '유희충동', 표현 내용을 통해 표현 주체 자신을 드러내고자 하는 '자기과시충동'이 인간의 심리적 욕망의 기저를 이룬다고 본다. 아울러 사회적 효과나 영향을 고려한 사회적 욕망 역시 사적(私的)인 심리적 욕망과 더불어 문학의 기원을 이룰 수 있게 된다.

이 세 가지 충동설을 하나씩 좀 더 짚어보기로 하자. 독일어로 예술을 뜻하는 '쿤스트 Kunst'는 '모방의 기교'라는 의미를 갖고 있다. '모방'이 예술, 혹은 문학의 본질이라는 생각의 기원을 생각해보면, 고대 그리스 플라톤으로 거슬러 올라가게 된다. 널리 알려져 있다시피 플라톤은 '시인추방론'을 내세운 바 있다. 플라톤의 『국가』 제10권의 앞부분의 내용 중에 세 군데 인용을 보자.

"시에 관한 무엇 말씀이죠?"라고 그는 말했다.
"시 중에서도 모방적인 것은 결코 용납해서는 안 된다는 것 말일세. 혼의 여러 부분이 따로따로 구분된 지금에 와서는 모방적인 시를 절대로 용납해서는 안 된다는 것이 더욱 분명히 밝혀졌다고 생각되기 때문이네."[11]

"그러니까 침대에는 세 가지 종류가 있네. 그 중 하나는 자연 속에 존재하는 것으로 우리는 그것을 만든 자가 신이라고 말할 수 있을 것이네. 아니면 어떤 다른 자가 만들었을까?"
"아닙니다. 다른 누구도 아닙니다."
"하나는 목수가 만든 것이네."
"네, 그렇습니다."라고 그는 말했다.
"그리고 다른 하나는 화가가 만든 것이네. 그렇지 않은가?"[12]

---

11) 플라톤, 「시론」, 천병희 편역, 『시학』, 문예출판사, 215쪽.

"그래서 나는 회화술(繪畵術)을 포함한 모든 모방술은 진리로부터 멀리 떨어져 있는 작품을 만들어낼 뿐만 아니라 건전하지도 진실하지도 않은 일을 위하여 우리 안의 이성으로부터 멀리 떨어져 있는 부분과 교제하고 교우 관계를 맺는다고 말했던 것이네."

"네, 틀림없이 그렇습니다."라고 그는 말했다.

"그러니까 모방술은 그 자신이 열등한 것으로서 열등한 것과 결합하여 열등한 것을 낳는 것이네."

"그런 것 같습니다."

"그런데 시각과 관계되는 모방술만 그런가, 아니면 우리가 시라고 부르는 청각에 관계된 모방술도 역시 마찬가지인가?"라고 나는 말했다.

"시도 아마 마찬가지겠지요."라고 그는 말했다.13)

플라톤의 철인국가론과 이데아론에 따르면, 이상적인 국가는 곧 철인국가(哲人國家)였고, 이데아적 세계에 한발 더 다가가기 위한 부단한 노력이 요구되었다. 플라톤에게 실제 현실은 이미 신이 만들어놓은 이데아의 다소 어설픈 모방일 뿐이었다. 그것을 극복하는 것이 당면과제인 플라톤에게 시(詩)는 다시 또 현실의 모방품에 불과했다. 말하자면, 시는 '모방의 모방'에 불과한 것이었고, 시인(詩人)은 모방을 통해 세계를 현혹시키는 훼방꾼에 불과했다.

아리스토텔레스는 〈시학〉에서 플라톤을 반박하면서, 시의 카타르시스적 효과를 중시했다. 아울러 시의 본질 중 하나를 현실에 대한 모방이라 보면서, 모방은 인간의 본성이며, 시의 모방은 인간의 쾌감, 즉 카타르시스를 극대화한다고 보았다. 시의 모방적 기능을 긍정적으로 평가한 것이다.

---

12) 플라톤, 위의 책, 221쪽.
13) 플라톤, 위의 책, 239쪽.

시는 일반적으로 인간 본성에 내재해 있는 두 가지 원인에서 발생하는 것 같다. 모방한다는 것은 어렸을 적부터 인간 본성에 내재한 것으로 인간이 다른 동물들과 다른 점도 인간이 가장 모방을 잘하며, 처음에는 모방에 의하여 지식을 습득한다는 점에 있다. 또한 모든 인간은 날 때부터 모방된 것에 대하여 쾌감을 느낀다.[14)

모방에서 쾌감이 나온다고 본 아리스토텔레스의 입장은 당연히 '모방충동설'과 관련 깊다. 플라톤은 시를 폄하하였고 시인추방론을 설파하였지만, 역설적으로 시가 결국 현실의 모방이라는 점을 명확하게 인지한 것이기도 했다.

다만 현대의 예술적 이론들은 현실 세계에 대한 있는 그대로의 모사가 모방충동의 목표로 보지는 않는다. 루소는 『신엘로이즈』에서 이미 "예술은 기술적 재현이 아니라 감동과 정열의 표출이 핵심"임을 강조한 바 있다. 신비평의 기원이 되었던 러시아 형식주의자들 역시 문학의 모방이 '있는 것의 모방이 아니라 있어야 할 것의 모방'임을 강조하였었다. 결국 모방충동으로부터 비롯된 문학의 목표는 현실의 모사가 아니라 상상력을 활용한 '창의적 재현'이라는 점이 중요하다 할 수 있겠다.

'유희충동설'은 어린 아이들의 소꿉놀이나 역할놀이를 통해서 쉽게 살펴볼 수 있다. 아이들이 역할놀이에 빠져드는 이유는 무언가에 대한 모방충동과 더불어, 유희적 본능과 욕망에서 비롯된 것이라 할 수 있다. 이 역할놀이는 특히 '연극'과 '영화'와 같은 장르나 서사적 문학에 있어서는 가장 중요한 기원이라 할 수 있다. 생명보존과 종족번식 후에도 남는 과잉에너지를 놀이와 유희에 쏟아 붓는 인간의 본능적 욕망은 일정한 '질서', 혹은 '게임의 규

14) 아리스토텔레스, 「시학」, 천병희 편역, 위의 책, 37쪽.

칙'을 갖춘 유희를 만들어내기도 하였는데, 그 대표적 결과물이 연극이나 서사적 문학, 그리고 일정한 규칙을 활용한 각종 게임들이라 할 수 있겠다. 최근 디지털 게임의 유형들 중에 인기를 끌고 있는 롤플레잉게임(RPG)은 역할놀이를 디지털 시스템 속에서 구현한 결과물이다.

유희충동이 모방충동과 차별적인 지점은 유희의 결과가 예측불허라는 점이다. 스포츠 경기 결과를 알 수 없고, 소설의 결말을 알 수 없기 때문에 관객이나 독자들은 그 유희에 몰입하며 즐거움을 만끽할 수 있는 것이다. 디지털 게임의 서사는 일반적인 소설이나 영화와는 달리, 확정적인 것이 아무 것도 없다. 게임을 수행하는 게이머가 조작함에 따라 서사는 진행될 수도 있고, 중단될 수도 있으며, 때로는 게임개발자조차 예측하지 못한 방식으로 서사의 방향이 흘러갈 수도 있다.

'자기과시 충동설'은 타인에게 자신의 생각과 존재, 정체성을 표현하고자 하는 본능적 욕망이 한 개인을 바탕으로 한 '이야기'들을 꾸미고 만들어내며, 그것이 문학과 예술의 근간이 된다는 관점이다. 많은 예술들이 작가의 삶과 철학에 기대어 있기도 하고, 우리는 예술을 통해 그 작가를 간접적으로 만나볼 수도 있다. 자신을 드러내고자 하는 욕망은 당연하게도 예술의 기원이 되기에 충분하다.

이러한 충동들을 포괄하여, 최근에는 예술의 기원을 인간의 본능적 욕망, 특히 '이야기'에 대한 욕망으로 설명하려는 시도들이 주목을 받고 있다. 한마디로 인간의 본능적 욕망이 문학과 예술을 만들어냈다는 입장이다.

다음의 이야기를 한번 읽어보자.

경문왕은 저녁때가 되면 뱀이 침전으로 몰려드는데 잠잘 때는 그 뱀들이 왕의 가슴 위에 혀를 내밀고 엎드려 있었다. 경문왕은 즉위 후 갑자기 귀가 당나귀 귀처럼 길어졌는데, 오직 왕의 복두(幞頭)를 만드는 장인(匠人)만이 이 사실을 알고 있었다. 평생 왕의 비밀을 지켰던 장인은 죽기 전에 도림사 대나무 숲 속에 들어가 "우리 임금님 귀는 당나귀 귀다."라고 외쳤다. 이러한 일이 있은 후부터 바람이 불 때면 대나무에서 "우리 임금님 귀는 당나귀 귀다."라는 소리가 들렸다. 왕이 이 소리를 싫어하여 대나무를 베어버리고 산수유를 심었는데, 이후에는 바람이 불면 "우리 임금님 귀는 길다."라는 소리만 들렸다고 한다.

―『삼국유사』권2 기이2 48 경문대왕(四十八景文大王)조

위에 인용한 것은 『삼국유사』에 실려 있는 내용으로, 흔히 〈임금님 귀는 당나귀 귀〉 이야기로 알려져 있는 설화이다. 다른 나라에서도 이와 유사한 이야기가 전해지기도 한다. 이 설화는 이야기에 대한 욕망을 아주 간단하게 보여준다. 복두장이는 임금의 귀가 당나귀 모양으로 생겼다는 사실을 알게 된 이후, 그것을 말하고 싶은 '욕망'에 사로잡힌다. 말하여 소통하지 않으면 견딜 수 없는 욕망은 그를 대나무숲으로 이끌고 간다. 결국 이것은 문학의 본질과 다르지 않다. 이야기하고자 하는 욕망, 표현하고자 하는 욕망, 소통하고자 하는 욕망은 문학의 본질적 기원이다. 최근 디지털 소통의 장이 되고 있는 트위터나 페이스북과 같은 소셜네트워크서비스(SNS)에서 '대나무숲'으로 명명된 익명 계정이 널리 쓰이는 것은 이런 점에서 더욱 흥미롭다.

〈아라비안 나이트〉는 소통에 대한 욕망, 이야기에 대한 욕망이 가장 절묘하게 표현된 작품이다. 〈아라비안 나이트〉는 영어권의 리처드 버튼과 불어권의 앙투앙 갈랑이 각각 엮은 버전이 전해지며, 우리에게도 두 가지 버전 모두 소개되어 있다. 우리는 흔히 〈아라비안 나이트〉라 하면, 그 안에 포함된 '알리바바 이야기'나 '알라딘의 램프' 이야기와 같은 몇 가지 에피소드를 떠올리곤 하지만, 〈아라비안 나이트〉는 때로는 잔혹하고 외설적인 내용들

도 적지 않게 포함되어 있다.

〈아라비안 나이트〉는 아내의 불륜을 목격한 샤 자만 왕의 분노로부터 시작된다.

밤중이 되자, 왕은 형에게 주고 싶은 물건을 왕궁에다 두고 온 것이 생각났다. 그래서 왕은 남몰래 왕궁으로 되돌아가서 이 방 저 방 찾다가 자기 방으로 들어갔다. 그런데 그 방에는 그의 아내인 왕비가 양탄자를 깐 왕의 침대에서 부엌의 기름과 그을음투성이의 추하기 짝이 없는 검둥이 요리사를 두 팔로 꼭 껴안고 잠들어 있었다. 왕은 이 꼴을 목격하고서 정신이 아찔해지며 눈앞이 캄캄해지는 듯싶었다.

(중략) 왕은 미친 듯이 노하여 허리에 찬 칼을 뽑아 한 칼에 두 연놈을 네 동강이 낸 후 시체를 그대로 내버려둔 채 천막으로 돌아와서는 아무에게도 이 사실을 말하지 않았다. 이어 지체 없이 출발 명령을 내려 먼 여행길에 올랐다. 그러나 왕은 길을 가는 동안 줄곧 아내의 부정을 곰곰 생각하지 않을 수 없었다. 길을 가면서 왕은 자주 혼잣말로 중얼거렸다.

'어쩌자고 왕비는 그런 짓을 하였을까? 왜 죽을 짓을 저질러야 했을까?'[15]

얼마 후, 샤 자만 왕은 자신의 형인 샤리야르 왕의 왕비인 형수 또한 불륜을 저지르고 있음을 직접 목격하게 된다. 이 사실을 동생으로부터 전해들은 형 샤리야르 왕은 왕비를 처형한 후, 나라 안 여성들을 매일 밤 불러들여 하루에 한 명씩 품었다가 이튿날 아침에 죽이는 끔찍한 폭정을 펼치게 된다.

그러한 폭정에 모두들 두려움에 떨 때, 샤라자드는 스스로 샤리야르 왕과 결혼하여 그 폭정과 살육을 멈추게 하겠다고 나선다. 샤라자드의 문제 해결 방법은 '이야기하기'였다.

---

15) 리처드 버턴, 김병철 역, 『아라비안 나이트』, 범우사, 1992, 35쪽.

샤라자드는 매우 기뻐하면서 필요한 준비를 갖추고 나서 필요한 준비를 갖추고 나서 동생 두냐자드에게 말했다. "내가 부탁하는 말을 잘 명심해. 내가 임금님께 가거든 곧 사자를 보낼 테니 꼭 와야 한다. 그리고 임금님께서 나의 육체로 욕망을 채운 것을 안 후 나에게 이렇게 말해다오. 이봐요, 언니, 졸리지 않거든 무척 재미있고 아직까지 들어본 적이 없는 이야기나 하나 해주지 않으려우? 그러면 깨어 있는 시간이 빨리 갈 테니 말이에요 하고. 그러면 나는 이야기를 시작하겠다만, 만일 신의 뜻에 맞는다면 그 이야기 덕택으로 우리들도 살아날 수 있고, 피에 주린 임금님의 그 나쁜 버릇까지도 고칠 수 있을거야." "그렇게 하겠어요."하고 두냐자드는 대답했다.[16)]

계획대로 임금에게 재미있는 이야기를 시작한 샤라자드는 밤을 새며 흥미로운 이야기를 지속해나간다. 동이 틀 무렵 샤라자드가 "임금님께서 내 목숨을 살려주신다면 내일 밤엔 더 재미있는 얘길 들려줄 수 있는데."라고 중얼거리자, 왕은 "이야기가 끝날 때까지 알라께 맹세코 이 여자를 죽이지 않으리라."고 다짐한다. 결국 이야기는 1000일 밤 동안 이어지고, 샤라자드는 결국 '이야기하기'를 통해 임금의 분노를 풀고, 목적을 달성한다. 샤라자드의 이야기를 통해 임금의 분노의 본질이 '소통의 좌절'이었음이 명백해지고, 소통의 복원이 문제 해결의 열쇠였음도 드러난다.

〈아라비안 나이트〉에는 샤라자드로 대표되는 '이야기하기의 욕망'과 샤리야르 왕으로 대표되는 '이야기듣기의 욕망'이 함께 들어 있다. 이야기에 대한 이 두 가지 욕망이 맞물리면서, 살인이라는 끔찍한 폭력적 욕망, 그리고 성욕, 분노 등이 모두 억제되는 놀라운 힘을 발휘한다.

이청준의 소설 〈소문의 벽〉에서는 소설가인 인물 '박준'의 어린 시절 경험을 통해 표현하고자 하는 본질적 욕망이 어떻게 문학과 연결되는가를 좀

---

16) 리처드 버턴, 위의 책, 61~62쪽.

더 구체적으로 보여준다.

"그 날 밤 저는 어머니와 함께 단 둘이서 집을 지키고 있었습니다. 한데 밤 중쯤 되지 느닷없이 밖에서 쿵쿵거리는 발자국 소리가 났고, 어머니와 저는 그 발자국 소리에 놀라 잠을 깨고 말았어요. 눈을 뜨자마자 백지 창문이 덜컹 열리면서 눈부신 손전등불빛이 가득히 방안으로 쏟아져 들어왔어요. 눈을 뜰 수도 없을 만큼 강한 불빛이었지요. 한데 그 불빛 뒤에서는 사람의 모습도 보이지 않은 채 카랑카랑한 목소리만 울려오는 것이었어요. 이 집은 남자들이 모조리 어딜 갔어, 남자들은 다 어딜 가고 꼬맹이하고 아주머니만 남아 있는 거야, 그런 소리였어요.. 올 것이 왔구나 싶었습니다. 전 속이 떨려 감히 그 불빛을 쳐다볼 수도 없었어요. 하지만 어머니는 저보다도 더 기가 질려 버린 모양이었어요. 기어 들어가는 목소리로 애원하듯 간신히 대답을 하고 있었어요. 우리 집에는 원래 다른 남자가 없고 식구가 두 사람뿐이라는 것이었어요. 하지만 전짓불은 곧이를 들으려 하지 않더군요. 거짓말 마라, 우린 다 알구 왔다, 남자들은 다 어딜 갔느냐, 누굴 따라간 게 틀림없는데, 따라간 사람들이 누구 편이냐는 것이었지요. 무섭고 답답한 일이었습니다. 왜냐하면 전짓불의 추궁대로 아버지는 정말로 밤이 두려워 집을 비우고 달아나고 없었으니까요. 전짓불은 정말 그것을 알고 있는 것 같았어요. 전짓불의 정체만 알 수 있었다면 물론 대답이 어려운 것은 아니었지요. 하지만 그 전짓불의 강한 불빛 때문에 그 뒤에선 사람이 어느 편인지는 죽어도 알아낼 수가 없었습니다. 아아 그 전짓불이 얼마나 원망스럽고 무서운 것이었는가를 지금도 잊을 수가 없군요. 사실을 말할 수가 없었어요."

"그러나 어머니는 끝끝내 대답을 하지 않을 수는 없었지요. 전짓불이 자꾸 대답을 강요했기 때문이죠. 어머니는 결국 울음 섞인 목소리로 애원을 하기 시작했어요. 아버지가 밤새 어디론가 집을 나가 있는 것은 사실이지만, 그러나 그것은 누굴 따라가기 위해서가 아니라 그저 세상이 시끄러워 잠시 피신을 해 간 것뿐이니 용서를 해달라구요. 그러나 진짓불은 믿질 않더군요. 거짓말이다, 당신의 남편은 누굴 따라간 게 틀림없다, 그게 어느 편이냐, 아주머니는 누구 편이냐, 사정없이 추궁을 하고 들지 않겠습니까. 그러니까 어머니는 다시, 우리는 아무것도 모르고 그저 농사나 지어먹는 사람이다, 누구를 따라간

일도 없고 누구의 편이 된 일도 없다. 무식한 죄로 그러는 것이니 제발 허물을 삼지 말아 달라…… 이 아주머니 정말 반동이구먼, 누구의 편이 아니라니 그런 반동적인 사상은 용서할 수 없다, 전짓불 뒤에서 비로소 그런 소리가 들려왔어요. 겨우 전짓불의 정체가 밝혀진 것이었지요. 하지만 그때는 이미 때가 너무 늦어 있었어요. 우리들이 만약 보잘 것 없는 한 늙은이나 나어린 꼬마둥이가 아니었더라면 절대 전짓불의 용서를 받을 수 없었겠지요. 하지만 우리들은 다행히 장정한 남정네가 아니었어요. 그리고 늦게나마 정체를 알아낸 어머니의 애원으로 우리는 겨우 화를 면할 수가 있었어요. 하지만 아침에 일어나 보니 이날 밤 사이 마을에는 또 많은 새 희생자가 생겨나고 있었어요. 끔찍스런 전짓불의 강요에 못 이겨 그 전짓불 뒤에 숨은 사람의 정체를 점치려다 실패한 사람들이었지요. 사람들은 좀처럼 그 전짓불의 정체를 알아맞힐 수가 없었던 거예요……."

(중략)

전짓불에 대한 기억과 '위험스런 질문'에 대한 박준의 설명이 끝나고 나자 기자가 힐난조로 다시 묻고 있었다. 박준의 대답은 여기서부터 진짜 열이 오르기 시작한다.

"천만의 말씀이다. 작가는 그 전짓불 뒤에 숨은 사람의 정체가 무엇이든 그들과 상관없이 정직한 자기 진술만 하고 있으면 그만이다. 그것이 작가의 양심이라는 것 아닌가. 나의 이야기는 다만, 그러나 나에게서는 이미 그 양심이라는 것이 나의 의지하고는 아무 상관도 없이 지켜질 수 없게 되고 있다는 것뿐이다. 전짓불이 용서하지 않기 때문이다. 전짓불이 어떤 식으로든 선택을 요구하기 때문이다. 아니 나에게는 어떤 선택의 여지조차 없다. 그런 것은 알지도 못한 새에 나는 언제나 누군가의 편이 되어 있곤 하는 것이다. 그리고는 가혹한 복수를 당하곤 한다.

— 정직한 진술이 언제나 복수를 당한다고는 할 수 없지 않은가.

— 그건 그렇지 않다. 언제나 복수가 뒤따른다. 그 전짓불은 도대체 처음부터 이쪽을 복수하고 간섭하기 위해서만 존재하는 것이다. 아마 아무도 그 전짓불의 편이 되어 본 사람은 없을 것이다.

— 결국 작가는 침묵을 지킬 수밖에 없다는 것인가.

— 그랬으면 좋겠지만 침묵을 지킬 수는 더욱 없다. 작가는 누가 뭐래도 진술을 끊임없이 계속하지 않고는 살아갈 수 없는 족속이니까. 괴로운 일이지

만 작가는 결국 그 정체가 보이지 않는 전짓불의 공포를 견디면서 죽든 살든 자기의 진술을 계속해 나갈 수밖에 다른 도리가 없는 사람들이다. 만약 그럴 수마저 없게 된다면 그는 아마 영영 해소될 수 없는 내부의 진술욕과, 그것을 무참히 좌절시켜 버리고 있는 외부의 압력 사이에서 미치광이가 되어 버리지 않고는 배겨날 수가 없을 것이다.

— 마지막으로 한 가지만 더 묻고 싶다. 당신은 아까부터 자꾸 전짓불의 공포라는 말을 써왔는데, 그리고 당신은 지금도 그 전짓불의 간섭을 받고 있다고 말했는데, 당신의 소설 작업과 관련하여 지금 당신은 어떤 곳에서 그것을 느끼고 있는지 그것을 좀더 구체적으로 말해 줄 수 없는가.

— 말해 줄 수 있다. 그것은 소문 속에 있다.

— 소문 속에라면, 실제로는 존재하고 있지 않다는 말인가.

— 실제로도 존재하고 있을 것이다. 정체를 밝히지 않기 위해 소문의 옷을 입고 있는 것뿐일 것이다. 그래야 그것은 우리들을 더욱 효과적으로 복수할 수 있을 것이 아닌가. 게다가 사람들은 원래 그런 소문을 좋아하기 때문에 그를 위해선 늘 두꺼운 소문의 벽을 쌓아 주고 있는 것이다.

인터뷰는 그렇게 끝나고 있었다. 이번에는 정말로 모든 것이 명백해지고 있었다. 박준이 마지막으로 전짓불의 이야기를 썼던 것은 역시 우연이 아니었다. 박준은 작가란 괴로운 일이지만 그 정체가 보이지 않는 전짓불의 공포를 견디면서도 끝끝내 자기의 진술을 계속해 나갈 수밖에 다른 도리가 없는 운명을 짊어진 사람들이라고 했다. 그러나 지난 2년 동안 박준은 그만한 각오조차도 지켜 내질 못해 온 셈이었다. 그의 독자들이, 안형과 내가, 그의 소설을 내보내 주지 않은 교활한(또는 지나치게 용기가 없거나 용기가 없는 체하거나, 그 용기와 관련하여 편집이 심한) 편집자들이, 그보다도 그의 전짓불 뒤에서 끝끝내 정체를 드러내지 않은 채 복수만을 음모하고 있는 모든 사람들이, 그들의 입에서 입으로 건너다니는 정체불명의 소문들이 그것을 지켜 내지 못하게 한 것이다. 그래서 그는 자기의 내면에 용틀임치는 진술욕과 그것을 불가능하게 하고 있는 전짓불 사이에서 심한 갈등과 불안을 느끼기 시작했다.

작가 이청준의 실제 경험이 바탕이 되었다고 하는 이른바 '전짓불 공포 체험'은 무언가를 말해야 하지만 함부로 무엇도 말할 수 없는 아이러니한 상황을 극명하게 보여준다. 결국 상대가 원하는 답을 해야만 하는 운명은 진실과 거짓을 뛰어넘어 '독자'와 소통에 모든 것을 걸어야 하는 문학의 본질을 보여주고 있다.

지금까지 살펴본 〈임금님 귀는 당나귀귀〉, 〈아라비안 나이트〉, 〈소문의 벽〉의 사례들은 모두, 문학의 본질적인 기원이 바로 '이야기하기'의 욕망에서 비롯되었음을 보여주는 것이다. 자신이 본 것, 들은 것을 이야기하고자 하는 욕망은 생존을 위해, 살아남기 위해 반드시 실현되어야 하는 욕망이다.

인간은 '인생'이라는 이야기를 살아간다. 그 이야기가 끝나면, 〈아라비안 나이트〉의 샤라자드가 그러했듯이 죽음이 도사리고 있다. 〈소문의 벽〉의 박준도 그러했듯 이야기는 독자의 요구에 부응해야 한다. 외줄타기하듯, 우리는 이야기를 지속해나가고, 그로 인해 살아갈 수 있게 된다. 이야기는 곧 삶이고, 삶은 곧 이야기다. 문학은 우리의 삶이자, 그것을 서로 소통하며 나누는 양식이자 전략이다.

이제 문제는 이렇게 기원하여 비롯된 문학, 혹은 예술이 어떻게 소통의 통로에 올라오게 되느냐의 문제일 것이다. 소통의 통로, 즉 '미디어(매체)'의 문제 말이다.

3. 문학과 미디어

(1) 미디어에 대한 이론들

미국의 역사학자 마크 포스터는 마르크스가 역사를 분절한 기준인 '생산
양식'의 개념을 활용하여, '정보 양식(mode of information)'이란 개념을
제안하였다. 그는 의사소통 형태가 뚜렷하게 달라지는 지점을 주목하면서,
'대면적·구어적으로 매개된 의사소통 단계', '인쇄를 매개로 해서 글로 쓰
여진 의사소통 단계', '전자적으로 매개된 의사소통 단계'[17], 이상 세 가지
단계를 제시하였다.

케슬린 버넷은 이에 대하여 몇 가지 수정을 가한다. 버넷은 첫째 시기와
둘째 시기 사이에 '손으로 글을 쓰던 시기(the manuscript period)'를 추
가하고, 인쇄 시대도 15세기 중반에 등장한 '손 인쇄(hand-press)' 시기와
19세기 들어 본격화된 '기계 인쇄(machine-press)' 시기로 구분하였다.[18]

매체 변화에 근거한, 이러한 시대 구분은 이미 월터 J. 옹에 의해 유사한
형태로 이루어진 바 있었다. 예수회 신부였던 월터 J. 옹은 『구술문화와 문

---

17) 마크 포스터, 『뉴미디어의 철학』, 김성기 역, 민음사, 1994, 21~24쪽.
18) Kathleen Burnett, "Toward a theory of hypertextual design," Postmodern
Culture vol.3 no.2 (Baltimore : The Johns Hopkins University Press, January
1993).
http://www.iath.virginia.edu/pmc/text-only/issue.193/burnett.193
이와 관련하여, 배식한, 『인터넷, 하이퍼텍스트 그리고 책의 종말』, 책세상, 2000, 48~58
쪽. 참조.

자문화』라는 저서에서, 인류 문화의 흐름을 '구술성'에서 '문자성', 그리고 다시 '전자 시대'로의 전환으로 요약한다.

옹은 구술성의 시대와 기술성의 시대 사이에는 정신 구조의 차이가 존재한다고 보았다. 그는 아울러 "언어가 기본적으로는 구술에 의존한다는 사실은 어느 시대에나 변함이 없다"[19]면서, '음성언어'를 보다 본질적인 형태의 언어로 보고 있다. 옹은 "쓰여진 텍스트라 하더라도 직접적이든 간접적이든 본래 언어가 사는 장소인 소리의 세계에 결부되지 않고서는 의미를 지닐 수가 없다"면서 "텍스트를 '읽는다'는 것은 음독이든 묵독이든 간에 그 텍스트를 음성으로 옮기는 일"이며, "쓴다는 것은 목소리로서의 말의 성격 없이는 결코 성립하지 않는다"고 주장하였다.

옹은 전자 시대를 맞이하여 등장한 '새로운 매체'들에 대해 '제2차 구술성'이라고 지칭하고 있다. 전자 기술에 의한 '제2차 구술성'은 그 속에 사람들이 직접 참여하며, 현재의 순간이 중시된다는 점, 그리고 정형구를 활용한다는 점에서 '제1차 구술성'과 유사하다는 것이다.

월터 옹은 '문학(文學)'이라는 용어에도 의문을 제기한다. '문학'이란 개념은 이미 그 단어의 축자적 의미에서부터 문자언어와 깊은 관련이 있는 용어이지만, 앞서 언급했듯이, '문학'은 이미 '글'의 시대 이전부터 존재하던 것이다. 옹은 그가 '일차적 구술성(primary orality)'이라 칭한 '쓰기' 이전의 시대에 이미 문학이 시작된 만큼, '구전 문학'이란 용어는 아주 괴상한 개념일 뿐이라고 지적한다. '구전 문학' 혹은 '구술 문학'이란 표현은 그 자체로 '구술성'과 '문자성'이 복합된, 모순적 표현이라는 것이다.

옹이 제기한 문제의식은 충분히 타당해 보인다. 이미 앞서 살펴보았듯

---

19) 월터 J. 옹, 『구술문화와 문자문화』, 이기우·임명진 역, 문예출판사, 1994, 16~17쪽.

'문학'의 기원은 '원시예술'이나 '제의(祭儀)'로 거슬러 올라가 논의되거나, 보다 본질적인 인간의 욕망이나 충동에서 비롯된 것으로 논의되기도 한다.

마샬 맥루언은 "미디어는 곧 메시지다"[20]라는 유명한 언명을 통해, 매체의 변화 자체가 사회 변화의 핵심이 되고 있음을 선언하였다. 맥루언은 "표음 문자인 알파벳 기술의 내재화(內在化)는 인간을 '귀'라는 마법의 세계에서 중립적인 시각의 세계로 옮겨 놓았다."[21]고 말하면서, '표음문자'인 알파벳이 서구인들의 사고 체계를 완전히 새롭게 바꾸어놓았다고 보고 있다. 소리로 의미를 추상하고 그것을 시각적 기호로 전환하는 '표음 문자'는 청각의 세계와 시각의 세계의 분열을 가져왔다. 맥루언은 표음 문자의 활용으로 결국 인간은 이중적인 정신분열증의 상태에 필연적으로 놓이게 되었다고 말한다.[22] 그렇다고 맥루언이 '문자'의 활용을 부정적으로 본 것은 아니었다. 그는 알파벳 문자의 활용으로 서구 문화는 독보적인 '문명'을 확립할 수 있게 되었다고 보고 있다.

맥루언에게 있어 중요한 것은 인간의 다섯 가지 감각 기관이 균형적으로 참여하는 소통 행위였다. 맥루언은 모든 매체는 인간의 감각의 확장된 형태라고 인식하였다. 그가 자신의 주저 가운데 하나인 『미디어의 이해』에 '인

---

20) 이 명제는 마샬 맥루언의 대표 저작에 반복적으로 등장한다.
  마샬 맥루언, 『구텐베르크 은하계: 활자 인간의 형성』, 임상원 역, 커뮤니케이션북스, 2001.
  마샬 맥루언, 『미디어의 이해: 인간의 확장』, 김성기 · 이한우 역, 민음사, 2002.
  마샬 맥루언, 『미디어는 맛사지다』, 김진홍 역, 열화당, 1988.
  (이하 맥루언의 저서 인용 및 참조시에는 서명과 쪽수만 표기한다.)
  마샬 맥루언의 사상과 용어에 대해서는 김균 · 정연교, 『맥루언을 읽는다: 마셜 맥루언의 생애와 사상』, 궁리, 2006.을 참조.
21) 마샬 맥루언, 『구텐베르크 은하계』, 44쪽.
  맥루언은 표음 알파벳의 사용이 '부족적 인간'과 '개인주의적 인간'의 전환점이 되었다고도 말한다. (마샬 맥루언, 『미디어의 이해』, 80쪽.)
22) 마샬 맥루언, 『구텐베르크 은하계』, 51~53쪽.

간의 확장'이라는 부제를 붙인 것은 그러한 인식의 결과였다. 그는 다섯 가지 감각 기관 모두가 균형적으로 참여한 지각만이 왜곡을 피할 수 있다고 보고 있다.

이와 관련하여 맥루언은 '전자 매체'의 미래를 긍정적으로 주목하고 있다. 맥루언은 인터넷 시대를 목격하지 못한 인물이지만, 그가 주목했던 것은 텔레비전이었다. 그는 텔레비전을 '촉각적 매체'라고 언급하면서, 인간의 감각 균형을 회복시켜줄 매체로 기대하고 있었다.

옹과 맥루언 모두, '문자' 등장 이후에도 '구술성'의 우위가 쉽게 사라지지 않았음을 주목하고는 있지만, 이들과는 달리, '말중심주의'에 대한 반대 입장을 분명히 한 것은 바로 자크 데리다였다.

데리다 역시, '말'이 '글'에 선행한 매체임은 인정하고 있다. 하지만 데리다가 '말'과 '글'의 관계를 바라보는 입장은 옹이나 맥루언과는 상당히 다르다. 데리다는 『그라마톨로지』를 통해 '말'을 근원에 두고 '글'이 그것을 대신하여 기록하는 도구라고 여기는 '음성 중심주의', 더 나아가 '이성중심주의'에 대하여 강력하고도 정밀한 비판을 가한다.

데리다에 따르면, '소크라테스는 말이 아버지의 현존(現存)과 임석(臨席)을 요청하는 것인 반면, 문자는 아버지가 필요 없는 사생아나 고아와 같다'고 보았다. 소크라테스의 '말'을 '문자'로 기록한 것은 플라톤이었으나, 그럼에도 그는 '문자'란 파르마콘과 마찬가지로 이중성을 띤다고 보았다. 플라톤에게 문자는 말을 모방하는 거짓된 것이며, 인간 기억의 내면에 침투한 폭력과도 같은 것이었다. 플라톤에게 있어서 문자는 반복되면서 진리를 교란하는 존재였으며, 사람의 '기억력'을 약화시키는 독극물과 같은 존재였다. 그러나 데리다는 그러한 문자의 특성이 바로 '차연(différance)'을 일으키며, 중심을 '해체'한다고 보고 있다. 데리다에게 '문자학', 즉 그라마톨로지는 서구의 오랜 말 중심주의 · 로고스 중심주의에 대한 극복이었던 것이다.[23]

월터 J. 옹에게 '구술성'이란 폐쇄적인 문자 체계를 대신하는 의미였다면, 데리다에게 '말'은 오히려 구술의 현장에 갇혀 있는 반복 불가능한 것으로 인식되었으며 '소리중심주의'는 '남근중심주의=아버지중심주의'와 연결되었다. 요컨대, 옹과 데리다는 '말'과 '글' 가운데 무엇이 더 고정적이고, 무엇이 더 자유로운가에 대한 상충되는 의견을 갖고 있었던 셈이다. 그 차이는 근본적으로 플라톤주의나 소쉬르주의와 같은 이분법적 사고에 대하여 긍정하느냐, 부정하느냐의 문제에서 비롯된 것으로 보인다.

보다 주목해야할 지점은 데리다의 연구를 통해 우리가 '말'과 '글'을 이분법적으로 바라보는 시각과 '음성-문자'로 이어지는 진화론적 시각에 대한 교정이 필요함을 깨닫게 되었다는 점이다. 옹과 맥루언이 실증적으로 설명하였듯, '문자'가 본격적으로 사용되던 시대에도 한동안 '읽기'는 '음독(音讀)'이라는 '음성화' 과정을 내포하는 것이었다. 그런데 데리다에 따르면, 말하는 언어활동도 '문자학의 원칙', 즉 '원문자(原文子)'의 선험성에 의해 가능한 것이었다. 그런 점에서 본다면, 문자가 음성언어보다 늦게 태어났다고 할 수는 없을 것이다.[24]

21세기의 '말'과 '글'은 실제로, 그저 단순하게 대립적으로 인식할 수 없는 양상으로 소통되고 있다. 가령, 핸드폰 문자 메시지, 인터넷 댓글, 그리고 카카오톡의 문자들은 과거 글의 특징이라 할 수 있는 '신중함'과 '기록성'의

---

23) 김형효, 『데리다의 해체철학』, 민음사, 1993, 89~166쪽.
   노르베르트 볼츠, 『구텐베르크-은하계의 끝에서: 새로운 커뮤니케이션 상황들』, 윤종석
   역, 문학과지성사, 2000, 237~242쪽.
24) 김형효, 위의 책, 78쪽.

의미를 충실히 담고 있지 못하다. 현재 모바일 기기의 '문자메시지'에서는 감정이나 느낌이 걸러지지 않은 채 표출된다. 휴대폰의 액정 속 '문자'는 분명, '글'이 아니라 '말'에 가깝다.

말과 글을 쉽게 구분할 수 없는 시대에 도달했지만, 어찌되었건 여전히 전통적 정의에 따르면, '문학은 언어로 소통되는 예술'이며, 이때 언어가 음성언어이면 구술문학, 문자언어면 기술문학이라고 생각되고 있다. 결국 음성언어, 문자언어란 매체에 따라 전달 방식이 달라질 뿐, 문학의 본질은 달라지지 않았다고 생각할 수도 있다. 미디어가 실체를 전달하는 수단에 불과하다고 보면 그렇게 생각할 수도 있다.

마크 포스터는 '녹음된 록 음악'의 특이함에 대해 적어놓고 있다.[25] 록 음악 음반은 여러 개의 트랙으로 나누어 녹음되곤 한다. 각각의 악기를 따로 연주하고 각기 다른 트랙에 녹음한다. 가수의 목소리도 따로 녹음된다. 그리고 세세한 변조와 밸런스 조정을 거쳐, 트랙들이 합쳐짐으로써 청취자가 들을 수 있는 '곡'이 완성된다. 이때 음반에 수록된 '곡'은 한 번도 실제로는 연주된 적이 없는 곡이다. 실체가 없지만 미디어는 그것을 담고 있다. 마크 포스터는 이것을 예로 들면서, '사물 없는 말'의 시대를 예견한다. 말이 먼저냐, 사물이 먼저냐, 혹은 말이 먼저냐 글이 먼저냐는 논쟁을 뛰어넘어, 사물이 없는 '말', 실체가 없는 '미디어'의 존재를 우리는 실질적으로 목격하고 있다.

앞서 언급했던 마샬 맥루언의 '미디어는 메시지'라는 말은 근래 들어 더욱 힘을 얻고 있다고 할 수 있다. 또한 그리고 우리는 마샬 맥루언이 '구텐베르크 은하계'라 말한 세계와의 이별을 맞이하고 있다. 삼성전자의 '갤럭시

---

25) 마크 포스터, 앞의 책, 29쪽.

(galaxy)'[26] 스마트폰이 대표하듯, 지금은 문자의 시대가 아니라, 디지털 시대이다. 디지털 매체에서는 기존의 '음성'과 '문자'는 물론, '이미지'나 '영상' 등 모든 것이 '0' 또는 '1'의 숫자로 치환된다. 이는 소쉬르의 언어학적 관점이 갖고 있는 '이분법적 사고'가 극단적으로 실현된 결과처럼 보인다. 이러한 '디지털 시대'에 '말과 글'을, '언어와 이미지'를, '텍스트와 비-텍스트(non-text)'를 구분하는 것은 그야말로 무의미해 보인다. 매체의 역사는 무엇이 무엇의 자리를 대체하는 식으로 진화하거나 발전해온 것이 아니다. 어떠한 시대에나 '구술성'과 '기술성'은 공존해왔다고 볼 수 있다. 다양한 매체들 역시, 일정 정도의 구술성과 기술성을 공히 지니고 있다. 다만 특정한 시대에, 보다 대중들이 선호하는 매체, 내용 전달이 보다 효율적인 매체, 상업적·정치적으로 보다 적절한 매체가 특별히 주목받아 왔던 것으로 보이며, 기술(技術)은 그에 알맞은 새로운 매체의 등장을 도왔다고 할 수 있다.

이렇게 볼 때, 근대 이후 '문학'이 문자를 통해 소통되는 것으로 한정되었던 것, 더 나아가 그간 '문자' 매체가 특별한 지배적 권위를 누렸던 것이 반드시 타당한 근거를 갖고 있다고 볼 수는 없을 것이다. '문학'을 '문자'의 틀로부터 해방시킴으로써, 우리는 '문학'의 '미디어'에 대하여 보다 광범위하고 자유로운 사고를 수행할 수 있게 된 것이다.

(2) 은유로서의 '미디어'

개인의 사고(思考)가 어딘가에 적재되어 다시 하역되는 과정이 일어날 때, 그 운송수단(vehicle)에 해당되는 것을 커뮤니케이션 이론 또는 인지언

---

26) 삼성전자의 스마트폰 첫 번째 브랜드였던 '옴니아 omnia'가 실패한 뒤, '은하계'라는 뜻의 '갤럭시 galaxy' 브랜드가 성공하게 된 것은, 의도된 것은 아니었겠지만, 매우 의미심장한 결과이다.

어학 이론에서 일컫는 말이 바로 '매체(媒體), 즉 미디어(media)이다.[27]

발신자의 사고(思考)	→	매체	←	수신자의 사고(思考)

위의 도표에서 화살표 방향이 우측으로 향하는 단방향이 아닌 이유는 수신자가 고스란히 발신자의 사고를 전달받는 것이 아니라, 역시 매체를 향하여 '사고'를 하게 되기 때문이다.

가장 보편적 상황에서 두 사람 사이에 대화가 존재한다면, 이때 '미디어'는 '언어'다. 이때 언어는 한 개인의 사고를 '매개'하는 방식으로 일어난 은유 작용의 산물인 동시에, 두 사람 사이의 사고, 혹은 언어를 이동시키고 소통시키는 '매체'가 된다.

메시지, 혹은 '사고'를 다른 곳―혹은 다른 시간―으로 이동할 수 있게 한다는 발상은 커뮤니케이션 역사에서 가장 의미 깊은 발견이었다.[28] 커뮤니케이션에 있어 메시지의 이동 수단인 '매체(媒體)'는 나날이 다양해졌다. 편지나 전화는 공간적 이동을 가능하게 해준 매체이며, '문자'와 인쇄기술은 시간적 이동(보존)을 가능하게 해준 매체라 할 수 있다.

매체에 담겨 오가는 내용물을, 리쾨르가 그러했듯, '텍스트'라 칭한다면, 은유는 매체에 텍스트를 적재하는 과정과 하역하는 과정에서 모두 작용되기 마련이다. 리쾨르의 말처럼, 은유는 언어의 순간적 창조물이며 의미론적

---

27) 사실, 우리말에서 '매개'와 '매체'가 그러하듯, 'vehicle'과 'midium(media)' 사이의 쓰임이 명백하게 구별되는 것은 아니다. 여기에서는 인지언어학과 커뮤니케이션학에서 쓰이는 일반적인 어휘에 따라, '매개'와 '매체'로 구별하기도 하지만, '매체'와 '미디어'는 의미적으로 구별하지 않고, 문맥에 좀 더 어울리는 것을 선택적으로 활용하기로 하겠다.

28) 클라우스 크레펜도르프, 안재현 역, 「사라진 전달자 : 커뮤니케이션의 은유와 모델들」, 박춘서·송해룡 편역, 『미디어의 실제』, 커뮤니케이션북스, 2001, 109쪽.

혁신이다.29) 텍스트의 저자, 혹은 발신자는 자신의 사고와 인식을 담아, 은유를 통해 언어의 의미를 표출하고 텍스트를 창조한다. 텍스트의 독자, 혹은 수신자는 은유를 통해 텍스트를 이해하고 해석한다. 이 두 과정을 리쾨르는 '이야기하기'와 '해석'의 과정, 혹은 '은유에서 텍스트로', 다시 '텍스트에서 은유로'의 과정이라는 말로 표현한다.30) 그리고 그 과정의 접점 [node]을 오가는 곳에 은유의 매개, 텍스트의 매체가 자리한다.

새로운 매체는 어쩌면, 이 과정에서 발신자와 수신자의 사고를 가장 손실 없이 담아내고 이동시키기 위하여 등장해왔다고 할 수 있다. 혹은 마샬 맥루언의 말31)처럼, 인간의 인지와 감각을 대체하는 형태로, 다시 말해서 인간의 감각에 대한 '은유'로 등장해왔다고도 말할 수 있을 것이다.

전달 가능한 메시지의 은유는 수많은 기술적 혁명에서도 살아남았다. 이 은유는 인쇄, 신문, 텔레그래프, 전화, 라디오, 텔레비전, 그리고 컴퓨터에서도 보조를 맞추었다. …(중략)… 메시지를 운반 가능하게 한 기술적 발명이 인간과 사회, 그리고 정신적 문제를 해결했다. 그 발명은, 그렇지 않으면 단순히 기억으로만 머물 수밖에 없었던 것들을 객체화하였다. 따라서 커뮤니케이션의 운반의 문제를 감소시켰다. 이제는 은유가 되어버린 메시지 운반하기는 인간의 능력과는 관계없이 이러한 객체를 간직하고 있다. 어느 한 매체에서 다른 매체로 옮기는 운반의 관념이 확대되었다.32)

---

29) 폴 리쾨르, 좀 톰슨 편역, 윤철호 국역, 『해석학과 인문사회과학』, 서광사, 2003, 306쪽.
30) 위의 책, 292~319쪽.
31) 마샬 맥루언은 '모든 매체는 인간 감각의 대체물'이라고 말하면서, "언어(라는 매체)는 경험을 저장할 뿐만 아니라 형태에서 형태를 전환한다는 의미에서 은유"이며, "(매체에서) 은유의 원리는 하나의 감각에서 다른 감각으로의 전환"이라 말한다. (이호규 외 2인, 『새로운 미디어와 유토피아적 이미지의 진화』, 정보통신정책연구원, 2004, 88~89쪽에서 재인용.) 맥루언은 '매체, 즉 미디어가 곧 메시지'라고 말하지만, 그것은 소통 과정에서 '매체' 자체의 중요성을 강조한 것일 뿐, 매체가 메시지나 텍스트의 소통을 가능하게 하는 장치임을 부정한 것은 아니다.
32) 클라우스 크레펜도로프, 안재현 역, 「사라진 전달자 : 커뮤니케이션의 은유와 모델들」, 박춘

'커뮤니케이션' 과정에서 새로운 테크놀로지와 함께 '신매체'가 등장할 때, 그 테크놀로지에 익숙치 않은 소통 참여자들은 '은유'의 방식으로 그 매체를 이해할 수 있었다. 우리가 '편지를 주고받는다', '전화를 주고받는다', '팩스를 주고받는다', '핸드폰 문자메시지를 주고받는다', '인터넷 메일을 주고받는다'라고 말하는 것은 모두 메시지, 혹은 텍스트의 소통과 관련된 개념적 은유, 특히 구조적 은유의 결과다. 편지, 전화, 팩스, 문자메시지, 인터넷 메일을 발신, 수신하는 방법, 즉 테크놀로지는 각기 다르지만, 이 모든 매체를 통한 소통을 우리는 '주고받는다'고 표현한다. 실질적인 물리적 실체를 넘겨주고 넘겨받음으로써 공유(communication)해야만 했던 관습이 눈에 보이지 않는 디지털 부호의 교환의 경우에도 같은 표현으로 드러나게 된 것이다.

새로운 매체가 출현했을 때 '은유'를 통해 새로운 매체의 성격을 파악하여 해당 매체를 구조화하게 되는 것[33]은 당연한 수순이었다. 기존의 매체와 새로운 매체 사이의 유사성과 차이점이 발견되면, '은유'는 기존의 매체를 근원영역으로 삼아 목표영역인 새로운 매체에 다가갈 수 있도록 도와주었다.

초창기 영화를 '활동사진(活動寫眞)'이라 부른 것이나 라디오 방송극을 '드라마(drama)'라고 부른 것도 기존 매체에 대한 이해를 은유적으로 활용한 예라고 볼 수 있을 것이다. 텔레비전 방송이 해외에서 처음 등장했을 때에는 "라디오로 사진회화를 전송"[34]하는 기술이라고 일컬어지기도 했었다.

현대 사회의 대표적인 '매체'로 자리잡은 컴퓨터의 경우도 그러하다. 컴퓨

서·송해룡 편역, 『미디어의 실제』, 커뮤니케이션북스, 2001, 110~111쪽.
33) 이호규 외 2인, 『새로운 미디어와 유토피아적 이미지의 진화』, 정보통신정책연구원, 2004, 25쪽.
34) 無名, 「라듸오로 寫眞繪畫를 전송」, 《매일신보》 1926년 2월 15일자, 1면.

터의 연산과정에서 활용되는 2진법의 부호들을 '언어'라고 불렀던 것부터가 기존 매체를 은유한 것이었겠지만, 특히 1980년대 이후 애플사에서 컴퓨터를 '책상(desktop)'에 은유한 이래로 '구조적 은유'가 보다 널리 활용되고 있다.[35] 윈도 환경의 컴퓨터의 전원을 켜면, '파일', '내 문서', '휴지통'이란 은유적 언어 표현이 보이는데, 이는 '컴퓨터'를 '사무실 책상'이라는 근원영역과의 사이에서 맵핑(mapping; 寫像)한 결과라 할 수 있다. '초고속정보고속도로'를 통해 인터넷에 접속하여 보게 되는 화면을 '페이지'라 부르고, 많은 이들이 글을 쓰고 읽을 수 있는 공간을 '게시판'이라 부르며, 자주 찾는 페이지를 표시해두는 것을 '책갈피'[36]라 부르는 것도 '구조적 은유'의 예이다. 인터넷 웹화면을 위아래로 이동하면서 살펴볼 때, '스크롤(scroll)'이라는 표현을 쓰는 것은 고대 파피루스의 두루마리(scroll) 형태와 관련 있다.

한편, 초창기 신문 매체는 기존의 '소설'을 담아 소통시키는 도구이면서, '소설'이라고 하는 서사텍스트 장르에 대한 특성을 발견하고 창조하는 기제이기도 했다. 소설의 필자들이 '기자(記者)'라는 은유적 호칭을 스스로 사용하면서, 소설은 '사실성'을 생명으로 하는 서사텍스트로 자리 잡을 수 있게 되었다고 볼 수 있기 때문이다. 초창기 영화를 '활동사진'이라 칭한 것 역시 기존 사진 매체의 특성을 은유한 것이었지만, 점차 영화는 '활동'이라는 특성을 창조적으로 발전시켜 매우 중요한 서사텍스트의 장르로 발돋움할 수 있게 되었다.

새로운 매체는 기존의 텍스트를 옮겨 담기도 하고, 기존의 텍스트를 담은

---

35) 레프 마노비치, 서정신 역, 『뉴미디어의 언어』, 생각의 나무, 2004, 140쪽.
36) 마이크로소프트사의 웹브라우저인 Internet Explorer는 '즐겨찾기(favorites)'라는 표현을 쓰지만, 한때 웹브라우저의 양대산맥이었던 Netscape Navigator에서는 '책갈피(Bookmark)'라는 표현을 사용했다.

매체를 변환하여 그대로 옮겨 싣기—재매개—도 하면서 활용되기 시작하
였다.

(3) 뉴미디어

음성 언어가 지배하던 시대에 등장한 '문자'나 '활자'도 '신매체'였으며,
100년 전 '딱지본'이나 '신문' 역시 획기적인 '신매체'였다. 그러한 '신매체'
는 그때마다 획기적인 반향을 불러일으키곤 했겠지만, 기존의 매체를 완전
히 소멸시키거나 완벽히 대체하면서 등장한 경우는 거의 없었다. 매체의 변
이 양상은 기존의 것을 '대체(代替)'하듯 이루어지는 '진화(進化)'라기보다는
늘 대중들 속에서 '경쟁'하는 관계였으며, 항상 기존의 매체를 참조하고 활
용하는 방식으로 변모하여 왔다. '신매체'의 등장은 일정한 사회문화적 변화
위에서 기술의 발달을 촉매로 이루어져 왔으며, 신매체를 활용한 '텍스트'는
기존 매체의 텍스트들과의 경쟁과 영향관계 속에서 대중들과의 소통의 기
회를 맞이해 왔던 것이다.

20세기가 막 시작될 무렵, '신문'은 분명히 새로운 매체였다. '신문(新聞)'
이라는 어휘에는 이미 '새로움'이라는 정서적 반응이 담겨 있다. 하지만 21
세기가 시작된 지도 10년이 지난 지금, '신문'은 이미 사양길로 접어든 지
오래다. 몇 년 전, 신문사들이 우여곡절과 수많은 논란 끝에 '종합편성채널'
TV 방송으로 달려든 것은 신문의 운명이 다해가고 있음을 보여준 것이었
다. 그 무렵 한참 회자되던 얘기는 이런 것이었다. "종편을 하다 망할 수도
있겠지만, 안 하면 무조건 더 빨리 망한다." 잠시 관심을 받던 아침 출근길
의 '무가지(無價紙)' 신문들도 이제 스마트폰에 밀려 점차 외면을 받고 있는
추세다.

신문보다도 더 늦게, 1920년대를 전후로 각광을 받기 시작했던 '잡지'는 '뒤죽박죽 뒤섞인 출판물(雜誌)'이라는 뜻의, 어찌 보면 모욕적인 명칭을 바로잡을 기회를 얻지도 못한 채, 역사의 뒤편으로 사라질 준비를 하고 있다. 그 이름부터 이미 주간 잡지의 대명사격이었던 ≪뉴스위크(Newsweek)≫는 2012년 12월, 마지막 인쇄판을 발행하고 더 이상 종이 인쇄물로의 발행을 하지 않는다고 선언했다. 20세기 이후 등장했던 새로운 매체들이 100년 만에 쇠락해가고 있는 현실을 우리는 목격하고 있는 것이다.

신문과 잡지 이후로도 라디오, 텔레비전과 같은 매체는 늘 새로운 충격을 안겨주며 등장했다. 그리고 일정 정도의 시간이 흐른 뒤, 가장 대중적이고 영향력 높은 매체의 지위에 오르기도 했다. 하지만 본격적으로 우리가 '뉴미디어'라는 외래 어휘를 일상적으로 쓰게 된 것은 20세기 말에 이르러서이다. 이때의 '뉴미디어'는 20세기와 함께 가장 번성했던 '인쇄매체', 그리고 라디오와 텔레비전과 같은 아날로그 공중파 매체들이 쇠락해가거나, 쇠락이 예상되는 시점에서, 이들 주류의 대중매체들을 대체하며 등장하게 될 새로운 매체들을 총칭하는 개념으로 활용되기 시작했다. 심지어 뚜렷하게 어떤 매체 형식과 기술이 이들 주류 매체를 대체하게 될 것인지에 대한 전망도 명확하지 않은 시점에서 활용되기 시작한 추상적 개념으로 보아야 할 것이다.

1981년 8월 10일자 ≪경향신문≫에는 일본 재계(財界)에서 여러 가지 '신조어'들이 쓰이기 시작하고 있다면서, '크로스오버', '5C', 'CI' 등의 용어와 함께 '뉴미디어'라는 어휘를 소개하고 있다. 아래는 그 소개 내용을 그대로 인용한 것이다.

▲ 뉴미디어 = TV, 라디오, 신문 등 기존의 정보매체와 다른 새로운 정보전달수단. 유선방송, 비디오테이프, 비디오디스크 등이 대표적이다. 전자공학의 급속한 발달에 힘입어 21세기의 정보화 사회에서 각광받을 미니통신수단.[37]

이 인용에서 보듯, '뉴미디어'는 '신문, 라디오, 텔레비전'이라는 대표적인 근대 대중매체를 대신할 새로운 정보통신 수단으로 추상화된 개념으로 쓰였다. 인터넷이나 스마트폰은커녕, PC 통신조차 활용되지 못하던 시점에, '뉴미디어'는 '유선방송'과 같은 정보 전송방식의 차이에 기인한 새 매체와 '비디오테이프'와 같은 정보 저장도구 정도를 두루 지칭하는 개념으로 활용된 것이다. 1980년대에 전망한 '뉴미디어'는 음성 위주의 '전화'를 대체하는 '화상전화' 기술이나 공중의 전파를 이용한 방송 시스템을 대체하는 '유선방송'이나 '위성방송'의 시스템, 그리고 새로운 전자공학 기술이 활용된 저장도구 정도를 떠올렸던 것으로 보인다. 정보통신 기술과 전자공학 기술의 급격한 발전이 예견되는 시점이긴 했지만, 어떠한 형태의 도구와 매체가 등장할 것인지를 예상하기는 쉽지 않은 상황이었기 때문에 당연하게도 그 개념이 다소 포괄적이거나 모호할 수밖에 없었다.

정작 문제는 '뉴미디어'라는 어휘가 쓰이기 시작한지 30년이 지난 이 시점에도, 뉴미디어는 무엇을 의미하는지, 어디부터 어디까지를 의미하는지가 불분명하다는 점이다. 앞서 언급했듯이 '새로운 매체'라고 하면, 20세기 초 신문 역시 한때 새로운 매체였으며, 심지어 '양피지(羊皮紙)'나 '종이' 역시 새로운 매체이던 시절이 있었고, '봉화(烽火)'나 '편지'가 새로운 매체이

---

37) 「激動 經濟가 부른 新發想 : 日 財界의 新造語들」, ≪경향신문≫ 1981년 8월 10일자. http://newslibrary.naver.com/viewer/index.nhn?articleId=19810810003292050 24&editNo=2&printCount=1&publishDate=1981-08-10&officeId=00032&pageN o=5&printNo=11034&publishType=00020 (네이버 뉴스라이브러리)

던 시절도 있었을 것이다. 그럼에도 21세기를 전후로 하여 언급되는 '뉴미디어'라는 개념은 나름의 특별한 징후를 가지게 되었다. 굳이 소위 '뉴미디어'의 공통점을 찾자면, 디지털 기술을 기반으로 한, 정보통신 기술의 발달과 밀접한 영향 속에서 등장하거나 성장한 매체를 지칭한다는 점 정도를 꼽을 수 있겠다. 특히 '뉴미디어'의 핵심 중의 핵심으로 떠오른 것은 '인터넷'으로 대표되는 네트워크 컴퓨터 시스템이라 할 수 있다.[38]

다소 모호하고 포괄적이면서도 추상적인 '뉴미디어'와 관련된 각종 기술들은 너무나 급격하고 빠르게 등장하고 소멸하는 경향을 보였다. 1990년대 중후반 붐을 이루었던 PC 통신이 '전자우편'을 활용하기 시작하면서 전신, 전화, 팩스를 대체하는 작은 변화가 시작되었고, '한메일', '야후메일'로 대표되는 인터넷 웹 기반의 '이메일(E-mail)'은 이후의 각종 업무 양상을 송두리째 뒤바꿔 놓았다. 하지만 이메일은 이미 현재 10대, 20대 젊은이들에게는 구닥다리 취급을 받고 있다. 역시 1990년대 중반에 대중화되었던 무선호출기는 10년도 채 지나지 않아 골동품 취급을 받게 되었다.

또한 '매체'간의 경계도 명확하지 않아서 '뉴미디어'의 개념을 더욱 모호하게 만들었다. 이미 PC 통신 시절의 '채팅'은 '말'과 '글'의 경계를 허물기 시작했다.[39] 말과 글이 인간의 의사소통에 있어 가장 기본적인 '매체'라고 본

---

38) 네이버 뉴스라이브러리에서 '뉴미디어'를 키워드로 검색해보면, 80년대에는 '뉴미디어'라는 말이 주로 '케이블방송', '위성방송'을 비롯한 새로운 전송 형식을 활용한 방송 시스템을 지칭하는 용어로 많이 활용되었으며, 종이 인쇄물을 대체하는 CD-ROM 방식의 저장기록물들을 지칭하는 경우에도 많이 발견된다. 1990년대까지 이러한 양상은 계속 유지된다. 1997, 1998년 무렵을 기점으로 '인터넷'이 '뉴미디어'라는 키워드와 중요한 연결고리로 부각되기 시작하였다.

39) PC 통신을 이용한 채팅은 소위 '통신언어'라는 것을 만들어내었고 '(온라인 상태에서 작성된) 글'은 점차 '말'처럼 즉흥적으로 주고받는 성격을 갖게 되었다. 글이 말에 가까워지더니, 요즘은 '말'이 다시 그 글을 흉내 낸다. 대표적인 예가 'OTL', '헐'과 같은 표현을 구어적 소통 상황에서 쓰는 것이다.

다면, 이 혼란의 시작은 어쩌면 혼성적 미디어의 등장이 전제 조건이었던 것으로 생각되기도 한다.

온통 경계가 무너진 혼성적 미디어의 정점은 물론 '스마트폰'이다. 스마트폰은 전화기이면서 TV이고, 오디오이면서 장난감이고, 우편함이며 내비게이션이고 카메라다. 너무나 정체가 불분명하기 때문에 하나의 일정한 '매체'로 보기 어렵다면, 스마트폰은 그저 하나의 도구일 뿐이고, 스마트폰으로 메시지를 주고받을 수 있게 하는 통신망이나 SNS, 어플리케이션이 각각의 '뉴미디어'일까? 도대체 새로운 '미디어'는 어디서부터 어디까지, 또 무엇을 지칭하는 말일까?

마샬 맥루언의 "미디어는 메시지다"라는 말은 이제 상징이나 비유가 아닌 직설적 명제가 되었다. 스마트폰, 혹은 SNS가 하나의 '미디어'라면 이제 더 이상 '미디어'는 어떠한 메시지를 담고 운반하는 수단 정도로 판단할 수가 없다. 미디어는 그 자체로 하나의 의미가 담겨 있는 현상이며 분석의 대상이라 할 수 있다. 맥루언의 명제를 한 번 더 응용하면, '뉴미디어'는 곧 '뉴메시지'다. 뉴미디어는 우리에게 새로운 사회, 새로운 시스템, 새로운 소통 방식, 새로운 학문적 풍토에 대해 전달하는 새로운 '신호(sign)'이자 새로운 '메시지'일 것이다.

현대 뉴미디어 이론에 있어서 가장 중요한 이론가 가운데 하나인 레프 마노비치는 『뉴미디어의 언어』에서 스스로 던진 '뉴미디어란 무엇인가'라는 질문에 대해 '통상적으로 이해하자면 뉴미디어는 제작에서보다는 배포와 전시를 위해 컴퓨터를 사용하는 것'이라는 답을 제시한다. 물론 마노비치는 곧이어 '제작'보다 '배포와 전시'의 차원이 부각되어야만 할 이유는 별달리 없다고 이야기하긴 하지만, 뉴미디어의 핵심에는 바로 '컴퓨터'가 있다고 파악한다. 컴퓨터는 이제 하나의 미디어 처리기이면서, 미디어를 합성하고 조작하는 역할까지 담당한다고도 말한다. 실제로 모든 기존의 미디어는 컴퓨터에서 사용될 수 있는 숫자 데이터로 치환될 수 있으며, 그렇게 되어가고 있다. 마노비치에게 '뉴미디어'는 컴퓨터를 활용하여 저장하고 기록하거나, 전달되며 소통되는 과정의 도구, 혹은 원리를 의미한다.[40]

레프 마노비치는 영화와 텔레비전, 그보다 앞선 인쇄물과 같은 미디어 양식들에 담긴 뉴미디어로서의 속성을 말하고 있지만, "영화가 우리를 뉴미디어에 맞게 준비시켜놓았다"라고 말함으로써 영화를 '뉴미디어'에 도달하기까지의 중요한 과정이자 단계로 인식하고 있음을 드러냈다.[41] 그에게 뉴미디어는 여전히 컴퓨터를 기반으로 한 것을 의미한다.

'재매개'라는 개념을 처음 제기했던 폴 레빈슨은 최근 '뉴 뉴미디어 new new media'라는 개념을 등장시켰다.[42] 단순하게 정보를 검색하거나 이메일을 주고받던 기존의 인터넷 커뮤니케이션과 달리, 일반 이용자들이 정보의 소비자가 아니라 정보의 생산 및 공유에 참여하게 되어 있는 웹 2.0 시대의 미디어들을 구별하기 위해서 '뉴 뉴미디어'라는 개념을 만들어낸 것이다. 같은 온라인이라고 하더라도 인터넷으로 접속하여 한 기업의 공식홈페이지에 실린 글을 읽는 것과 위키피디아나 트위터의 글을 읽는 것에는 차이

---

40) 레프 마노비치, 서정신 역, 『뉴미디어의 언어』, 생각의 나무, 2004, 61~69쪽.
41) 레프 마노비치, 위의 책, 86쪽.
42) Paul Levinson, (2009) New new media, Boston: Allyn & Bacon. ; 이동후, 「제3의 구술성 : 뉴 뉴미디어 시대 말의 현존 및 이용 양식」, 『언론정보연구』 47권 1호, 서울대학교 언론정보연구소, 2010., 43~76쪽에서 재인용 및 참조. 이동후는 '뉴 뉴미디어'의 속성에 대해 월터 옹의 '제2의 구술성' 개념을 응용하여 '제3의 구술성'이라 이름 붙이고 있다.

제1의 구술성	문자성	제2의 구술성	제3의 구술성
소리	문자	소리, 영상	소리, 문자, 영상, 멀티미디어
청각적	시각적	시청각적	시청각적
주제 중심의 장형표현	선형성, 고정성, 개인성	집단적 서사	하이퍼텍스트성, 개인적/집단적

가 있다고 보는 것이다. 위키피디아는 이용자가 직접 글을 보충하거나 편집할 수 있다. '트위터'에서는 내가 어떤 트위터들을 팔로잉하느냐에 따라 타임라인에서 실시간으로 쓰여지거나 리트윗되는 글들이 각기 다른 양상으로 모여 보여지게 된다. 고정된 정보가 컴퓨터 모니터 위, 즉 온라인 상에 띄워지던 방식의 기존 뉴미디어(old new media)와는 차별적인 미디어 문화의 등장을 주목한 것이다.

그런데 '뉴 뉴미디어'라는 개념으로 기존의 인터넷 커뮤니케이션과는 또 다른 양상의 커뮤니케이션을 강조한 것은 충분히 납득이 되지만, 홈페이지가 미니홈피로, 미니홈피가 블로그로, 블로그가 페이스북으로 대체되는 방식의 양상이 반복되면, 이제 '뉴 뉴 뉴미디어'가 등장하지 마라는 법이 없다. '뉴미디어'라는 것이 애초에 확고하고도 고정된 개념이 아니라면, 우리는 새로운 미디어 환경이나 테크놀로지를 만날 때마다 '뉴'라는 이름을 굳이 추가로 붙이지 않아도 될 것이다. 어차피 모든 미디어는 언젠가 '뉴미디어'였을 테니까 말이다.

사실 요즘의 10대, 20대 젊은 학생들에게 문자 언어로만으로 구성된 일방향적인 서사는 오히려 낯선 것일 수 있다. 우선 20대 초반의 대학생으로 한정하여, 이들을 대상으로 한 문학 교육, 혹은 서사 교육의 방향 전환을 모색해보고자 한다면, 이들의 삶과 소통 방식부터 이해해볼 필요가 있다. 혹자들은 이들이 글을 잘 읽지도, 쓰지도 않는다고 하는데, 글을 읽고 쓰는 횟수와 양만을 놓고 본다면 과거 어떤 세대들보다 글이 친숙한 세대가 바로 이들이다. 하루 종일 스마트폰을 손에 쥐고 실시간으로 '카카오톡'이나 '페이스북'에 반응하는 이들에게 글읽기와 글쓰기는 숨쉬는 것만큼 익숙한 일이다.

물론 이들의 손에서 소설책이나 시집이 멀어진 것은 사실이다. 문학의 본질이 누군가의 생각이나 경험, 그리고 상상력을 통해 자아와 세계에 대한 성찰을 표출하는 것이라면, 이들의 손에 소설책과 시집이 놓여있지 않다고 해서 문학과 무관한 삶을 살고 있는 것은 아니다. 소리꾼들의 창(唱)에 빠져 들었던 사람이 전기수의 이야기에 매혹되거나 딱지본 고소설책을 손에 쥐고 읽게 되었다고 해서 문학과 서사에 대한 본질적 관심이 변질된 것은 아니다. 그런데 '뉴미디어시대', '다매체시대'의 문학 교육에서는 본질이 변하지 않았다는 점이 강조되기만 해서는 곤란하다. 정작 중요한 것은 '매체'가 달라졌다는 바로 그 지점이다.

매체가 달라지면 모든 것이 달라진다. 같은 내용의 문자 텍스트이더라도 카카오톡으로 전달하느냐, 이메일로 보내느냐, 페이스북에 글을 남기느냐는 전혀 다른 일일 수밖에 없다. 심지어 같은 카카오톡 메시지를 보내더라도 아이폰으로 보내느냐, 안드로이드폰으로 보내느냐, 태블릿 PC로 보내느냐의 문제 역시 같은 것일 수 없다.

월터 J. 옹은 새로운 미디어의 등장에 대하여 다음과 같이 언급하였다.

> 우리가 미디어의 결과를 이야기할 때, 새로운 미디어가 기존 미디어를 무력하게 만든다는 것을 말하려는 것은 아니다. 인간이 쓰기를 배웠을 때도, 말하기를 계속해갔다. 활자 인쇄술을 배웠을 때에도 계속해서 말하고 쓰기를 해갔다. 라디오와 텔레비전을 발명한 이후에도, 말하기와 쓰기, 그리고 인쇄하기를 계속 했다. 하지만 새로운 미디어의 등장은 기존 미디어의 의미와 적절성을 바꾸어놓았다. 미디어는 겹쳐진다. 혹은 맥루언이 말한 것처럼, 은하계의 별들이 자신의 기본적인 총체성을 유지하면서도 서로를 통과할 뿐 아니라, 그 이후 충돌의 흔적을 지니게 된다. [43]

---

43) Walter J. Ong, "Oral residue in Tudor prose style," In Thomas, F & Soukup,

말하자면, '뉴미디어'는 전적으로 새로운 것도 아니며, 기존의 미디어를 대체하는 점령군처럼 등장하는 것도 아니라는 것이다. 뉴미디어의 개념을 디지털 환경이나 컴퓨터 기반으로 한정하는 것은 문학의 역사, 혹은 인류 커뮤니케이션의 역사를 파편적이고 단절적으로 설명하거나 단순한 진화론 구도로 설명하게 되는 오류로 흐를 우려가 있다.

(4) 멀티미디어

'뉴미디어'는 기본적으로 '멀티미디어'다. 다시 말해서, 새로운 매체는 기존의 매체들의 속성을 혼성시키면서 탄생하기 마련이다.[44] 그 과정에서 본질이나 질료의 정체성 역시 불분명하게 되기 마련이다. 20세기 초, 인쇄 기술을 활용한 '신매체'였던 '신문'은 기존의 논설이나 시가(詩歌), 근대적 신문학(新文學), 그림, 광고 홍보물 등이 혼성된 복합적 콘텐츠들로 채워져 있었다. 각각의 콘텐츠와 텍스트들은 신문의 등장 이전에 이미 나름의 소통 방식과 매체를 가지고 있었다고 본다면, '신문' 역시 일종의 '멀티미디어' 역할을 했다고 볼 수 있다. '라디오'나 '텔레비전' 역시 기본적으로 당대에 활용 가능한 각종 기술(技術), 텍스트, 예술(藝術) 등이 총 집결된 결과물이었다. 우리는 상당히 오랜 시간 동안 근대 신문이나 잡지에 수록된 '소설' 작품이나 '시' 작품을 발췌하고 모아서 한 권의 '책' 인쇄물로 묶어 내면서 그

P.(eds.), An Ong Reader: Challengers for further inquiry, Cresskill, NJ: Hampton Press, 2002, pp.505-525. (이동후, 위 논문에서 재인용, 50쪽.)

44) 마샬 맥루언은 이렇게 말한다. "모든 미디어의 '내용'은 언제나 또 다른 미디어임을 의미한다. 말은 씌어진 것의 내용이고, 씌어진 것은 인쇄의 내용이며, 다시 인쇄는 전보의 내용이다." 다시 말해서, 각각의 미디어는 이미 복합적인 미디어 혼성의 결과물일 수밖에 없다고 할 수 있다.
마샬 맥루언, 김성기 · 이한우 역, 『미디어의 이해 : 인간의 확장』, 민음사, 2002, 36쪽.
최성민, 『근대 서사 텍스트와 미디어 테크놀로지』, 소명출판, 2012, 75쪽.

안에 들어 있던 '문학 작품'을 별개의 것으로 꺼내어 놓고 분석하고 비평하고 따져들곤 했었다. 근대 문학이 소통되었던 가장 중요한 매체들이었던 '신문'과 '잡지'를 문학 텍스트와 분리한 채 문학에 대해 논의해왔던 것이다. 말하자면 스마트폰에 대한 이해를 미루어두고 트위터를 분석하거나, 트위터의 기술적 특징을 접어둔 채로 이외수 트위터의 글 내용을 분석하고 있었던 것과 다름없다.

모든 텍스트들의 의미가 상호텍스트적 관계 속에서 파악될 수 있다는 것, 그리고 매체 환경과 텍스트의 상호 영향 관계가 함께 논의되어야 한다는 것은 구조주의의 세례 이후 당연시 될 수밖에 없는 지점들이다. 하지만 우리는 꽤 오랫동안 그렇게 하지 못했다. 신문에 실린 글들은 각기의 전공 영역에 따라 쪼개져 분석되었다. 그리고 상호 침범하여서는 안 되는 학문적 경계선이 확고하게 자리 잡았다. 이는 근대적 학문 제도의 도입과 그로 인해 분화된 학문 체계의 고착과 무관하지 않다.[45] 문자언어 기반이 아니라는 이유로, 혹은 예술로 볼 수 없다는 이유로 여타의 예술 장르나 정치사회적 언설들을 분리시켜내고, 문학은 '언어로 된 예술'이라는 정의에 근거하여 스스로의 범위를 제한적인 영역 안으로 가두었다. 대학의 아카데믹한 전통 속에서 '문학'은 문헌 자료에 근거한 학문적 분야로 자리매김 되기에 이르렀다.

그 범위 한정의 기준 가운데에서도 문학이 '인쇄된 문자'에 의해 소통되는 것이라는 관습이었다. 사실 근대 문학은 '인쇄문자'에 의해 등장하고 발전하고, 또 소통되어 왔다고 보아야 마땅할 것이다. 이른바 '구텐베르크 은하계'[46]가 지배하는 세계에서 '인쇄문자'는 가장 강력한 영향력을 지닌 매체

---

45) 이에 대해서는 최성민, 위의 책, 50~53쪽.

이자, 문학 범위의 기준이 되었다. 이 경우 우리가 '고전문학'의 범위에 손쉽게 포함시키곤 하는 구술 기반 텍스트들의 지위가 모호해진다는 모순이 발생한다. 하지만 '문학 literature'이 '문(文)' 혹은 '문자(letter)'에 근거하여 탄생된 개념인 이상, 그러한 모순쯤은 크게 문제가 되지 않았었다. 그러나 마샬 맥루언이나 월터 J.옹이 일찌감치 예견하였고, 노르베르트 볼츠[47)가 증명했던 것처럼, 문자지배적 세계는 그리 오래 지속되지 못했다.

  '문학'의 '인쇄문자'에 대한 집착은 '디지털 은하계'가 지배하는 시대가 되면서부터 비로소 자연스럽게 후퇴하게 되었다. 디지털 체계는 모든 것을 '0과 1'로 치환한다. 그 원본이 문자이든, 음성이든, 이미지이든, 영상이든 상관하지 않는다. 문자의 지배적 권력의 시대는 저물었다. 특히 인쇄문자의 한계는 명백해졌다. 간혹 '문자의 시대'가 종말을 맞이하고 있다는 언급에 대해, '그렇다면 무엇이 지배하는 시대가 되었는가'라는 질문이 되돌아오기도 한다. 그 질문에 대한 답은 '디지털이 지배하는 시대'라고 대답하거나 '전자매체가 지배하는 시대'라고 대답을 할 수도 있겠지만, 가장 정확하고 적절한 답은 '그 무엇도 지배하지 못하는 시대'라는 표현이라 생각한다. 어떠한 미디어가 일방적으로, 혹은 제국주의적으로 지배하거나 점령하지 못하는 시대, 잠시 무엇인가가 지배적인 것처럼 보여도 곧바로 또 다른 무엇인

---

46) 마샬 맥루언의 저서 제목이기도 하다.
    마샬 맥루언, 임상원 역, 『구텐베르크 은하계 : 활자인간의 형성』, 커뮤니케이션북스, 2005.
47) "미디어 혁명의 단계는 분명하다. 정보 저장고로서의 책으로부터의 작별—, 문자의 전시장으로서의 종이로부터의 작별—, 지식의 미디어로서의 알파벳—문자 기록물인 것으로부터의 작별이다. 하이퍼미디어들은 오늘날 멀티미디어적 재료들의 디지털적 데이터 처리를 통해 하나의 완전한 새로운 표현단계에 도달하고 있다."
    노르베르트 볼츠, 윤종석 역, 『구텐베르크 은하계의 끝에서 : 새로운 커뮤니케이션 상황들』, 문학과지성사, 2000, 289쪽.

가가 대체하고 마는 시대가 된 것이다. 좀 더 엄밀하게 말하자면, 그러한 시대가 '되었다'기보다는 그러한 시대로 '되돌아왔다'고 말하는 것이 더 정확할지도 모르겠다. 월터 J. 옹이 전자매체시대를 예견하면서, 굳이 '제2의 구술성'이라고 표현한 것은 '구술〉문자'를 의미하려 하기보다는 '문자성'의 단기간 점령이 끝나고 다시 본래대로 회복되었음을 강조하고 싶었기 때문일 것이다. '구술성'의 시대는 문자가 존재하지 않거나 문자가 외면받는 시대를 의미하는 것이 아니다. 고대 그리스시대로부터 '문자'는 본래 '묵독'이 아니라 '낭독'의 대상이었고, 청각과 시각이 함께 활용되는 '멀티미디어'적 속성을 띠고 있었다.[48] 지금의 디지털 기기 속에서의 '문자'들은 음성이나 이미지와 쉽게 결합될 뿐만 아니라, '촉각'이라는 감각의 활용과 무엇보다도 밀접한 연관관계를 가진다. 이미 조금은 진부한 표현이 되었지만, 소위 '엄지족'은 시각이나 청각이 아니라, '촉각'에 의존해 언어적 소통을 진행한다고 해도 과언이 아니다. 아마도 마샬 맥루언이 『미디어의 이해(Understanding Media)』라는 저서의 부제를 '인간의 확장(Extensions of Man)'이라고 붙여놓고서도, 이처럼 인간의 촉각이라는 감각기관이 다시 부각되는 시대를 맞이하게 될 줄은 짐작하지 못했을 것이다.[49]

---

48) "고대로부터 책을 읽을 때는, 심지어 혼자서 읽는 경우에도, 산문 역시 시와 마찬가지로 반드시 소리를 내면서 음독했다. 소리 없이 읽는 묵독은 매우 예외적인 것이었다." 마샬 맥루언, 앞의 책, 2005, 172~173쪽.

49) 맥루언은 가장 대표적인 '촉각적 매체'로 텔레비전을 꼽았었다. 그러나 당시 텔레비전에 비하여 지금의 스마트폰이 '촉각'에 의존하는 정도는 비교할 수 없을 정도로 높아졌다고 볼 수밖에 없다. 마샬 맥루언, 김성기 · 이한우 역, 『미디어의 이해 : 인간의 확장』, 민음사, 2002, 427~467쪽.

4. 재매개된 문학, 문학의 영토 확장

　재매개(remediation)라는 개념은 폴 레빈슨이 고안하고, 제이 데이비드 볼터와 리처드 그루신이 발전시킨 것으로, 하나의 미디어가 다른 미디어의 표상 방식이나 인터페이스 등을 차용하거나 개선하는 방식으로 변화하는 것을 의미한다.[50] 그들은 재매개의 논리를 크게 세 가지로 구분한다. '비매개', '하이퍼매개', 그리고 '협의의 재매개'이다. '비매개'는 미디어의 존재 자체를 사라지게(정확히는 사라진 것처럼 느끼게) 하는 것이 목적인 재매개의 방식이다. 가상현실이란 개념 자체는 이미 오래된 것이지만, 최근 가상현실(VR) 기기들은 시청각으로 느끼는 감각이 조작적으로 만들어진 것이라고 느끼지 못할 정도의 이미지들을 만들어내고 있다. '하이퍼매개'는 미디어 자체를 보다 뚜렷이 느끼거나 이질감을 느끼도록 하는 재매개의 방식이다. 볼터와 그루신은 월드와이드웹(WWW)을 가장 대표적인 하이퍼매개의 표현형식이라고 말한다.[51] 웹 공간의 하이퍼링크는 기존의 페이지를 '대체(replacement)'하여 다른 페이지로 연결해준다. 클릭이라는 행위는 하이퍼매개적 행위이며, 이 과정에서 우리는 웹의 체계와 전략을 인식할 수밖에 없게 된다. '협의의 재매개'는 소설을 영화로 만드는 경우처럼 기존의 텍스

---

50) 제이 데이비드 볼터 & 리처드 그루신, 이재현 역, 『재매개 : 뉴미디어의 계보학』, 커뮤니케이션북스, 2006.
51) 제이 데이비드 볼터 & 리처드 그루신, 위의 책, 50~51쪽.

트나 콘텐츠가 다른 미디어로 전환되어 만들어지는 경우를 의미한다. 근본적으로 재매개는 하나의 미디어를 다른 미디어에서 표상하는 것을 의미하는데, 디지털 미디어에서 '재매개'는 매우 독특하고, 광범위하고, 관행적인 양상이라고 말한다.

비매개	미디어를 투명화하면서 미디어의 존재를 망각하게 하는 전략
하이퍼매개	미디어 자체를 보다 뚜렷하게, 혹은 이질감을 느끼도록 하는 전략
(협의)재매개	기존 콘텐츠를 미디어를 바꾸어 적용하거나 변형시키려는 전략

제이 데이비드 볼터&리처드 그루신의 '재매개' 세 가지 유형

볼터와 그루신은 '멀티미디어 영상 계보'라는 대학원 세미나를 통해 이러한 개념을 제시하게 되었다고 한다. 미디어들은 매개의 자취를 지워버리려하는 '비매개'적 경향과 매체를 증식시키고자 하는 '하이퍼매개'적 경향을 동시에 보이는 모순적 경향을 띤다. 그들은 투명성과 비투명성 사이를 진동하는 매체의 정체를 밝히는 과정에서 '재매개'라는 개념을 강조한다.

볼터와 그루신은 '재매개'란 새로운 매체가 앞선 매체 형식들을 개조하는 형식 논리라고 정의하면서, "모든 매개는 재매개"이자 "재매개는 매개의 매개"라고 언술한다. 각각의 매개 행위는 다른 매개 행위에 의존하며, 각각의 매체가 매체로 기능하려면 서로를 필요로 한다.[52]

---

52) 위의 책, 65~66쪽. "모든 매개는 재매개"라는 언급은 마치 "모든 해석은 재해석"이라는 리쾨르의 인식을 연상시킨다. 이미 프레드릭 제임슨이 언어로 또다시 언어를 지시해야하는 난처함을 말하며 사용한 '언어의 감옥'이라는 표현이나, 보들리야르가 실재와 인공물을 구분하는 것의 어려움을 언급하며 사용한 "시뮬라시옹 Simulation"을 떠올릴 법도 하다. 이미 보편화된 후기 구조주의적 관점으로부터 "텍스트의 바깥은 없다"는 데리다의 관점에 이르기까지, '원본'과 '구성된 것'의 명확한 구별은 불가능해진 것으로 파악한다. 볼터와 그루신의

앞서 언급한 '언어'의 재매개 역할은 이러한 관점에서 다시금 입증된다. 볼터와 그루신에 따르면, '모든 매개되는 것은 이미 매개되었던 것'이며, 매체를 통해 소통되는 모든 것은 상호매개적인 관계를 가지는 것이다. 문학적 논의에서 자주 언급되는 '재현(re-presentation)'도 결국 "모든 현시(presentation)는 재현"이라는 인식의 바탕 위에서 나온 말이라고 볼 때, "모든 매개는 재매개"라는 명제는 그리 낯설거나 뜻밖의 것으로 여겨지지 않는다. 게다가 이미, 마샬 맥루언은 그 유명한 "미디어는 메시지다"라는 명제를 내세우며 이렇게 말한 바 있다.

> 모든 미디어의 '내용'은 언제나 또다른 미디어임을 의미한다. 말은 씌어진 것의 내용이고, 씌어진 것은 인쇄의 내용이며, 다시 인쇄는 전보의 내용이다. '말하는 것의 내용은 무엇인가'라는 질문을 받게 될 경우, 우리는 반드시 '그것은 실제적인 사고 과정이며 그 과정 자체는 비언어적인 것이다'라고 답하게 된다.[53]

맥루언은 '말'이 '글'의 내용이듯, 모든 매체는 또다른 매체를 '매개'한다고 보고 있다. 맥루언은 '매체를 통해 전달되는 것이 메시지'라고 보는 과거의 관점을 '결국 그 메시지도 매체'라는 관점으로 전환시키고 있는 것이다. 그러나 맥루언의 위 언급과는 달리, 말과 글의 선후관계, 언어와 비언어적인 것의 경계조차 불명확하다고 보는 것이 후기구조주의 이후의 일반적 인식이다. '언어사전(言語辭典)'이나 '백과사전(百科事典)'이 그러하듯, 언어는

입장은 이것은 매체의 매개 과정에도 적용할 수 있다는 것인데, 그들에 따르면 이미 매개되지 않은 채 매개되는 것은 있을 수 없으며, 매개된 것과 실재의 것도 구별할 수 없다. 그들은 "매체media는 재매개하는 그 무엇"이라 정의하며, '하나의 표상 형식이 다른 매체를 거의 또는 전적으로 참조하지 않고 존재한다고는 생각할 수 없다'고 주장한다.

[53] 마샬 맥루언, 『미디어의 이해』, 36쪽.

또다른 언어로써 설명될 수밖에 없는 것이며, 결국 언어 바깥의 것은 없다고도 할 수 있다.

재매개의 과정을 조금 더 이해하고, 조금 다른 측면에서 접근하기 위해, 회화와 사진을 떠올려 볼 수 있겠다. 회화는 2차원적 평면 위에 선과 색을 표현하는, 가장 역사가 오래된 예술 장르 가운데 하나이다. 짐승들이나 자연 환경을 주로 대상으로 삼던 원시 회화로부터, 회화는 인간이 시각을 통해 감각한 '이미지'를 2차원 평면에 옮겨놓는 일이 무엇보다 중요했다. 그러나 회화의 '사실성'에는 뚜렷한 한계가 있을 수밖에 없었다. 사진은 회화의 한계를 획기적으로 뛰어 넘는 것이었다. 그리스·로마 시대로부터 '카메라 옵스큐라camera obscura'를 통해 실상(實像)을 재현하려는 노력이 있었으며, 레오나르도 다빈치 시대를 거쳐 18세기 이후부터는 회화의 보조수단으로써 어둠상자를 이용하기도 하였는데, 사진 기술은 '실상의 재현'을 현실로 만들어낸 것이다. 사진은 2차원적 평면으로 된 '회화'를 재매개화하면서 발전한 기술이라 할 수 있다.

그런데 여기서 회화, 혹은 사진이 담아내려 한 '실상'이라는 것은 사실 인간의 눈을 통해 보이는 시각적 이미지일 뿐, 실제 현실과 일치되는 것은 아니다. 인간 역시, 빛의 굴절과 반사로 벌어진 현상을 시각이라는 감각을 통해 매개하여 받아들이고 있을 뿐이다. 다시 말해서, 회화와 사진 모두, 인간의 시각에 의해 이미 '매개'된 실재(實在)를 나름의 기법—혹은 기술—으로써 평면적 이미지로 '재매개'하는 것이라 할 수 있다.

다시, 근대 문학 개념의 문제로 돌아가 생각해보자. 전통적인 구비 서사의 경우, 서사의 화자는 '전달자'나 '이야기꾼(teller)'의 역할을 맡을 뿐, 이야기에 관여하지 않고 참여하지 않기 마련이다. 전통적 구비 서사는 신(神)

이나 다른 인물들의 행위나 그와 관련된 사건을 전달하는 데에 중점을 두기 마련인데, 이때 서사 내부에 화자는 존재하지 않는다. 아니, 화자는 서사 내부에 있어서는 안 된다고 해야 할지도 모른다. 중세시대까지 서사 예술가들은 "자신의 존재를 사라지게 하려는 시도"를 하며 서사를 소통시켰다.[54] 구비 서사에서 화자는 자신의 암기와 낭송을 통해 이야기와 청중 사이를 "재매개한다(remediate)"[55]. 이때, 화자는 스스로를, 그러니까 '매체'를 숨기는 방법으로 서사를 소통시킨다. 단적으로, 서사의 매체는 서사의 소통 과정에서 매체가 사라지기를 바란다고 말할 수 있을 것이다. 물론, 서사의 내용이 사실적으로 진실되게 소통되기를 바라기 때문이다. 때로, 구비 서사의 화자가 서사 속 인물의 목소리를 흉내내듯 말하거나, 몸짓과 표정으로 그 인물의 심리를 전달하려는 것, 또 과장되게 청중과의 친밀감을 자극하기도 하는 것은 서사 소통 과정에서 '사실성(reality)'을 부여하기 위한 노력이다. 청중의 입장에서 '매체'가 '(재)매개'하고 있다는 의식이 사라질수록 서사는 더욱 사실적으로 다가오기 마련이다.

근대 이후, '문자'는 인간의 심리를 수사학적으로 재현하는 수단이 되면서 서술자의 정서나 서술자 자신이 서사 안으로 스며들 수 있게 하였다. 문자를 매체 수단으로 삼은 근대 문학은 인간의 심리를 소통과 소비가 가능한 것으로 만들었다. 그런데, '재매개'의 관점으로 바라본다면, 결국 '문자'라는 매체로 소통되는 것은 이미 경험·심리 작용 내에서 '언어를 통한 매개'를 거친 것이라 할 수 있으며, 때로는 '음성 언어'를 통해 매개되어 소통되던

---

54) 로버트 숄즈·로버트 켈로그, 『서사의 본질』, 임병권 역, 예림기획, 2001, 78쪽.
55) 로버트 숄즈·로버트 켈로그, 위의 책, 같은 곳에서는 "매개한다mediate"는 표현을 썼는데, 여기에선 "재매개한다"는 표현으로 대체하였다. 앞서 언급했듯, '매개'는 결국 '재매개'일 수밖에 없다는 견해를 반영한 것이다.

것을 '문자'를 통해 '재매개'한 것이라 할 수 있다. 근대 문학, 특히 소설에 '문자 서사텍스트'라는 이름 붙인다면, 다음과 같은 도식이 가능할 것이다.

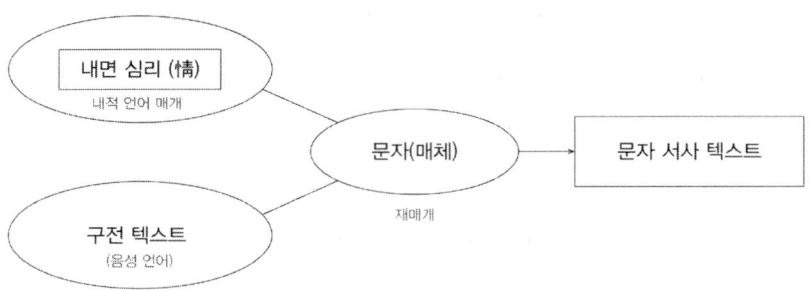

대표적인 근대적 서사 텍스트라 할 수 있는 '소설'은 기존에 존재하던 수많은 표현 양식—이미 매개된 것—을 자신의 것으로 포괄해냄으로써, 다시 말해 재매개함으로써 형성될 수 있었다고 해도 과언은 아닐 것이다. 소설은 기존의 구술 서사는 물론이고, 역사, 서신 등을 재매개하면서 다양한 형식과 내용으로 발전해나갈 수 있었다.

이 과정에서 소설 역시, '문자'라는 매체를 독자들이 의식하지 못하게 하는 방식으로 사실성을 확보할 수 있었을 것이다. 그런데 특히 주목할 만한 것은, 근대 소설이 택한 방식은 다름 아니라 '서술자'라는 존재를 통해 그것이 마치 구비 연행되는 것처럼 인식되도록 하였다는 점이다.[56] 1인칭이든, 3인칭이든, 그리고 서술자의 존재가 뚜렷하든, 그렇지 않든, 소설의 '서술자'는 문자 서사 이전의 구비 서사 화자처럼, 인물과 사건, 상황을 피서술자나 내포독자—궁극적으로는 독자—에게 전달하는 역할을 하는 셈이다. 또 한편으

---

56) 말로우에 의해 서술되는 콘래드의 소설(『암흑의 심연』)은 그러한 예가 될 수 있을 것이다.
(로버트 숄즈 · 로버트 켈로그, 앞의 책, 77쪽.)

로, 초기 근대 소설이 독자적(獨自的)인 소통 매체를 갖지 못하고, 신문이나 잡지와 같은 대중인쇄매체에 의존하여 소통되었던 점을 유념한다면, 신문·잡지라는 매체의 속성에 기대어 '소설'이란 새로운 장르의 서사를 대중들이 친숙하게 받아들일 수 있는 기회를 얻기도 했으며, 때로는 신문·잡지 매체의 특성의 영향을 강하게 받을 수밖에 없었음도 기억할 필요가 있다.

근대 연극이나 영화와 같은 경우는, 별도의 서술자가 없이 인물의 대화와 행동이 직접적으로 관객들의 감각—특히 시각과 청각—에 전달된다는 점에서, '재매개'의 존재감이 크게 느껴지지 않는 서사텍스트라고 할 수도 있을 것이다. 사실, 대개의 연극과 영화가 이미 문자텍스트화되어 있는 희곡이나 시나리오를 재매개하는 방식으로 만들어진다는 점을 떠올린다면, 연극과 영화의 '재매개' 방식은 한층 중층화된 재매개 구조를 보다 더 깊숙이 감추는 방식으로 구성되어 있다고 할 수 있겠다.

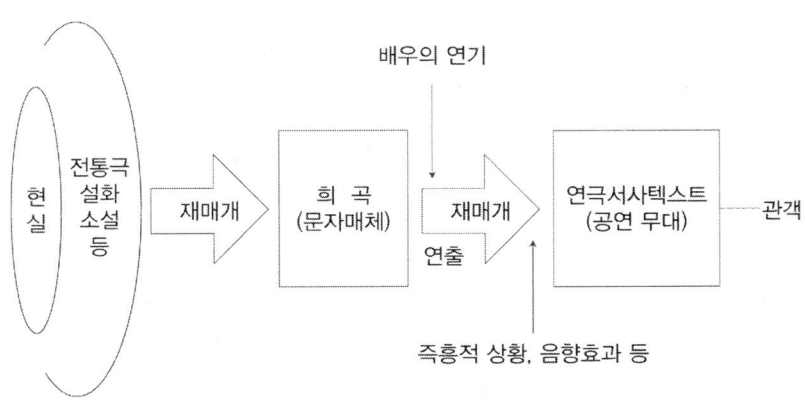

연극서사의 재매개와 소통

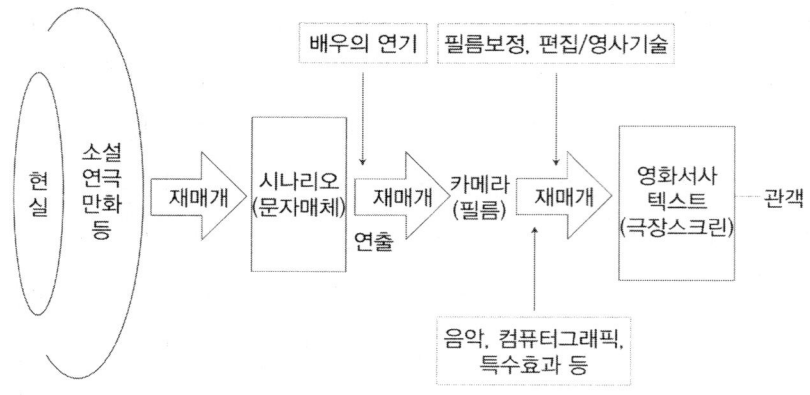

영화서사의 재매개와 소통

    연극은 전통극이나 구전 서사, 소설, 혹은 작가의 내면을 문자 매체로 재매개함으로써 만들어진 '희곡'을 바탕으로 한다. 희곡은 연출 과정을 통해 다시금 재매개됨으로써 무대 위에 올려지는데, 여기에는 배우의 연기, 음향 효과 등이 동반된다. 이로써 연극은 '무대'라는 현실적 시공간을 매체로 하여 관객들과 소통되는 '서사텍스트'가 되는 것이다.

    영화는 배우들의 연기가 관객 앞에서 이루어지는 것이 아니라 카메라 앞에서 이루어지는 것이고, 그것은 필름에 담겨진 뒤 다시금 여러 가지 기술적 과정을 거쳐 영사됨으로써 관객과 소통된다.57) 그러므로 영화는 연극보

---

57) 영화의 재매개 과정에서 '필름'의 단계로 서사가 1차적으로 '저장'된다는 점은 종종 소설과 같은 문자 서사 텍스트를 영화와 비교하는 이들이 간과하는 지점이다. 영화는 '필름'으로 기록되는 텍스트임에도 불구하고, 관객은 '필름'으로 영화 서사를 소통하는 것이 아니라 '필름의 영사(映寫)'를 통해 서사를 접할 수 있게 된다. 아마도 이 때문에 '필름'으로 재매개된 단계는 종종 간과되는 듯하다. 영화 서사를 만드는 이들─주로 영화감독─은 카메라의 프레임 안쪽 2차원적 평면에 배우와 배경, 소품 등을 적절하게 배치하는 '미장센(mise en scène'의 과정을 통해 시나리오를 '필름' 위로 재매개하게 된다. 2차원적 평면인 '필름'은 1초에 24장의 프레임에 빛을 통과시키는 '영사기'를 통해 스크린에 투사되고, 이로써 관객은 비로소 영화 서사 텍스트를 접하게 되는 것이다. 이렇게 보면, 영화는 '시간을 (필름 위에) 공간화'시킨 뒤에, 다시 '(필름이라는 평면) 공간을 (투사의 과정을 통해) 시간화'시킴으로써 만들

다도 조금 더 복잡한 재매개의 과정을 거침으로써 소통되는 서사텍스트라고 할 수 있다.

연극과 영화는 희곡·시나리오와 같은 문자 서사 텍스트를 중층적으로 재매개하게 되는데, 그 과정은 대개 관객들에게 '사실감'을 주는 것을 목적으로 한다. 연극 무대 위의 배우들은 '문자' 상태의 대사를 자신의 음성을 통해 연기함으로써, 관객들이 그것을 3차원적 현실에서 체험하는 대화 상황으로 느낄 수 있도록 희곡을 재매개하게 된다. 영화에 활용되는 각종 기술과 효과는 대개, 2차원적 평면 위에 비춰진 '빛과 그림자'일 뿐인 이미지를 관객들이 '현실감' 있게 느낄 수 있도록 하기 위해 활용되는 것이다. 그런데 애초에 모든 서사는 본질적으로 우리들 삶과 현실을 재매개함으로써 만들어진 것이라는 점을 떠올린다면, 연극과 영화의 중층적인 '재매개'는 현실에서 거듭 멀어져가는 듯하지만, 결국은 현실에 다시 가까워지려는 시도였다고 할 수 있다. 그러한 목적을 달성하기 위해서는 역시 '재매개'의 작용은 감춰지고 투명화될수록 유리할 것이다.

근래 많이 논의되는 '가상현실(virtual reality)'은 현실보다도 더 현실 같은, 보드리야르식으로 말하자면 '시뮬라시옹'의 서사를 구현하고자 했던 것인데, 이는 '매체'가 '매개'하고 있다는 점을 어떻게 하면 최대한 의식하지 못하게 할 수 있을까를 고민한 결과였다. 그런데, 재매개의 과정을 의식하지 못하도록 한 채 인간의 온갖 감각적 체험을 재현하려 한 '가상현실'은, 오히려 컴퓨터와 같은 첨단 디지털 매체를 통해 매우 복잡한 '재매개'의 과정을 거쳐서 구현되는 것이다.

어지는 서사라고 할 수 있을 것이다. 반면, 일반적으로 소설은 시간적 스토리가 종이 위 평면에 인쇄되어 '공간화'된 것이라 할 수 있는데, 종이 위의 소설이 다시금 '시간성'을 얻는 것은 오로지 '독자'의 독서 행위와 상상력에 의해서만 가능하다.

이렇게 본다면, '재매개'는 보다 발전된 테크놀로지의 영향을 받거나 보다 복잡한 재매개의 과정을 거칠수록, '재매개'의 과정을 보다 감추려는 의도를 실현해왔다고 할 수 있다. 그 과정을 통해, 서사텍스트는 보다 실제 현실에 가까운 방향으로, 보다 사실성을 획득하는 방식으로 발전해왔다고도 할 수 있다.

인쇄물과 방송, 영화들도 어느 시점에는 대단히 새로운 테크놀로지를 활용했던 '뉴미디어'들이었다. 각각의 새로운 매체들이 등장할 때마다 기존의 서사적 텍스트들은 신매체를 활용하기 위해 '재매개'되었다고 할 수 있다. 신매체에 익숙해지고 적응하는 것에는 약간의 시간이 필요했다. 따라서 각각의 서사텍스트 유형들은 신매체를 접하고 적응하며 활용하는 과정에서 일정한 변화 단계를 밟게 된다. 다소 도식적으로 이 과정을 표현하면 다음과 같은 도표58)를 만들어 볼 수 있다.

단계	양상
도입기	새로운 테크놀로지와 미디어 등장
투입기	기존 콘텐츠를 뉴미디어에 투입하는 시기
적용모색기	뉴미디어 특징을 인식하고 새로운 적용을 모색
사회적 활용기	미디어 영향력 확대 + 대중의 호응 증가 = 사회적 효용 주목
최적화 융합기	미디어 특성을 최적화한 장르 모색 또는 타미디어와의 융합 시도
쇠퇴기	또 다른 새로운 미디어의 등장

재매개의 단계와 양상들

---

58) 이 도표와 관련해서는 최성민, 『근대서사텍스트와 미디어 테크놀로지』, 소명출판, 2012, 252~257쪽.

이러한 단계는 실제로는 진화론적인 발전 단계라기보다는 다층적이고 입체적인 방식의 변화이지만, 소설과 영화의 경우를 예를 들어 대략적인 흐름을 도식화하면 다음과 같은 도표로 간략히 제시할 수 있을 것이다.

단계	한국 근대 소설의 경우
①도입기	구술의 문자화 (필사)
②투입기	판소리나 신화의 소설화
③적용모색기	신문연재소설, 동인지
④사회적 활용기	경향파 문학, 상업적 소설
⑤최적화 융합기	심리소설, 추리소설 (+소설의 재매개)
⑥쇠퇴기	(새로운 미디어로의 전환이나 융합을 모색)

한국 근대 소설의 재매개 단계와 양상들

단계	영화의 경우
①도입기	영화의 발명
②투입기	연극 무대의 촬영
③적용모색기	클로즈업, 몽타주 기법 발전
④사회적 활용기	이데올로기영화, 문예영화의 확산
⑤최적화 융합기	판타지, 스릴러 영화 (+영화의 디지털화)
⑥쇠퇴기	(새로운 미디어로의 전환이나 융합을 모색)

영화의 재매개 단계와 양상들

근대 소설은 신문과 같은 인쇄매체의 발달과 더불어, 영화의 경우는 영상을 촬영하고 재생할 수 있는 테크놀로지의 발명과 더불어 탄생한 서사텍스트 유형이라 할 수 있다. 소설의 경우는 구비설화들의 필사, 고전소설의 정착, 신문연재소설과 문학동인지의 등장을 거쳐, 근대소설이 자리 잡게 되었는데, 192,30년대 경향파 문학과 상업적 대중 소설들에 이르러 사회적 영향력을 갖게 되었으며, 193,40년대 이후 심리소설과 추리소설 장르들은 기존의 구술문학이나 설화들이 도달하기 힘든 '인쇄된 텍스트' 특유의 장점을 최대화한 유형으로 볼 수 있다. 영화의 경우, 뤼미에르 형제의 영화들은 이렇다 할 '서사성'을 갖추지 못한 광학 테크놀로지에 불과했지만, 연극 무대를 촬영하기 시작하면서 서사적 미디어로서의 가능성을 확인하게 되었고, 클로즈업이나 몽타주 기법의 발달은 '연극'이 도달할 수 없는 영화만의 특성을 확인하는 과정이었으며, 그리피스나 에이젠슈타인이 만들었던 이데올로기적 영화들은 그 특성을 사회적 영향력으로 활용하려는 시도였다. 판타지 영화나 스릴러영화는 컴퓨터그래픽이나 편집과 같은 후반작업을 적극적으로 활용하면서, 기존의 소설이나 연극과 같은 미디어 서사콘텐츠는 구현할 수 없었던 방식으로, 영화의 미디어적 특성을 극대화한 유형의 영화라 할 수 있을 것이다.

영상 매체 시대, 그리고 다매체 시대, 디지털 시대, 인터넷 시대 등으로 지칭되는 현 시대의 명명(命名)들은 '문자(文字) 이후'의 시대를 표현하는 방법들이며, '문자' 중심의 문학에 커다란 변화가 불가피하게 도래했음을 알려주는 것이기도 했다. 이제 '문학'의 연구 대상 범위는 '문자'에 의지한 텍스트를 뛰어 넘어, 구술의 전통은 물론, 영화와 디지털 게임, 웹 텍스트, 소셜 네트워크 서비스(SNS)에 이르기까지 폭을 넓히게 되었다. 일각에서는 타 장르에 대한 '문학'의 식민지적 야욕이라는 비판을 제기[59]하기도 하지

---

59) 가령 최근 디지털 게임에 대한 연구는 문학 이론가들에 대한 서사적 측면을 부각시킨 접근, 컴퓨터 공학과 테크놀로지의 측면에서의 접근, 디자인과 영상 미학적 측면에서의 접근, 대중문화나 교육학적 측면과 관련된 사회학적 접근 등이 이루어지고 있으나, 에스펜 아세스(Espen Arserth)를 대표로 하는 '게임학파'들은 '게임학(ludology)'라는 이름을 내세워 "게임은 게임이다"라는 주장과 함께 인접 학문으로부터의 접근을 부정적으로 인식하기도 한다.

만, 이는 '문학' 스스로 '문(文)'학이라는 기득권적 경계를 허물 때에만 가능한 것이어서 그러한 비판은 그다지 설득력이 없다. 그리고 다양한 뉴미디어들에 대해서 아직 어떠한 접근과 지향이 올바른 것인지에 대한 명확한 해답이 없는 상태에서의 탈영토화 시도는 그저 다양한 모험적 시론(試論)의 성격으로 볼 수 있다는 점에서 성급하게 연역적 가치 판단을 내리는 것도 바람직스럽지 않다.

이에 대해서는 이정엽, 「디지털 게임의 서사학 시론」, 『한국문학이론과 비평』 제36집, 한국문학이론과 비평학회, 2007.9., 56쪽과 한혜원, 『게임 스토리텔링 : 게임 은하계의 뉴패러다임』, 살림, 2005, 15~24쪽. 참조.

5. 문학 개념의 해체와 재정립

 '언어'는 인간이 고안해내 사용하고 있는 가장 유용하고도 오래된 '이야기의 그릇'이다. 본래 '이야기'라는 것이 '종이 위의 문자'를 통하기 이전부터 '음성 언어'를 통해 소통되어 왔음은 분명하다. '문자로 된 이야기'가 본격적으로 소통되기 이전부터, '이야기'는 낭송되는 '서사시'의 형태로, 무대 위 배우들의 연기를 통한 '공연(公演)'의 형태로 소통되었고, 사랑방이나 빨래터에 모여든 필부필부(匹夫匹婦)들의 입을 통해서도 소통되었다. 문제는 '음성 언어'라는 것이 기록하고 저장하기에는 어려운 대상이라는 점이었다. 말로 주고받는 '이야기'는, 근본적으로는, 그 순간 그 현장에서의 참여자들에 국한되어 소통될 수밖에 없는 것이었다. 그 한계를 극복하는 방법은 '암기'에 의존한 '구전(口傳)'이라는 형식을 통해서 이루어지는 정도였다.

 이에 반하여 '문자 언어'를 통한 '기록'의 가능성은 '이야기'의 소통의 범위에 본질적인 변화를 가져왔다. '이야기'는 문자를 통하여 멀리 떨어진 지역으로도 전달될 수 있었고, 후대로도 전달될 수 있게 되었다. 문자로 기술된 이야기는 발화자 없이도 시공간을 넘나들며 전달되고 소통된다. 종이가 발명되고 인쇄기술이 발달하면서, '문자로 된 이야기'는 '책'에 담겨 훨씬 더 활발하게 소통되기 시작하였다. '이야기 책'은 도서관에 보관되기도 하였고, '책방'에서 유통되기도 하였다. '도서관'에 보관된 이야기책은 후대로 전달되어 학문적 연구의 대상이 되었고, '책방'의 이야기책은 상업적 전략과 결부되어 대중 독자들과 폭넓게 만나게 되었다.

우리의 경우, '무구정광대다라니경'이나 '직지심경'과 같은 위대한 인쇄 발명품이 있었음에도 '인쇄된 이야기'의 대중적 소통은 그다지 활발하지 못했다. 우리의 말을 담는 우리 문자의 역사가 그리 길지 않았던 것도 그 이유였을 테고, 대중적으로 '책'이 유통될만한 문화적·산업적 환경이 조성되지 못한 것도 이유였을 것이다. 거꾸로 말하자면, '인쇄 매체'를 활용한 이야기의 소통이 가능한 문화적·산업적 환경이 조성된 시기를 주목하면, '목소리' 이외의 이야기 '매체'가 새롭게 등장하고 변화해온 과정을 살펴볼 수 있으리라 생각된다. 우리에게 있어 '이야기 책', 그러니까 인쇄된 매체를 통한 '이야기'의 대중적 소통이 시작한 것은 지금으로부터 100여 년전, 개화기 무렵부터였을 것이다. 이 무렵 소위 '딱지본 소설'은 커다란 대중적 인기를 모았다. 또한 비슷한 시기에 등장한 '신문'이라는 대중 매체는 '이야기'의 또다른 소통 매체로 주목받으며, 『무정』과 같은 '연재소설'이 대중적으로 소비되는 데에 공헌하였다. 이 이후 본격화된 우리의 근대 문학 텍스트들은 신문과 잡지, 동인지, 단행본 책 등과 같은 '신매체'를 통해 독자들을 만나게 되었다.

서구에서 시작된 산업화와 더불어 진행된 기술(技術) 문명의 발달은 '이야기'가 소통되는 매체에도 획기적인 변화를 가져왔다. 근대적 도시와 대중이 형성되면서, 근대적 극장과 관객이 등장할 수 있는 여건이 마련되었고, 이는 근대적 '연극'이라는 형태의 서사텍스트 소통을 가능하게 하였다. 19세기말 '영화'의 발명 또한 이야기 매체 변화의 중요한 전환점이 된 사건이었다. 초기 영화는 서사적 짜임새조차 갖고 있지 못했지만, 불과 이삼십 년만에 영화는 가장 대중적이고 파급력 있는 '이야기' 방식으로 자리잡게 되었다. 근대적 연극과 영화는 근대 이후, '문자' 이외의 방법으로 대중들이 서

사 텍스트를 접하는 매체로 자리잡았다. 그 후, 라디오나 텔레비전과 같은
전자 매체의 등장은 훨씬 더 광범위한 대중들을 대상으로 한 '이야기'의 전
파를 가능하게 만들었다.

1980년대 이후 개인용 컴퓨터의 보급과 1990년대의 인터넷망의 구축은
서사의 소통에 있어서 또 한 차례 중요한 변인으로 작용했다. 인터넷은 기
본적으로 '하이퍼텍스트'적 구조를 갖추고 소통됨으로써 인터렉티브한 서사
의 소통을 실현시켰고, 컴퓨터의 발달은 '가상현실'을 지향하는 디지털 서사
를 구현하였다. 특히 다양한 장르의 '컴퓨터 게임'은 유저(user)가 매 순간
명령과 선택을 통해 새로운 서사적 짜임을 만들어내는 방식의 서사 텍스트
로써 주목받기 시작하였다.

수천 년간 인류가 향유해온 '문학'의 매체를 통시적으로 살펴볼 때, '문자'
중심의 사고로부터 벗어날 필요가 있음은 명백해보인다. 문자화된 이야기,
특히 '소설'이 근대 이후 가장 대표적인 이야기 형식이었음은 분명하나, '소
설'만이 '이야기'의 전부는 아니다.[60] 이미 롤랑 바르트는 '서사'의 범위 안
에 다양한 형식과 매체의 이야기를 포괄한 바 있고, 자크 데리다는 '텍스트

---

60) 로버트 숄즈와 로버트 켈로그(로버트 숄즈 · 로버트 켈로그, 『서사의 본질』, 임병권 역, 예림
기획, 2001.)는 지나치게 소설 중심적으로 서사 문학을 다루는 견해에 이의를 제기한 바
있다. ; "지난 2세기동안 서양 서사문학의 지배적 형식은 소설이었다. …(중략)… 우리는
소설을 자기 자리에 놓아주고 싶고, 서사의 본질과 서양의 전체적인 서사적 전통을 고찰하고
싶다. 그리고 소설을 수많은 서사적 가능성들의 한 가지로 보고자 한다."(11쪽) "서사 문학에
대한 소설 중심적인 견해는 두 가지 이유 때문에 유감스럽다. 첫 번째 이유는 그런 견해가
과거의 서사문학과 과거의 문화로부터 우리를 단절시키기 때문이다. 두 번째 이유는 그런
견해가 미래의 문학과 우리 시대의 아방가르드로부터 우리 자신을 단절시키기 때문이다.
과거를 되찾고 미래를 받아들이기 위해서 우리는, 문자 그대로, 반드시 소설의 자기 자리를
찾아주어야만 한다. …(중략)… 소설의 시간은, 오천년 중에서 여전히 이백년에 불과하기
때문이다. 이 연구의 목적은 서사적 형태들의 역사적 발전에서 일정한 양상을 구별하고,
서사 예술에서의 지속적인 또는 반복적인 요소들의 검토를 통해, 이 오천년의 전통에서
몇 가지 연속선을 검토하는 것이다."(18~19쪽.)

의 바깥은 없다'고 선언한 바 있다. 모든 '문학 논의'를 '문자'에 가둬두고 논의해왔던 편견 어린 관습을 극복할 때, '문학'의 소통 매체는 과거의 '음성'으로부터 '문자', '영상', '디지털매체'에 이르기까지 확대될 수 있을 것이다.

실상, 최근의 문학 연구는 영화나 TV와 같은 영상 매체에서 인터넷을 중심으로 한 디지털 매체에 이르기까지 폭을 크게 넓혀 이루어지고 있는 것이 보편적 추세이다. 문학 연구가 왜 이러한 매체들에까지 관심을 기울일 수 있는지, 혹은 기울여야 하는지에 대한 분명한 논의는 충분히 이루어지지 못하였고, 그저 하나의 유행처럼 학문적 관심이 파편적으로 확산되고 있을 뿐이다. 이의 극복을 위해서는 '문학' 자체에 대한 새삼스러운 질문을 필요로 할 것이며, '문학'의 틀을 넘어선 다양한 텍스트들을 대중들과 연결시켜 준 각각의 '매체'에 대한 균형 잡힌 시각과 접근이 요구된다고 볼 수 있다.

근대 이후 등장한 여러 서사 매체들은 '서사의 소통'이라고 하는 인류의 근원적 욕망을 실현시키기 위해 활용되었다. 그리고 그 실현을 위해 등장한 새로운 매체는 '진화론'적으로 기존의 매체를 대체한 것이 아니라, 기존의 매체를 참조하고 활용하는 가운데, 상호 경쟁해왔다. 특히 주목할 것은 각각의 '신매체'가 등장하는 시기가 될 것이다. 새로운 매체의 등장이라는 변수가 서사 텍스트의 소통 양상에 있어 어떠한 영향을 주었는가를 살펴봄으로써, 매체와 서사 텍스트의 관계를 포괄적으로 밝혀내는 것이 중요하다.

'소설'은 문자를 통해 매개됨으로써 소통되는 텍스트이자 가장 대표적인 근대적 서사 텍스트 양식이라 할 수 있지만, 소설이 문자를 통해 수사학적으로 구성되는 과정은 여타의 서사 텍스트들이 각각의 매체를 통해 소통될 수 있도록 구성되는 과정과 본질적으로 다른 것은 아니다. '문자'를 통한 소설이나 '영상'을 통한 영화, '컴퓨터'를 통한 게임은 추상적인 '이야기'를 해당 매체에 적합한 방식으로 재매개함으로써 소통될 수 있게 되는데, 개별적인 매체나 장르의 특성에 초점을 맞추는 것이 아니라, 각각의 뉴미디어가 '재매개'의 과정을 통해 서사 텍스트의 소통을 실현하는 과정으로 인식함으로써 서사의 소통 역학을 보다 균형적이고 원리적으로 접근할 수 있을 것이다.

근대 이후, 다양한 '신매체'가 잇달아 등장하면서 이들 매체를 활용한 서사 텍스트들은 서로 영향을 주고받는 관계를 맺어왔다. 그 과정에서 각각의 매체가 지닌 '예술적·장르적 특성'을 부각시키려 하거나 '대중적 상업성'을 놓고 경쟁을 벌이기도 하였음은 당연한 일이었다. 신매체는 사회 변화나 테크놀로지의 발달에 힘입어 등장하게 되는데, 기존의 매체를 재매개함으로써 기존의 서사의 소통이 지니는 단점을 보완하는 한편, 기존 매체와 대중적 인기를 놓고 경합을 벌이기도 하였다. 신매체 등장 무렵, 새로운 매체를 통한 서사텍스트의 생산을 시도하던 이들은 이전에 존재하던 텍스트를 기존 매체를 통해 재매개함으로써 신매체를 활용하기 시작하였고, 점차 신매체의 특성을 인식함에 따라 해당 매체에 적합한 새로운 양식을 창출하기도 하였다.

근래 다매체 시대, 멀티미디어 시대의 문학은 '문자'라는 수단에 가두어둘 수도 없고, 기존의 '문학'이라는 학문적 틀로도 얽매어 놓을 수 없는 복합적이고 광범위한 대상이 되어가고 있다. 매체 환경이 더욱 더 다양화되고 복잡해지는 상황에서의 우리는 문학 개념을 해체하고 재정립할 필요성을 다시금 확인하게 된다.

새로운 매체의 등장과 그에 따른 변화는 근본적으로는 테크놀로지의 발달과 진보를 통해 가능한 것이다. 최근에는 더욱 급속도로 테크놀로지의 발달이 이루어지고 있다. 이에 따라 신매체의 등장도 더욱 빠른 간격으로 이루어지고 있다. 신매체는 테크놀로지에 의해 등장하지만, 맥락 없는 창조의 결과물은 아니다. 신매체는 단선적인 진화가 아니라, 기존 매체에 대한 참조를 통해 늘 새로이 변형되고 구성되어 온 것이다.

문학의 경계는 허물어지고 영토는 불분명해졌지만, 문학이 쌓아온 이론적 체계와 분석의 노하우들은 새로운 미디어 환경의 수많은 텍스트들, 콘텐츠들을 이해하는 데에 큰 도움을 줄 것이다. 그동안 축적된 폭넓은 연구와 비평 스펙트럼은 이제 TV, 인터넷, 모바일 등을 통해 만나게 되는 수많은 텍스트와 콘텐츠들을 향할 수 있을 것이다. 이 책의 제2부와 제3부는 그러한 가능성들을 확인하는 기회가 될 것이다.

제2부

문학 이론과 비평의 확장

1. 문학 이론과 비평적 틀

(1) 전통적 문학 이론을 넘어서

『성의 역사』에서 미셸 푸코는 '성(性)' 혹은 '섹스'라는 것에 대해 말한다. 하지만 그것은 생물학적인 관계에 대한 설명이거나 그것이 실제로 무엇인가에 대한 설명이 아니라, 그와 같은 개념이 어떻게 창출되었는가를 보여주는 과정이다.[1]

여기서 문학 이론을 다시 이야기하고 있는 것 역시 마찬가지이다. 문학이라는 개념에 대한 계보학적 성찰의 과정이다. 조너선 컬러는 『문학이론』[2]에서 20세기 이후의 몇 가지 문학이론들이 문학을 어떻게 이해해왔는가를 다섯 가지 관점으로 나누어 살펴보고 있다.

첫째, 러시아 형식주의자들은 문학을 문학이게 하는 것은 문학다운 언어에 있다고 보았다. 그들에게 문학은 언어 그 자체를 '전경화(全景化)'시킨 언어이다. 일상의 언어와 낯선 언어의 형식이나 조직, 혹은 쓰임을 보여주면서 '낯설게 하기'를 실현하고 독자로 하여금 '문학'이라는 특별한 언어를 마주하게 만든다는 것이다.

둘째, 영미권의 신비평 이론가들은 언어의 통합적이고 조직적인 구성의

---

1) 이에 대해서는 조너선 컬러, 『문학이론』, 동문선, 1999, 21쪽.
2) 위의 책, 51~71쪽.

결과물로 '문학'을 인식하였다. 광고나 격언에는 매우 낯설거나 노골적인 방식으로 언어를 전경화한 사례들이 나타나지만, 그것은 통합, 조화, 긴장의 관계가 통합적인 짜임새를 띠고 있지 않기 때문에 문학일 수는 없다는 관점이다.

세 번째 관점으로는 문학적 발화는 세계와 '허구적' 관계를 맺고 있다는 점에서 특수성을 띤다는 입장이 있다. 문학은 역사적 개인이나 현실적 개인이 아니라 상상적인 개인을 언급하며, 화자, 사건, 내포 독자를 포함한 허구적 세계와 관련된다는 것이다. 문학이 허구의 세계를 다루기 때문에 언제나 독자에게는 '해석'의 문제가 남게 된다.

네 번째 관점은 미학적 대상으로서의 문학을 인식하는 것이다. 문학의 목적은 예술 그 자체에 있으며, 작품에 내재하거나 그로부터 비롯되는 미적 즐거움이 문학의 본질이라는 것이다.

다섯 번째 관점은 상호텍스트적 또는 자아 성찰적 구성물로 문학을 인식하는 것이다. 시를 읽는다는 것은 다른 시와 관계 짓는 것이며, 다른 담론들과의 관계 속에서 의미를 구성하는 것이다. 문학은 저자의 자아성찰적 구성물이면서, 독자 역시 자아성찰적 과정을 통해 문학을 이해할 수 있게 된다는 관점이다.

조너선 컬러는 이러한 다섯 가지 관점을 제시한 후에, 이 각각의 관점들의 조합이나 합계로서 문학의 정의를 세우는 것으로 나아가지 않는다. 오히려 이러한 관점의 차이들이 존재할 수 있다는 것은 결국 각각의 관점에서 내세우는 특성이 결정적인 것이 아니라는 사실을 입증하는 결과라고 말한다. 조너선 컬러는 문학의 정의를 다시금 명료하게 제시하거나 모범답안을 서술하기보다는 다음과 같은 설명으로 '문학이란 무엇인가'라는 질문 자체만이 중요한 것이라는 의견을 표명한다.

> 문학은 문화의 정보일 뿐만 아니라 문화의 소음이기도 하다. 문학은 문화적
> 자본일 뿐만 아니라 엔트로피를 초래하는 힘이기도 하다. 문학은 독서를 요구
> 하고 독자들에게 의미에 문제에 관여하도록 요구하는 글쓰기이다.
> 문학은 역설적인 제도이다. 왜냐하면 문학을 창조하는 것은 기존 공식에 따
> 라 글을 쓰는 것이지만, 문학은 또한 이런 관습을 경멸하면서 그것을 초월하고
> 자 하는 것이기 때문이다. 문학은 그 자체의 한계를 노출하고 비판함으로써,
> 기존의 것과는 달게 쓸 때 과연 무슨 일이 일어날 것인지를 시험함으로써 살아
> 남는 제도이다. (중략)
> 문학이란 무엇인가라는 질문은 중요하다. 왜냐하면 이론은 모든 유형의 텍
> 스트에 나타난 문학성을 조명하는 것이기 때문이다. 문학성을 성찰한다는 것
> 은 이런 담론을 분석하고, 문학이 유도해 낸 관행들을 읽어내기 위한 자원을
> 계속 유지해 나가는 것이다.[3]

문학은 끊임없이 '문학이란 무엇인가'라는 질문을 반복적으로 자문(自問)
함으로써 계속 존재할 수 있다. 문학을 일정한 정의나 범위에 가두려고 할
때, 문학은 위기에 직면해왔고, 앞으로도 그럴 것이다.

문학은 언어와 깊이 관련된 예술이지만, 언어라는 틀에 단순히 가두어둘
수 없는 것은 문학의 언어가 '수행적 성격'을 지닌 역동적이고 유동적인 것
이기 때문이다. 조너선 컬러도 영국의 철학자 J.L.오스틴의 이론을 받아들
여, 문학 언어의 수행성을 강조한다.

> 오스틴은 발화의 두 가지 유형간의 구분을 주장했다. "조지는 오기로 약속
> 했다."와 같은 진술적인 발화는 진술을 하고, 사태를 기술하며, 진실 아니면

---

3) 조너선 컬러, 위의 책, 69~71쪽.

거짓이다. 수행적인 발화 혹은 수행문은 진실이나 거짓이 아니며, 실제로 그 것들이 언급하는 행동을 수행한다. "나는 너에게 빚을 갚겠다고 약속한다."고 말하는 것은 사태를 기술하는 것이 아니라, 약속하는 행위를 수행하는 것이 다. 발화 그 자체가 행위이기 때문이다.[4]

일반적으로 언어는 '진술적 언어'와 '수행적 언어'로 나뉜다. 진술적 언어 는 실제 현실이나 행위, 사물을 기술하는 것으로 진실될 수도 있고, 거짓일 수도 있다. 우리가 일상에서 접하는 언어는 대체로 진술적 언어에 해당된다.

수행적 언어는 발화 자체가 행위가 되는 것이며, 인물이나 사건, 사태를 창조해낼 수 있다. 수행적 언어는 새로운 사건이나 세계를 창조해낼 수 있 는 힘을 가진 것이다. 문학의 언어는 진술적 언어들로 채워지기도 하지만, '수행적 언어'로 쓰여질 때 문학이 독자와 우리 사회에 안겨줄 수 있는 강력 한 잠재력을 확인할 수 있다.

가령 어떤 소설 문학 작품에서, "2030년 화성으로 향하는 우주선 안에는 제임스, 토마스, 헨리 세 명의 우주인이 타고 있었다."라는 첫 문장이 서술 되어 있다면, 이 문장은 쓰여지는 그 순간(혹은 읽혀지는 그 순간) '2030년 화성으로 향하는 우주선'이라는 시공간적 배경을 창조하며, 세 명의 우주인 이라는 인물도 창조하게 된다. 이 문장이 만들어낸 세계 위에서 그 이후의 사건과 상황들이 전개될 수 있으며, 우리는 이 소설을 감상할 수 있게 된다. 그리고 이 수행적 문장에 의해 만들어진 세계를 '가능세계(possible world)' 라고 말한다.

루이 알튀세르의 '호명이론'에서처럼, 언어적으로 어떻게 명명하는가의 문제는 단순한 호칭의 문제에 그치지 않고, 세계를 바라보는 시각의 문제이

---

4) 조너선 컬러, 위의 책, 152쪽.

자 이데올로기의 문제가 된다. 수행적 언어를 활용하는 문학은 본질적으로 가치중립적일 수가 없으며, 작가와 독자, 혹은 화자와 청자 사이에 '세계를 보는 태도'에 대한 논쟁과 토론을 요구한다.

앞서 살펴보았듯, 문학이라는 개념의 정의 역시 간단하지 않다. 문학은 폭넓은 범위를 포괄하는 개념이다. 또한 문학은 '세계를 바라보는 태도'나 '발화 태도 및 형식', 그리고 '자아와 세계의 관계'에 따라 변별적인 장르들을 내포하고 있다. 문학의 범위를 각각 분화함으로써 문학을 이해하려는 시도로서, '장르'의 이론이 존재한다.

가장 보편적인 문학 장르 개념으로는 2분법과 3분법이 있다. 언어 형식의 차이에 기준을 두고, '산문문학'과 '운문문학'으로 나누는 2분법은 가장 손쉽고 보편적인 장르 구분이었다. 3분법은 고대 그리스 이래로 반복되어 온 서정, 서사, 극의 구별을 말하는데, 이론가들에 따라 다소간 차이가 엿보이기도 한다.

헤겔은 자신의 미학 이론에서 서정, 서사, 극이라는 3분법을 제시한다. 서정(抒情)은 표현 주체의 자기표현 형식으로서, 주관적 성격을 띤다. 서사(敍事)는 표현 주체가 뒤로 물러선 상태로 외부 현실을 형상화하는 것을 말한다. 상대적으로 객관적인 성격을 띤다. 극(劇)은 인물의 자기표현으로, 객관적인 방식의 사건이 전개되면서 인물의 주관성이 드러나는 정반합(正反合) 구조를 띤다.

E. 슈타이거는 『시학의 근본개념』에서 서정은 주객합일(主客合一), 서사는 주객상면(主客相面), 극은 갈등의 충돌과 재현이라는 방식으로 특징을 구별한다.

국문학자 조동일은 서정, 서사, 극(희곡)에 교술 장르를 추가한 4분법을 제안한 바가 있다.

자아와 세계의 대결이라는 갈등 관계가 핵심인 장르는 서사 장르와 극 장르인데, 이 가운데 극(희곡)은 외적 자아의 개입이 없지만, 서사(소설)는 외적 자아, 즉 서술자의 개입이 뚜렷하다고 본다. 서정은 '세계의 자아화', 교술은 '자아의 세계화'로 설명하며, 서정의 경우는 일반적인 '서정시'의 경우처럼 외적 세계의 개입이 별로 없지만, 교술의 경우는 외적 세계의 개입이 강하여 논픽션이나 수필 장르, 고전문학의 '가사(歌辭)'가 여기에 해당한다고 본다.

과거의 장르 구분들은 문학 작품 내적인 특징이나 언어적 성질의 차이를 구별함으로써 타 장르와의 변별에 도달한다. 하지만 최근의 장르 개념은 바로 작품 내재적 특징을 주목하기보다는 작가나 독자의 '관습'을 주목한다.

앞에서 황지우의 「묵념 5분 27초」를 시(詩)로 인식할 수 있게 한 것은 그 작품의 언어적 특징이 아니라, 바로 작가와 독자 사이에 공유된 '관습'에 따른 것이었다. 시집을 읽는 독자는 빈 페이지를 보고도 '관습'에 의해 문학적인 상징과 의미를 추리하려 들고, 작가는 그러한 관습을 예상하고 다소 도전적이고 도발적인 형식의 작품을 써낼 수 있었던 것이다.

우리가 소설을 길이에 따라 단편소설, 장편소설, 꽁트로 나누거나 내용과 주제에 따라 역사소설, 성장소설, 추리소설, 심리소설, 환상소설 등으로 나누는 것도 결국 우리의 관습을 유형화한 것이라 할 수 있다.

철학을 미술로 표현했다고 평가받는 현대화가 르네 마그리트는 누가보아도 파이프를 그린 그림을 그려놓고 '이것은 파이프가 아니다'라는 문장을 아래에 병기해놓았다. 분명히 그 그림은 파이프를 그린 그림으로 보이지만, 사실 그림의 대상이 파이프일 뿐, 그림 그 자체가 파이프일 수는 없다. 어차피 텍스트가 현실 그대로일 수는 없다.

우리가 소설 『해리포터』에서 빗자루를 타고 '퀴디치' 시합을 하는 장면을 볼 때는 그다지 불편함을 느끼지 않지만, 왕조의 역사를 다룬 소설을 읽다가 빗자루를 타고 하늘을 날아오르는 장면을 보게 된다면 어색함과 불편함을 느끼지 않을 수가 없을 것이다. 그것은 바로 '장르'가 우리에게 안겨주는 '관습'에 의해 수용자의 태도가 이미 기본적으로 달라질 수밖에 없기 때문이다.

이 문제는 문학에 있어서의 '리얼리티'의 문제와도 밀접하게 관련된다. 문학의 사실성 문제를 문학이 재현한 세계와 실제 세계 사이의 실질적 유사성의 문제로만 파악한다면, 『해리포터』와 같은 소설은 사실성과는 아주 거리가 먼 작품일 수밖에 없다. 하지만 이와 같은 협의의 사실성과는 별도로, '개연성'과 '핍진성'이라는 개념도 리얼리티의 문제에서 함께 다루어진다.

협의의 사실성(事實性, 寫實性)이란 일반적인 의미의 '리얼리티', 즉 실제 현실과의 유사성을 말하는 개념이다. 개연성(蓋然性; probability)은 '실제

이것은 파이프가 아니다 (르네 마그리트)

로 일어날 수 있을 듯함'을 의미하는 것으로, 논리적 인과 관계를 통해 파악된다. 가령 재난의 상황에서 이기적 성격의 인물이 타인을 구조하기 위해 노력하지 않고 자신의 안위만 걱정하는 행위를 한다면, 그것은 그의 성격에 의해 개연성을 획득하게 된다. 핍진성(逼眞性; verisimilitude)은 '있을 법함'을 뜻하는 개념인데, 보편적 합리성에 비춘 관점이 아니라 앞서 말한 '가능 세계' 안에서의 '있을 법함'을 의미한다. 가령 『해리포터』에서 퀴디치는 합리적 과학으로는 설명하기 어렵지만, '호그와트'라는 가능 세계 안에서는 '핍진성'을 획득할 수 있다.

다시, 장르의 문제로 돌아오자. 장르는 한 마디로 관습이다. 물론 관습이라는 것은 고정적이기보다는 유동적인 것이다. 아리스토텔레스 시대의 서사와 서정의 차이는 지금 시와 소설의 차이처럼 운문과 산문의 변별로 먼저 눈에 들어오는 것이 아니었다. 아리스토텔레스 시대의 관습에 따르면, 서사시는 '등장인물이 영웅임을 증명'하는 것이며, 서정시는 '사랑이 진실한 것임을 증명'하는 것이었다.

최근 영화 〈부산행〉에서 좀비떼가 등장하거나 드라마 〈도깨비〉에서 900년간 죽지 않고 살아온 도깨비가 등장하는 것은 비합리적이고 비과학적인 장치이지만, 좀비영화 혹은 판타지 드라마라는 장르가 제공하는 관습 위에서는 관객과 시청자의 수용을 이끌어낼 수 있게 된다. 또한 과거에 비해 이와 같은 판타지적 장치들이 최근 빈번하게 활용되는 유동적 추세를 보이고 있다는 점도 염두에 둘 수 있다.

문학에 대한 가장 전통적인 이론은 문학을 둘러싼 작가, 독자, 세계, 그리고 작품 그 자체의 관계에서 무엇에 좀 더 비중을 두고 바라볼 것인가에 따라 구별되는 네 가지 이론들이다.

모방론은 문학이 현실 세계를 '언어'를 통해 반영, 재현, 재창조한 것이라는 관점에서, 현실 세계와의 유사성을 주목한다.

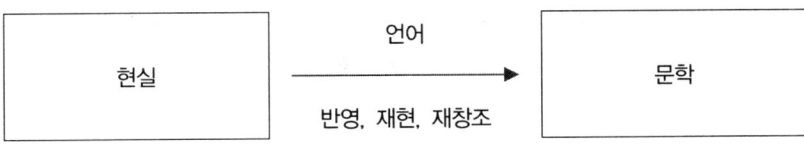

여기서 유사성의 문제는 앞서 살펴본 바와 같이, 사실성, 개연성, 핍진성의 문제로 나누어 생각해볼 수 있다.

효용성은 문학이 독자에게 주는 교육적이거나 심리적 효용의 측면을 강조하는 관점이다.

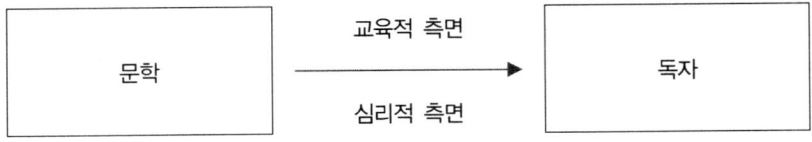

고대 그리스의 루크레티우스가 '문학당의정설'(文學糖衣錠說)을 내세운 것은 문학이 지닌 매력을 통해 일정한 메시지나 이데올로기를 보다 효과적으로 전달할 수 있음을 인식한 것인데, 이는 결국 문학의 효용적 가치를 높이 평가한 것이다. 물론 이때 효용이란 도덕적, 교육적 효과뿐만 아니라, 즐거움, 기쁨, 슬픔과 같은 심미적 효과도 포함한다. 아리스토텔레스의 '카타르시스' 개념 역시 비극이 관객에 유발할 수 있는 '연민과 공포의 정서' 혹은 '감정의 배설과 정화' 효과를 주목하면서 제기된 것이다.

표현론은 작가의 경험, 감정, 영감이 그의 재능을 통해 작품으로 형상화된 것이라는 관점이다.

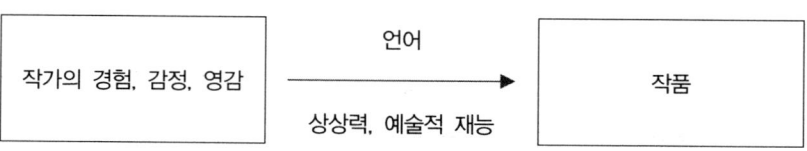

이때 작품을 이해하기 위해서는 작가의 생애나 구체적 경험에 대한 자료 조사가 요구되기도 하고, 작가의 심리적 분석이 동반되기도 한다. 프로이트 는 '작가를 정신병적 증후를 언어로 표출하는 사람'이라고 말하기도 하였다.

객관론은 문학 작품 그 자체의 예술성을 중요시하는 관점으로, 문학의 예 술적 표현 수단인 언어의 형식과 내용적 측면을 주목한다.

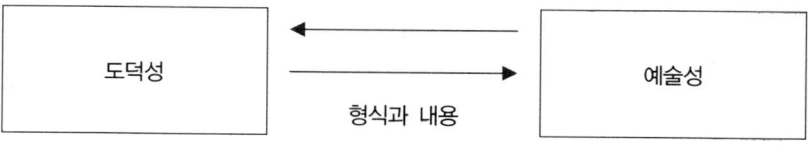

대표적으로 러시아 형식주의자들은 '문학을 문학답게 만드는 문학성 그 자체'를 주목하고자 했으며, 영미의 신비평가들은 '작품의 내적 완결성과 형 식적 아름다움'을 주목하고자 노력하기도 하였다. 그들은 작가나 세계는 모 두 작품 외적인 영역으로, 문학의 본질에서 동떨어진 조건에 불과하다고 인 식한다.

바로 이 네 가지 관점과 이론을 바탕으로, 문학 작품을 바라보는 것을 '비 평적 태도'라고 말한다. 수용자의 관점에서 가장 적극적으로 문학을 대하는 태도 중 하나는 '비평'을 시도하는 것이다. 영어로 비평을 뜻하는 '크리티시

즘(criticism)'은 그리스어 '크리네인(krinein)', 라틴어 '크리티쿠스(criti-
cus)'에서 유래한 말이다. 크리네인은 판정한다, 감정한다, 식별한다는 의
미를 지니고 있다. 한자어 '비평(批評)' 역시 견주어 따지다, 평가하다, 판정
하다는 의미를 띠고 있다. 어원적 의미에서 볼 때 '비평'은 무언가를 판단하
고, 평가하는 작용을 의미한다. 평가는 가치를 규명하고 그 의의를 밝히는
것이므로, 비평 또한 사물의 가치를 판단하고 그 의의를 천명하는 것이라고
볼 수 있다. 이 판단과 평가의 작용이 문학작품에 미칠 때는 바로 '문학비
평'이 된다.

비평의 과정은 '이해와 해석'의 과정과 '감상과 평가'의 과정으로 구분할
수 있다. 이해는 텍스트의 문면에 나타난 의미의 기본적 파악이고, 해석은
이 파악된 의미를 다시 해설하는 일이다. 따라서 해석은 의미의 이해 내용
을 독자를 의식하면서 진술ㆍ전개하는 기술이다. 요컨대 이해는 알아듣기
이고, 해석은 알아들은 내용의 효과적 전달이다. 이렇게 볼 때 해석은 텍스
트의 의미를 객관적으로 파악하는 일이며 텍스트를 인식하고 이해하려는
기본적 행위이다. 이런 분명한 해석의 과정을 거친 다음에야 텍스트의 가치
를 평가하는 비평 작업이 이루어질 수 있다.

대체로 이해와 해석의 과정이 객관적이라면, 감상과 평가는 보다 주관적
인 영역이다. 감상이란 작품을 향수하고 즐긴다는 뜻이다. 작품을 통하여
취미를 확장하고 교양을 넓히며 자기를 투영하여 재창조하는 것을 말한다.
작품을 쪼개어 분석하는 것이 해석이라면, 감상은 통일적이며 종합적인 사
고 과정이며, 텍스트를 향유하는 과정이다. 평가는 감상 이후에, 최종적으
로 작품이나 텍스트에 대한 가치를 구체적으로 표현하는 일이다. 이 판단은
해석이나 감상을 거쳐 도달하는 비평의 최종 단계이다. 간단히 말해서 비평

이란 작품을 읽고, 작품의 의미를 해석하고 작품에 나타난 미적 세계를 감상하고, 최종적으로 작품의 가치를 기준에 따라 평가하고 결정하는 일이다.

이솝우화에 포함된 '토끼와 거북이' 이야기를 떠올려보자. 토끼와 거북이가 달리기 경주를 하였는데, 토끼가 한참을 앞서가지만 결국 나무 밑에서 잠이 들었고, 쉬지 않고 성실히 걸었던 거북이가 승리했다는 이야기이다. 이 이야기를 듣거나 읽고, 이렇게 간단히 요약할 수 있었다면 일단 이야기를 이해하는 데에는 도달한 셈이다. 그런데 만약 누군가가 "토끼와 거북이가 어떻게 말을 해?"라는 의문을 품는다면, 이것은 '우화'라는 장르적 속성과 그 장치를 이해하지 못한 결과일 것이다. 이해와 해석은 작품이나 텍스트 내용 자체는 물론, 그 장르적 속성과 코드, 맥락에 대해 포괄적으로 수행되어야 하는 과정이다. 코드나 맥락을 충분히 이해하기 힘들다면, 관련된 자료나 또 다른 텍스트들을 참고해야할 필요도 있다. 이것이 상호텍스트적 이해의 과정이다.

그 다음은 감상과 평가의 과정이다. 가장 일반적인 것은 '거북이의 성실함을 배웠다'는 교훈을 내세우는 감상이겠지만, 누군가는 작품 내적인 짜임새를 주목하여 "토끼를 이긴 거북이를 통해 놀라운 '반전(反轉)'이 안겨준 묘미를 느꼈다"는 '감상'을 표현할 수 있다. 또 다른 누군가는 토끼와 거북이의 경주가 불공정한 경쟁이었음을 들거나, 경쟁에 빠져 함께 즐기기를 포기해버린 둘의 문제를 우리의 현실 사회에 관련지어 감상이나 평가의 의견을 내놓을 수도 있을 것이다.

비평이란 작품 가치의 평가 혹은 발견이라고 말하는 이들이 있다. 그런데 여기서 가치란 무엇인가 하는 가치론의 문제와 그러한 가치를 인정할 수 있는 평가 기준에 관한 문제가 제기된다. 가령 어떤 한 작품에서 감동적인 인상을 얻었다면 우리는 그 작품을 가치 있는 작품이라고 판단한다. 또 다른 작품에서는 별다른 감동을 받지 못했어도 자신이 살아가고 있는 세계의 한 면모를 적나라하게 현실적으로 보여주었다고 생각되면, 그 작품에도 가치를 부여할 수밖에 없다. 여기서 우리는 주관적인 판단작용에 의해서 작품을 평가하려는 경향과 후자와 같이 외적인 척도나 표준에 의해 평가하려는 경향을 볼 수 있는데, 이 두 가지 경향에 대해 각각 '인상비평'과 '재단비평'으로 구별하기도 한다.

두 가지 비평은 모두 단점이 뚜렷하다. 주관적인 인상비평은 개인적인 속단이나 논거가 부족한 주장에 불과할 수도 있다. 기준을 적용하는 재단비평은 기계적 공식을 적용함으로써 작품 자체의 독창성이나 변별적 가치, 개성을 간과할 우려가 있다.

인상비평과 재단비평 이외에도, 작품의 제작 과정 자체나 기법을 중요시하는 '제작비평', 작품을 수단으로 삼아서 비평가 스스로의 주장과 의견을 내세우는 데에 더 큰 비중을 두는 '창조비평', 이미 존재하는 비평을 대상으로 하여 그 비평적 태도나 관점, 결과물의 정당성과 합리성을 따져보는 '메타비평' 등도 존재한다.

궁극적으로 비평의 목적은 '대상에 대한 생각과 감정을 여러 사람과 함께 소통하는 것'에 있다. 내가 문학 작품을 보고 느낀 것을 글이나 말로 표현함으로써, 다른 생각을 지닌 사람과 의견을 견주고 나누는 것이다. 최근 영화비평이나 스마트폰 어플리케이션 리뷰에서는 '별점'이라는 형식을 많이 활용하고 있다. 이것은 대상에 대한 '평가'라는 의미에서 비평의 한 형식임을 분명하지만, 나름의 평가 기준과 태도가 함께 제시되지 않는다면, '비평'을 통한 소통을 유발하기는 어려울 수 있다.

문학비평에서는 오래 전부터, 진실성의 기준, 효용성의 기준, 독창성의 기준, 복잡성과 일관성의 기준, 이상의 네 가지 기준을 중심으로 대상 텍스트를 평가해왔다.

진실성의 기준은 모방, 반영, 재현의 진실성 여부에 따라 작품을 평가하는 방법이다. 기본적으로 반영론적인 시각 아래에서 텍스트를 바라보는 것이며, 현대 사실주의 비평의 흐름이 여기에 속한다. 하나의 텍스트가 당대의 사회상과 현실을 얼마나 진실되게 반영했는가를 평가하는 입장이다. 이때 진실의 기준은 작품 속에 재현된 세계와 우리 주변 현실 세계와의 유사성을 놓고 따지기도 하지만, '당위적 세계(있어야 할 세계)에 대한 진실'을 기준으로 삼거나 협의의 사실성보다 '핍진성'이나 '개연성'을 기준으로 평가하기도 한다.

효용성의 기준은 독자에게 미치는 효용과 효과, 영향력, 교훈의 가치와 정도를 기준으로 삼는 것이다. 아리스토텔레스의 '카타르시스' 이론 이후, 아주 오래된 평가 기준 중의 하나이며, 독자의 반응과 지평을 강조하는 현대 후기 구조주의자들에게도 중요시 되는 기준이다. 비평의 과정에서는 독자의 반응을 이끌어내는 예술적 전략을 중시하며, 이데올로기적 효과나 텍스트가 주는 교훈적 측면을 주목하기도 한다.

독창성의 기준은 작가의 독창성, 천재성, 참신한 관점, 창의적 표현력을 중시하는 입장이다. 특히 근래에는 모방과 변용의 틀을 벗어나서, 창의적인 아이디어가 돋보이는 텍스트를 높이 평가하는 경향이 더욱 두드러지고 있다.

복잡성과 일관성의 기준은 텍스트의 내적인 짜임새, 언어 표현의 미적 완성도를 강조하는 입장이다. 형식주의자들이나 구조주의자들이 특별히 중요시하는 기준이다.

이러한 기준들은 모든 텍스트에 동등한 자격으로 적용될 필요는 없다. 자신이 비평을 하려는 대상에 알맞은 기준이 필요하며, 그 기준을 일관되게 적용하는 것이 중요하다. 사실주의 소설의 경우에는 진실성의 기준이 중요하겠지만, 아이들을 대상으로 한 동화 소설의 경우에는 교훈의 측면을 중시하는 효용성의 기준이 보다 더 중요할 수 있겠다. SF소설이나 판타지 소설은 독창적 아이디어가 중시될 필요가 있겠고, 추리소설의 경우에는 탄탄한 짜임새를 중시하는 복잡성과 일관성의 기준을 적용하는 것이 좋을 것이다.

(2) 저자의 죽음과 텍스트의 발견

전통적인 문학 비평은 '작가의 의도'를 발견하고 해석하며 설득하는 것이었다. 작가가 작품 안에 어떤 의미와 의도를 숨겨놓았을 것이고, 비평가는 그것을 발견하고 다수의 독자들에게 전달해주는 역할을 해야 한다는 생각이다. 아직 생존해 있는 작가의 경우에는 어떤 작품을 쓸 때의 의도를 '증언'할 수도 있겠고, 그렇다면 작품의 의미를 비교적 명확하게 밝히는 데에 도움이 될 수도 있을 것이다. 하지만, 대부분의 작가들은 '의도'에 대해 진술하지도 않고, 또 그래야 할 필요도 없고, 진술을 했다고 하더라도 그것을 신뢰할 필요도 없다. 따라서 '작가의 의도'란 생각만큼 분명하게 규명될 수 있는 것도 아니다. 특히 프로이트 이후로, 우리는 어떤 의도를 가진 의식적 행동에도 '무의식'이나 또 다른 힘의 작용이 개입될 수 있음을 알게 되었다. 무엇보다 작가는 작품을 통해 발화해야 하는 존재이지, 인터뷰나 사후 저술을 통해 자신의 의도를 다시 부연해야하는 존재가 아니다.

신비평(New Criticism) 이론가들과 구조주의 이론가들은 이러한 차원에서 작가의 의도를 추리하기 위해 작가를 인터뷰하거나, 그의 생애를 추리하는 일에 노력을 기울일 필요가 없다고 말한다. 그들은 작품의 언어나 형식, 구조적 짜임새, 기호학적 코드의 활용 등에 보다 관심을 기울이고, 분석하려고 시도한다. 이른바 '의도의 오류(the intentional fallacy)', 즉 '작품의 의미는 작가의 의도로써 설명될 수 있는 것이 아니다'라는 입장이다.

특히 독자, 즉 수용자의 역할이 보다 강조되면서 문학 이론은 작가의 생애나 심리보다는 독자의 개성적 독서나 비평 행위에 보다 관심을 기울였다. 그 대표적인 예가 롤랑 바르트의 에세이 「저자의 죽음」(1968)이다.

> 발자크는 그의 중편소설 〈사라진느〉에서 여자로 가장한 한 거세된 자에 대해 말하며, 이런 문장을 쓰고 있다. "그녀의 갑작스러운 두려움, 그녀의 이유 없는 변덕, 그녀의 본능적인 불안, 그녀의 까닭 모를 대담함, 그녀의 허세, 그녀의 섬세하고도 부드러운 감수성, 그것은 분명 여자였다." 누가 이렇게 말하는가? 그것은 여자 아래 감추어진 그 거세된 자를 모르는 척하고자 하는 소설의 주인공인가? 아니면 자신의 개인적 체험에 의해 여성에 대한 한 철학을 가지게 된 개인 발자크인가? 또는 여성성에 대한 '문학적' 관념을 언명하는 저자 발자크인가? 보편적 지혜인가? 낭만적 심리학인가? 그것을 안다는 것은 영원히 불가능하다. 왜냐하면 글쓰기란 모든 목소리, 모든 기원의 파괴이기 때문이다.[5]

롤랑 바르트는 발자크의 「사라진느」에서 말하는 목소리의 주인공은 실제 작가 발자크도 아니고, 그 무엇도 아니며, 어쩌면 영원히 알 수 없다고 말하면서, "글쓰기란 모든 목소리, 모든 기원의 파괴"라고 말한다. 저자를 작품의 기원이자 의미의 원천이라고 여기는 태도에 대한 부정이다.

아울러 롤랑 바르트는 저자란 중세 이후, 영국의 경험주의, 프랑스의 합

---

5) 롤랑 바르트, 「저자의 죽음」, 『롤랑 바르트 전집 12: 텍스트의 즐거움』, 동문선, 1997, 27쪽.

리주의, 종교개혁 이후의 종교가 어우러져 발견하고 생산해낸 '현대적 인물'
이라 말한다. 저자가 물리적 실체가 아니라 필요에 의해 발굴된 '권위'라는
의미이다. 보들레르의 시를 볼 때, 고흐의 그림을 볼 때, 작가의 생애와 연
결시켜 해석하려는 전통적인 시도들은 결국 '저자의 권위'를 신성시하는 '저
자의 제국'을 만들어왔다고 비판한다. 그 결론으로 바르트는 '저자의 죽음'
을 선언하고, 텍스트와 함께 탄생할 '필사자'라는 개념을 제시한다.

　롤랑 바르트가 '저자의 죽음'을 선언할 무렵, 미셸 푸코는 「저자란 무엇인
가」(1969)라는 대담을 통해, "저자의 이름은 결코 고유명사가 아니다"라고
말하면서, 다음과 같이 말한다.

> 글쓰기는 죽음과 밀접한 관계가 있습니다. 〈천일야화〉를 염두에 두고 죽음
> 을 물리치기 위해, 살인에 대한 필사적 저항으로 이야기를 해야 하는 상황을
> 떠올려보십시오. 죽음을 쫓아내기 위해 만들어진 이야기, 혹은 글쓰기라는 이
> 테마는 이제 희생, 삶 자체의 희생에까지 관련되어 있습니다. 불멸성을 가져
> 다주어야 할 의무가 있던 작품이 이제는 죽일 권리를, 저자 살해의 권리를
> 부여 받았습니다. 글쓰기와 죽음의 이러한 관계는 주체의 개인적 특성의 소멸
> 에서도 나타납니다. 작가의 흔적이란 작가 부재의 독특함에 지나지 않습니다.
> 작가는 글쓰기 놀이 속에서 죽음의 역할을 맡지 않으면 안됩니다. 이 모든 것
> 은 이미 잘 알려져 있는 것들입니다. 그리고 비평과 철학이 저자의 실종, 혹은
> 죽음을 입증한 것은 이미 오래 전 일입니다.[6]

　그러면서도 푸코는 바르트의 주장처럼, '저자의 죽음'을 다시금 선언하기
보다, 저자는 하나의 담론 집합을 만들어내는 '기능'으로 이해해야 한다고
주장한다.

---

6) 미셸 푸코, 「저자란 무엇인가?」, 김현 편, 『미셸 푸코의 문학비평』, 문학과지성사, 1989,
　243쪽.

저자의 이름은 어떤 의미에선 텍스트들의 경계/한계로 달려간다는 관념, 그것은 텍스트들을 단절시킨다는 관념, 그것은 텍스트들의 존재 양식을 드러 내거나 적어도 그 양식을 특징짓는다는 관념에 다다르는 것이죠. 저자의 이름 은 담론의 어떤 집합이라는 사건을 드러냅니다. 또한 그것은 어떤 사회와 문화 내부에서 담론이 갖는 위상과 관계합니다. 저자의 이름은 사람들의 주민등록 속에 자리하고 있지 않습니다. 그렇다고 작품의 허구 속에 자리하고 있는 것도 아니죠. 그것은 담론의 어떤 집합과 자신의 독특한 존재 양식을 처음으로 만들 어내는 단절 속에 자리하고 있습니다. 그러므로 우리의 것과 같은 문명에는 "저자"의 기능을 갖춘 일군의 담론이 존재한다고, 반면에 다른 문명들에는 그 런 기능이 부재한다고 말할 수 있겠죠. 사적 편지에는 서명자는 있겠지만 저자 는 없습니다. 계약서에는 보증인은 있겠지만 저자는 없습니다. 길거리 벽에 낙서된 익명의 텍스트에는 작성자는 있겠지만 저자는 없습니다. 따라서 저자 기능의 성격이란 한 사회 내부에서 어떤 담론이 갖는 존재 양식, 순환, 기능 작 용을 뜻하는 것입니다.[7]

롤랑 바르트는 또다른 저서 『S/Z』(1970)에서는 "훌륭한 문학은 독자를 텍스트의 소비자가 아니라 생산자가 되게 한다"고 말하며, "독자 역시 하나 의 주체가 아니라 텍스트 안에 들어 있는 코드들의 집합체"라고 주장하였다.

그리고 「작품에서 텍스트로」(1971)라는 에세이에서는 기존의 '작품'이라 는 개념을 대신할 '텍스트' 개념을 제안한다. 롤랑 바르트는 '작품'은 고전적 인 것, '텍스트'는 새로운 것이라고 여기는 시대적 구분 개념이 아님을 유의 하라고 한 뒤에, 작품이 책들의 공간을 차지하는 실체라면, 텍스트는 방법 론적인 영역이라고 말한다. 그리고 이 개념은 라캉의 "현실(réalité)은 보여 지는 것이나 실재(réel)는 증명될 수 있는 것"이라는 구별을 상기시킨다고 말한다.

---

7) 미셸 푸코, 위의 글, 249~250쪽.

작품은 손 안에 쥐어지나 텍스트는 언어 안에서 유지된다. 그것은 단지 담론의 움직임 속에만 존재한다. 텍스트는 작품의 분해가 아니며, 텍스트의 상상적인 꼬리가 바로 작품이다. 혹은 텍스트는 작업이나 생산에 의해서만 체험할 수 있는 것이다. 8)

롤랑 바르트는 이어서 '조르주 바타이유는 시인, 에세이스트, 철학자, 신비주의자, 경제학자 중 무엇인가?'라고 물은 뒤, 작품이 아니라 텍스트의 개념을 활용하면, 그러한 구분은 불필요하다고 말한다. 그리고 "텍스트는 언어처럼 구조화되어 있으나, 탈중심적이며 닫혀 있지 않은 것"이며, "텍스트에는 다양한 의미가 통과하고 횡단하며, 텍스트는 그것의 차이 속에서만 존재할 수 있다."고 말한다.

저자는 작품의 아버지이자 소유자로 간주된다. 사회는 작품과 저자의 합법적인 관계를 상정한다. 이것이 '저자의 권리'이다. 그러나 이것은 프랑스 혁명에 가서야 합법화된, 그리 오래되지 않은 개념이다.

텍스트는 아버지의 '기재' 없이도 읽혀진다. 텍스트는 아버지의 '보증' 없이도 읽혀진다. 상호텍스트성의 복원은 역설적으로 유산을 파기한다. 이 말은 저자가 텍스트로, 그의 텍스트로 회귀할 수 없다는 뜻이 아니라, '손님'의 자격으로 초대된다는 뜻이다. 그가 소설가라면 그는 등장인물 중 하나로 기재된다. 그의 기재는 더 이상 특권적, 가부장적인 것이 아니라 유희와 관계된다. 그의 삶은 더 이상 자신의 허구의 기원이 아닌, 자신의 작품에 협력하는/경쟁하는 또 하나의 허구이다. 9)

---

8) 롤랑 바르트, 「작품에서 텍스트로」, 『롤랑바르트 전집12 : 텍스트의 즐거움』, 동문선, 1997, 39쪽.
9) 롤랑 바르트, 위의 글, 43~44쪽.

롤랑 바르트는 「저자의 죽음」에서 저자를 대신하는 개념으로서 '필사자'를 제시했었지만, 「작품에서 텍스트로」에서는 저자를 텍스트의 손님으로 초대한다. 더 이상 저자의 권위를 의식할 필요 없이, 텍스트는 다른 텍스트들과의 관계나 차이에 의해서만 의미를 발견할 수 있는 것으로 인식된다. 그러면서 "텍스트는 그 자체로써 유희한다. 독자는 두 번 유희한다. 그는 텍스트를 가지고 유희하며, 그리하여 그것을 재생산할 실천을 추구한다."[10]고 말한다.

롤랑 바르트가 작가의 완전한 통제가 있고 의도성이 반영된다고 보는 '작품'의 개념을 작가의 의도나 권위로부터 자유로운 '텍스트'라는 개념으로 대체해 놓으려 했던 이 시도는 구조주의와 포스트모더니즘을 거쳐, 지금은 상식이 되었다. 텍스트는 본래 씨실과 날실이 엮인 직물(織物) 또는 그 가공법을 의미하는 '텍스쳐(texture)'라는 개념에서 나온 용어였는데, 지금은 여러 담론들로 구성된 다층적 의미의 네트워크를 의미하며, 문학이나 영화, 미술 등의 예술 장르나 분류 체계로부터 자유롭게 널리 쓰일 수 있는 개념이 되었다. 강조점이 '저자'나 '작품'이 아니라 '텍스트'가 되면서, 자연스럽게 '독자'의 능동적 참여도 부각되게 되었다.

(3) 서사의 개념과 기초적 이론

고전적인 장르 구분에서 '서정, 서사, 극'의 개념 구별과는 별도로, 보다 보편적인 '서사(敍事)'라는 개념은 '이야기'와 '소통'을 원하는 인류의 보편적 욕망과 관련된 개념이다. 롤랑 바르트는 「서사 구조 분석 입문」에서 서사의 범위를 다음과 같이 넓게 이해하고 있다.

---

10) 롤랑 바르트, 위의 글, 45쪽.

세상의 서사물(narratives)들은 무한정 많다. 이는 분절 가능한 음성 언어, 문자 언어, 고정 이미지와 동작 이미지, 몸짓, 그리고 이러한 모든 것들의 일정한 혼합체를 통해 전달된다. 서사는 신화와 전설, 설화, 우화, 서사시, 역사, 비극, 드라마, 희극, 마임, 회화, 스테인드글라스, 영화, 만화, 뉴스기사, 대화 등의 형태로 존재한다. 서사는 전세계적이며, 초역사적이고 초문화적이다. 그것은 마치 삶처럼 언제 어디에나 존재한다.

이에 따르면 서사는 다양한 매체를 통해 소통되는 '이야기'라고 말할 수 있다. 영화, 만화, 음악, 춤, 소설, 광고 등 모든 종류의 표현 양식에는 전달하고자 하는 '이야기'가 있다. 이 이야기 형식을 포괄하여 '서사'라고 한다.

보편적으로 '서사'의 정의를 한 인물이 겪은 사건(event)들의 시간적 연속이라 말하기도 한다. 하지만 역사의 경우처럼 집단이나 사회가 경험한 서사도 존재한다. 이렇게 보면 서사는 개인 혹은 집단의 삶의 기억이나 기록 가운데 일부를 취하여 나열한 것이라고도 볼 수 있다. 물론, 소설이나 영화의 경우처럼 허구적 서사도 존재한다. 허구 서사의 경우에는 창작자와 수용자의 상상력과 창의성이 매우 중요하게 작용한다.

작품을 대신하는 텍스트의 개념에서처럼, '서사'의 개념은 문학이나 영화, 드라마, 게임 등을 넘나들며 활용할 수 있는 범용의 개념이라는 장점이 있다. 문학, 혹은 문학 작품의 개념적 틀을 넘어서서 '서사 텍스트'라는 개념을 활용할 때, 우리는 훨씬 폭넓은 범위로 문학의 이론과 비평적 방법론들을 활용할 수 있게 된다.

서사를 사건들의 연속이라고 할 때, 사건들 사이에는 '선택과 배제'의 작용이 일어난다. 한 사람의 생애를 다룬 전기(傳記) 소설을 쓴다고 했을 때, 그 사람의 생애에 걸쳐 일어난 모든 사건을 다룰 수는 없다. 자연스럽게 어떤 사건을 다루고, 어떤 사건을 뺄 것인지, 선택과 배제의 과정이 필요하다.

이렇게 볼 때, 서사란 '선택과 배제의 작용이 이루어진 사건들의 연속'이라는 재정의도 가능하다.

게오르그 루카치는 서사란 '여로(旅路)'와 같다고 말한다. 프로이트나 라캉의 경우에는 서사를 '무의식의 발현'으로 이해한다. 앞서 살펴본 것처럼, 〈아라비안 나이트〉에서의 서사는 삶과 죽음 사이에 존재하는 것이다. 서사는 소설이나 영화 같은 텍스트에만 존재하는 것이 아니라, 우리의 삶 자체라고도 할 수 있다.

사건은 인물의 행위를 의미하지만, 모든 인물의 행위가 사건인 것은 아니다. 사건으로 가치를 인정받으려면, '사건' 이전과 이후에 어떤 변화가 일어나야 한다. 이 변화는 타인에게 영향을 주는 변화일 수도 있고, 심리적 변화일 수도 있다. 가령, 한 사람의 생애에서 '결혼식'은 미혼과 기혼이라는 변화를 가져왔다는 점에서 '사건'이라 할 수 있다.

롤랑 바르트는 사건들 가운데, 또 다른 사건들의 연속으로 이어질 수 있는 분기점이 되거나 사건들 중에서도 중요한 의미를 가지는 '중핵'과 부수적이거나 보충적인 성격의 사건인 '위성'을 구분한다. 서사학자 시모어 채트먼은 이것을 '뼈대'와 '살'이라는 용어로 표현하기도 한다. 위에 언급한 '결혼식'은 사건임에는 틀림없지만, 어떤 한 인물이 결혼 이전과 이후의 삶의 방식에 있어서 큰 변화를 경험하지 않고, 처녀 때, 혹은 총각 때와 다름없이 살아간다면 그 인물에게 결혼식은 '위성' 사건이 될 수도 있다.

E.M.포스터는 스토리와 플롯을 구분하여 설명한 바 있다. 스토리는 사건들의 단순한 배열이고, 플롯은 사건의 흐름에 인과적 관계가 개입된 것이다. 가령, "왕비가 죽었다. 왕이 죽었다." 이렇게 두 가지 사건을 단순하게 배열하면 스토리이지만, 두 사건 사이에 인과적 관계를 구성하여 "왕비가

죽었다. '왕은 왕비의 죽음 이후 슬픔에 겨운 나머지' 왕도 결국 죽고 말았다."라고 하면 이것을 '플롯'이라고 한다는 것이다. 플롯을 구성하게 되면, 인과적 관계 덕분에 사건들을 시간의 순서대로 나열하지 않을 수 있게 된다. 즉, "왕이 죽었다. 왜냐하면 얼마 전에 죽은 왕비의 죽음 이후 슬픔에 겨운 나머지 그렇게 된 것이다."의 경우처럼, 사건 서술의 순서에 변형을 가져올 수 있다.

사건들을 일정한 시간적 순서에 따라 배치하거나, 관련된 정보의 노출을 조절하는 것, 즉, 사건 서술의 순서에 변화를 주거나 서사적 정보의 '드러내기와 감추기'를 조절하는 것을 '플로팅(plotting)'이라고 한다.

시모어 채트먼이나 리먼 케넌과 같은 서사학자들은 '스토리'를 사건들의 제시된 나열이라고 단순하게 이해하지 않고, '추상적'인 것으로 받아들인다. 즉, 독자나 관객이 직접 접하게 되는 층위를 '텍스트(text)' 혹은 '담화(discourse)'라 하고, 이것으로부터 시간적 흐름에 의해 추론되고 재구성된 사건들을 '스토리'라고 말한다. 이러한 관점에서 보면, 우리가 읽거나 보게 되는 소설과 영화에서 '스토리'는 실체가 있는 것이 아니라, 독자나 관객의 머릿속에만 존재한다. 독자들은 텍스트 혹은 담화를 읽어나가게 되고, 그 과정에서 서사를 이해하기 위해 머릿속으로 '스토리'를 추상해낸다는 것이다. 거꾸로 소설가의 경우에도, 추상화된 스토리를 바탕으로, 다양한 플로팅 기법과 전략을 활용하여, '담화'를 구성해낸다고 할 수 있다.

물론 경우에 따라, 스토리와 담화가 별 차이가 없는 서사도 존재할 수 있다. 스릴러 영화나 추리소설의 경우에는 서사적 정보를 드러내거나 감추는 것을 통해 서사에 재미를 부여하게 된다. 플로팅이 특별히 중요한 장르라고 할 수 있다. 마지막까지 감춰졌던 서사적 정보나 사건의 전말이 '담화'되는 순간, 전체 스토리가 명확하게 추상화되며 관객에게 쾌감을 안겨줄 때, 우리는 흔히 말하는 '반전의 묘미'를 느낄 수 있게 된다. 서술자는 모든 것을 알고 있지만, 독자는 일부의 정보만 가지고 있다. 독자는 현재까지 전달된 정보들만으로 스토리를 추상해내며, 서사적 흐름을 따라 담화를 접하게 된다. 정보가 추가될 때마다 독자는 새롭게 전체 서사를 이해하며 스토리를 추상해낼 수 있다.

종합하자면, 기초적인 '스토리'가 플로팅 과정을 거쳐, 작가의 상상력을 덧입게 되고, 전달하려는 매체와 장르적 특성까지 반영이 되면, '완성된 서사텍스트'의 짜임새를 갖추게 된다고 할 수 있다. 독자나 관객의 입장에서는 역으로, 서사텍스트의 담화 전개를 매체적 특성에 따라 접하면서, 작가의 상상력과 플로팅 과정을 추리하여 '스토리'를 추상해내게 된다.

여기서 작가의 상상력이란 경험과 감정, 혹은 구체적 행위를 소통 가능한 언어나 재료로 변환시키는 능력을 말한다. 이 과정에서는 어떤 정보와 사건을 드러낼 것인가 말 것인가를 결정하는 능력, 무엇을 중핵으로 삼고 무엇을 위성으로 삼아 서사를 엮어나갈 것인가의 능력이 요구된다. 경우에 따라서는 실제 사실(역사)을 허구로 바꾸는 창의적 능력도 요구된다.

매체의 특성은 앞서 살펴본 바 있는 '장르적 속성', 즉 관습의 영역과 밀접하게 관련된다. 매체에 따라 서사 전개 방식과 플로팅 관습이 다르기 마련이다. 가령, 소설 춘향전에서는 다소 장황하게 춘향이의 미모를 묘사할 필요가 있겠지만, 영화나 드라마라면 주연 배우의 얼굴을 잠시 비춰주는 것만으로 서사적 정보 전달은 완성된다. 사건의 시간 순서를 뒤죽박죽으로 구성하는 것은 소설이나 영화의 경우에는 흔한 일이지만, 연극과 같은 공연 서사의 경우에는 분장이나 무대 장치를 고려할 때, 관객의 혼란을 막기 위해서는 최소화하는 것이 필요하다.

플로팅 방법에 대해서는 좀 더 구체적으로 살펴볼 필요가 있다.

서사의 시간적 배치 방법은 크게 세 가지로 생각해볼 수 있다. '순서', '속도', '빈도'가 그것이다. 먼저 '순서'란 말 그대로 사건을 시간적 선조성에 비추어 어떻게 배열할 것인가의 문제이다. 시간적으로 뒤에 일어난 사건을 먼저 서술하는 것은 '역전'이라 말하고, 앞선 사건을 후에 서술하는 것을 일반적으로 '회상'이라 말한다. 예지력을 가진 예언자가 등장하거나, 할아버지가 된 인물이 과거의 기억을 최근의 일부터 순서대로 떠올릴 때, 기억력이 현저히 떨어지는 인물이 등장하거나 기억에 대한 조작이 일어나는 SF적 허구 서사의 경우에, 사건의 순서는 매우 복잡하게 서술될 수 있다.

'속도'는 사건의 전개 속도를 말하는 것인데, 일반적으로 사건 서술의 '지연', 즉 '서스펜스(suspense)'라는 용어로도 표현된다. 속도는 '스토리시간 ÷ 텍스트 시간'과 같은 수학적 공식으로도 설명할 수 있다. '스토리 시간'은 스토리에 따라 흘러가는 시간을 말하며, '텍스트 시간'은 텍스트를 읽어나가는 시간(소설의 경우 기술된 인쇄분량이나 영화의 경우 런닝타임)을 의미한다. 물론 기본적으로는 상대적 개념이어서, 사건 전개의 속도가 상대적으로 빠르냐, 늦냐의 문제를 다루게 된다. 가령 똑같이 두 시간짜리 영화가 있다고 했을 때, A라는 영화는 70년을 살았던 인물의 생애 전체를 다루고 있고, B라는 영화는 하룻밤 12시간 사이에 일어난 일을 다루고 있다고 한다면, A는 B보다 서사의 '속도'가 빠르다고 할 수 있다. 이때, 텍스트 시간은 각각 2시간이 되며, 스토리시간은 A의 경우 70년, B의 경우 12시간이 된다.

'스토리시간 ÷ 텍스트 시간'의 공식에서, 속도가 1이 되는 경우는 '보편 속도'로서, 실제 시간에 따라 전개되는 상황에 해당된다. 영화나 연극에서의 대화 장면이 대표적인 경우이다. 반면, 속도가 0이 되는 '최저 속도'도 있을 수 있다. 소설의 묘사 장면이라든가, 영화의 '정지 장면'은 사건의 전개가 진행되지 않기 때문에 여기에 해당된다고 할 수 있다. 반면 속도가 무한대(∞)에 가깝게 수렴되는 경우도 있다. 사건이나 시간을 생략하는 경우이다. 소설에서 "그로부터 10년 뒤의 일이었다."라고 서술되거나 영화에서 "10년 뒤"라는 자막이 사용될 때, 텍스트 시간은 아주 짧게 흐르지만, 스토리 시간은 순식간에 10년이 흐르기 때문에 속도는 '무한대'에 가까워지는 것이다.

'빈도'는 '사건의 반복 발생'이나 '1회적 사건의 반복적 재현'이 일어날 때 두드러진다. 영화 〈사랑의 블랙홀〉에서는 매일 자고 일어나면 똑같은 날로 되돌아오게 되는 상황이 나타나고, 영화 〈뷰티인사이드〉에서는 매번 전혀 다른 외모의 사람으로 변해버리는 인물이 등장한다. 이 영화들에서는 조금씩 다르긴 하지만, 유사한 상황이 반복된다고 느끼게 되는 사건을 여러 차례 보여줌으로써, 인물이 처한 판타지적 상황을 관객에게 인지시키게 된다. 액션 영화에서는 스펙터클한 폭발 장면이나 전투 장면을 여러 각도의 카메라로, 또는 느린 영상으로 여러 차례 반복해서 보여주기도 하는데, 이는 '1회적 사건의 반복적 재현'의 예가 될 것이다.

서사 이론에서 또 한 가지 중요한 것은 '누가 이야기하는가', 즉 서술자의 문제이다. 일반적으로 소설의 경우에는 '이야기하는 사람'을 서술자, 혹은 화자라고 말한다. 서술자가 소설 속 등장인물 중의 한 명일 때는 '1인칭 시점 소설', 혹은 '인물 서술자 소설'이라고 하며, 서술자가 인물이 아닌 경우에는 '3인칭 시점 소설'이라고 한다. 그리고 인물 서술자가 주인공이면, '1인칭 주인공 시점', 주인공이 아니면, '1인칭 관찰자 시점'이라고 구별한다. 3

인칭 시점 소설의 경우에 서술자가 인물의 내면이나 후에 일어날 일들까지 꿰뚫어보고 서술하게 되면, '전지적 시점'이라 하고, 객관적 관찰로 알 수 있는 일들만 서술하게 되면 '관찰자 시점'이라고 한다.

사실 소설의 독자는, 그 서술자가 누구이든 간에, 서술자가 해주는 이야기 외에는 아무 것도 접할 수 없다. 따라서 철저히 서술자에게 수동적일 수밖에 없을 듯도 하지만, 실제로 독자는 서술자가 해주는 이야기 외에 아무 것도 들을 수는 없지만, 그 이상을 알 수는 있다.

채만식의 「치숙(痴叔)」과 같은 소설이 대표적인 예이다.

우리 아저씨 말이지요, 아따 저 거시키, 한참 당년에 무엇이냐 그놈의 것, 사회주의라더냐, 막걸리라더냐 그걸 하다, 징역 살고 나와서 폐병으로 시방 앓고 누웠는 우리 오촌 고모부 그 양반…….

머, 말두 마시오. 대체 사람이 어쩌면 글쎄…… 내 원!

신세 간 데 없지요.

자, 십 년 적공, 대학교까지 공부한 것 풀어먹지도 못했지요, 좋은 청춘 어영부영 다 보냈지요, 신분에는 전과자라는 붉은 도장 찍혔지요, 몸에는 몹쓸 병까지 들었지요, 이 신세를 해가지굴랑은 굴속 같은 오두막집 단간 셋방 구석에서 사시장철 밤이나 낮이나 눈 따악 감고 드러누웠군요.

재산이 어디 집 터전인들 있을 턱이 있나요. 서발 막대 내저어야 짚검불 하나 걸리는 것 없는 철빈(鐵貧)인데. 우리 아주머니가, 그래도 그 아주머니가, 어질고 얌전해서 그 알뜰한 남편양반 받드느라 삯바느질이야, 남의 집 품빨래야, 화장품 장사야, 그 칙살스런 벌이를 해다가 겨우겨우 목구멍에 풀칠을 하지요. 어디루 대나 그 양반은 죽는 게 두루 좋은 일인데 죽지도 아니해요. 우리 아주머니가 불쌍해요. 아, 진작 한 나이라도 젊어서 팔자를 고치는 게 아니라, 무슨 놈의 수난 후분을 바라고 있다가 고생을 하는지. 근 이십 년 소박을 당했지요.

잡지도 기왕 할려거든 그렇게나 해야지 죄선 사람들은 제엔장 큰소리는 곧잘 하더구만서두 잡지 하나 반반한 거 못 맨들어내니! 그날도 글쎄 잡지가 그

꼴이라 애여 글을 볼 멋도 없고 해서 혹시 망가나 사진이라도 있을까 하고 책장을 후루루 넹기느라니깐 마침 아저씨 이름이 있겠다요! 하두 신통해서 쓰윽 펴 들고 보았더니 제목이 첫줄은, 경제·사회…… 무엇 어쩌구 잔 주를 달아 놓겠지요.

그것만 보아도 벌써 그럴듯해요. 경제는 아저씨가 대학교에서 경제를 배웠다니까 경제 속은 잘 알 것이고 또 사회는, 그것 역시 사회주의를 했으니까, 그 속도 잘 알 것이고, 그러니까 경제하고 사회주의하고 어떻게 서루 관계가 되는 것이며 어느 편이 옳다는 것이며 그런 소리를 썼을 게 분명해요.

머, 보나 안 보나 빠안하지요. 대학교까지 가설랑 경제를 배우고도 돈 모을 생각은 않고서 사회주의만 하고 다닌 양반이라 경제가 그르고 사회주의가 옳다고 우겨댔을 게니깐요.

아무렇든 아저씨가 쓴 글이라는 게 신기해서 좀 보아 볼 양으로 쓰윽 훑어 봤지요. 그러나 웬걸 읽어 먹을 재주가 있나요. 글자는 아주 어려운 자만 아니면 대강 알기는 알겠는데 붙여 보아야 대체 무슨 뜻인지를 알 수가 있어야지요.

「치숙」에서의 서술자는 인물서술자로, 자신의 오촌 아저씨를 부끄럽고 한심하다고 말하는 조카이다. 서술자는 내내 오촌 아저씨를 비난하고 있지만, 독자는 소설을 읽어나가면서, 서술자의 말을 그대로 믿지 않게 된다. 오촌 아저씨는 일제 치하에서 학벌을 내세워서 출세하기보다는 신념을 지키기 위해 '백수'로 지내거나 사회주의 운동에 가담했다가 스스로의 건강을 해치게 된 인물임을 알게 된다. 서사이론가 웨인 부스는 이와 같이 서술자가 말해주지 않은 사실을 깨달은 독자를 '내포독자'라고 말하고, 독자에게 신뢰를 잃은 서술자를 '믿을 수 없는 서술자(unreliable narrator)'라고 명명한 바 있다.

소설에서 누가 말하는가가 중요하다면, 영화에서는 '누가 보는가'가 중요하다. 물론 영화는 카메라를 통해 관객에게 이미지가 전달되므로, 결국 카메라의 시선, 혹은 카메라의 위치와 앵글이 중요하게 된다. 카메라의 프레임 안에 어떤 인물, 배경, 소품 등을 어떤 구도로 배치할 것인가를 고민하는 것을 '미장센'이라고 한다. 영화감독에 따라서는 한 장면, 한 장면의 미장센을 매우 공들여 구성하는 경우도 있다.

소설에서 독자가 서술자가 말해주지 않은 것을 들을 수 없는 것처럼, 영화의 관객은 카메라 프레임 바깥을 볼 수 없다. 하지만 관객도 그 바깥을 짐작할 수는 있다.

영화 속의 인물의 대화를 보여주는 장면에서, 카메라가 두 인물을 번갈아 비추게 되는데, 관객은 카메라 안의 인물 A만 보여도, A의 눈길이 닿는 맞은 편에는 B가 있을 것이라는 사실을 짐작하면서 영화를 볼 수 있다. 또한 영화에서 말하는 '몽타주 이론'에 따르면 두 장면을 충돌하듯 붙여놓음으로써, 관객은 두 장면 사이에 일어난 일을 스스로 '추리'하고 짐작할 수 있게 된다.

소설에서 서술자가 말하지 않은 것을 독자가 짐작할 수 있고, 영화에서 카메라에 보여지지 않은 것을 관객이 짐작할 수 있다는 것은 역설적으로, 서술자와 카메라를 믿을 수 없다는 의미이기도 하다.

서사 텍스트가 주는 묘미 중 하나는 전달된 서사에 제한되지 않고, 독자나 관객이 서사를 매개로 하여 끊임없이 추리하고, 추상화하는 방식으로 두뇌 활동을 하게 되는 점이다. 바로 그것이 수용자가 '텍스트를 구성'하는 과정이기도 하다.

소설과 영화와 같은 서사는 실제 현실을 그대로 보여주는 것은 아니다. 앞서 말한 대로, 선택과 배제의 작용, 작가적 상상력, 플로팅의 과정 등이 결합되어 서사는 허구적으로 꾸며지기 마련이다.

이때 서사는 기본적으로 '판타지적 성격'을 띠기 마련이다. 왜냐하면 독자나 관객은 그것이 실제 현실이 아니라는 것을 알고는 있지만, 어느 정도의 '사실성'을 느끼지 못하면, 몰입이 불가능해지기 때문이다.

허구적 서사를 마치 실제 사실이거나 그것에 준하는 것처럼 느껴지도록 하는 서사 전략을 '사실 효과'라고 한다. 대체로 허구적 서사는 사실 효과를 지향한다. 하지만, 때로는 관객이나 독자가 현실이라고 느끼는 몰입을 오히려 방해하는 '자기반영성'의 전략이나, 몰입을 방해함으로써 무대 위와 실제 현실을 분리해 내는 브레히트적 '소외효과' 전략을 활용하기도 한다. 독자나 관객은 그 순간, 몰입이 깨지게 되지만, 오히려 텍스트나 프레임에 갇혀 있던 시야를 실제의 현실로 옮겨오면서, 자신이 처한 현실의 문제를 보다 명확하게 인식하는 기회를 얻기도 한다.

2. 대중문화 비평으로의 확장

(1) 대중문화 비평을 위하여

비평은 일상적 활동이다. 평소 우리는 TV 드라마나 버라이어티 쇼를 보면서 웃긴다, 재미있다, 지루하다 등의 찬사와 비판을 늘어놓기도 하고 음식점에 가서도 음식의 맛에 대해 한마디씩 하곤 한다. 또한 이러한 일상적 경험을 블로그나 SNS를 통해 표현하며 타인과 공유하는 것이 생활의 일부가 되고 있다. 스마트폰의 어플리케이션을 사용한 뒤에 앱마켓에 리뷰나 별점을 남긴다든지, 온라인으로 구입한 상품에 대한 구입후기나 사용후기를 댓글로 적는다든지 하는 일도 누구나 한번쯤 해보았을 만한 일들이다. 우리가 경험하고 누릴 수 있는 대중문화의 확산과 그것을 즉각적으로 표현하고 공유할 수 있는 미디어 환경은 누구든지 비평가가 될 수 있는 토대가 되고 있다. 요컨대 오늘날 비평이란 해당 분야 전문가의 전유물이 아니라 대중이 사회적 삶의 과정에서 일상적으로 생산·소비하는 텍스트이다.

비평의 본질적 목적이 '대상에 대한 생각과 의견의 소통'이라고 했을 때, 비평의 일상화는 매우 바람직스러운 일이라 할 수 있다. 하지만 대개의 일상적 비평은 피상적 수준에 머무는 경우가 많고, 서로 다른 의견을 가진 타인을 설득하기에는 논거나 기준이 불명확한 경우가 많다.

보다 발전적이고 생산적인 비평 활동을 위해서는 가치를 평가할 만한 대상을 신중하게 선택하고, 선택된 대상에 대해 그것이 관련된 맥락과 함께 살피고 분석하며, 그에 대한 의견을 기준과 논거와 함께 제시하는 것이어야 한다. 다행히 우리가 앞서 살펴본 것처럼, 문학의 이론과 비평은 오랜 시간에 걸쳐 이에 대한 경험과 결과물을 축적해왔다.

우리는 비평적 사고와 행위를 통해 대상에 대한 정확한 이해와 분석 능력, 추론적 사고력을 기를 수 있으며, 치밀한 논리를 바탕으로 타인을 이해시키거나 설득시키는 훈련을 수행할 수 있을 것이다. 다만 타인과의 활발한 비평적 소통이 이루어지기 위해서는 비평의 대상 역시, 다수가 함께 보고 즐길 수 있는 것, 즉 대중적인 텍스트여야 할 필요가 있다.

우리는 문학의 이론과 비평이 축적해온 성과를 바탕으로 하여, 대중문화의 광범위한 텍스트들을 분석하고 비평하며, 때로는 그것을 둘러싸고 논쟁하는 즐거움을 누릴 수 있을 것이다.

여기에서 우리는 먼저, 대중문화의 개념부터 짚고 넘어가도록 해보자. 일반적으로 대중문화라 하면, 말 그대로 '대중(大衆)이 즐기는 문화'를 의미한다. 문화의 사전적 의미를 찾아보면, "자연 상태에서 벗어나 일정한 목적 또는 생활 이상을 실현하고자 사회 구성원에 의하여 습득, 공유, 전달되는 행동 양식이나 생활양식의 과정 및 그 과정에서 이룩하여 낸 물질적·정신적 소득을 통틀어 이르는 말."이며, "의식주를 비롯하여 언어, 풍습, 종교, 학문, 예술, 제도 따위를 모두 포함한 것"이라 되어 있다. 한마디로 문화는 우리 삶의 양식이거나 삶의 결과물을 뜻한다.

문화의 개념이 다소 추상적이긴 하지만, 이미 굳이 풀이가 필요 없는 익숙한 개념이라면, '대중'이라는 개념은 보다 복잡한 의미망을 갖고 있다.

'대중'이라는 개념의 범위를 영어 단어를 통해 표현하면 다음의 여덟 가지로 정리하여 설명할 수 있다.11)

① popular : 많은 사람들이 폭넓게 좋아한다는 의미
② low/cheap : '고급'의 반대. 저속한. (엘리트주의, 배타적 성격)
③ mass : 대량. (대량생산 대량소비의 경제적 시스템)
④ people's : 민중으로부터 발생되는 것. 아래로부터의 자발성..
⑤ resistant : 저항적, 반항적 (주류에 대한 반발)
⑥ urban : 도시적 (산업화, 도시화, 시민혁명 배경)
⑦ commercial : 상업적, 영리적
⑧ by the media : (대중) 매체를 통해 소통되는 것.

이 개념들을 적용하면, 대중문화란 ① 많은 사람들이 폭넓게 좋아하는 문화, ② 저속하거나 저급한 문화, ③ 대량생산, 대량소비되는 문화, ④ 민중으로부터 자발적으로 생성된 문화, ⑤ 저항적이고 반항적인 문화, ⑥ 산업화된 도시 문화, ⑦ 상업적이고 영리적인 문화, ⑧ 대중매체를 통해 소통되는 문화, 이렇게 여덟 가지 개념으로 이해될 수 있다.

19세기 영국의 시인이자 교육자였던 매튜 아놀드는 대중문화에 대한 이론적 연구의 출발점으로 꼽히는 인물이다. 그는 문화란 인간 사고의 정수이자 최선의 지식 체계를 뜻하는데, 대중문화는 무정부상태의 혼란이 야기된 상태로, 반드시 극복되고 통제되어야 하는 것으로 인식하였다. 다시 말해서, 그에게 대중문화는 노동계급들에 의해 야기된 파괴적인 혼란 상태를 의미하며, 문화는 그것을 억제하거나 통제하는 역할을 하는 것이었다.

캠브리지 학파의 F.R.리비스는 문화란 소수의 유지자들에 의해 지켜져 오던 것인데, 20세기 이후 대중의 참여는 문화적 쇠퇴와 권위의 붕괴를 불러왔다고 생각하였다. 리비스는 영화는 자위행위나 다름없으며, 광고는 군중심리를 이용한 속임수에 불과하고, 라디오는 그것을 듣는 사람들의 사고

---

11) 존 스토리, 박모 역, 『문화연구와 문화이론』, 현실문화연구, 18~31쪽 참조.

를 말살시킨다고 비난하였다.

미국에서도 드와이트 맥도널드, 반 덴 하그와 같은 학자들은 대중문화를 고급문화의 생동성을 해치는 기생충이거나, 평범하거나 저질화되어 대리만족에만 머물게 만드는 마약이라는 주장을 폈다.

19세기부터 20세기 초까지, 대중문화 연구자들은 실상, 대중문화를 매우 타자화된 시각으로 바라보던 이들이었다. 대중, 혹은 노동계급이 관여하는 문화는 매우 위험하거나 저급한 것이니 고급문화나 교육, 통제 등의 수단을 통해 이것을 바로 잡아야 한다고 생각한 것이다.

사실 노동계급이나 평범한 이들은 이미 오래 전부터 나름의 삶의 방식으로 살아오고 있었겠지만, 이들이 광범위한 지역에 흩어져서 살아가던 시절에는 이들의 문화에 대해 생각하는 것조차 필요 없는 일이었다. 하지만 산업화와 도시화는 지역 각지에 흩어져 살던 대중을 '도시'라는 공간에 집중시켜 놓았고, 자연스럽게 이들의 '문화'가 주목받을 수 있는 상황이 만들어졌다.

지배계급이나 자본가들 입장에서 이들의 삶의 양식은 권위에 복종하고 종속되는 방식으로 통제될 필요가 있었다. 가령, 주말에도 일정한 곳에 모여 대화를 나누고 조직화되는 것을 원치 않았던 지배자들에 의해, 영국이 노동자들은 일종의 '안전판' 역할을 해줄 것으로 기대된 '축구' 경기를 하도록 권유받거나 교육받았다. 그리고 그것이 지금의 영국 축구 리그, 더 나아가 유럽의 축구 문화를 만들어냈다.

리처드 호가트는 대중문화의 쾌락주의적 성향과 저속화에 대한 우려를 갖고 있었지만, 대중들 스스로 건전성을 회복해낼 능력을 갖추고 있다고 보았다. 레이먼드 윌리엄즈도 대중문화에 대한 우려를 갖고 있었지만, 결국 문화란 '평범한 사람들의 경험'이라는 점에서 대중문화의 가치를 인정하였다. 『영국 노동계급의 형성』을 쓴 에드워드 톰슨은 대중문화는 노동계급의 형성과 더불어 만들어진, '아래로부터의 역사'라고 말한다. 이들은 앞서의 매튜 아놀드나 리비스 주의자들과는 달리, 대중문화의 긍정적 가치를 인정하고 있었던 인물들이다. 이를 바탕으로 스튜어트 홀은 고급문화는 좋고, 대중문화는 저급하다는 편견의 극복을 시도하면서, 대중문화는 '나쁘고 잘못된 것'이 아니라, '다르고 역동적이고 개성적인 것'이라고 생각한다.

독일어권의 프랑크푸르트 학파들의 경우에는 아도르노와 호르크하이머가 『계몽의 변증법』에 수록된 「문화산업론」에서 대중문화는 의식을 조작하거나 강자에 대한 지배와 획일화를 획책한다며 경계하는 반면, 발터 벤야민은 대중문화는 대중 관객의 능동성이 결합되면, 훨씬 긍정적인 참여와 분석을 이끌어낼 수 있게 된다고 말하였다.

벤야민은 「기술복제 시대의 예술작품」(1936)에서 고대로부터 예술을 수용하는 입장에서는 '제의(祭儀)적 가치'와 '전시(展示)적 가치'를 중요하게 여겼다고 말하는데, 예술의 대중적이고 실용적인 쓰임에 대한 인식에 대한 보편성을 강조하려 했던 것으로 보인다. 벤야민은 '아우라(aura)'라는 개념을 강조한다. 아우라는 "먼 곳의 나뭇가지가 미풍에 흔들리는 순간의 묘한 분위기"를 의미하는데, 이것은 쉽게 흉내 내거나 복제될 수 있는 성질의 것이 아니다. 하지만, 기술의 발달로 사진과 영화와 같은 복제 예술이 등장한 시대를 접하면서, 벤야민은 '대중들이 보다 쉽고 편리하게 예술작품을 즐길 수 있게 된 변화'에 대한 긍정적 의견을 제시한다. 복제에 의해 아우라는 약화되거나 소멸되지만, 동시에 다수 대중의 참여와 분석, 비판이 가능해졌다는 것이다. 실제로 벤야민이 주목한 예술 장르인 '영화'는 관객의 능동적 상상력을 요구한다. 무성 영화 시대에는 관객의 상상력이 절실히 요구되었고,

유성 영화 시대 이후에도 영화는 '몽타주 기법'과 '화면의 빠른 전환', '시간의 역전적 구성' 등에 있어서 관객의 적극성을 요구한다. 벤야민은 기술의 발달로 인해 "누구나 영화 속에 들어갈 수 있게 된 변화"가 나타나고 있다고 말했지만, 고성능 카메라가 장착된 스마트폰이 대중화되어 있는 지금이야말로, 벤야민이 예견한 시대가 현실화된 셈이다.

발터 벤야민이나 스튜어트 홀처럼 대중문화에 대한 이해와 관심이 높았던 이들에 의해, 더 이상 대중문화를 '저급한 것', '대중을 현혹하는 것'으로 폄하하지 않아도 되는 시대를 맞이하게 되었다.

다만 대중문화에 있어서, 어떤 것을 더 즐기느냐는 취향의 문제는 있을 수 있고, 그에 따라 저급 혹은 고급 취향의 문제가 대두될 수는 있다. 피에르 부르디외는 '아비투스(habitus)'라는 개념을 통해, 취향이라는 것도 특정한 환경의 영향을 받으며, 사회 구조, 계급에 의해 구조화될 수 있음을 설명한다. 대중문화에 대한 취향에도 주관적이고 개인적인 영역뿐만 아니라, 집단적이거나 계급적인 영역도 영향을 미치고 있다는 것을 강조한 것이다. 결국 대중문화를 바라보는 한 개인의 관점에는 사회적으로 결정된 요인도 상당 부분 작용될 수밖에 없다는 것이다. 대중문화를 살펴보고, 분석하며, 비평을 하기 위해서는 우리가 속한 사회를 이해해야 하고, 사회 속의 권력이나 계급, 갈등구조 등까지 이해해야 하는 이유이기도 하다.

대중문화에 대한 비평적 접근의 과정에서는 관련된 또 다른 텍스트와의 비교를 시도하거나 하나의 텍스트 안의 구성요소들을 세밀하게 분석하는 방법을 활용하곤 한다. 이른바, '엮기'와 '풀기'의 방법이다.

'엮기'는 소쉬르의 구조주의 언어학에서처럼, '의미는 차이에서 나온다'는 관점을 적용한 것이다. TV 프로그램 〈무한도전〉의 의미를 이해하기 위해서는 그 프로그램만 들여다보아서는 곤란하고, 다른 예능 프로그램들과의 비교를 통해 '차이'를 변별해내야 하고, 그로부터 특징적 의미를 발견할 수 있다는 것이다.

우리는 대중음악 안에도 사랑의 감정을 표현하는 것, 이별의 슬픔을 표현하는 것, 떠나간 사람에 대한 그리움을 표현하는 것 등 다양한 의미가 담겨 있을 수 있고, 영화에서도 인간의 극단적 본성을 표현하는 것, 가족 간의 사랑을 표현하는 것, 사회적 갈등을 표현하는 것, 용감한 모험을 표현하는 것 등이 있을 수 있다. 내용이나 장르를 중심으로 유사한 텍스트들을 모아 엮어놓고, 그 안에서 공통점과 차이점을 찾아내는 방식으로 텍스트에 대한 이해와 비평을 수행할 수 있을 것이다. 때로는 동일한 영화감독의 영화들끼리 엮거나, 비슷한 공간이나 시간을 배경으로 한 영화들끼리 엮거나, 한 명의 배우가 주연한 영화들을 중심으로 엮거나 한 뒤에 비교를 통해 해당 영화의 의미를 밝혀내고, 비평을 수행하는 방법도 있다.

'풀기'는 텍스트 내의 구성요소들을 면밀히 검토하고 분석함으로써 비평을 시도하는 방식이다. 영화를 볼 때, 전체적인 내용 줄거리 중심으로 이해하고 비평을 하는 방법도 있지만, 한 장면 한 장면의 미장센을 분석한다든지, 영화에 활용한 음악에 초점을 맞춘다든지, 카메라의 촬영 기법이나 편집 방식을 중심으로 분석한다든지 하는 방법들이 있다. 이러한 분석과 비평을 위해서는, 무엇보다 텍스트를 세밀하고 꼼꼼하게 살펴보는 것이 필요하다. 경우에 따라서는 두 번, 세 번, 그 이상 텍스트를 반복하여 감상할 필요도 있다. 짧은 노래 한 곡이라면 반복해서 듣는 것이 어렵지 않은 일일 수 있지만, 영화 한 편을 여러 차례 반복해서 본다든지, 게임을 처음부터 엔딩까지 여러 차례 반복해서 플레이한다든지 하는 일은 결코 쉽지 않은 일이다. 따라서 깊이 있는 비평을 한다는 것은 상당한 인내심과 집중력을 필요로 하는 일이기도 하다.

(2) 영화에 대한 이해와 비평

대중문화의 수많은 영역들 가운데에서도 가장 대중적이고, 가장 익숙한 비평의 대상은 바로 영화이다. 우리나라에서는 대체로 1903년을 기점으로 영화라는 것이 소개되었다고 알려져 있다. 당시 〈황성신문〉에 실린 광고가 그 근거가 되곤 한다. 당시 영화는 '활동사진'이라는 이름으로 표현되었고, 입장료는 동화(銅貨) 10전이었다고 한다.

세계 영화사에서 영화의 기원을 꼽는 것은 일반적으로 1895년 12월 28일 뤼미에르 형제가 파리의 그랑카페라는 곳에서 상영한 〈열차의 도착〉을 꼽는다. 그들은 자신들이 직접 개발한 시네마토그라프를 이용하여 기차역에 도착하는 열차라든지, 공장에서 퇴근하는 노동자들의 모습이라든지, 평범한 일상의 현장을 촬영하였고, 이것을 대중들이 모인 카페에서 상영하는 방식을 취했다.

16세기에 이미 레오나르도 다빈치는 외부의 풍경을 어두운 공간 안에서 비춰볼 수 있는 '카메라 옵스큐라'라는 장치를 고안하였고, 1839년 경 프랑스의 루이 다게르는 그 이미지를 금속판 안에 담아둘 수 있는 일종의 '카메라'를 발명하였다. 그리고 1870년대 무렵에 이미 원통형 조트로프12)나 주프락시스코프13)와 같은 회전형 도구와 사진 연속 촬영용 카메라가 발명되

---

12) 원통형 모양의 틀 안쪽에 그림을 그려놓고, 작은 틈을 통해 그것을 바라보면 그림이 연속으로 움직이는 듯이 보이게 되는데, 이러한 형태의 도구를 '조트로프(zoetrope)'라고 하였다.
13) 1872년 미국의 갑부였던 릴런드 스탠퍼드는 말이 달릴 때, 네 발이 모두 땅에서 떨어지는 순간이 있는가에 대한 궁금증을 가졌던 차에, 카메라를 이용하여 이것을 찍어 확인하고 싶어

면서, 영화는 광학 기술적 측면에서의 등장 준비를 마쳤다. 그 다음의 문제는 여전히 너무나 비싼 필름의 가격이었다. 한 두 장의 사진 촬영은 크게 어려운 일이 아니었지만, 1초에 몇 장씩의 사진을 찍어야 하는 '활동사진', 즉 '영화'는 필름 가격의 부담이 막대했다.

이스트만 코닥이 1880년대부터 필름을 대량으로 생산하기 위한 준비를 시작하면서, 이제 남은 문제는 무엇을 찍고, 어떻게 보여줄 것인가의 문제였다.

1890년대 들어서, 프랑스의 뤼미에르 형제 말고도, 미국에서는 에디슨이 영화를 내놓을 준비를 하고 있었다. 에디슨은 1877년 개발한 축음기와 조트로프를 연결시킨 장치를 개발하려고 노력했으나, 음성과의 연결은 실패한 채로 1893년 경 키네토그래프라는 영상 촬영 장비를 개발한다. 곧바로 에디슨은 촬영한 영상을 작은 구멍을 통해 들여다 볼 수 있는 키네토스코프라는 장치를 개발하고, 이것을 대중들에게 돈을 받고 보여주는 상업적 체계까지 갖추었다. 앞서 언급한 뤼미에르 형제보다 2년 정도 빠른 시기의 일이었다.

에디슨은 '블랙마리아'라는 이름의 별도의 스튜디오까지 만들어서 무용, 격투, 키스 등과 같은 역동적 행위들을 연기자의 연기를 통해 카메라에 담아내었지만, 뤼미에르 형제는 열차나 공장과 같은 산업화의 상징물들이라는 특징 외에는 대체로 평범한 일상을 고정된 카메라로 찍는 것에 그쳤다.

사실 최초의 영화를 뤼미에르로 볼 것인가, 에디슨으로 볼 것인가에 대한 논쟁은 상당 기간 동안 지속되어 왔다. 칸을 비롯한 대부분의 국제 영화제

했다. 이때 사진가였던 에드워드 마이브리지를 고용하여, 지금으로 말하면 일종의 '저속 촬영 장치'인 '주프락시스코프(zoopraxiscope)'라는 연속촬영 장치를 개발하였다.

들이 1995년에 '영화 100주년'이라는 타이틀을 내걸고 뤼미에르를 영화의 출발점으로 자리매김하면서, 사실상 논쟁은 종료되었다. 이것은 영화라는 예술 장르에 있어서, 기술이나 연출보다 더욱 중요한 가치를 지니는 것이 무엇인가에 대한 성찰의 결과였다. 뤼미에르의 영화에는 '진실함'이 담겨 있었고, 무엇보다 '대중'들을 상대로 한 공개적 '상영'이라는 소통 방식이 선택되었다. 상업적인 영상을 개인이 작은 구멍을 통해서 봐야하는 에디슨의 방식과는 차별적인 점이었고, 이것이 영화라는 예술의 핵심이라는 것이다. 참고로 에디슨 역시 1896년에는 다수의 대중들을 대상으로 한 '바이타스코프'라는 상영 방식을 채택하지만, 뤼미에르 형제보다는 다소 늦은 시기였다.

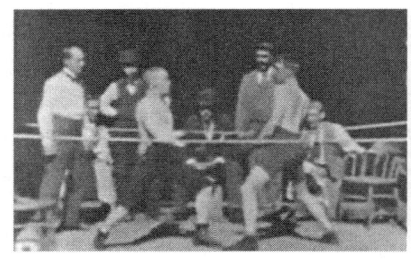
에디슨의 초기 영화 장면

뤼미에르의 초기 영화 장면

영화는 근본적으로 광학 테크놀로지의 발달에 의존하여 탄생한 예술 장르이다. 따라서 영화를 이해하고 비평하기 위해서는 기술적 매커니즘에 대한 어느 정도의 이해도 필요하다. 그리고 문학과 마찬가지로, 영화를 둘러싼 시대적 배경과 문화적 코드, 그리고 플롯을 구성하는 서사적 전략과 갈등 구조를 이해하는 것도 필요하다.

예술사가 아놀드 하우저는 『문학과 예술의 사회사』에서 "20세기는 영화의 시대"라고 선언한 바 있다. 러시아의 혁명가 레닌은 "영화는 혁명을 위한 가장 유력한 선전 수단"이라고 말하였고, 문화이론가 리비스는 "영화는 실제 삶에 대한 생생한 환상을 제공"한다고 말한다. 영화는 짧은 시간 안에 엄청난 대중력 파급력과 인기, 이데올로기적 영향력을 선보인 예술 장르였다.

영화의 또 다른 특징은 '산업'의 측면에서 고려될 필요가 있다는 점이다. 소설은 소설가의 펜과 종이만으로 완성될 수 있지만, 영화는 상당한 자본과 기술, 인력이 투자되어야 완성될 수 있다. 따라서 투자와 성과에 대한 산업적 고려가 불가피한 예술이라 할 수 있다.

영화는 깜깜한 극장 안에서 관람하는 것이 일반적이다. 극장에서의 체험이 중요한 것은 그 어떤 예술 장르보다 집중도가 높을 수밖에 없는 환경이 조성되어 있다는 것이고, 관객은 사실상 몰입을 강요받는 상황이 된다는 점이다. 그리고 영화 관객은 초당 24장 정도의 사진의 연속을 바라보게 됨으로써, 현실에 대한 인식이 잠시 정지된 채, 스크린 속의 화면에 집중하는 경험을 하게 된다.

영화는 과거의 어떤 예술 장르보다 현실 세계를 효과적인 시청각 감각으로 재현해낸 예술이지만, 영화는 기본적으로 한줄기 빛이 필름을 통과하여 펼쳐지는 환영(幻影)이라 할 수 있다.14) 영화에서 빈번하게 등장하는 비선형적인 서사 전개, 공간을 이동하는 점프 컷, 컴퓨터 그래픽과 같은 기술을 활용한 가상의 이미지 등은 영화가 얼마나 비현실적인 예술인가를 깨닫게 해주기도 한다. 초창기부터 영화는 인간이 상상해왔던 이미지들을 화면 속에 구현해내기 위해 노력해왔고, 관객은 영화를 통해 현실과 허구 사이의 혼란을 느끼며 즐거운 쾌감을 느끼기도 한다.

---

14) 영화는 이제 아날로그 필름을 이용하여 제작하는 시대로부터, 디지털로 촬영하고 상영하는 시대로 넘어 왔다. '한줄기 빛이 만들어내는 예술'이라고는 더 이상 말하기 힘들 수 있겠지만, 영화는 여전히 광학 기술을 활용한 예술이다.

영화를 조금 더 이해하기 위해 몇 가지 용어를 설명하기로 한다. '프레임'은 사각의 카메라 렌즈의 범위를 가리키는 말이다. 영화를 통해 관객이 볼 수 있는 것은 카메라의 프레임 안에 들어온 이미지들뿐이다.

'클로즈 업(close-up)'은 1915년 데이비드 그리피스의 〈국가의 탄생〉(1915)에서 본격적으로 활용한 기법이라고 알려져 있다. 인물의 눈빛이나 손동작, 주고받은 편지의 내용을 큰 화면에 가득차게 보여줌으로써, 관객의 집중을 이끌어내는 기술이다. 지금이야 새로울 것 없는 기술이지만, 클로즈 업을 통해 영화는 연극과의 차별화를 공고히 할 수 있었다. 사실 클로즈업은 관객의 시선을 좁은 영역에 제한해두게 한다는 점에서 어쩌면 대단히 폭력적이고 강압적인 촬영 기법이다.

이와 반대로, '딥포커스(deep focus)'는 카메라의 심도를 깊게 하여, 어느 한 지점에만 초점을 맞추는 것이 아니라, 관객이 화면 전체를 고르게 바라볼 수 있게 하는 것을 말한다. 오손 웰즈 감독이 영화 〈시민 케인〉(1941)에서 널리 활용했다고 알려져 있다. 이것은 관객 입장에서 선택적인 시선을 자유롭게 분산시킬 수 있다는 장점이 있지만, 동시에 관객이 화면 속 무언가의 단서를 놓치게 될 가능성도 생기게 된다.

'몽타주' 이론은 1920년대 에이젠슈타인 감독에 의해 제안된 것으로, 쇼트와 쇼트, 즉 장면과 장면이 맞붙어 편집됨으로써, 화면에는 보이지 않는 새로운 의미가 생성되어 관객에게 전달될 수 있다는 것이다. 쿨레쇼프 실험은 몽타주 이론을 구체적으로 실현하여 증명한 영화이론가 쿨레쇼프의 이름을 딴 실험이다. 이에 따르면, 한 여인의 애처로운 눈빛을 보여주는 쇼트 뒤에 맛있는 음식 장면을 연결하느냐, 아픈 환자가 누워있는 장면을 연결하느냐, 장례식 장면을 연결하느냐에 따라, 그 눈빛의 의미가 전혀 다르게 해석될 수 있다는 것을 알게 된다.

앞서 언급한 것처럼, 뤼미에르 형제의 첫 영화들은 그저 일상의 실제 세계를 카메라로 촬영한 것에 불과했다. 영화 안에 무엇을 담을 것인가 고민하던 이들은 초기에 연극 장면을 그대로 촬영하거나, 문학 작품에 담긴 이야기를 영상으로 담으려는 시도를 했었다. 기존 서사텍스트의 재매개를 통해 영화가 대중들에게 다가설 수 있게 된 것이다.

그리고 인간의 상상력을 재현 가능한 이미지로 담으려는 시도도 해보았다. 1902년 조리주 멜리에스는 쥘 베른의 소설을 바탕으로, 〈달세계 여행〉이라는 영화를 만들었다. 최초의 SF 영화로 기록되어 있는 이 영화에는 달의 눈에 우주선이 착륙하는 유명한 장면을 '스톱 모션' 기법으로 촬영한 것을 비롯하여, 다양한 시각적 효과를 활용하였다.

여전히 영화는 '서사'의 측면과 '기술'의 측면에서 발전과 변화를 거듭해오고 있다. 현재 가장 인기 있고 영향력 있는 예술 장르 중의 하나로 자리매김하고 있다.

영화에 대한 비평은 워낙 다양하게 존재하고, 대중들에게도 비교적 친숙한 비평의 영역이지만, 여기에서는 몇 편의 영화의 장면들에 대한 간략한 비평적 접근을 예시로 삼아 보여주고자 한다.

봉준호 감독의 2003년작 〈살인의 추억〉은 관객과 평단의 고른 지지를 받았던 영화였다. 이 영화는 연극 〈날 보러 와요〉를 원작으로 하고 있으며, 이 연극과 마찬가지로 1980년대에 있었던 경기 남부 연쇄살인사건이라는 실화를 배경으로 하고 있는 영화였다.

이 영화의 맨 첫 장면은 가을 논에서 쭈그리고 앉아 메뚜기를 잡고 있는 한 소년의 모습을 비춰준다. 잠시 후 소년이 몸을 일으켜 세우며 시선을 논두렁 저 너머로 향하면, 카메라는 연기를 뿜으며 멈춰 서 있는 승용차 한 대와 함께 멀리서 다가오는 경운기 한 대를 동시에 보여준다. 그리고 잠시 후, 경운기를 따라 쫓아가면서 아이들은 "똥차, 똥차"라고 외치고, 그 아이들을 향해 경운기 뒤에 탄 형사 박두만(송강호)이 이른바 '주먹감자'라 불리는 욕설을 날리는 장면을 보여준다. 마침내 첫 번째 사건의 희생자 시신이 있는 농수로 옆에 도착한 박두만은 근처의 거울 조각을 집어들고, 빛을 비추어 어두운 공간 안의 시신을 살펴본다. 이때, 박두만 형사를 쫓아온 아이들은 주변 논에 떨어진 여성 희생자의 속옷을 가지고 놀게 되는데, 형사는 "그거 중요한 거니까 손대면 안 돼."라고 소리쳐보지만 아이들은 아랑곳하지 않고, 메뚜기 잡던 소년은 박두만 형사의 동작과 말을 하나하나 흉내낸다. 박두만 형사가 그 소년을 의아하다는 듯이 쳐다보는 장면에 이어, 〈살인의 추억〉이라는 영화 제목이 자막으로 화면에 새겨지면서, 이 영화의 첫 번째 시퀀스는 마무리된다.

영화 〈살인의 추억〉의 오프닝 시퀀스

이 부분은 사실 3분 30초 남짓 되는 짧은 시퀀스이고, 언뜻 스쳐지나가듯 볼 수도 있을 장면이다. 하지만, 원작 연극에는 없었던 장면이라는 점에서 영화감독의 의중을 엿볼 수 있는 장면이며, 이 영화에 대한 수많은 단서들이 숨겨져 있기도 하다. 그 단서들이라는 것은 관객들의 '의문'과 '주의'를 요구하는, '비상식적'인 이상한 장면과 설정들을 통해 짐작할 수 있게 된다.

이 시퀀스에서 자세히 설명되지는 않았지만, 박두만 형사는 시신이 발견된 사건 현장에 아마도 구체적인 제보를 받고 출동했을 것이다. 그럼에도 그는 경운기를 타고서야 사건 현장에 도착한다. 일단 이 부분에 관객은 의문을 품을 수 있다. 아무리 1980년대의 시골 경찰이더라도 살인 사건 현장에 경운기를 타고 출동한다는 것은 이해가 되지 않는다. 물론 경운기가 처음 등장하는 장면에서 그 옆에 멈춰 있던 고장난 승용차를 주목하면 의문은 풀린다. 박두만 형사는 승용차를 타고 출동하던 중이었지만, 그 급박한 상황에 승용차는 고장 나서 멈춰서고 만다. 그리고 사건 현장에 도착했을 때, 형사는 어두운 곳에 놓인 시신을 손전등이 아니라 깨진 거울 조각을 주워들고 비춰본다. 이것 역시 비상식적인 장면이다. 논 쪽으로 쓱 손을 내밀어 거울 조각을 주워드는 상황 자체가 부자연스럽다. 경운기를 타고 와서 거울로 시신을 확인하는 형사의 모습과 행위는 매우 비상식적으로 느껴지는데, 이는 당시의 초동 수사가 얼마나 형편없이 한심했는지를 보여주는 것이 이 시퀀스의 목적이기 때문이다.

또 하나 흥미로운 것은 박두만 형사의 말과 행동을 따라하는 소년의 모습인데, 자세히 살펴보면 이 두 사람은 똑같은 모양과 색깔의 셔츠를 입고 있다. 논에서 주워든 '거울 조각'의 상징과 두 사람이 똑같은 말과 행동을 하고 있다는 점까지 함께 생각해보면, 이 둘 사이의 세대 차이만큼 긴 세월이 흘러도 현실은 크게 달라진 것이 없다는 의미를 해석해낼 수 있게 된다.

한 가지 더 중요한 부분은 박두만 형사가 자신이 탄 경운기를 쫓아오는 아이들을 향해 주먹 감자를 날리는 장면인데, 이 장면에서 카메라는 아이들의 시점을 보여주는 '시점샷'처럼 느껴지지만, 결국 주먹감자 욕설은 카메라 정면을 향해서 날린 셈이다. 그리고 다시 카메라의 위치에서 바라보게 되는 것은 관객들이라는 점을 고려할 때, 이 주먹감자는 아이들을 향해 날린 것이 아니라 관객을 향해 날린 '경고'와도 같은 것으로 볼 수 있다. 이 영화는 범인을 잡을 듯 말 듯 마음 졸이게 하는 스릴러 영화처럼 보이지만, 결국 범인은 잡지 못한 채 영화는 끝이 난다. 범인이 누군지를 밝히는 것을 목적으로 한 전형적인 스릴러 영화라고 생각한 관객은 대단히 허무하게 받아들일 수도 있을 결론인데, 영화는 이미 초반 3분 안에 관객에게 장르의 속성에 현혹되지 말라는 '경고'를 준 셈이다.

〈살인의 추억〉의 맨 마지막 시퀀스는 다시 첫 번째 시퀀스의 배경이었던 그 논두렁 옆이다. 세월이 흘러, 범인을 잡지 못한 채 경찰을 그만두고 세일즈맨이 되어 있는 박두만은 우연히 사건 현장을 다시 찾아온다. 그리고 첫 번째 시신을 발견한 농수로 밑을 확인할 즈음, 한 소녀가 나타난다. 소녀는 얼마 전에도 평범한 얼굴의 사람이 이곳에서 똑같은 행동을 하면서, "예전 일이 생각나 찾아와봤다."고 말했다고 전해준다. 이때 박두만 역을 맡은 배우 송강호는 뭔가 찜찜하다는 듯, 심각한 표정을 짓더니 갑자기 고개를 돌려 카메라 앵글 정면을 노려본다. 그리고 그의 눈을 카메라가 줌인하며 클로즈업하는 순간, 영화는 끝이 난다.

첫 시퀀스에서 주먹감자를 날릴 때처럼, 마지막 장면에서 카메라 정면을 노려보는 송강호의 시선은 결국 관객을 향한 것이다. 영화에서 배우가 카메라 정면을 노려보는 것은 매우 금기시되는 행동이다. 관객의 몰입이 깨질 우려가 있기 때문이다. 그렇기 때문에, 이 장면은 오히려 특별한 메시지를 관객에게 준 것으로 볼 수 있다. 현실인식의 정지 상태였던 영화 관람을 잠시 멈추고, 다시 현실을 직시할 것을 말하는 것이다. 영화는 마지막 순간에, 관객들에게 "당신들은 떳떳한가, 당신들은 이 사건의 해결을 위해 무엇을 노력했는가, 이 사건의 해결을 위해 우리는 무엇을 해야하는가"라는 질문을 던지고 있는 것이다.

장준환 감독의 2003년작 〈지구를 지켜라〉에도 배우가 카메라 정면을 응시하는 장면이 있다. 이 영화 속 주인공 병구는 외계인이 지구에 들어와서 자신을 괴롭히고 있고, 곧 지구를 멸망시키게 될 것이라고 말하곤 하는, 매우 비상식적 인물이다. 병구는 유제화학이란 기업의 강만식 사장이 외계인일 것이라 생각하고, 납치하여 감금하고 고문을 자행한다. 영화는 관객들로 하여금 시종 불편한 감정을 들게끔, 비이성적인 병구의 주장과 그가 행하는 다소 잔혹한 행위들을 계속 보여준다. 영화의 후반부, 강만식 사장 납치 용의자를 추적하던 경찰 김 형사가 병구의 은신처를 찾아오게 되지만, 그도 병구에 의해 의자에 몸이 묶인 신세가 되고 만다. 병구는 김 형사에게 총을 겨누면서 이렇게 말한다. "내가 미쳐갈 때 어디 있었어? 니들이 더 나빠. 니들이 죽인거야." 그 순간 병구의 시선은 카메라 정면을 향해 내려다보고 있다. 병구의 주변 인물들이 거대한 권력과 폭력을 자행하는 기득권층에 의해 죽임을 당해가는 동안, 병구는 자신을 괴롭히는 이들은 결코 사람일 수 없다고 생각하게 되었고, 결국 그들이 외계인일 것이라는 상상을 하게 된다. 그리고 이 시퀀스에서 병구는 자신의 주변 인물이 죽어가고, 자신은 미쳐가는 동안, 관객들, 바로 당신들은 과연 무엇을 하고 있었는가를 꾸짖듯이 묻는다. 그리고 영화는 결말부에서, 인류 역사에서 행해졌던 약자에 대한 폭력들에 대한 성찰이 없다면, 지구는 파멸하고 말 것임을, 매우 기괴한 방식으로 우리에게 경고를 전한다.

영화는 이처럼, 관객에게 질문을 던지거나 메시지를 던지는 다양한 기법들을 활용한다. 앞서 살펴보았듯, 카메라 정면을 노려보는 장면은 관객의 특별한 유의와 각성을 요구하는 일종의 '표지'라고 할 수 있을 것이다.

안드레이 타르코프스키 감독의 1983년작 영화 〈노스탤지아〉의 한 장면도 떠올려보자. 이 영화 속의 러시아 작가 안드레이는 이탈리아인 도메니코로부터 세상의 종말을 막기 위해 함께 촛불을 밝혀주기를 요청받는다. 그다지 신뢰가 가지 않는 인물과 그의 주장이었지만, 도메니코가 분신을 하며 스스로 목숨을 잃은 뒤, 안드레이는 비장한 표정으로 도메니코가 건네주었던 촛불에 불을 밝힌다. 그리고 영화는 약 10분간에 걸쳐 롱테이크로 안드레이가 촛불을 켠 채 한쪽 벽에서 반대편 벽으로 발걸음을 옮기는 장면을 보여준다. 어쩌면 영화 역사상 가장 지루하다고 느껴질 만큼, 답답한 장면이다. 여러 차례 촛불이 바람에 꺼지고, 또 다시 제자리로 돌아가 불을 붙여 발걸음을 떼는 안드레이의 끔찍하도록 답답한 반복적 행위를 보면서, 관객들은 이번에는 성공하기를 간절히 기원하는 마음에 공감대를 형성하게 된다.

우리는 영화를 보며, '왜 저렇게 찍었을까', '왜 비상식적인 장면이 등장할까', '왜 저 배우는 카메라를 정면으로 바라보는가', '왜 저 장면은 저렇게 지루하게 반복되는가'와 같은 의문을 품게 되는 순간이 있다. 바로 그 순간이 관객 입장에서 영화를 향해 비평적 질문을 던지고, 스스로 답을 찾기 위해 노력해야 하는 순간이다.

영화는 극장에서 관람하는 방식의 예술로서, 하나의 독립적 매체로 간주

되기도 했다. 하지만 극장 관람의 관습보다, 컴퓨터나 모바일 등으로 영화 파일을 재생하여 보는 것이 더 익숙해진 지금, 영화는 하나의 매체라기보다는 매우 다양한 매체를 통해 소통되는 콘텐츠가 되어가고 있으며, 그로 인해 여전히 가장 강력한 대중성과 영향력을 갖춘 서사 텍스트로 자리매김하고 있다.

(3) 대중음악에 대한 이해와 비평

대중음악은 말 그대로 대중들이 좋아하는 음악을 말한다. 누군가는 대중음악을 클래식 음악에 비하여, 상대적으로 열등한 음악으로 간주하기도 한다. 또 누군가는 '대중음악이란 민속음악이나 예술음악을 제외한 음악'이라는 부정(否定)의 정의로 규정하기도 한다. 또, '대중매체를 통해 전달되는 음악'이라는 미디어 기준의 정의, 혹은 기술적 정의를 내세우기도 한다. 하지만 역시 가장 보편적으로 이해될 수 있는 '대중음악'의 정의는 "사회적 보편 대중이 즐기는 음악"이라는 사회학적 정의가 될 것이다.

대중음악에도 워낙 다양한 형식과 장르가 존재하지만, 대체로 서두의 암시 부분, 쉽고 기억하기 쉬운 멜로디, 중간 간주와 반복적 후렴구, 페이드아웃 방식의 결말부, 단순하고 직설적인 가사라는 특징을 지닌다고 볼 수 있다.

사실, '고려가요'나 '시조'를 비롯한 고전 시가 작품들은 대부분 가창되었고, 나름의 '대중성'도 지니고 있었다. 특히 고려가요는 '남녀상열지사'나 '종교적 구도'와 같은 당시 대중들의 관심사를 내용으로 삼고 있었다. 이러한 점에서, 우리가 고전문학을 공부할 때 접하는 '고려가요'는 일종의 당시 '대중가요'였다고 해도 과언이 아닐 것이다.

동서고금을 막론하고 대중들이 공감할 수 있는 스토리와 서사를 담은 음악은 언제나 인기를 모으기 마련이었다. 다만 최근의 오디션 음악 프로그램은 '음악'보다 '서사'와 '스토리'를 보여주는 것에 더 치중하기도 하고 있다.

대중음악의 대략적 흐름을 먼저 서양의 경우부터 살펴보기로 하자. 1920년대에서 30년대에는 현대 대중 음악의 원류가 형성되었다고 할 수 있다. 리듬 앤 블루스, 컨트리 앤 웨스턴, 포크 음악, 그리고 재즈와 소울로 대표되는 흑인 음악도 대체로 이 무렵에 형성되었다.

1950년대의 엘비스 프레슬리에 이어, 1960년대 비틀즈와 밥 딜런이 등장하면서, 서구의 대중음악은 커다란 전기를 맞이한다. 비틀즈와 밥 딜런의 음악은 그저 대중들에게 인기를 누리고 소비되는 것에 그치지 않고, 당대의 문화를 대표하는 아이콘이었으며, 시대 정신이기도 했다. 비치 보이스, 도어즈, 롤링 스톤스, 레이 찰스 등도 이 시대를 대표하는 대중음악인들이었다.

1970년대에는 핑크 플로이드, 레드 제플린, 딥 퍼플로 대표되는 록음악의 시기였다. 엘튼 존은 대중음악 중에서도 보편적인 선율과 리듬, 그리고 형식화된 전개로 이어지는 '팝 음악'을 주도해나갔다. 스티비 원더는 팝과 소울을 접목한 독특한 음악을 펼쳐놓았고, 데이빗 보위는 음악에 패션과 퍼포먼스를 결합하고, 글램 록이나 사이키델릭이라 불리게 되는 난해한 음악을 선보였다.

1980년대는 마이클 잭슨과 마돈나라는 대표적인 남녀 팝 가수의 시대였다. 이들은 음악성과 가창력도 갖추고 있었지만, MTV와 같은 뮤직비디오 채널의 성장과 함께 '비디오형 가수'로 대중적 인기를 한 몸에 받았었다. 이 시기에는 디페시모드와 같은 전자음악, U2와 같은 저항적 록음악, 비스티 보이즈와 같은 힙합음악, R.E.M.과 같은 얼터너티브 음악 등 다양한 음악적 시도가 공존하기도 했다.

그리고 1990년대는 라디오헤드, 오아시스로 대표되는 얼터너티브 록음악의 전성기였고, 2000년대에는 비욘세나 에미넴과 같은 리듬 중심의 댄스음악이 인기를 모았다.

한국 대중음악의 흐름도 1920년대의 윤심덕 〈사의 찬미〉까지 거슬러 올라가서 살펴볼 수 있을 것이다. 윤심덕의 노래가 다소 지식인 성향의 곡이었다면, 1930년대 이난영의 〈목포의 눈물〉, 남인수의 〈애수의 소야곡〉와 같은 곡들은 보다 보편적인 식민지 조선의 대중들에게 인기를 모았다.

1940년대 〈신라의 달밤〉(현인)을 거쳐, 1950년대의 〈굳세어라 금순아〉(현인), 〈샌프란시스코〉(황금심)과 같은 곡들은 2차 세계 대전, 해방, 미군정과 한국전쟁 등으로 이어지는 급변하던 정치사회적 현실을 반영하는 동시에, 대중을 위로해주는 역할을 하게 되었다.

1960년대에는 미국으로부터 유입된 팝 음악을 받아들이면서, 일본 가요와의 접목도 일어나던 시기였다. 이미자, 최희준, 배호 등이 다양한 장르의 팝 음악을 들려주던 시기였다. 1970년대는 서구의 히피문화 운동의 영향으로, 젊은 세대들만의 독특한 청년문화가 형성되던 시기였는데, 이들 문화는 바로 '통기타'와 '청바지'라는 아이콘으로 대표되었다. 양희은, 송창식, 윤형주, 김민기로 대표되는 포크 음악의 전성기였다.

1980년대에는 대중음악에 대한 대중의 관심과 인기가 한층 증폭되던 시기였다. 조용필과 이선희가 가장 대표적인 남녀 가수들이었지만, 노래를 찾는 사람들이나 들국화처럼, 언더그라운드 음악이나 민중가요들도 대중들의 관심을 끌던 시기였다.

1990년대는 서태지와 신해철, 봄여름가을겨울과 같은 음악인들이 록음악, 힙합, 퓨전재즈 등 다양한 음악적 시도를 하던 한국 대중음악의 르네상스기였다. 동시에 H.O.T로 대표되는 이른바 '1세대 아이돌'들이 등장하여, 대중음악을 매개로 한 팬덤 문화가 시작되던 시기이기도 했다.

2000년대 이후로는 동방신기, 소녀시대, 빅뱅, 원더걸스 등으로 대표되는, 이른바 기획사에서 키워낸 아이돌 음악들이 전성기를 이루게 되었다. 장기하와 같은 인디음악이나 싸이와 같은 한류 스타들이 주목을 받기도 했다.

고대 그리스 시대의 '시'는 문학이며, 음악이며, 연극이었다. 고려시대와 조선시대 '시가'는 실제로 가창되던 것이었다. 그렇게 보면 근대 이후 인쇄시대의 '시'가 독서를 통해 소통된 것은 어쩌면 독특한 케이스라 할 만하다. 현대의 대중 음악의 가사들은 고대와 중세의 가창되던 '시'들처럼 대중들의 관심을 받고 영향력 있는 커뮤니케이션 메시지를 전달하고 있다.

대중음악의 정의가 다소 모호하다고 하긴 하지만, 대중음악이 대중들에게 사랑받는 음악이라면, 대중음악의 가사가 대중들과 소통하면서 주고받는 커뮤니케이션으로서의 영향력과 의미는 클 수밖에 없을 것이다. 지금의 시대에는 전통적 문학 텍스트보다 훨씬 광범위하고 큰 영향력을 갖고 소통되는 텍스트가 바로 대중음악이라고 할 수 있겠다.

> 바람이 분다 서러운 마음에 텅 빈 풍경이 불어온다
> 머리를 자르고 돌아오는 길에 내내 글썽이던 눈물을 쏟는다
> 하늘이 젖는다 어두운 거리에 찬 빗방울이 떨어진다
> 무리를 지으며 따라오는 비는 내게서 먼 것 같아 이미 그친 것 같아
> 세상은 어제와 같고 시간은 흐르고 있고
> 나만 혼자 이렇게 달라져 있다
> 바람에 흩어져 버린 허무한 내 소원들은 애타게 사라져간다
> 바람이 분다 시린 한기 속에 지난 시간을 되돌린다

여름 끝에 선 너의 뒷모습이 차가웠던 것 같아 다 알 것 같아
내게는 소중했던 잠 못 이루던 날들이
너에겐 지금과 다르지 않았다
사랑은 비극이어라 그대는 내가 아니다
추억은 다르게 적힌다
나의 이별은 잘 가라는 인사도 없이 치러진다
세상은 어제와 같고 시간은 흐르고 있고
나만 혼자 이렇게 달라져 있다
내게는 천금같았던 추억이 담겨져 있던
머리위로 바람이 분다 눈물이 흐른다

- 이소라 〈바람이 분다〉 (2004)

위에 인용한 이소라의 〈바람이 분다〉라는 가사는 어떤 문학적 작품 이상
으로 사랑과 이별의 감정적 표현이 절제와 범람을 넘나들면서 훌륭하게 전개
되고 있는 텍스트라 할 수 있다. "그대는 내가 아니다. 추억은 다르게 적힌
다."와 같은 표현은 사랑의 기억이 얼마나 다른 방식으로 새겨질 수 있는가,
그리고 각자에게 얼마나 큰 상처로 남겨질 수 있는가를 보여준다. 대중들은
이 음악을 들으며, 이 가사들 음미하며, 때로는 노래를 따라 부르면서 텍스
트에 공감하고 감동하거나 분석하며 성찰하기도 한다. 특히 이 노래의 가사
들은 간결한 문어체 문장들로 이루어져 있다. 문어체 문장이 주는 담담함과
객관적 거리감은 내용에 담긴 슬픔과 아픔을 더욱 두드러지게 해주고 있다.
　루시드폴의 〈사람이었네〉의 가사도 한번 살펴보자.

어느 문 닫은 상점 길게 늘어진 카페트 갑자기 내게 말을 거네
난 중동의 소녀 방안에 갇힌 14살 하루 1달러를 버는
난 푸른 빛 커피 향을 자세히 맡으니 익숙한 땀 흙의 냄새
난 아프리카의 신 열매의 주인 땅의 주인

문득 어제 산 외투 내 가슴팍에 기대 눈물 흘리며 하소연하네
내 말 좀 들어달라고 난 사람이었네
공장 속에서 이 옷이 되어 팔려왔지만 난 사람이었네
어느날 문득 이 옷이 되어 팔려왔지만 난 사람이었네

– 루시드 폴 〈사람이었네〉 (2007)

이 노래에는 여러 명의 화자, '나'가 등장한다. 하루 1달러라는 노임을 받고 착취당하고 있는 제3세계의 소녀도 있고, 그리고 아프리카에서 땀과 흙의 냄새가 담긴 커피를 생산하는 노동자도 있다. 글로벌 시대에 좀 더 효율적인 생산과 좀 더 합리적인 소비를 하기 위해서, 누군가는 정당한 대우를 받지 못하고 노동을 해야 하는 현실, 그리고 그들의 땀과 노력이 담긴 그 상품들이 '사람'의 흔적을 지운 채 팔려나가는 현실을 이 노래는 구체적 이미지들로 전환하여 전달해주고 있다. 우리 사회의 글로벌 경제구조에 관련한 반영론적 시각으로, 또는 공정무역에 대한 사회적 교훈을 전해주는 효용론적 시각으로, 또는 텍스트에 활용된 상징과 코드들을 살펴보는 구조주의 기호학의 시각으로, 어휘와 문장 구조의 반복이 주는 음악성을 중심으로 보는 절대론적 시각으로, 그중 어떠한 시각으로 살펴보아도 좋을 것이다.

이외에도, 우리 주변에는 엄청나게 다양한 주제와 내용을 다루는 대중음악의 가사들이 있겠지만, 여기서는 '청춘'이라는 키워드로 모아볼 수 있는 몇 개의 노래 가사들을 먼저 살펴보기로 한다. 앞서 말했던, '엮기' 방식의 비평이라 할 수 있겠다.

언젠간 가겠지 푸르른 이 청춘 지고 또 피는 꽃잎처럼
달 밝은 밤이면 창가에 흐르는 내 젊은 연가가 구슬퍼
가고 없는 날들을 잡으려 잡으려 빈 손짓에 슬퍼지면
차라리 보내야지 돌아서야지 그렇게 세월은 가는 거야

나를 두고 간 님은 용서하겠지만 날 버리고 가는 세월이야
정들 곳 없어라 허전한 마음은 정답던 옛 동산 찾는가
— 산울림 〈청춘〉 (1981)

산울림의 노래 〈청춘〉은 낭만적인 사랑, 흘러가는 젊은 시절에 대한 아쉬움이 흘러 넘친다. 청춘은 말 그대로 푸르른 봄의 시기이며, 잠깐 사이에 흩어질지 모르는 찰나의 순간이다. 그 세월의 아쉬움에 대해 '날 두고 간 님'에 비교하면서도 '날 버리고 흘러가는 세월'에 대한 절절한 아쉬움을 표현한 것이다.

젊은 날엔 젊음을 모르고 사랑할 땐 사랑이 보이지 않았네
하지만 이제 뒤돌아보니 우린 젊고 서로 사랑을 했구나
눈물 같은 시간의 강 위에 떠내려가는 건 한 다발의 추억
그렇게 이제 뒤돌아보니 젊음도 사랑도 아주 소중했구나
언젠가는 우리 다시 만나리 어디로 가는지 아무도 모르지만
언젠가는 우리 다시 만나리 헤어진 모습 이대로
젊은 날엔 젊음을 잊었고 사랑할 땐 사랑이 흔해만 보였네
하지만 이제 생각해보니 우린 젊고 서로 사랑을 했구나
언젠가는 우리 다시 만나리 어디로 가는지 아무도 모르지만
언젠가는 우리 다시 만나리 헤어진 모습 이대로
— 이상은 〈언젠가는〉 (1993)

이상은의 〈언젠가는〉 역시 흘러가는 젊은 시절에 대한 아쉬움이 가득하다. 하지만 그렇게 흘러갈 젊은 시절이 또 언젠가 다시 만나 추억이 될 것임을 확신하는 낭만적 태도가 드러나 있다. 젊음은 서로 사랑하고 헤어지는, 낭만적이고 아름다운 사랑과 이별의 시기로 인식되고 있다.

내가 철들어 간다는 것이 / 제 한 몸의 평안을 위해
세상에 적당히 길드는 거라면 / 내 결코 철들지 않겠다
오직 사랑과 믿음만으로 / 굳게 닫힌 가슴 열어내고
벗들을 위하여 서로를 빛내며 / 끝까지 함께 하리라
모든 시련의 세월들이 / 깊은 상처로 흘러가도
변치 않으리 우리들의 / 빛나는 청춘의 기상
우리 가는 이 길의 한 생을 / 누구 하나 안 알아 주어도
언제나 묵묵히 신념을 다 바쳐 / 제자리 지켜내면서
진짜 의리라는 게 무언지 / 참된 청춘의 삶의 무언지
몇 마디 말 아닌 / 우리의 삶으로 기꺼이 보여주리라
– 조국과 청춘 〈새세대 청춘송가〉 (1994)

위에 인용한 〈새세대 청춘송가〉는 1990년대 무렵 학생운동권 그룹의 노래모임이었던 '조국과 청춘'이 부른 노래이다. 이 노래에는 젊은 학생 세대가 세상의 주인이며, 세상과 맞서 싸워서도 힘껏 이겨낼 수 있다는 자신감이 가득 차 있다. 이 노래는 행진곡 풍의 멜로디와 리듬과 더불어, 청춘들 스스로 사회를 주도해 나가겠다는 의지를 강하게 표출한다.

막다른 골목으로 질주해 보리라 맨 땅에 헤딩하리라
난잡한 기름 속에 녹아들어 보리라 사정없이 사정하리라
막다른 골목으로 질주해 보리라 맨 땅에 헤딩하리라
난잡한 기름 속에 녹아들어 보리라 사정없이 사정하리라
이제는 절대로 꿈을 꾸지 않으리 빈 꼴통에 새겨 놓으리
서산에 지는 해를 다시 한번 보리라
조금씩 나를 태워가리라
눈앞에 펼쳐지는 세상을 버리라
추악한 돼지들의 몸놀림을 버리라
눈앞에 펼쳐지는 세상을 버리라
추악한 돼지들의 몸놀림을 버리라

이제는 절대로 꿈을 꾸지 않으리
이제는 절대로 꿈을 꾸지 않으리
이제는 절대로 꿈을 꾸지 않으리 빈 꼴통에 새겨놓으리
서산에 지는해를 다시 한번 보리라
조금씩 나를 태워가리라

- 노브레인 〈청춘 98〉 (1999)

인디밴드 노브레인의 〈청춘98〉에서는 절대로 꿈꾸지 않겠다는 비관적 태도도 나타나지만, 자신을 태워 가며, 맨땅에 헤딩하면서 싸워가겠다는 의지도 나타나 있다. 1990년 초, 중반까지의 청춘들의 낭만적 인식과 태도, 자신감은 2000년대 이후 큰 변화를 겪게 된다.

약해진다 맘이 약해진다 동공이 탁해진다
정체성 없이 정체된 내 정체가 드러나기 시작하면서
비로소 주제파악이란 걸 하게 됐어 (날 과대평가 했어)
결론은 그거야 난 난 놈이 아니었다는 걸
사회라는 조직에서 눈 밖에 난 놈이었다는 걸
20대 객기와 열정은 객사한지 오래야
건진 건 쓸모 없는 아집과 약간의 노련함
사기도 몇 번 당하고 상처는 자주 덧나고
정주기는 겁나고 닳고 달아보니깐
그냥 그런가 보다 하면서 방관하면서
모든 세상일에 딱 두 발정도 뒷걸음쳤어
난 많이 식었어 이젠 모든 게 미적지근해
조금만 무리해도 몸이 뻑적지근해
내 앞가림 하기도 머리가 지끈지끈해서
방관이라는 고약한 버릇이 몸에 뱄어
잘 되던 일이 서로 욕심 땜에 꼬였어
의심들이 사실이 돼가는걸 지켜보면서

난 자꾸 한걸음씩 물러서 말도 안 나오고 눈물만이 흘러서
무뎌지는 나의 칼날 흐려지는 나의 신념

- 다이나믹듀오 〈청춘〉 (2009)

IMF 이후, 청춘들은 더 이상 사회적 이슈를 만들어내지 못하고, 소비의 주체도 되지 못하고, 그렇다고 미래를 기획하는 에너지로도 기능하지 못하고 있다. '청년'이라는 키워드는 희망이나 꿈, 미래라는 말보다 '실업'이라는 단어로 바로 연결되는 시대가 되면서, 청춘들에게는 절망과 비관의 마음이 가득하다.

너의 시뻘건 거짓말 달콤하고 헛된 기대들 믿을 수 없는 약속들
하루하루 겨우 살아가네 희망은 멀리 사라졌네
구석진 공장의 낡은 기계처럼 그렇게 살아가네
어차피 내일은 없어 집어치워 아등바등 해 봤자 소용없어
88만원 손에 쥐고서 도대체 뭘 해야 하나
스무 살의 꿈은 사라지고 디비디비 잠만 자네
어차피 내일은 없어 알면서 아등바등 해 봤자 소용없어
A-yo just play the rock & roll
It's losing game It's losing game

- YB 〈88만원의 Losing Game〉 (2009)

그 어떤 신비로운 가능성도 희망도 찾지 못해 방황하던 청년들은
쫓기듯 어학연수를 떠나고
꿈에서 아직 덜 깬 아이들은 내일이면 모든 게 끝날 듯 짝짓기에 몰두했지
난 어느 곳에도 없는 나의 자리를 찾으려 헤매었지만 갈 곳이 없고
우리들은 팔려가는 서로를 바라보며 서글픈 작별의 인사들을 나누네
이 미친 세상에 어디에 있더라도 행복해야 해 넌 행복해야 해 행복해야 해
이 미친 세상에 어디에 있더라도 잊지 않을게 잊지 않을게 널 잊지 않을게
낯설은 풍경들이 지나치는 오후의 버스에서 깨어 방황하는 아이 같은 우리

어디쯤 가야만 하는지 벌써 지나친 건 아닌지 모두 말하지만 알 수가 없네
난 어느 곳에도 없는 나의 자리를 찾으려 헤매었지만 갈 곳이 없고
우리들은 팔려가는 서로를 바라보며 서글픈 작별의 인사들을 나누네
                                     – 브로콜리 너마저 〈졸업〉 (2010)

위의 두 노래는 '88만원 세대'라는 표현으로 대표되는 현 시대 청춘들의 비관적인 세계 인식, 실업 혹은 저임금에 시달려야 하는 현실을 고스란히 보여주고 있다.

청춘이라는 키워드를 중심으로 1990년대부터 현재에 이르는 대중가요 가사들을 나열하고 분석하는 과정에서, 우리는 각각의 시대에서 '청춘'이 우리 사회에서, 그리고 우리 문화에서 어떤 의미로 소통되는 키워드였는가를 확인할 수 있었다. 짧게 간결하지만, 직설적인 대중가요 가사들은 당대의 사회 문화적 풍토와 이슈를 가장 빠르고 정확하게 반영하고 있는 텍스트이다. 전통적인 문학 개념에서는 잘 다루지 않았을 대상 텍스트들이지만, 현 시대의 젊은 세대들에게 가장 비평적 분석의 가치와 의미가 있는 '언어적 텍스트'는 바로 다름 아닌 '대중음악 가사'가 아닐까 생각된다.

2014년 발표된 정기고, 소유의 〈썸〉은 당대의 젊은 세대들의 세태를 포착하여 보여준 노래라고 할 수 있다.

가끔씩 나도 모르게 짜증이나 너를 향한 맘은 변하지 않았는데
혹시 내가 이상한 걸까 혼자 힘들게 지내고 있었어
텅 빈 방 혼자 멍하니 뒤척이다 티비에는 어제 본 것 같은 드라마
잠이 들 때까지 한번도 울리지 않는 핸드폰을 들고
요즘 따라 내꺼인 듯 내꺼 아닌 내꺼 같은 너
니꺼인 듯 니꺼 아닌 니꺼 같은 나
이게 무슨 사이인 건지 사실 헷갈려 무뚝뚝하게 굴지마

연인인 듯 연인 아닌 연인 같은 너 나만 볼 듯
애매하게 날 대하는 너 때로는 친구 같다는 말이
괜히 요즘 난 듣기 싫어졌어

- 정기고 & 소유 〈썸〉 (2014)

'썸'이라는 말은 정확히 언제부터 어떻게 쓰이기 시작했는지 명확하지 않다. 연인이라고 말하기에는 어렵지만, 사랑의 감정이 오고가고 있는 상태의 남녀에게 '썸씽(something)'이라는 표현을 쓰는 것은 영어권에서 널리 행해지던 것이지만, 이것을 줄여서 '썸'이라는 말로 쓰게 된 시점은 명확하지 않다. '썸씽'이 '썸'으로 변화한 것은 분명해보이지만, 사실 그 의미도 같지 않다. 과거의 '썸씽'은 당사자 이외의 사람들이 공개적인 연인이 아닌 그들에게 "무언가 특별한 관계가 있는 것 같다"는 추정을 할 때 쓰던 말이었던 반면, '썸'은 당사자 스스로 연인 관계인지 아닌지가 불명확한 단계일 때 쓰는 개념이다. '썸타다', '썸남, 썸녀' 등과 같은 파생어도 존재하지만, 젊은 세대를 제외한 이들에게는 의미가 다소 모호했던 '썸'은 이 노래를 통해 보다 명확한 의미를 획득하게 되었다고 할 수 있다. 그리고 연애를 계산의 영역으로 생각하고, 또 그럴 수밖에 없을 만큼 실패와 좌절이 두려워진 청춘 세대들에게 이 노래는 특별한 공감대를 형성해주었다.

자이언티의 〈양화대교〉는 보다 폭넓은 세대들에게 공감을 전달해준 노래였다.

우리 집에는 매일 나 홀로 있었지
아버지는 택시드라이버
어디냐고 여쭤보면 항상 양화대교
아침이면 머리맡에 놓인 별사탕에 라면땅에
새벽마다 퇴근하신 아버지 주머니를 기다리던

어린 날의 나를 기억하네
엄마 아빠 두 누나, 나는 막둥이 귀염둥이
그 날의 나를 기억하네 기억하네
행복하자 우리 행복하자 아프지 말고
내가 돈을 버네, 돈을 다 버네, "엄마 백원만" 했었는데
우리 엄마 아빠, 또 강아지도 이젠 나를 바라보네
전화가 오네, 내 어머니네, 뚜루루루 "아들 잘 지내니"
어디냐고 물어보는 말에. 나 양화대교 "양화대교"
– 자이언티 〈양화대교〉 (2014)

자이언티의 자전적 경험을 바탕으로 한 것으로 알려진 이 노래는 일반적인 대형기획사나 방송사의 홍보가 아니라, 음원사이트와 입소문 등을 통해 인기를 얻었다. 택시기사인 아버지가 힘들게 벌어온 돈, 그리고 간식거리로 사오신 별사탕과 라면땅으로 행복을 느끼던 막내아이가 이제 집안의 가장이 되어버렸다는 스토리에, 아버지가 느끼시던 그 부담감이 이제 나에게 고스란히 전해지게 되었다는 감정의 인식이 드러나 있다.

이 노래의 후렴구는 "행복하자", "아프지 말고"를 여러 차례 반복해 노래한다. 가족 간의 행복과 건강을 기원하는 단순한 소망의 표현으로도 볼 수 있겠지만, 가장이 느끼는 부담감과 연계해 생각해볼 때, '아프지 말고'라는 표현은 현재의 경제적 안정감이 일시에 무너져버릴 수 있다는 불안감이 강조된 것으로 볼 수 있다. 가장의 건강에 문제가 생기면, 한 사람의 건강 문제에 그치지 않고 가정 전체가 무너져내릴 우려가 있는 불안함이 잠재되어 있는 사회 현실, 다시 말해서 사회 안전망이 충분히 확보되지 못한 우리 사회의 현실이 이 노래의 후렴구를 더욱 절실한 기원으로 들리게 만든다.

사실, 대중음악은 본래부터 그 어떤 문화예술적 장르보다 쉽게 수용 가능하다는 점에서, 즐거움과 공감을 대중들에게 전이시키는 기능을 효과적으

로 담당해왔다. 음악을 통해 노동의 고통을 잊던 '노동요'나 공동의 욕망을 집약하던 '주술요'가 불리던 시절은 물론이고, 일제시대와 전쟁으로 이어진 현대사의 비극과 억압적인 독재의 시절에도 대중음악의 역할은 매우 컸다. '대중음악'은 한 시대의 상징적 기호이며 동시대인 모두가 교감할 수 있는 텍스트였다. 대중음악을 통해 한 시대를 살아가는 다양한 계층의 사람들을 모두 하나로 아우를 수 있다고 보는 것도 하나의 판타지이겠지만, 실제로 대중음악은 그러한 기능을 담당한 측면이 있었다. 근대 이후 우리의 대중음악은 일본과 미국으로부터 전해져온 음악의 모방이나 아류에 불과하던 시절도 있었지만, 요즘 소위 'K-POP'이라 불리는 한국 대중음악은 전세계적으로 상당한 인기를 얻는 단계로 발전하기도 했다.

그러나 '아이돌음악'과 '90년대음악', '7080세대의 음악', '전통 트로트 가요', 그리고 '홍대 앞 인디음악'으로 분화된 대중음악은 더 이상 한 시대를 아우를 만한 상징적 기호로 자리 잡지 못하게 되었다. 더욱이 현재의 음악을 주도하고 있는 '아이돌음악'들 중 상당수는 서사와 스토리가 생략된 채 무의미한 단어가 나열되고 동일한 멜로디와 리듬마저 반복되는 '후크송'의 형태를 띠게 되면서, '대중음악'을 통한 소통과 교감이라는 것은 매우 어려운 과제가 되고 말았다.

그럼에도 불구하고 대중음악에 대한 애정과 욕구는 '대중음악'을 매개로 한 소통과 교감의 가능성을 끊임없이 새롭게 창출해왔다고 할 수 있다. 2016년 10월, 스웨덴 한림원 노벨상위원회는 노벨문학상 수상자로 미국의 가수 밥 딜런을 선정하여 발표했다. 대중음악계에서는 그를 '음유시인'이라고 불렀지만, 그가 노벨문학상의 수상자로 선정될 것을 예상한 사람은 그리 많지 않았다. 우리가 앞서 살펴본 것에 비추어 볼 때, 대중음악의 가사를 쓴 이들을 '문학'의 영역에서 다루지 못할 이유는 없다. 대중음악의 언어들은 그 어떤 다른 문학텍스트보다, 대중들의 마음에 큰 교감과 감동을 안겨주어 왔다. 밥 딜런의 수상을 둘러싸고, 많은 논란이 있었지만 대중음악과 문학을 엄격히 구획 지으려는 시도는 앞으로 더욱 힘을 잃게 될 것이 분명하다.

(4) 만화, 웹툰, 게임에 대한 이해와 비평

만화는 간단한 그림과 문장이 결합되어 일정한 메시지나 서사적 스토리를 담고 있는 문화 텍스트를 일컫는 말이다. 만화가 하나의 예술 문화로 간주된 역사는 비교적 짧은 편이지만, 고대의 동굴벽화나 중세 시대의 종교화, 불교의 불화나 탱화들을 떠올려보면, 아주 오래된 역사적 원류를 갖고 있는 장르라고도 볼 수 있다.

우리나라 불당에 가면 흔히 볼 수 있는 '심우도'는 전형적인 만화 방식의 서사적 전개를 보인다. 한 아이가 소를 끌고 가다가 소를 잃어버린 뒤, 소를 찾기 위해 헤매는 과정을 통해 불교적 깨달음을 얻는다는 스토리를 간단한 그림과 함께 열 컷 정도의 벽화로 보여주는 그림이라는 점에서, 요즘의 만화 방식과 흡사하다.

가톨릭 성당에 가면 볼 수 있는 '십자가의 길' 그림이나 조각 역시, 예수 그리스도의 고행의 과정이 성경의 이야기와 함께 어우러져 서사적 스토리를 완성한다는 점에서 역시 만화적 짜임새라 할 수 있다. 삼강행실도 삽화나 일본의 우키요에도 만화의 원류로 꼽히는 형식들이다.

일반적으로 만화는 그림과 문자가 결합된 형상을 순서에 따라 늘어놓은 것을 말하지만, 일정한 프레임으로 구획된 정지 이미지의 연속을 갖출 때 만화의 형식을 갖추었다고 보는 것이 일반적이다. 만화는 소설과 마찬가지로 근대적 미디어 신문의 등장과 더불어 자리 잡게 되었다고 본다. 인쇄 매체를 통해 시각적 전달이 이루어지면서 소통되는 것이 일반적인 만화의 커뮤니케이션 방식이었다. 만화의 형식을 구성할 아이디어는 회화와 문자가 사용된 이후부터 계속 있어 왔던 것이지만, 그것을 일정한 예술 장르로 활용하게 된 것은 인쇄기술과 지속적 출판 유통이라는 테크놀로지적 뒷받침 속에서 형성될 수 있었던 것이다.

그런데 앞서 언급한 종교적 그림 서사물들을 '만화'라고 보기 어려운 이유는 만화의 내용적 측면에서의 특징도 중요하기 때문이다. 흔히 '만화적 상상력'이라는 말이 쓰일 만큼, 만화는 파격적이고 엉뚱한 상상력에 기반한 이야기들을 과감한 생략과 단순화, 그리고 과장된 표현으로 드러내는 장르라고 본다. 이 과정에서 무엇보다 중요한 것은 창작자의 상상력, 그리고 그것을 이해하고 받아들일 수용자의 상상력이 결합되는 것이라 할 수 있다.

만화는 정보 학습이나 이데올로기 전파에 널리 활용될 만큼, 대중적인 파급효과가 뛰어나고 어린 아이들도 쉽게 이해할 수 있는 장르라고 볼 수 있지만, 사실 각 프레임을 연결하여 문자 텍스트를 연결시켜 서사를 구성하는 방식이 그리 간단하지는 않다. 만화 속에 인물이 말하는 내용을 글로 적어 놓은 부분을 '말풍선'이라고 하는데, 만화를 처음 접하는 이들은 어떤 말풍선부터 읽어야하는지를 헷갈리기도 한다. 사실 만화라는 장르에 대한 이해력, 즉 미디어 리터러시가 반드시 필요한 장르이기도 하다.

초기의 만화는 소설의 삽화처럼 구성되어 신문 연재의 형식을 띤 경우가 많았다. 1865년 독일의 신문에 연재된 빌헬름 부치(Wilhelm Busch)의 〈막스와 모리츠(Max und Moritz)〉는 최초의 현대적 연작 만화로 꼽는다. 1930년대 들어서면서 미국에서는 DC코믹스와 마블코믹스라는 양대 만화

출판업체에서 본격적인 장르 출판물로서의 만화 시대를 열어나가게 되었다. 지금까지 영화로 만들어지면서 대중들의 인기를 모으고 있는 〈스파이더맨〉, 〈엑스맨〉, 〈슈퍼맨〉 등의 히어로 만화들이 경제적 공황이 닥쳤던 이 시기에 등장한 만화들이다. 20세기 후반에는 일본이 세계적인 만화 강국으로 등장하여 '망가(漫畵)', '아니메(Animation)'라는 일본식 어휘가 세계적으로 통용되게 되었다. 그 이웃에 있던 우리나라 역시 만화가 대중적으로 큰 인기를 모으고 산업적으로 발전할 기반을 갖추게도 되었다.

우리나라에서는 신문에 연재된 '네 컷 만화'가 정치사회적으로 주목받으며 영향력을 갖추게 되면서 만화의 위상도 높아지는 계기가 되었다. 정치적 비판 기능을 갖춘 시사만화의 영향력이 높아지면서, 각 신문들은 인기 있는 시사만화가를 끌어오기 위해 경쟁을 펼치곤 했는데, 192,30년대 신문연재 소설이 담당했던 신문의 '상업적 마케터' 기능을 만화가 대신 담당하게 된 셈이었다. 반면, 시사만화의 비판적 태도를 불쾌하게 여긴 지배권력들은 시사만화를 검열하거나 삭제하는 방식으로 억압하기도 했던 시대였다.

우리나라의 만화 콘텐츠는 1990년대까지는 대본소와 만화방, 책대여점과 같은 공간을 중심으로 소비되었다. 대본소, 만화방, 책대여점은 방식은 조금씩 다르지만, 인쇄물

시사만화 〈고바우영감〉

만화책을 일정 금액을 받고 잠시 대여해주는 방식으로 수입을 올린다는 점에서는 공통되었다. 만화가나 출판사와 같은 콘텐츠 생산자의 입장에서는 소비자에게 직접 판매하는 방식이 아니었기 때문에 소비 추세나 독자의 반응을 직접 파악하기가 쉽지 않았다.

물론, 이현세나 허영만과 같은 인기 작가들의 만화책들은 독자에게 직접 단행본의 형식으로 판매되기도 했고, 신문이나 잡지에 게재되는 시사만화, 연재만화, 그리고 광고에 활용되는 상업적 만화, 학생들을 주대상으로 하는 학습만화 등도 있었다.

지금 현재 만화 콘텐츠의 대표적 플랫폼은 웹이다. 인터넷 상의 음원 파일 판매나 스트리밍 서비스를 중심으로 하는 음악 콘텐츠 정도를 제외하면, 웹 플랫폼이 가장 중요한 플랫폼으로 자리잡은 문화 예술 분야는 만화가 거의 유일하다고 할 수 있다.

인터넷을 의미하는 '웹'과 만화를 의미하는 '카툰'의 합성 신조어인 '웹툰'은 만화에 관심을 가지고는 있지만 자신의 만화를 대중들과 만나게 할 매체를 만나지 못한 아마추어 작가들에게는 큰 호응을 얻을 수 있었다. 공개되어 있는 인터넷 공간에 자유롭게 자신의 만화를 업로드하여 대중들과 만날 수 있게 된 것이다.

다만 초기의 웹툰은 이렇다 할 수익구조와 유통 공급 체계를 갖추지 못했을 뿐만 아니라, 종이 위에 그린 만화를 스캔하여 그림 파일로 업로드 하여 모니터로 볼 수 있다는 차이 정도를 가진 수준이었다. 기존의 만화와 본질적으로 다르지 않은 것이었다. 웹 콘텐츠의 저작권 개념이 뚜렷하지 않았을 때여서, 일반 개인들이 자신의 스캐너로 만화책 이미지를 스캔하여 게시판이나 개인 홈페이지에 업로드하는 경우가 적지 않았다.

1990년대 말 일부 인터넷 사이트들에서는, 기존의 방식대로 종이 위에 펜으로 그림을 그리던 기존 만화가들의 작품과 컴퓨터 그래픽을 활용하기 시작한 천계영, 박무직 등의 작품을 모두 같은 웹 공간에 올려놓기 시작했다. 디지틀조선일보에는 '만화조선' 섹션을 두면서 박광수의 '광수생각'을 신문 지면과 동시에 게재하였다.

그 무렵, 권윤주의 '스노우캣'(1998)과 정철연의 '마린블루스'(2001)는 자신의 홈페이지를 개설하여 일기 형식의 만화 연재를 시작한다. 그리고 2003년 포털사이트 다음에 '만화속세상' 코너가 만들어지면서 강풀은 세로 스크롤 인터페이스를 적용한 '순정만화'를 연재하였다.[15] 강풀과 강도하는 기존 인쇄만화의 프레임을 해체하고 세로 스크롤 방식에 최적화된 웹툰의 양식을 확립하였다.

파란, 야후와 같은 포털사이트들의 부침이 웹툰에도 영향을 주기는 했지만, 현재 다음과 네이버를 중심으로 한 포털사이트 플랫폼과 레진코믹스와 같은 유료 전문 플랫폼들이 함께 공존하면서, 웹툰은 전성기를 누리고 있다. 2004년 탄핵 정국과 2008년 미국소고기 수입 관련 촛불시위와 4대강 논란 등을 겪으면서 웹툰 작가들은 적극적으로 사회 참여를 시도하기도 했다. 웹툰의 사회적 영향력이 특히 10대 청소년들에게는 막강한 영향을 미치고 있었다.

스마트폰을 활용도가 높아진 요즘은 PC 모니터와는 달리, 세로로 긴 스마트폰의 액정 모양에 최적화한 그림들을 그리기도 한다. 두 개의 그림은 같은 그림이지만, 미디어에 따라 전혀 다른 느낌을 받게 된다는 것이다. 이는 스크롤이라는 방식으로 읽어나가게 되는 웹툰이라는 장르, 그리고 모바

---

15) 고정민 외, 『만화 유통환경 개선방안』, 한국콘텐츠진흥원, 2016.9, 15~16쪽.

일 폰이라는 디바이스, 이 모두의 특성을 최대한 활용한 창작이 이루어졌기 때문에 얻을 수 있는 효과였다.

가장 오랜 기간 연재된 웹툰으로 꼽히는 조석의 〈마음의 소리〉의 827 화[16]는 "307명째"라는 제목이 붙어 있다. 한정판 게임 300명 선착순 예약 판매 현장이 배경이다. 주인공은 아침 일찍부터 줄을 섰지만, 307번째 순서에 줄을 서있게 되었다. 자신의 앞에 7명이 자리를 비켜주어야 한정판 게임기를 구입할 수 있는 기회가 생긴다. 주인공이자 화자 조석의 형인 조준은 앞 사람들에게 컵라면을 나누어주고, 라면에 정신을 팔리게 한 뒤에 앞자리를 차지하려고 한다. 우수 배수로를 통해 앞자리로 향하려는 조준의 모습은 세로로 긴 컷 한 장에 담겨 있다. 독자가 스크롤을 하다보면, 처음에는 라면을 먹고 있는 몇 사람의 모습만 보이지만, 컷의 아래쪽에 도달하는 순간 배수로에 라면국물을 붓는 사람의 모습과 그 밑에서 뜨거운 물세례를 받는 조준의 모습이 눈에 들어오면서, 웃음을 자아내게 된다. 스크롤을 통해 독자의 읽기 행위가 단계

웹툰 〈마음의 소리〉 827화

---

16) http://comic.naver.com/webtoon/detail.nhn?titleId=20853&no=831&weekday=

적으로 이루어지는 웹툰의 특징을 효과적으로 활용한 사례라고 할 수 있겠다.

최근에는 스마트폰의 웹툰 전용 어플리케이션을 이용하여 스크롤 흐름에 따라, 혹은 옵션을 선택하여 배경 음악이 흘러나오거나 동영상이 재생되는 등의 멀티미디어 효과를 활용하는 경우도 많아지고 있다.

만화는 가장 늦게 등장한 문화 예술 장르답게, 가장 최신의 테크놀로지를 적극적으로 활용하면서 자신의 형식과 내용까지 탈바꿈하여 대중들과의 소통을 노력해왔다. 특히 어린 아이들이나 보는 것, 혹은 수준이 저급한 하위 문화라는 따가운 시선 속에서도 다양한 세대들과 소통할 수 있는 각기 적절한 내용과 형식을 구현하면서, 현재의 대중적 영향력을 확보할 수 있었다. 현재 웹툰은 드라마, 영화, 광고 등에 이르기까지 가장 창의적이고 독특한 콘텐츠 아이디어를 공급하고 있는 원천 미디어로서, 그리고 스마트폰 시대의 대중들과 가장 빠르고 편리하게 소통할 수 있는 문화 예술 텍스트로서 영향력을 높여가고 있는 중이다.

최근 드라마로도 만들어져 화제를 모았던 윤태호의 〈미생〉의 한 컷의 경우에도 비슷한 사례가 나타난다. 스마트폰에서 손가락으로 스크롤을 해나가면서 웹툰을 읽어나갈 때, 어느 순간 스마트폰 화면에 꽉 차는 한 화면의 이미지가 등장하게 된다. 맨 아래쪽에 놓인 인물은 어느 정도 스크롤하기 전에는 발견하여 볼 수 없다. 이는 기존의 인쇄 종이 만화에서는 구현할 수 없었던 것으로, 스마트폰의 독특한 인터페이스를 최대한 활용한 방식이라 할 수 있다.

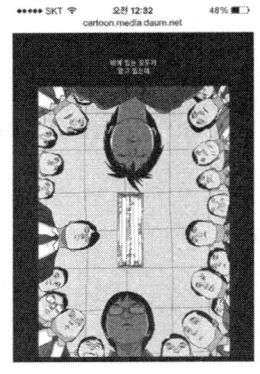

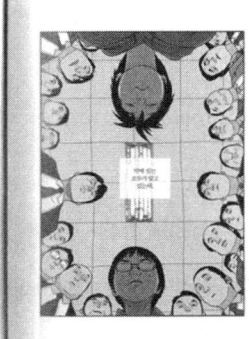

웹툰 〈미생〉   책으로 출간된 〈미생〉

   디지털 게임은 과거 영화와 텔레비전이 그러했고, 만화 역시 그러한 과정을 겪었듯이, 저급한 오락물이거나 중독성 있고 불건전한 여가 생활의 대상으로 취급받았었다. 그러나 2000년대에 들어선 후로 게임은 분명히 가장 중요한 문화현상 가운데 하나이자 문화연구의 대상으로 자리 잡았으며, 현재는 서사를 비롯한 문학 연구, 대중문화 연구, 사회학, 컴퓨터공학, 심리학 등 폭넓은 분야의 학문적 대상으로 자리하게 되었다.

   디지털 게임이 여타의 서사와 가장 차별적인 지점은 수용자가 이미 만들어진 서사를 읽거나 접하는 것으로 소통이 이루어지지 않는다는 점이다. 소설의 독자나 영화의 관객은 인쇄된 문자 언어를 읽어나가는 것으로써, 혹은 이미 만들어진 필름이 영사되는 스크린을 바라보는 것으로써, 수동적으로 서사적 소통 과정에 참여하게 된다. 그러나 게임의 경우는 마우스를 클릭하거나 키보드를 누르는 '행위'가 동반되지 않으면 서사적 소통이 진행될 수 없다. 이런 이유에서 소설의 독자나 영화의 관객과는 다르게, 디지털 게임 서사를 접하는 사람은 단순한 '수용자'가 아닌 '참여자'의 역할을 맡게 된다. 게이머(gamer)를 서사텍스트의 소비자나 수용자가 아닌, '참여자' 혹은 '플레이어 player', '유저(사용자) user'라고 지칭할 때, 디지털 게임 서사가 가진 '상호작용적 interactive'인 속성이 부각될 수 있을 것이다.

디지털 게임의 서사는 그 시작점이 분명하지 않고, 명백한 종결도 존재하지 않는다. 그것은 디지털 게임이 유저에 의해 즉흥적으로 실행되고 임의로 종결될 수 있는 서사이기 때문이기도 하지만, 본질적으로는 게임 서사의 충위가 몇 가지로 분화되어 진행될 수 있기 때문이다. 세 가지 층위로 구분한다면, 게임의 기획 단계에서 설정되고 오프닝 화면이나 중간 동영상으로 드러나는 '기반 스토리(back story)', 플레이어가 게임을 실행하는 과정에서 게임 제작자나 디자이너의 의도에 따라 진행하게 되는 '이상적 스토리(ideal story)', 플레이어가 게임 실행 과정에서 즉흥적으로 실행하고 선택하면서 구성되는 '우발적 스토리(random story)'로 나누어 볼 수 있다.

우리는 몇 가지 기준에 따라 디지털 게임들을 장르 구분할 수 있을 것이다. 먼저 게임기의 하드웨어와 게임 공간에 따른 분류가 가능하다. 첫째 가정용 콘솔 게임기, 둘째 모바일 휴대용 게임기, 셋째 개인용 컴퓨터(PC) 용 게임, 넷째 기업형 매장용 아케이드 게임으로 나누는 방법이다. 초창기에는 주요 상가나 전문 오락실(게임장), 학교 앞 문방구 등에서 찾아볼 수 있었던 아케이드 게임이 주를 이루었고, 이후 플레이스테이션류의 콘솔 게임과 PC 게임이 주를 이루어 왔지만, 현재는 휴대가 가능한 게임기 시장이 스마트폰, PMP, 닌텐도 DS(NDS) 등의 인기와 함께 크게 성장하고 있는 상황이다.

또 한 가지 분류 방법은 게임의 서사 내용과 게임 전개 방법에 따른 전통적 분류 방식이다. 아케이드 게임, 어드벤처 게임, 롤 플레잉 게임, 시뮬레이션 게임 등으로 구분하는 경우이다.

디지털 게임을 서사학적 관점에서 접근할 때에는 게임 플레이어의 시점 참여 여부에 따라, 일인칭 게임과 비일인칭 게임으로 구분하는 것도 중요한 의미를 지닐 수 있으며, 게임의 몰입도와 조작법의 난이도, 플레이 시간에 따라 캐주얼 게임과 대형 게임(하드코어 게임)으로 분류하기도 한다. 또 디지털 게임 테크놀로지의 발달과 사회문화적 풍토가 변화하면서, 기능적 목적이 우선시되는 이른바 '기능성 게임'의 영역도 별도로 다룰 필요가 제기되고 있다.

하드웨어의 특성, 서사의 내용과 게임의 조작 방법 등에 따른 복잡한 분류 체계는 지금 시점에서 체계화를 하여 제시한다고 해도, 디지털 게임 산업과 시장 환경의 변화에 따라 언제든지 크게 변화될 가능성을 안고 있다. 다양한 형식과 내용의 디지털 게임들은 각기 플레이어(게이머/유저)들의 흥미와 관심을 유발하고, 게임에 지속적으로 참여할 수 있도록 하고 있다.

앞서 언급하였듯이, 수용자의 입장에서 서사 장르에 대한 몰입과 흥미는 삶과 현실에 대한 모방에서 시작된다. 그런데 디지털 게임은 이미 완성된 텍스트가 존재하는 것이 아니라, 플레이어의 조작과 행위에 의해 서사가 진행되고 구성되는 방식의 텍스트다. 그런 점에서 디지털 게임의 리얼리티는 매체가 현실을 얼마나 잘 반영하고 있는지의 문제는 물론, 매체 자체가 얼마나 테크놀로지를 잘 활용하여 플레이어(게이머)의 조작과 행위를 얼마나 현실감 있게 표현할 수 있었는가의 문제와도 결부되게 된다.

디지털 게임의 리얼리티는 평소에 수용자(플레이어)가 실제 세계에서 체험해 온 '실제 현실'과 수용자가 서사적 진행을 선택하고 조작하면서 스스로 생성하는 '가능 세계' 사이의 유사성에 의해 획득되기도 하지만, 수용자(플레이어)가 게임을 진행할 때 감각적으로 체험하게 되는 현실과 가상의 이미지로 재현된 '가능 세계' 속 아바타의 현실 사이의 유사성 사이에서도 확보

될 수 있다. 이에 대해 각 관계에서의 유사성을 '1차적 리얼리티'와 '2차적 리얼리티'라고 명명할 수 있으며, 다음과 같은 도표로 요약할 수 있을 것이다.

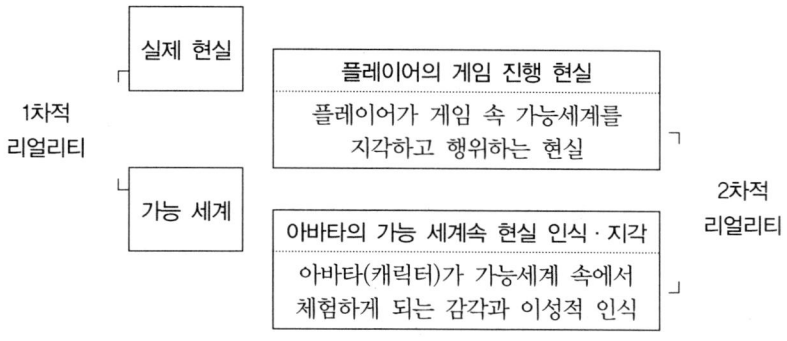

디지털 게임 서사에서의 리얼리티 확보 층위 (1차/2차)

쉽게 설명하기 위해 한 가지 예를 들어보자. 게임 플레이어가 자동차 경주 게임을 한다고 할 때, 게임 속, 그러니까 가능 세계 속 자동차의 모양이나 경주 코스가 실제 현실과 유사할 때 1차적 리얼리티가 발생한다. 게임 속 화면을 보면서 플레이어가 조이스틱이나 키보드를 이용해 방향을 전환하거나 주행 속도를 조절할 때, 화면 속 자동차나 아바타가 그에 맞게 움직임을 따라주는지, 그리고 덜컹거리거나 코스를 이탈하게 되었을 때 아바타의 표정은 어떻게 변화하는지의 문제는 2차적 리얼리티의 영역이 된다.

이러한 1차적, 2차적 리얼리티는 다시 '리얼리티'를 구현하게 되는 지점이 무엇에서 비롯되는가에 따라서, 시간적 리얼리티, 공간적 리얼리티, 행위적 리얼리티, 데이터 리얼리티, 변화의 리얼리티로 구분될 수 있다.

리얼리티 유형	수용자의 리얼리티 인식 방법(①②차) ┌①현실-가능세계간 유사성 └②플레이어-아바타간 인식의 유사성	대표적 사례
시간적 리얼리티	①실제 현실 시간 공유 ②시간흐름의 핍진성 인식	〈동물의 숲〉 〈WOW〉
공간적 리얼리티	①실제 공간과의 이미지 유사성 ②공간 인식의 몰입도 (시점)	〈괴혼〉 〈둠〉
행위적 리얼리티	①동작과 행위의 유사성 ②행동적 몰입의 핍진성	〈Wii Sports〉 〈서든어택〉
데이터 리얼리티	①역사 및 기존 서사와의 유사성 ②대결 구도의 핍진성과 박진감	〈삼국지〉 〈스타크래프트〉
변화의 리얼리티	①육성 과정의 현실적 유사성 ②변화의 피드백 가능성	〈프린세스 메이커〉 〈Wii Fit〉

디지털 게임 서사의 리얼리티 유형

실제 시간과의 유사성이나 시간 흐름의 핍진성이 인식될 때는 시간적 리얼리티, 공간 이미지의 유사성이나 공간 인식의 몰입도가 높을 경우에는 공간적 리얼리티, 게이머의 행위와 관련된 몰입의 핍진성에 따라 행위적 리얼리티, 게임을 구성하는 데이터와 정보의 사실성 문제와 관련될 때는 데이터 리얼리티, 육성과정이나 변화의 현실성과 관련해서는 변화의 리얼리티라고 명명하고, 유형화한 것이다.

그런데 최근에는 증강현실(AR) 게임이나 가상현실(VR) 게임이 본격화되면서, 게임의 리얼리티 문제는 새로운 전기를 맞이하게 되었다. 이러한 게임들은 리얼리티의 문제뿐만 아니라, 게임을 즐기는 향유의 방식에도 변화를 가져올 것으로 예상된다.

실제로, 2017년 들어 국내 정식 서비스를 시작한 〈포켓몬고〉 게임의 경우, 대표적인 증강현실(AR ; augmented reality) 게임으로 자리 잡고 있다. 이 게임은 20년 넘는 역사를 지닌 포켓몬스터라는 게임 시리즈와 애니메이션 시리즈에 의해 탄탄한 스토리텔링의 토대를 갖추고 있다.

포켓몬스터 게임 시리즈는 가상의 세계 속 일정 지방을 배경으로 하고 있다. 그 지방에는 수많은 종류의 포켓몬들이 각각의 특성, 타입, 기술을 가지고 살아가고 있다. 플레이어는 그 지방의 포켓몬 박사가 제공하는 포켓몬 하나를 골라 포켓몬 '트레이너'로서 롤플레잉 게임을 시작하게 된다. 수많은 포켓몬을 잡고, 성장과 진화를 수행하며, 다른 포켓몬 트레이너들을 물리쳐 나가게 된다.

스마트폰 안으로 들어온 포켓몬 게임인 〈포켓몬고〉는 포켓몬 게임 시리즈의 기본적인 스토리 설정을 가지고 왔다. 하지만 GPS 기술과 지도 서비스를 이용하여 플레이어의 실제 위치를 파악하고, 포켓몬들을 실제 현실의 공간 속에서 포획하는 듯한 느낌을 주게 하였다. '포켓스탑'이라고 불리는 아이템 획득 장소는 실제 우리 현실 주변에 존재하는 조각상이나 건물 입구, 상점 등으로 지정되어 있고, 플레이어는 그곳으로 직접 이동하여 아이템을 획득할 수 있게 된다. 이른바, 증강현실(AR) 기술을 활용한 것이다. 가상현실(VR ; virtual reality)이 현실로 느낄 만큼의 감각적 이미지를 재현하는 방식의 기술을 말한다면, 증강현실은 실제 현실의 이미지에 가상현실의 이미지를 입혀놓은 것을 말한다. 가장 두드러지는 차이는 가상현실에서는 실제 현실 세계가 보이지 않지만, 증강현실에서는 실제 현실도 볼 수 있다는 점이다.

증강현실 기술을 포켓몬 게임에 결합한 결과, 〈포켓몬고〉 게임은 앞서 언급한 1차적 리얼리티와 2차적 리얼리티가 혼종되는 특징을 보이게 되었다. 플레이어가 걸으면 게임 속 아바타도 함께 걷고, 게임 속 지도 안에 포켓몬이 등장하면, 스마트폰의 카메라를 통해 보이는 실제 현실 공간 안에서 포켓몬이 움직이게 된다. 이 게임은 실제로 많은 게이머들을 '현실 공간'에서 걷고, 움직이고, 돌아다니도록 만든다. 단순히 이미지만 겹쳐진 '증강 현실'이 아니라, 게임과 현실의 행위들이 중첩되도록 설계된 것이다.

또 한 가지 흥미로운 점은, 그 결과 게임 바깥의 실제 현실의 스토리가 게임 속의 스토리와 함께 겹쳐지면서 새로운 '스토리텔링'이 각자의 플레이어에게 만들어지게 된다는 점이다. 가령 이 게임에서 '잠만보'라는 희귀 포켓몬의 포획에 성공했다고 해보자. 잠만보는 내 게임 속 '포켓몬박스' 안에 들어와 있게 될 것이다. 그것을 열어보게 되었을 때, 잠만보는 그저 게임 속의 이미지나 게임 스토리 상의 캐릭터로서만 존재하는 것이 아니다. "속초에 가족들과 여행을 갔을 때 바닷가 해변에서 잡았던 포켓몬. 그 여행에서 이러저러한 일도 있었지."라는 스토리텔링 안에서도 존재할 수 있게 된다.

증강현실 게임은 아직 시작 단계로, 앞으로 새로운 변화도 일어날 것이고 새로운 분석도 필요하게 될 것이다. 초기의 증강현실 게임들이 실사 영상에 컴퓨터 그래픽을 중첩시켜 보여주는 정도에 그쳤다면, 〈포켓몬고〉는 게임을 하는 행위 자체를 실제 현실 속의 행위와 중첩시키고 있다는 점에서 주목할 만하다. 디지털 게임에 대한 연구와 비평은 앞으로 더욱 관심을 기울여야 할 분야가 될 것이다.

3. TV 프로그램 콘텐츠 비평의 이론과 실제

(1) 텔레비전 방송의 역사와 특징

우리나라에서 방송의 역사는 1927년 2월 16일 라디오 방송국 '경성방송국'이 첫 방송을 시작한 이래 시작되었다. 일본에서는 1925년 3월 22일 도쿄, 6월 1일 오사카, 7월 15일 나고야에 각기 JOAK, JOBK, JOCK라는 '콜사인'을 부여하면서 라디오 방송이 시작되었다. 당시 경성방송국의 콜사인은 'JODK'였는데, '내지(內地)' 일본의 방송망의 연계 선상에 있음을 콜사인 부호만으로도 짐작할 수 있다. 어쨌든 당시 경성방송국의 방송은 1920년 미국, 영국, 독일 등이 처음으로 라디오 방송 전파를 쏘아올린 지 불과 7년 만에 이루어진 일이니, 세계적으로 보더라도 라디오 방송 역사는 비교적 빠른 편이었다고 할 수 있을 것이다.[17]

텔레비전은 라디오와는 달리, 그 기술이 발명된 이후 상당한 시간이 흐른 뒤에 우리나라에 등장했다.[18] 텔레비전 방송은 우리나라에서는 1956년부

---

17) 조선에서 라디오 방송이 시작된 것은 세계에서 일곱 번째로 이루어진 것으로 알려져 있다. 경성방송국이 개국을 한 1927년경, 유럽지역에서는 이미 라디오는 크게 인기를 끌어, 영국과 독일에서 각 2백만명 이상의 라디오 청취자가 있었다고 한다.
쓰가와 이즈미[津川泉], 『JODK, 사라진 호출부호』, 김재홍 역, 커뮤니케이션북스, 1999.
「歐羅巴 '라듸오팬' 六千萬人, 英國이 二百十三萬 獨逸이 二百三十三萬」, 《동아일보》, 1927년 6월 2일자 3면.
18) 아직 경성방송국이 라디오 방송을 시작하기도 전인 1926년 《매일신보》 기사는 지금의 '텔레비전' 방송 기술이 유럽에서 발명되었음을 전하면서, 불과 십분의 일초도 안되는 시간에 '사진'을 방송할 수 있는 기술이 등장했다고 전하고 있다. (「라듸오로 寫眞繪畵를 電送」,

터 처음 시작되었지만[19], 1961년 당시 국영방송이었던 KBS가 텔레비전 방송을 시작하면서 본격화되었다고 할 수 있다. 1961년 KBS의 TV 방송국 설립은 군사혁명 직후 '국가재건최고회의'에 의해 주도되었는데, 군사정권의 근대화 의지와 추진력을 보여주는 사례로 홍보되었다. 하지만 텔레비전은 초기 라디오가 그러했듯, '수상기'의 보급이 충분히 이루어지지 않았다는 점 때문에 대중 매체로 자리잡기에 어려움이 있었다. 더욱이 방송 기술의 미흡함 때문에, 하루 4시간의 편성 시간 동안 거의 모든 방송이 생방송으로 진행되거나 영화 필름을 재생하는 데에 의존해야 했다.[20] 이후 1964년 DTV (후에 TBC), 1969년 MBC가 민간 상업방송으로 등장하면서, 텔레비전 방송은 경쟁체제를 갖추고 대중적 파급력을 높여 갔지만, 1970년 무렵까지는 라디오가 텔레비전에 비해 훨씬 대중적인 매체였다고 할 수 있을 것이다. 텔레비전이 대중성을 획득하는 데에 가장 큰 영향을 준 것은 '쇼쇼쇼'와 같은 대중음악 프로그램이나 'TV연속극' 드라마였다. 특히 KBS는 텔레비전 방송 초기였던 1962년부터 '제1기 전속 탤런트'를 모집하여, 텔레비전을 통한 '드라마' 제작에 대한 의욕을 보여주었다. 1970년대 이후 텔레비전은 최근까지 가장 영향력 있는 '대중 매체'의 지위를 놓치지 않고 있으며, 그와 함께 '드라마'는 가장 대중적이고 인기 있는 '서사 텍스트'가 되었다고 할 수 있을 것이다. 특히 1970년 3월부터 1971년 1월까지 방송되었던 TBC의 일일 드라마 〈아씨〉는 '방송 시간에 도둑을 조심하라'고 할 만큼 큰 인기를 누

≪매일신보≫, 1926년 2월 15일자 1면.;「라듸오로 영화방송」, ≪매일신보≫ 1926년 4월 4일자 2면.) 당시 기사를 보면, 아직까지 '텔레비전'의 실체를 확인하지 못했던 당시 사람들은 라디오로 시각적 이미지를 전달한다는 것을 상상하기조차 힘들었던 듯하다.

19) 강준만, 『한국대중매체사』, 인물과사상사, 2007, 356~357쪽.
20) 강준만, 위의 책, 410쪽.

리며, TV 드라마 연속극의 전성시대를 열었다.

1931년 미국에서 처음으로 시험 방송이 시작된 텔레비전은 70여 년이 흐른 지금, 가장 대중적이고 친근한 매체로 자리 잡고 있다. 텔레비전은 그 이전에 등장한 어떠한 매체보다도 사실적인 감각을 수용자에게 전달해주는 매체이다. 이미 40여 년 전 마샬 맥루언은 텔레비전의 등장에 맞추어 '전자 매체'의 특이성을 주목하였고, "텔레비전이야말로 인간에게 있어서 감각의 균형을 바로 잡아줄 매체"라고 기대한 바 있었다.21) 텔레비전은 시각에 의존하는 인쇄 매체나 청각에 의존하는 라디오와는 달리, 시각과 청각을 동시에 활용하는 매체이기 때문이었다. 물론 극장에서 보게 되는 영화 역시 수용과정에서 시청각을 모두 활용하는 것이었지만, 텔레비전만큼의 사실성을 체감하게 해주지는 못한다. 일단 어두운 공간에서 일정한 시간 동안 투영된 빛을 집중하여 지켜보아야 하는 극장의 체험 방식 자체가 일상의 삶과는 너무나 다른 체험이기 때문에 영화는 '리얼리티'보다는 '판타지'적 속성이 두드러지는 장르로 인식될 수밖에 없었다. 반면 텔레비전은 텔레비전을 시청하는 그 순간 자체가 수용자가 살아가는 삶의 한 부분으로 인식되기 때문에, 기본적으로 "리얼리티를 떠나 생각할 수 없는 매체"이다.22)

텔레비전은 시각적 이미지를 통해 끊임없이 다양한 현실의 '리얼리티'를 반영할 뿐만 아니라, 수용자들의 일상에 밀착되어 현실의 한 영역을 차지하고 있는 매체이자 테크놀로지다.23) 다시 말해서, 텔레비전이 강력한 '리얼

---

21) 마샬 맥루언, 김성기 · 이한우 역, 『미디어의 이해 : 인간의 확장』, 민음사, 2002, 427~467 쪽. 맥루언은 텔레비전이 그 어떤 매체보다도 수용자의 적극적 참여를 요구하는 매체라고 보았지만, 텔레비전의 수용 과정에서 수동적 태도에 대한 문제 제기는 이미 '바보상자'라는 말이 있었던 시기부터 보편화되어 있었다.

22) 이종수, 『TV 리얼리티』, 한나래, 2004, 27쪽.

23) 단적인 예를 들어, 1969년 7월 20일 최초로 인류가 달에 착륙한 사건은 만약 신문이나

리티'를 획득하게 된 것은 시청각적 매체라는 속성뿐만 아니라, 텔레비전의 일상성과 연속성, 반복성, 미완결성이라는 몇 가지 속성들 때문이기도 하다. 이 점은 앞서 말했듯이, 시청각적 매체라는 점에서는 마찬가지인 영화와 텔레비전이 가장 크게 변별되는 측면이기도 하다. 대부분의 영화는 한 편 안에서 일정한 서사가 완결성을 갖고 종결되지만, 텔레비전 방송 프로그램들은 대개 "계속" 혹은 "다음 이 시간에"와 같은 자막과 함께 끝을 맺는다. 텔레비전 안에서는 늘 어떠한 이야기가 진행되지만, 그것은 하루 단위로, 또는 일주일 단위로 반복되며 진행된다. 이것은 현대 사회를 살아가는 우리의 삶과 본질적으로 매우 닮아 있다. 현대를 살아가는 우리의 일상이라는 것은 매일 반복되거나 매주 동일한 패턴으로 반복되는 경우가 많다. 텔레비전 편성이 우리의 삶의 형식을 모방하여 이루어진 것이라고 보아야겠지만, 텔레비전에 익숙한 이들은 지금 텔레비전에서 어떤 프로그램을 하는가를 보고 '무슨 요일 몇 시 쯤'임을 짐작할 정도로, 텔레비전은 그 자체로 우리의 일상에 영향을 미치고 있기도 하다.

더욱이 텔레비전은 새로운 현실을 창조해내기도 한다.[24] 텔레비전이 대중화된 이후로, 텔레비전 카메라와 수상기, 그리고 중계 시스템이 없었더라면 애초에 일어나지도 않았고 기획되지도 않았을 일들이 우리 주변에서는 너무나 많이 일어났다. 수많은 스포츠 경기나 각종 기자회견, 선거 출마자

라디오로만 보도가 되었거나 영화 필름으로만 기록되어 있었더라면 그 누구도 그 사실을 쉽게 믿을 수 없었을 것이다. 미국과 소련이 군사력과 과학 기술에 있어서 무한 대결을 벌이던 냉전시대이었을지라도, 어쩌면 텔레비전이 없었더라면 달 착륙과 같은 입증하기 어려운 일은 시도조차 하지 않았을지도 모른다. 예컨대 달 착륙 다음 날, "그 장면을 텔레비전에서 봤어"라고 말하는 것은 그 말을 듣는 사람에게 "라디오에서 들었어"나 "책에서 봤어"와는 비교하기 힘들만큼의 신뢰를 제공하는 증언이 될 수 있었다.

24) 이종수, 앞의 책, 28쪽.

토론회 등은 텔레비전 방송이 전제될 때에만 진행되곤 한다. 텔레비전 중계권 계약이 이루어지지 않으면 아예 취소되고 마는 스포츠 경기나 행사들이 수없이 많다. 1991년 이라크와 쿠웨이트, 그리고 미국 사이에 일어난 걸프 전쟁은 텔레비전을 통해 마치 스포츠 경기 중계처럼 전해졌는데, 그 이후 실제 전쟁에서의 활용도와는 무관하게, 오직 정확하고 정밀하게 타격하는 모습이 화면에 잘 잡힐 수 있는 무기를 개발하기 위한 노력이 이루어지기도 했다.[25] 영상 시대란 현실이 영상으로 전달되는 시대를 의미하는 것이 아니라, 영상이 현실과 사고를 지배하는 시대를 의미하는 것이다.[26]

장 보드리야르는 텔레비전이 만들어낸 세계가 오히려 실제 세계보다 더 사실적이라고 느끼는 '시뮬라크르'의 세계에 대해 언급하면서, "텔레비전이 확인해주기 전까지 우리는 자신의 지각을 불신하게 되었다"고 말한다. 걸프 전쟁 당시 CNN의 앵커가 걸프 지역에 특파된 리포터에게 마이크를 넘기는 순간, 화면 속의 리포터들이 자신의 상황을 스스로 파악하기 위해 CNN 방송을 시청하고 있었다는 어처구니없는 역설적 상황[27]은 '텔레비전'과 '리얼리티'의 관계를 잘 설명해준다.

요컨대 텔레비전은 시청각을 동원하는 다감각적 매체이며, 일상성과 반복성이라는 속성 덕분에 현실의 '리얼리티'를 반영하는 독보적인 매체이면서,

---

25) 권혁철, 「깨끗하게 죽일 수 있습니까?」, 『한겨레21』 제452호, 2003.4.3.
(http://h21.hani.co.kr/arti/cover/cover_general/7557.html)
26) 발터 벤야민은 「기술 복제시대의 예술작품」에서 뒤아멜(Duhamel)의 다음과 같은 말을 인용한 바 있다. ; "이제 나는 더 이상 내가 생각하고자 하는 바를 생각할 수 없게 되었다. 움직이는 영상들이 내 사고의 자리에 대신 들어앉게 된 것이다." (발터 벤야민, 반성완 편역, 『발터 벤야민의 문예이론』, 민음사, 1983, 226쪽.)
27) Jean Baudrillard, The Gulf War Did Not Take Place, trans. Paul Patton, Sydney: Power, 1991.
(리처드 J. 레인, 곽상순 역, 『장 보드리야르 소비하기』, 앨피, 2008, 173쪽에서 재인용.)

동시에 시뮬라크르와 '하이퍼 리얼리티'의 시대를 대표하는 매체로서 '리얼리티'를 스스로 창조하고 '환영'과 뒤섞이게 만드는 매체이기도 하다.[28]

(2) TV 예능 프로그램과 리얼리티

현재 텔레비전 방송계에는 '예능 프로그램'이라는 표현이 통용되고 있다. 현재 이러한 유형의 프로그램들은 드라마와 더불어 가장 시청률이 높은 프로그램 장르로 자리 잡고 있다. '예능'이라는 표현은 본래는 국내 방송국 내부 구조의 한 파트인 '예능국[29]에서 제작을 담당하는 프로그램'이라는 의미로 쓰인 말이었다. 10년 전만 해도 대중들은 '오락 프로그램'이라는 표현이 익숙했고, '예능'이라는 표현은 방송국 내에서만 주로 쓰던 표현이었으나 방송국의 제작국이 분화되어 '예능국'이 독립된 이후로는 대중들과 저널에 두루 보편화된 용어가 되었다.

예능 프로그램들 가운데에서도 '리얼 버라이어티' 장르는 최근 가장 대중적으로 인기 있는 유형의 프로그램으로 부각되고 있다. '리얼 버라이어티'라는 용어는 《무한도전》을 시작으로 해서 방송 프로그램에서 사용하기 시작하고, 언론과 저널에서 활용한 이래로 대중들에게는 매우 익숙한 표현이 되었지만, 학술적으로는 매우 모호하고 불분명한 표현이다. 본래 '버라이어티' 혹은 '버라이어티 쇼'는 가수들의 노래, 악단의 연주, 무용단의 춤, 코미

---

28) 진중권, 「팬텀과 매트릭스 : 귄터 안더스의 미디어 이론」, 『프로그램/텍스트』 5호, 2001, 205~222쪽에서는 이러한 텔레비전의 속성을 귄터 안더스의 '팬텀Phantom' 개념을 통해 설명한다.

29) 현재 MBC, KBS, SBS 등 지상파 방송사에서 프로그램을 제작하는 부서들은 대체로 보도국, 시사교양국, 스포츠국, 드라마제작국, 그리고 예능국으로 나뉘어 있다. 드라마 제작이 대부분 외주화된 2000년대 이후, 방송국 내에서 예능국이 차지하는 비중은 상당히 높아졌다. 물론 최근에는 예능 프로그램들도 점차 외주화 비중이 높아지고 있는 실정이다.

디언들의 콩트와 만담, 그리고 때로는 묘기와 마술 등이 함께 어울려져 있는 극장식 쇼나 유랑극단 공연 방식에서 유래된 표현이었다.[30] TBC의 ≪쇼쇼쇼≫, MBC의 ≪토요일 토요일은 즐거워≫ 등이 대표적인 버라이어티 쇼에 해당되는 프로그램이었다. 이에 반해, 1980년대 MBC의 ≪일요일밤의 대행진(후에 '일요일 일요일 밤에')≫이나 KBS의 ≪쇼! 비디오 자키≫는 코미디가 중심이 된 형태의 '버라이어티 쇼'였다. 이들 프로그램들은, 콩트와 시츄에이션 코미디 형식들로 꾸며진 ≪웃으면 복이 와요≫나 ≪유머1번지≫와는 달리, 뉴스 진행 방식이나 뮤직 비디오 자키의 진행 방식을 차용하여 코미디와 콩트와 함께 시사 풍자, 토크쇼, 게임, 음악 등이 함께 어우러진 형태로 꾸며졌다. 현재 대중들이나 저널에 의해 '버라이어티'라고 지칭되는 프로그램들은 바로 이러한 코미디 프로그램들에서 비롯된 것으로 볼 수 있다. 요즘은 공개 코미디 프로그램과 일부 음악 프로그램, 그리고 시트콤 프로그램을 제외한, 거의 모든 예능 프로그램들이 모두 '버라이어티'라 칭해지고 있다. 실제로 방송 3사의 연말 시상식 가운데 예능국 프로그램 출연자들 대상으로 하여 시상하는 '방송연예대상'의 경우는 '코미디/시트콤' 분야와 '쇼/버라이어티' 분야로 시상내역을 양분하고 있다. 요컨대 '버라이어티'의 개념적 범위는 과거보다 훨씬 넓어졌다고 볼 수 있다.

'버라이어티' 프로그램들의 범위가 넓어지고 확장되면서, 이들 프로그램은 다른 유형의 프로그램들과의 교점에서 새로운 장르의 프로그램들로 분화되기 시작했다. 정보를 주로 제공하는 '인포테인먼트' 프로그램과 교육적

---

30) 강태영 · 윤태진, 『한국TV 예능 · 오락 프로그램의 변천과 발전 : 편성 및 사회문화사적 의미와 평가』, 한울아카데미, 2002, 93~97쪽.
장태연, 「창사40주년 기획 시리즈 4 - 예능40년」, 문화방송 편, 『MBC 가이드』 2001년 10월호, 47~48쪽.

기능이 강조된 '에듀테인먼트' 프로그램도 그러한 예들이다. 그리고 '리얼리티 쇼'와 결합된 지점에서 탄생한 것이 바로 '리얼 버라이어티'라는 장르라 할 수 있다.

'리얼리티 쇼'[31]는 현실을 다큐멘터리처럼 담음으로써 즉흥적이고 돌발적인 상황을 전달하거나 시청자의 관음증적 욕망을 충족시켜주는 방식으로 카메라의 현실 재현력을 활용하는 방식의 프로그램을 의미한다. 1998년 개봉한 피터 위어 감독, 짐 캐리 주연의 《트루먼 쇼(The Trueman Show)》는 30년 동안 자신이 텔레비전 리얼리티 쇼의 주인공인 줄을 모르고 살아온 사람이 결국 진실을 알게 되고 카메라 바깥으로 벗어나려는 시도를 하게 된다는 이야기를 다뤄 큰 화제를 모았다. 이 영화는 리얼리티라는 명목으로 표출되는 인간의 관음증적 욕망이 얼마나 폭력적일 수 있는가를 풍자하였지만, 텔레비전 리얼리티 쇼는 이 영화의 개봉 이후 훨씬 노골적이고 자극적인 방식으로 변모했다. 1999년 네덜란드에서 시작된 리얼리티 관찰 쇼 《빅 브라더(Big Brother)》와 2000년 영국에서 시작된 리얼리티 게임 쇼 《서바이버(survivor)》의 포맷은 미국에서 크게 인기를 모으면서, 다시 전 세계로 확산되어 수많은 유사 프로그램들을 만들어냈다.[32]

우리나라의 경우, 텔레비전 방송 역사상 가장 인상 깊었던 리얼리티 프로그램은 1983년 90분짜리 단회 특집으로 기획되었다가 몰려드는 인파로 인

---

31) 유럽에서는 주로 '진실의 텔레비전(télé-vériré)', 미국에서는 '현실 쇼(reality show)'라고 불린다.
(홍석경, 「텔레비전 장치와 재연의 재현양식」, 『한국언론학보』 제43권 3호, 한국언론학회, 1999.4., 398쪽.)

32) 2001년 영국의 《팝 아이돌(Pop Idol)》, 2002년 미국의 《아메리칸 아이돌(American Idol)》과 같은 오디션 리얼리티 쇼, 2001년 미국의 《템프테이션 아일랜드(Temptation Idol)》과 같은 짝짓기 리얼리티 쇼 등, 다양한 유형의 리얼리티 쇼들이 잇달아 인기를 모았다. (이종수, 앞의 책, 248~256쪽.)

해 그날 방송이 다음날 새벽까지 이어지게 되고, 결국 138일간 연속 생방송으로 편성되게 된 ≪이산가족을 찾습니다≫를 꼽을 수 있겠다.[33] 1990년대에 등장한 ≪경찰청 사람들≫, ≪긴급 구조 119≫, ≪TV는 사랑을 싣고≫, 그리고 ≪체험 삶의 현장≫, ≪도전 지구탐험대≫ 등은 다큐멘터리 기법과 사건 재연극을 활용한 리얼리티 쇼들이었다. 교양적 색채가 강했던 이들 프로그램들과 달리, 예능과 오락성이 강조된 '리얼리티 쇼'로는 1992년 MBC TV ≪일요일 일요일 밤에≫의 한 코너였던 '몰래카메라'를 떠올릴 수 있다.

2000년 무렵부터 국내 예능 프로그램에서 리얼리티 쇼의 형식은 본격적으로 활용되기 시작했다.[34] 그 중에서도 1999년 SBS TV ≪임백천의 원더풀 투나잇≫의 한 코너였던 '김종석 대학간다'를 먼저 꼽을 수 있을 것이다. 이 프로그램은 당시 연예인 매니저 출신이었던 김종석의 하루 생활을 좇아 카메라가 방송국, 집, 학원 등지를 따라다니며 촬영함으로써, 그의 대학 입시 준비 과정을 '관찰 쇼'의 형태로 선보인 것이었다. 2000년 MBC에서 방송된 ≪목표달성 토요일≫은 다양한 리얼리티 쇼 형식들로 채워진 프로그램이었다. 'god의 육아일기'와 같은 체험 리얼리티 쇼, '강호동의 천생연분'과 같은 짝짓기 리얼리티 쇼, '악동클럽'이나 '꼴찌탈출', '애정만세'와 같은 혼종 변형된 형태의 관찰 리얼리티 쇼, '스타서바이벌 동거동락(同居同樂)'과 같은 리얼리티 게임 쇼 등 다양한 형태의 리얼리티 쇼 형식들이 시도되었다. 이 프로그램이 인기를 끌자 SBS의 ≪실제상황 토요일≫과 KBS ≪자

---

33) 한국방송공사 편, 『이산가족을 찾습니다: TV특별생방송 138일의 기록』, 한국방송공사, 1984.

34) 텔레비전 리얼리티 프로그램은 주로 1980~1990년대 중반까지 유행했던 '재현 드라마 형식(Reality Based Drama)'과 1990년대 말 이후 등장한 '실제 경쟁 게임 쇼 형식(Game Show + Documentary)'으로 분류하기도 한다. (류철균 · 장정운, 「리얼리티 쇼(Reality Show)의 게임성 연구」, 『인문콘텐츠』 제13호, 인문콘텐츠학회, 2008년 11월, 37쪽.)

유선언 토요일대작전≫도 비슷한 포맷의 코너들을 활용하여 경쟁을 벌이기 시작했다.

2010년 현재도 방송되고 있는 ≪우리 결혼했어요≫의 경우에서도 마찬가지이지만, 이들 프로그램들은 형식의 측면에서는 '리얼리티 쇼'를 모방하긴 했지만 시청자들에게 '리얼리티'로 인식된 것은 아니었다. '천생연분'이나 '연애편지', '장미의 전쟁' 등에서 수많은 연예인들이 커플로 맺어졌지만 프로그램 바깥에서 실제 연인 관계로 인식된 경우는 거의 없었으며, 'god의 육아일기'를 보는 시청자들도 이들이 아이를 언제까지나 돌보고 키우게 될 것이라고 생각하지는 않았다.

이러한 프로그램들과는 달리, 현재 '리얼 버라이어티'를 표방하고 있는 ≪무한도전≫, ≪1박2일≫ 등은 또 다른 방식으로 '리얼리티'를 추구하고 있다. 고정된 출연진들이 매번 새로운 상황에 맞부딪히면서 돌발적인 상황과 즉흥적인 에피소드들을 구성해내는 것이 이들 프로그램들이 '리얼리티'를 추구하는 방식이다.

최근 tvN에서 시즌제 방송중인 ≪꽃보다 할배≫, ≪삼시세끼≫는 모두 나영석이 연출을 맡은 예능 프로그램이다. ≪무한도전≫이 매 회마다 다른 컨셉과 상황을 만들어 놓고 출연자들의 자유로운 대응을 보는 방식이라면, ≪1박2일≫ 시절부터 나영석 연출의 프로그램들은 간단한 컨셉이 지속적으로 반복되는 방식으로 진행된다.

국내의 방방곡곡을 돌아다니며 게임을 진행하는 ≪1박2일≫과 70대 노인들이 해외 배낭여행을 펼치는 ≪꽃보다 할배≫, 한 공간에 머물면서 아날로그적 방식으로 밥 세 끼를 지어먹는 ≪삼시세끼≫는 언뜻 서로 무관한 프로그램들 같지만, 결국 하루에 세 번 밥 먹고 움직이며 또 다음 날을 준비하는

일상을 반복적으로 노출시킨다는 점에서 동일한 방식으로 진행되는 프로그램들이다.[35]

특히, ≪꽃보다 할배≫가 활용하고 있는 '여행기'라는 서사는 가장 대표적인 서사 장르 중의 하나이고, ≪삼시세끼≫가 배경에 두고 있는 매끼 식사라는 것은 가장 일상적인 생활 서사의 요소들이다. 이 두 프로그램은 이러한 기본 서사적 토대 위에, 배낭여행과 어울리지 않을 것 같은 70대 노인들을 올려놓는다든지, 직접 농사짓고 밥 차려 먹는 것과 거리가 멀 것 같은 이서진이라는 배우와 옥택연이라는 아이돌 가수를 올려놓는다든지 하는 방식[36]으로, 의외의 스토리텔링을 이끌어낸다.

이후에 제작된 ≪꽃보다 청춘≫의 경우에도 그렇지만, ≪꽃보다 할배≫는 노년층 인구의 증가라는 사회적 현상과 담론 위에서 살펴볼 때, 더욱 특별한 의미를 발견할 수 있다. ≪삼시세끼≫도 역시, 젊은 층들이 결혼도 포기하고 '나 혼자 산다'를 하고 있거나 여전히 부모에 기생해서 살아가면서, 밥 한 끼 스스로 차려먹기 힘든 삶을 살고 있는 현실, 그리고 가족과 함께 살아간다고 해도 "식구(食口)"라는 말의 의미와 달리 함께 모여 식사를 하기도 힘든 현실 위에서 살펴볼 때, '세끼 식사의 반복 서사'가 주는 의미를 고찰할 수 있을 것이다.

---

35) 사실 ≪삼시세끼≫는 ≪꽃보다 할배≫에서 파생된 프로그램이라고 할 수 있다. ≪꽃보다 할배≫에서 '짐꾼'이자 할배들의 '가이드' 역할을 맡았던 배우 이서진이 '할배'들을 위해 음식을 만들어보지만 워낙 음식을 잘 만들지 못하자, 나영석 PD는 요리를 정말 하기 싫다는 이서진에게 "다음에 형을 데리고 음식 만드는 프로그램을 만들 거야."라고 놀리는 듯한 말을 건넨다. 그런데 그것이 실제로 실현된 것이 ≪삼시세끼≫라는 프로그램이었다.

36) 만능 요리 솜씨를 지닌 차승원이나 의외의 요리 솜씨를 지녔던 에릭이 등장한 ≪삼시세끼 어촌편≫은 그러한 면에서 오리지널 편이었던 ≪삼시세끼 : 정선편≫과는 다소 차별화된 서사 방식을 보여줄 수밖에 없었다.

(3) ≪무한도전≫의 리얼리티 구성 방식

여러 예능 프로그램들 가운데에서도 ≪무한도전≫은 가장 먼저 '리얼 버라이어티'를 표방한 프로그램이라는 점에서 주목하지 않을 수 없다. ≪무한도전≫이라는 프로그램은 2005년 4월 23일, MBC TV ≪토요일≫이라는 프로그램 속의 한 코너로 처음 시작되었다. 이 당시 프로그램 제목은 ≪무(모)한 도전≫이었다. 흔히 ≪무한도전≫ '시즌 1'이라 불리는 이 시기에는 MC 유재석을 중심으로 정형돈, 노홍철이 변함없는 고정 멤버였고, 표영호, 박명수, 김성수, 이병진, 이켠 등이 정규 멤버를 번갈아 차지했으며, 김창렬, 김진, 차승원, 이범수, 하하, 정준하 등이 게스트로 출연하였다.

이 프로그램은 첫 회에서 황소와 인간의 줄다리기 대결을 펼친 것을 비롯하여, 전철과의 100m 달리기 대결, 탈수기와의 빨래 짜기 대결 등, 비상식적인 도전들을 펼치곤 하였다. 이러한 대결을 위해 그다지 도움이 되지 않는 무모한 훈련을 하고, 온 힘을 다하여 도전을 벌이지만 결국은 실패에 그치는 모습으로 끝맺게 되는 것이 당시 ≪무(모)한 도전≫의 일반적 패턴이었다. 간혹 대결에서 아슬아슬하게 승리를 거두는 경우도 없지는 않았지만, 애초에 승부가 성립하지조차 않을만한 상대인 기계-문명들과의 대결이 대부분이었다.[37] 따라서 승리를 간절히 바라는 출연진들의 모습이 오히려 안쓰럽게 느껴질 뿐, 시청자들 입장에서는 승패의 결과에 담긴 '리얼리티'보다는 훈련과 도전 과정에서 출연자들이 혹사당하는 모습에 담긴 '리얼리티'가 중요하게 다가왔다. 2000년대 들어서 진행자로 자리잡기 시작한 유재석은 체력이 그다지 뛰어나지 못한 연예인들을 모아 '오합지졸'의 팀을 만들고 이

---

[37] 산업화된 사회 속에서 소외되어가는 인간의 모습에 대한 풍자를 기저에 깔아둔 듯한 이런 대결 양상은 "대한민국 평균 이하의 외모와 체력"이라고 불리는 출연진들의 면면들 때문에 진지하기보다는 희화화되기 마련이었다.

팀이 유명 스포츠 스타나 무술 유단자 등과 대결을 벌이면서 슬랩스틱형 코메디를 펼치는 방식의 프로그램을 여러차례 시도하였다. ≪무(모)한 도전≫ 역시 그러한 프로그램이었다.[38] 다만 그 도전 대상이 뛰어난 신체 능력과 기능을 가지고 있는 사람이 아니라, 기계나 동물로 바뀌었다는 점이 이전과는 다른 부분이었다. 이러한 '오합지졸'들의 도전들은, 성공을 하기 위해 최선을 다해보지만 결국은 실패와 좌절이 예정되어 있는 사회적 약자들의 삶과 닮아 있기 때문에 시청자들로 하여금 공감을 불러일으키고 응원하는 마음을 이끌어낼 수 있는 요인이 있었다. 그리고 그것은 극적인 성공으로 마무리되지 않고 오히려 거의 항상 실패로 마무리된다는 점에서, '판타지(phantasy)'라기보다는 '리얼리티(reality)'에 가까운 '도전(challenge)'이었다.

≪무(모)한 도전≫은 ≪무(리)한 도전≫이라는 이름으로 바뀌고 출연진에도 변화가 생기는 과정을 겪었다. 그러던 도중 이 프로그램은 2005년 12월 17일부터 ≪무한도전 − 퀴즈의 달인≫이라는 이름의 코너로 또 한 번 변화를 시도하게 된다. 이때부터 유재석을 필두로 하여, 정형돈, 노홍철, 박명수, 하하, 정준하(2006년 2월까지는 이윤석), 이상 여섯 명의 출연자가 고정 멤버로 자리 잡게 되었다.

이때부터 이 프로그램의 '리얼리티'는 도전 과정의 진정성에 의해 판가름 나는 것이 아니라, 출연자들의 성격(character)과 상호 관계(network)를 통해 표출되었다. 특히 "예쁜 남자 신드롬에 가장 잘 어울리는 사람은?", "부모님께 자신 있게 소개시켜주고 싶은 사람은?", "키스를 부르는 입술을

---

38) 사실 이러한 양상은 ≪무한도전≫의 메인 MC인 유재석이 몇 년간에 걸쳐 방송사를 넘나들며 반복적으로 만들어왔던, 이른바 "유재석표 오합지졸물"의 연장선상에 있는 것으로 볼 수 있다.
강명석, 「호통개그, 역전극을 부탁해」, 『한겨레21』 600호, 2006.3.14. (http://h21.hani.co.kr/arti/culture/culture_general/16301.html)

가진 사람은?"과 같은 역설적이고 '무리한' 질문들로 구성된 설문 조사는 인물들의 성격화와 특성화에 도움을 주었다. ≪무한도전 – 퀴즈의 달인≫은 '외모지상주의'를 풍자하는 듯한 앙케이트 문항에 따른 설문조사 결과에 따라 6명의 고정멤버들을 1위부터 6위까지로 나열하였는데, 그 과정에서 서로를 견제하고 비난하면서 순위 결과에 과장되게 웃고 우는 출연자들의 모습이 출연자들에게는 각자의 특성화된 인물형(character)[39]을 안겨주었고, 시청자들에게는 웃음을 안겨주었다. 개인 대결의 형식을 띠는 경우가 많기는 했지만 ≪무(모)한 도전≫이나 초기의 ≪무(리)한 도전≫에서는 대개의 경우 출연자 모두가 공동의 목표를 향해 도전을 하는 방식을 취했던 반면, ≪무한도전 – 퀴즈의 달인≫의 경우에는 멤버들 6명 상호간의 대결과 대립의 양상을 띠게 됨으로써 각 출연자들의 특징과 성격이 두드러지게 드러나게 된 것이다.[40] 각기 다른 성격을 가진 6명의 고정 멤버들이지만, 그들은

---

39) 김남일, 「텔레비전 오락 프로그램에서 웃음유발의 정치성 : MBC-TV ≪무한도전≫의 텍스트 분석을 중심으로」, 『한국방송학보』 제22-6호, 한국방송학회, 2008년 11월, 22~31쪽. 에서는 ≪무한도전≫의 초기 멤버 여섯 명의 캐릭터를 다음과 같이 정리해놓고 있다.

구분	하하	노홍철	정형돈	유재석	정준하	박명수
별명	무한단신/꼬마/석사	돌+아이/퀵마우스/뉴똥보	똥보/진상	유반장/메뚜기/에로재석/국민MC	헬멧/식신/똥보형/바보형/괴물	거성/박반장/아버지/하찮은형
개인 이미지	무시당하지만 힘셈/어린이/미성숙	말 많고 정신없음/미성숙/철부지/강한 개성	하위(sub) 이미지/평범함	착하고 자상하며 절제함/지적	먹을 것을 탐함/무식함/무능	타인에 대해 비난하며 호통/교활
다른 출연자와의 관계	1인자를 추종하는 막내 동생	개인주의적 성향 강함/중도적입장	존재감 약함/피해자	리더/중재자/피해자	어리숙한 가해자	집요한 가해자
성향	미성숙	거침	우유부단	부드러움	거침	거침

40) 2006년 3월 11일 방송분에 게스트로 출연한 이경규는 앙케이트 조사 결과 발표를 앞두고 고정 출연진들이 과장되게 집착하는 모습을 보고 어이없다는 듯한 웃음을 터뜨린다. 이는 텔레비전 예능 프로그램에 누구보다 익숙하고 노련한 이경규조차도 무한도전 멤버들의 과장된 모습이 어색하게 느껴질 정도의 과장된 방식으로 인물의 성격을 강조하고 있기 때문에

모두 '비주류적 정서'를 바탕으로 결합된 '공동체(community)'적 면모를 보이기도 한다.

이 무렵 ≪무한도전≫은 생동감 넘치고 개성 있는 여섯 명의 캐릭터들이 일정한 상황 속에서 자유롭게 움직이고 관계를 맺으며 커뮤니케이션하는 방식의 '리얼리티' 프로그램으로 변모해가게 되었으며, 2006년 5월 6일부터 ≪무한도전≫은 ≪토요일≫ 프로그램 내의 한 코너에서 하나의 단독 프로그램으로 독립하게 된다. 이후 ≪무한도전≫은 '무한뉴스', '일찍 와주길 바라', '롤링페이퍼' 등의 코너를 통해 "국내 최초 리얼 버라이어티"를 표방하는 예능 프로그램의 면모를 뚜렷이 하게 되었다.41)

≪무한도전≫이 '리얼 버라이어티'를 제일 먼저 표방한 프로그램이기는 했지만, 최근의 ≪무한도전≫은 '리얼리티'를 표면적으로 그다지 강조하지 않고 있다. 이미 ≪무한도전≫이라는 프로그램은 하나의 형식과 장르에 얽매이지 않은 채, 예능 프로그램이 '리얼리티'를 갖추는 방법의 '다양성(variety)'을 다채롭게 선보이는 프로그램이 되어가고 있다.

모든 텍스트들의 '리얼리티'는 가장 기본적으로 실제 현실을 반영함으로써 획득될 수 있다. 현실의 반영이 뚜렷하게 이루어지려면 텍스트를 전달하는 '매체'는 최대한 투명해져야만 한다. 소설이라면 서술자의 존재가 뚜렷하지 않을수록 투명한 반영이라 할 수 있으며, 영화라면 카메라의 존재가 의식되지 않을수록 투명한 반영이라 할 수 있다. 텔레비전 프로그램에서는 대본이나 편집의 역할이 매체적 속성으로서 중요한 만큼, 현실의 투명한 반영이란 대본이 없는—혹은 없다고 믿게 할만한— 실제 상황을 편집이나 왜곡

벌어진 일이다.

41) 강명석, 「≪무한도전≫, 한국형 쌩얼」, 『한겨레21』 제632호, 2006.10.27.
(http://h21.hani.co.kr/arti/culture/culture_general/18256.html)

없이 그대로 보여주는 것이라 할 수 있다. 2000년대 들어 인기를 모았던 '리얼리티 쇼'들, 가령 미국의 ≪빅 브라더≫나 ≪서바이버≫, 한국의 '김종석의 대학 간다'는 모두 그러한 방식으로 리얼리티를 획득한 프로그램들이었다.

≪무한도전≫은 ≪무(모)한 도전≫, ≪무(리)한 도전≫, 그리고 ≪무한도전 − 퀴즈의 달인≫을 거치는 동안, 즉흥적인 애드리브와 대본에 의한 연기를 구별하는 것이 무의미하다고 할 만큼, 상황에 따라 벌어지는 즉흥적인 모습을 담아낸다는 특징이 두드러진 프로그램이었다. ≪무(모)한 도전≫에서 기계와 겨루는 황당한 도전을 할 때에 도전보다 더 황당한 '혹독한 훈련'을 하면서 육체적으로 고통스러워하는 모습이라든지, ≪무한도전 − 퀴즈의 달인≫의 '거꾸로 말해요 아하' 게임에서 진 사람이 박으로 머리를 얻어맞게 될 때 그 순간 박이 깨지지 않는다든지, ≪무한도전≫ '뉴질랜드 특집'에서 멤버들이 설원 위에서 내복만 입은 채로 추위에 떨게 된다든지 하는 상황들은 카메라의 편집이나 대본에 의한 설정과 무관하게 시청자에게 '리얼한 상황'으로 전달되고 인식된다. 간혹 '가학성'에 대한 논란이 일어나는 것은 역설적으로 출연자들의 육체적 고통이 리얼리티를 획득하며 시청자에게 전달되기 때문이라 할 수 있다.

≪무한도전≫ 이후에 등장한 '리얼 버라이어티'들이 육체적 고통이 수반된 체험을 실감나게 전달함으로써 '리얼리티'를 확보하는 방식을 답습[42]하는 동안, ≪무한도전≫은 몇 달의 시간에 걸쳐 준비된 '장기 프로젝트'를 위해 멤버들이 노력을 하고 일정한 성취를 이루는 모습을 보여줌으로써 '리얼리티'를 확보하기도 하였다. 2006년 '모델 특집', 2007년 '쉘위댄스 특집',

---

42) 역시 '리얼 버라이어티'를 표방하고 있는 ≪1박 2일≫의 경우에는 '복불복'이라 불리는 게임을 통해 까나리액젓을 마신다든지, 추운 날 계곡물에 뛰어든다든지 하는 출연자들의 고통을 사실적으로 전달하는 것에 더욱 중점을 두고 있었다.

2008년 '에어로빅 특집', 2009년 '봅슬레이 특집', 2010년 '프로레슬링 특집', 2011년 '조정 특집', 2014년 '카레이싱 특집' 등은 실제로 몇 주, 몇 달간의 준비 과정을 거쳤다. 그리고 패션쇼 무대, 스포츠댄스 경연대회, 전국 체전 에어로빅 대회, 봅슬레이 국가대표 선발대회, 프로레슬링 무대, 국제 대항 조정 대회, 카레이싱 대회 안에 멤버들을 실제로 투입시킨 '리얼리티 프로젝트'들이었다. 최근에는 정준하를 힙합 오디션 프로그램에 출전시킨 것이나 유재석을 아이돌그룹 엑소(EXO)의 태국 공연에 합류시킨 것도 유사한 예이다.

≪무한도전≫이 현실을 투명하게 반영하는 또 한 가지 중요한 방법은 출연자들의 실제 성격이나 직업 등을 표면화시키는 것이었다. 박명수는 한때 '치킨 CEO', '피자집 CEO'로 불리고, 정준하는 '알콜 CEO'로 불렸다. 두 사람이 실제로 부업을 하던 일을 프로그램 내부에서 언급한 것이다. 정형돈은 '개그콘서트'에서 인기를 끌었던 개그맨 출신임에도 불구하고, 말이 없고 웃기지 않는다고 주변 멤버들에게 구박을 받더니, 결국 그것을 자신의 특성으로 내세우기에 이른다. 멤버들 사이의 친밀한 정도가 구체적으로 노출되기도 하고, 때로는 심각하게 멤버들 간의 갈등이 표면화[43]되기도 한다.

2006년 5월 '우주 특집'편에서 '무한 뉴스'라는 이름으로, 멤버들 자신들의 소소한 일상과 사생활, 그리고 촬영장 바깥에서의 실제 성격을 노출시키더니, 2006년 6월 '뉴질랜드 특집'에서는 서로에 대한 생각을 적는 '롤링 페이퍼'를 통해 멤버들 상호간 관계가 폭로되기도 했다. 이후로도 종종 '무한

---

43) 김태호PD의 인터뷰에 따르면, '봅슬레이 특집'에서 정형돈과 박명수 사이에서 벌어진 갈등은 제작진도 전혀 예측할 수 없는 상황이었다고 한다.
김태호 PD 인터뷰 "우리가 매주 리얼하다고는 할 수 없다"
(http://10.asiae.co.kr/Articles/view.php?tsc=002004000&a_id=2009052608242 938203)

뉴스'나 '롤링 페이퍼', 혹은 1년 동안 일어난 일을 압축해서 보여주는 '달력 특집' 등을 통해, 방송에서 감춰져 있던 멤버들의 실제 모습을 적나라하게 표출시키는 방식은 ≪무한도전≫의 가장 큰 특징으로 자리 잡게 되었다. 물론 이것 역시도 치밀하게 짜여진 대본과 설정에 의한 것일 수도 있겠지만, 보다 중요한 것은 ≪무한도전≫이 이러한 방식을 활용하여 스스로 창출해 낸 '리얼리티'를 시청자들과 함께 나누게 되었다는 점이다.

≪무한도전≫은 10년이 넘는 시간 동안, 멤버들이 연애를 하고, 또 헤어지고, 결혼을 하고, 군대를 가고, 몸이 아파서 입원을 하고, 또 구설수에 휘말려 고통을 받는 등, 방송 바깥에서 멤버들이 겪은 개인적 사건들 하나하나를 프로그램 내부에 끌고 들어와서 털어놓고 이야기하고, 심지어 프로그램 스스로가 '징계'를 받았던 사실도 다시 프로그램 내에서 웃음의 소재로 삼기도 하였다.44) 이런 과정을 통해, ≪무한도전≫내에서 출연자들이 하는 '연기'와 실제의 '삶' 사이의 구분은 점차 투명해져 갈 수 있었다. 요컨대 '방송'이라는 매체의 존재를 '투명화'시키는 방식으로 시청자에게 '리얼리티'를 창출해낸 것이다.

사실 출연자들의 실제 일상이 프로그램 내부에 반영이 된다든지, 출연자들의 육체적 체험을 적나라하게 드러낸다든지 하는 형식은 '리얼리티 쇼', 특히 '리얼리티 관찰 쇼'나 '리얼리티 체험 쇼'에서 흔히 볼 수 있는 것이다. 그런데, 영화 『트루먼 쇼』 안에서의 리얼리티 쇼가 그러했듯이, 그리고 ≪빅 브라더≫, ≪서바이버≫가 그러하고, ≪체험 삶의 현장≫, ≪도전 지구탐험대≫가 그러하듯이, 리얼리티 쇼의 핵심적 조건은 '카메라'의 존재를

---

44) 2009년 10월 ≪무한도전≫은 추석 특집으로 꾸민 '무한도전 TV 특집'에서 "무한도전 TV는 방송심의 규정을 지키려고 무지 애를 쏩니다만……"이라는 자막을 내보냄으로써, 수시로 방송 심의 위원회로부터 징계를 받은 사실을 희화화하기도 하였다.

숨기거나 최소한 출연자들이 의식하지 못하도록 만드는 것이다.

≪무한도전≫의 경우에도 카메라를 숨기거나 갑작스럽게 카메라를 들이 댐으로써 '리얼'한 상황을 포착하는 방식은 여러 차례 시도되었다. 2006년 7월의 '발리 특집'은 실제로는 발리가 아니라 경기도 포천에 있는 한 수영장에서 촬영된 내용이었는데, 이날 '일찍 와주길 바라'라고 명명된 코너에서는 출연자들이 촬영장에 약속 시간보다 늦게 도착하여 당황해하고 변명을 둘러대는 모습을 적나라하게 보여주었다. 2006년 10월에는 정형돈, 2007년 1월에는 노홍철의 집에 갑자기 들이닥쳐서, 그들의 집 내부의 모습을 보여주기도 하였고, 2008년 9월에는 '지못미' 혹은 '잔혹한 출근'이란 이름하에 노골적으로 '몰래카메라' 형식을 활용하기도 했다. 이러한 사례들은 모두, 카메라를 의식하지 못한 상황에 펼쳐지는, 솔직하고 돌발적인 모습을 담아내는 것을 목적으로 하는 방식의 '리얼리티 쇼'의 기법이다. ≪무한도전≫은 최근까지도 촬영 이전의 대기실 모습이나 녹화 중간에 쉬는 시간의 모습을 자주 담아 보여줌으로써, 시청자들에게 "우리 프로그램은 언제나 리얼하다"라는 것을 끊임없이 선언한다. 언제든지 방송과 비방송, 카메라 프레임의 안과 밖 사이의 경계가 허물어질 수 있음을 거듭 강조하는 것이다.

그런데 ≪무한도전≫이 언제나 카메라나 제작진의 존재를 감춤으로써 '리얼리티'를 구성하는 것은 아니다. 오히려 제작진의 존재를 노골적으로 드러냄으로써 '리얼리티'를 획득하는 방식을 취하기도 한다. 이른바 텍스트의 '자기 반영성(reflexivity)'을 활용하는 방식이다.[45] 가장 대표적인 방식은 바로, 제작진 시점의 자막[46]을 이용하는 방법이다. ≪무한도전≫에서는 '궁

---

45) 텍스트의 자기반영성이 역설적으로 리얼리티를 만들어내는 것과 관련해서는 다음을 참조.
최성민, 「서사텍스트의 구성원리 연구」, 서강대학교 국문과 석사학위논문, 2000, 64~67쪽.
46) 최중은의 석사학위논문(2002)의 설문에서 리얼리티 프로그램의 PD, 작가들은 주로 상황설

서체' 글꼴을 이용한 자막이 종종 눈에 띄는데, 이런 자막들은 제작진의 관점에서 출연자들에게 하고 싶은 말을 표현하기도 하고, 시청자의 예상되는 반응을 제작진이 미리 언급하듯이 표현하기도 한다. 텔레비전 방송에서의 다른 자막들처럼, 이 자막도 웃음을 유발하는 효과와 더불어, 시청자의 태도와 반응을 일정하게 유도하는 '봉합suture'의 기능을 갖게 된다.[47]

≪무한도전≫에서 PD의 발화 내용처럼 보이는 궁서체 자막은 여기에다 몇 가지 의미를 추가로 부연할 수 있다. 하나는 자막을 통해 제작진이 프로그램에 관여하고 있음을 명백히 드러내지만, 동시에 제작진의 관여 범위를 제한적인 것으로 인식하게끔 만들고 있다는 점이다. 가끔 PD의 목소리가 프레임 바깥으로부터 들어와서 방송을 타는 경우에도 마찬가지다. PD의 목소리가 들리게 되는 순간, 본래 상시적으로 이루어지고 있던 PD의 개입은 마치 순간적이고 일시적인 것처럼 인식되게 된다.

또한 ≪무한도전≫의 궁서체 자막은 시청자들에 의한 '봉합'의 과정이 '리얼리티'의 인식 위에서 이루어지도록 유도하는 역할을 한다. 가령 2008년 9월 '지못미'편의 '잔혹한 출근'에서 정준하가 박명수를 속이려다가 실패하는 장면이나 2008년 8월 '28년 후(좀비 특집)'편에서 유재석이 소품으로 쓰인 유리병을 깨뜨리는 장면에서 궁서체 자막은 "제발"을 외치면서 안타까움

명을 하기 위해서(33%)이거나, 대사전달이 확실히 되지 않을 우려가 있을 때(29%) 자막을 사용한다고 응답했으며, 재미나 웃음을 위해서라고 답한 경우는 소수(16%)에 불과했다. (최중은, 「TV 오락프로그램의 엿보기 카메라 활용방식에 관한 연구」, 중앙대학교 신문방송대학원 석사학위논문, 2002, 91면.) 그러나 이 논문이 발표된 2002년 이후 방송에서 '자막'의 역할은 크게 변화되었으며, 그 변화는 ≪무한도전≫으로부터 비롯되었다고 해도 과언은 아니다.

47) 봉합은 라캉의 제자인 자크 알랭 레네의 개념으로, 독자나 시청자가 텍스트에 내재된 담론 속으로 호명되고 주어진 질서를 의도대로 받아들이게 되는 것을 의미한다. (이수연, 「텔레비전 서술양식의 이론적 고찰을 토한 코믹한 자막의 이해」, 『한국언론학보』 제43-3호, 1999. 참조.)

을 표출한다. 이 순간 시청자는 제작진과 더불어 안타까움에 공감하게 됨은 물론, ≪무한도전≫ 방송이 보여주는 리얼리티에 대한 의심을 거두게 된다.

'리얼 버라이어티' 프로그램에서 종종 문제가 되곤 하는 '대본'의 영향력에 대해서도 ≪무한도전≫은 그 존재를 드러내는 '자기반영적' 방식으로, 대본의 영향력을 최소한도로 한정시켜 놓는다. 2008년 초, 박명수가 잠시 유재석을 대신하여 '반장' 역할을 맡았을 때, 박명수가 촬영 전에 대본을 읽는 모습을 보여주면서, '반장이 되더니 4년 만에 처음 대본을 본다'든지, '대본을 읽은 건지 글자 수를 센 건지'라는 자막을 함께 제시함으로써, 대본의 존재 여부와 상관없이 늘 즉흥적이고 리얼하게 촬영되고 있음을 강조하고 있다.

또한 2007년 9월 '네 멋대로 해라' 특집에서 정형돈이 연출을 맡은 '체인지' 코너에서는 유재석이 박명수 역할을 맡고, 정형돈이 유재석 역할을 맡는 등, 멤버들 서로간의 역할을 바꾸어 촬영한 내용이 등장했다. 이 코너를 역설적으로 해석해보면, 수 년 간에 걸쳐 어렵게 '리얼리티'를 확보한 개개인의 성격과 특징이 사실은 주어진 역할과 설정에 불과한 것임이 드러난 셈이다.[48] 가령 박명수의 호통과 비난은 유재석에게 역할이 주어져도 얼마든지 행해질 수 있는 것이었다는 점이 엿보인 것이다. 어찌보면 스스로의 '리얼리티'를 훼손한 듯 보이는 이 코너는 사실 출연자들이 직접 제작진을 대신하여 기획과 연출, 대본 등을 담당한 '네 멋대로 해라' 특집에서 행해진 것이었다는 점을 주목할 필요가 있다. 다시 생각해보면, '체인지' 코너는 결국, 제작진의 개입 여부와 관계없이 ≪무한도전≫이 보여주는 모습은 변함이 없다는 사실을 알려주고, 방송 안에서의 '역할'은 단순한 설정이 아니라

---

48) 강명석, 「무한도전 vs 무한도전」, 『웹진 매거진T』 2007.9.5.
   (http://www.magazinet.co.kr/Articles/article_view.php?mm=004005000&article_id=46643 ; 웹진 폐쇄로 인한 링크 단절)

각 멤버가 갖고 있던 오래된 성격이었음을 논증한 셈이다. 이로써 ≪무한도전≫의 리얼리티는 더욱 확고해질 수 있었던 것이다.

≪무한도전≫ 체인지 편 ⓒMBC

≪무한도전≫이 리얼리티를 구성하는 또 한 가지 방법은 바로 현실 사회를 상징적으로 풍자하는 방식이다. ≪무한도전≫의 방영분 가운데 상징과 풍자가 두드러진 편들은 가장 제작진의 의도와 설정이 많이 개입된 내용들이어서, 자연스러운 리얼리티는 오히려 다소 떨어지는 경우가 발생하곤 한다. 하지만 상징적으로 풍자된 내용 자체가 우리가 살고 있는 실제 세계(the real)와 닮아 있음을 인식하는 순간, 그것은 무엇보다 메타적 차원의 '리얼리티'가 돋보이는 내용의 텍스트가 된다.

2009년 10월 추석특집으로 방송된 '무한도전TV'는 추석날 하루 종일 무한도전 멤버들만 TV에 나온다는 상황을 가정하여, 애국가 화면에서, 뉴스, 날씨 정보, 스포츠 뉴스, 특선 영화, 가요 프로그램 등을 무한도전 멤버들만으로 구성하여 패러디 방식으로 촬영된 내용이었다. '무한도전TV'편은 명절마다 늘 상투적인 특집 프로그램들과 특선 영화들, 심지어 뉴스의 리포트 내용까지 언제나 반복되는 듯한 현실을 풍자한 것으로 볼 수 있었다.

2009년 8월의 '패닉룸 특집'에서는 컨테이너 박스에 갇힌 멤버들이 조작된 텔레비전 화면의 영상을 보고 공포에 질려하는 모습을 보여주었다. 대개 공포를 과장되게 표출하는 예능 프로그램 연기자들을 보면서 시청자들은 웃음을 터트리기 마련이지만, '패닉룸 특집'을 보던 시청자들은 쉽게 웃음을 터트릴 수는 없었다. 2009년 1월, 고립된 옥상 공간 안에 있다가 크레인으로 끌어올려진 컨테이너 박스를 통해 침투한 경찰 특공대원들과의 공방 끝에 희생된 용산 철거민들의 비극이 연상되었기 때문이었다. 뿐만 아니라, 이날 방송편에서는 실제로는 컨테이너 박스를 높은 곳으로 끌어올리지 않았음에도 불구하고, 조작된 영상을 컨테이너 박스 안의 출연자들에게 보여줌으로써 그들을 착각과 공포에 빠지게 만드는 상황이 표현되었다. 이것은 마치 획일적으로 통제된 텔레비전의 이미지가 사고를 조작하고 왜곡하는 일이 어떤 방식으로 일어날 수 있는지를 보여줌으로써, 당시 논란이 되었던 미디어법을 상징하고 풍자한 내용이라 할 수 있었다.

2008년 1월의 '동해전 새해 특집'에서 박명수가 CCTV로 촬영된 테이프를 파손하고 반장에 당선된 것은 2007년 말 대통령 선거와 관련된 풍자와 상징이라 할 수 있으며, 2009년 3월의 '육남매 특집'과 5월의 '박명수의 기습공격 특집'은 어려워진 서민 경제 현실을 반영한 내용이라고 할 수 있으며, 같은 해 5월의 '손에 손잡고 특집'은 약자들의 연대의 의미를 강조한 것49)이라 할 수 있다. 2009년 6월에 방송된 '여드름 브레이크 특집'에서는 쫓고 쫓기는 추격전을 벌이는 출연자들의 공간적 배경으로 남산 시민아파트, 동대문 연예인 아파트, 강서구 오쇠동 마을 등을 잇달아 보여줌으로써,

---

49) 다음 블로거 ddolappa의 분석 참조 (http://blog.daum.net/ddolappa/8762756)

개발이라는 미명하에 사라져가는 서민들의 삶의 터전을 부각시키기도 하였다. 2015년 2월에 방송된 '끝까지 간다' 특집에서는 13월의 보너스라며 멤버들에게 상금을 주는 듯했지만, 결국 멤버들간의 탐욕과 경쟁이 발생하자 "열심히 해도 빚만 늘어나"는 상황이 발생하게 됨으로써, 노력과 보상이 일치하지 않는 사회 현실을 풍자하기도 했다.

≪무한도전≫에서 또 한 가지 흥미로운 점은 6명의 개성 넘치는 멤버들이 일정한 '공동체'를 이루는 모습을 발견하는 일이다. 앞서도 언급했지만, ≪무한도전≫의 멤버들은 각기 독특한 개성을 가지고 있고, 각 분야에서 나름대로의 성과를 거두고 있는 인물들이지만, 그들의 높은 출연료와 방송계에서의 위치와는 무관하게 '비주류', '루저(loser)', '약자'의 이미지를 공유하고 있다. 뿐만 아니라, ≪무한도전 – 퀴즈의 달인≫ 시절부터 이들 사이의 관계는 끊임없이 '가족'의 관계로 치환되곤 했다. '박명수=아버지', '정준하(혹은 유재석)=어머니', '노홍철=철없는 아이' 등으로 성격화된 인물들 관계에서 이들의 공동체는 일종의 '대안가족'과 같은 모습을 연상시킨다. 특히 2009년 2월 정신감정 특집에서는 이들이 하나의 가상 가족을 이루어 사이코드라마를 만들고, 현실 속 가족 관계의 문제적 실상을 풍자적으로 재현해주기도 하였으며, 2009년 3월 '육남매 특집'에서는 아예 6명이 한 가족의 구성원 역할을 맡아 진행되는 상황극으로 프로그램 전체가 구성되기도 하였다. 이러한 상황극은 코미디 혹은 예능 프로그램에서는 매우 흔한 경우이긴 하지만, ≪무한도전≫에서는 그러한 상황극이 10년째 반복됨으로써 이들의 공동체가 하나의 '대안 가족'으로 인식되게끔 하며, 가부장적 가족 제도와 가족 내 세대 갈등을 풍자적으로 묘사할 수 있게 되었다.

≪무한도전≫ 내의 인물 관계가 한 차례 크게 변화하게 된 계기는 2011년

5월에 방송된 '무한상사 야유회' 편이었다. 각 멤버들은 '무한상사'라는 기업 내의 유부장, 박차장, 정과장, 정대리, 노사원, 하사원, 길인턴이라는 캐릭터를 부여받게 되었고, 이들이 회사 야유회를 가게 되었다는 설정으로 콩트 형식으로 구성된 편이었다. 이후 2012년 초에는 유부장 집에 부하직원들이 새해 인사를 왔다는 설정으로 '무한상사 신년맞이 특집'을 방송했고, 2012년 9월에는 '지 드래곤'이 신입사원으로 입사하는 듯했지만 실제로는 회장 아들이었다는 설정의 '추석특집 무한상사' 편을 방송했다. 2013년 6월에는 정준하 과장이 정리해고를 당한다는 설정의 이야기였던 '무한상사 두 번째 이야기' 편을 뮤지컬 형식을 일부 활용해가면서 방송하기도 했다. 그리고 2016년 9월에는 실제 영화감독인 장항준 감독과 드라마 작가인 김은희 작가를 활용하여 '2016 무한상사 위기의 회사원' 편을 방송했다.

'무한상사'를 통해 멤버들은 아버지, 어머니와 같은 가족 관계 설정보다는 기업 내의 위계질서가 반영된 유부장, 정과장 같은 설정에 익숙해지게 된다. 근래 ≪무한도전≫의 멤버들은, '무한상사' 편이 아니어도, '유부장'을 정점으로 한 위계질서 설정을 반복하여 활용한다.

≪무한도전≫ 무한상사 야유회 편 ⓒMBC

가족 관계에서 직장 내 위계 관계로 인물간 설정이 변화한 것에는 몇 가지 맥락이 존재한다. 첫째, 멤버들과 시청자층 모두 나이를 먹고, 프로그램의 방송도 10년을 지속해오게 되면서, 학생이나 가족이라는 설정보다 직장이라는 배경 설정에 보다 익숙해지게 된 측면이 있다. 둘째, 초기와는 달리, ≪무한도전≫ 멤버들은 더 이상 '대한민국 평균 이하'도 아니고, 프로그램 자체도 B급 정서와는 거리가 멀어졌으며, 이에 따라 멤버들과 프로그램 자체가 일정한 '권위'를 획득하게 되는 상황을 반영하지 않을 수 없게 된 것이다. 셋째로는 ≪무한도전≫ 출연 멤버들의 하차와 영입이 불가피하게 발생하면서, 가족이라는 설정보다 직장이라는 설정이 더 어울리게 된 것이다. 실제로 ≪무한도전≫은 2006년 이후로 멤버 교체를 최소화해왔었다. 2008년 병역 관계로 하하가 빠지고 그 자리에 전진이 합류했고, 1년 뒤 길이 자연스럽게 추가 합류하게 된 것, 그리고 다시 전진이 빠지고 하하가 복귀한 것을 제외하면 대략 10년 가까이를 특별한 멤버 교체 없이 '가족'과 같은 관계였다. 그러나 2014년 이후로 길, 노홍철, 정형돈이 하차하고, 황광희, 양세형이 합류하는 변화가 빈번하게 일어나면서, 이들은 자연스럽게 '직장 내 관계'에 어울리는 관계가 된 것이다.

≪무한도전≫은 특히 사회적, 정치적, 경제적 측면의 현실을 프로그램 내에 담고자 할 때에는 인물의 성격, 카메라의 기법, 자막 등과 같은 다양한 장치들을 활용하여, 때로는 상징적으로, 때로는 노골적으로 드러내왔다. 때로는 가족의 관계처럼, 또 때로는 직장 내 위계적 관계처럼, 멤버들은 상호작용을 선보여 왔다. 그리고 그렇게 드러낸 상징적 현실은 ≪무한도전≫의 시청자들의 실제 현실 인식에 영향을 미쳐 왔다는 점에서, 구성주의적 관점에서의 '리얼리티'의 재구성에 도달한 것이라 할 수 있다. 요컨대 ≪무한도

전≫의 리얼리티는 실제 현실을 투명하게 반영하는 경우에만 만들어지는 것이 아니라, 현실을 풍자적으로 재구성해내는 방식으로 구현되기도 한 것이다. 결국 ≪무한도전≫은 현실 그대로를 담은 '리얼한 재현'으로서의 측면뿐만 아니라, 풍자적이고 상징적인 방식으로 메타적 '리얼리티'를 재연하는 면모도 보이고 있는 셈이다.

(4) TV 음악 예능 프로그램에 대한 비평

한때 TV에 나와야 인기 있는 대중음악으로 인정받던 시대도 있었다. 그러나 MP3 파일로 언제 어디서나 음악을 들을 수 있으며, 유투브를 통해 글로벌한 환경에서 음악을 소비하는 요즘 시대에 텔레비전이 대중음악에 미치는 영향력은 과거에 비해 크게 줄어들었다고 할 수 있다.

하지만 여전히 TV 프로그램에는 대중음악이 중요한 한 영역을 차지하고 있다. 〈슈퍼스타K〉, 〈쇼미더머니〉와 같은 오디션 프로그램이나 〈나는 가수다〉, 〈불후의 명곡〉, 〈복면가왕〉과 같은 경연 방식의 음악프로그램, 그리고 〈무한도전〉과 같이 일반적 예능 프로그램이지만 때때로 대중음악이나 음악공연을 주요한 주제로 삼는 프로그램들이 있다. 이들 프로그램들은 텔레비전이 대중음악 소비자들에게 다시 큰 영향력을 미치고 있는 사례로 볼 수 있다. 이들 프로그램들은 대중음악을 소재로 삼고, 대중들의 대중음악에 대한 관심을 이용하고는 있지만, 시청자들에게 호소하는 핵심적 포인트는 그와는 다른 영역에 놓여 있다. 이 프로그램들이 대중음악을 활용하면서 대중들에게 다가가기 위한, 나름대로의 서사적 전략에 대하여 구체적으로 살펴보고 그 서사전략 안에 숨겨진 우리 사회 현실에 대한 인식까지 함께 분석해보고자 한다. 여기서 주로 다룰 대상은 오디션 프로그램과 경연 프로그램의 원조격이라 할 수 있는 〈슈퍼스타K〉와 〈나는 가수다〉이다.

2009년 케이블 음악 채널 Mnet은 〈슈퍼스타K〉라는 오디션 프로그램의 방송을 시작하였다. 일반인이 참가하여 노래로 대결을 펼치는 오디션 프로그램은 미국의 〈아메리칸 아이돌(American Idol)〉이나 영국의 〈브리튼 갓 탤런트(Britain's Got Talent)〉을 통해 이미 대중적으로 검증된 방송 아이템이었다. 우리나라에서는 2001년 〈영재육성 프로젝트 99%의 도전〉, 2006년 〈슈퍼스타 서바이벌〉이 SBS에서 방송된 바 있다. 이 두 경우는 JYP라는 대형 엔터테인먼트 기획사와 SBS라는 공중파 방송이 함께 공개오디션 형식으로 신인 가수를 발굴한 프로그램이었다. MBC에서는 2001년 〈악동클럽〉, 2007년 〈쇼바이벌〉이 신인 가수 발굴을 목표로 한 프로그램으로 방송되었다.50) 하지만 캘리 클락슨을 배출한 〈아메리칸 아이돌〉이나 폴 포츠를 발굴한 〈브리튼 갓 탤런트〉에 비하여 크게 인기를 끌거나 주목을 받지는 못한 채, 대중들의 기억에서 금방 잊혀지고 말았다. 우리나라에서는 일반인이 방송 프로그램을 통해 큰 인기를 얻는 가수로 떠오른 사례로는 1년에 한 번 단발성 가요제로 열리는 〈대학가요제〉의 경우가 더 깊은 인상으로 남아 있었다.

2009년의 〈슈퍼스타K〉는 스피디한 진행과 편집, 그리고 심사위원단의 독설이 주목을 받으면서 관심을 끌었고, 서인국, 조문근, 길학미 등을 배출하며 마무리되었다. 하지만 케이블 TV 방송 프로그램으로서의 한계를 뛰어넘어 대중들의 관심이 집중된 것은 2010년 〈슈퍼스타K 2〉에서 본격화되었다고 볼 수 있다. 〈슈퍼스타K 2〉는 2010년 10월 22일 마지막 최후의 결승

---

50) 이에 대해서는 최지선, 「오디션 프로그램의 생산과 소비 : 〈슈퍼스타 K2〉를 중심으로」, 『문화과학』 2010년 겨울호, 문화과학사, 2010.12., 318쪽. 참조.

전이 Mnet과 KMTV를 합산하여 18%를 넘는 시청률을 기록하고, 휴대전화 문자메시지 참여수가 140만 건을 기록하는 놀라운 인기를 이끌어내는 데에 성공했다.

앞서 언급한 국내 오디션 프로그램들 대부분은 신인가수를 발굴한다는 목적 그 자체에 집중하여, 이 사람을 뽑을 것인가 말 것인가를 가장 중요한 갈등 요인으로 활용하였다. 이 사람을 뽑을 것인가 말 것인가의 문제는 신인가수 발굴이 목적인 방송사나 엔터테인먼트 기획사 입장에서는 가장 중요한 갈등 지점임이 당연하다. 하지만 뽑을 것인가 말 것인가는 소위 '갑을 관계'로 대표되는 사회적 구조에서 '갑'의 갈등 요소인데, 대다수가 '을'로 살아가는 일반 대중들에게는 감정 이입하기 쉽지 않은 갈등 지점이다.

〈슈퍼스타K〉는 시즌1의 경우 71만 명이던 참가자 수가 시즌2에서는 135만 명으로, 시즌3에서는 197만 명으로 늘어났다. 전국을 돌아다니며 지역 예선을 벌였고, 시즌2와 시즌3에서는 해외오디션까지 열면서 지원자를 모집한 결과였다. 〈슈퍼스타K〉는 1, 2, 3차에 걸친 예선과 4차 예선격인 '슈퍼위크'를 거쳐 10~11명의 본선 진출자를 가리는 방식으로 진행된다. 이 과정에서 시청자들은 노래 실력이 형편없는 참가자도 보게 되고, 엉뚱한 이야기를 늘어놓는 무속인 참가자도 만나게 된다. 또 대중음악 신인가수로 나서기에는 나이가 너무 어리거나 너무 많은 지원자도 보게 된다. 때로는 유명 가수의 형제이거나 친인척인 참가자들도 등장하였다. 시청자들은 이러한 다양한 참가자들 가운데에서 자신의 모습을 발견하기도 하고, 다음 시즌 때 자신의 직접 출연을 꿈꾸기도 할 수 있다. 시청자는 자신의 노래 실력이나 출신, 직업, 연령, 주변의 인맥과 상관없이 자신의 모습을 투영하고 있는 참가자들에게 감정이입하게 되는 것이다. 아울러 심사위원들의 거침없는 독설은 시청자들을 심사위원의 자리가 아니라 참가자들의 자리에 자신을 투영할 수밖에 없도록 만들어주는 중요한 요소가 된다. 다시 말해서, 기존의 오디션 프로그램들이 '뽑을 것인가 말 것인가'를 갈등 요소로 제시했다면, 〈슈퍼스타K〉는 '뽑힐 것인가 말 것인가'를 갈등 요소로 제시했다고 볼 수 있다.

〈슈퍼스타K 2〉의 김그림이나 〈슈퍼스타K 3〉의 신지수의 경우처럼, 참가자들 사이에서 독단적인 태도를 보임으로써 화제를 모으는 동시에 시청자와 네티즌들로부터 비난의 대상이 된 인물들은 심사위원의 관점이 아니라 참가자들의 관점에서 바라보게 짜여진 서사 전략에 의해 더욱 얄미운 대상으로 인식된 것이다. 시청자들이 심사위원의 관점에 서게 된다면 이들을 탈락시켜버리면 그만이겠지만, 〈슈퍼스타K〉의 실제 심사위원들은 오히려 이들의 능력을 인정하고 다음 단계로 계속 진출시키는 결정을 한다. 이들이 탈락을 맞이하는 것은 시청자들이 직접 문자투표를 통해 개입을 하게 되는 본선 이후의 순간이다.

또 〈슈퍼스타K 2〉에서는 돌아가신 아버지에게 불러주지 못한 박보람, 홀로 자신을 키운 어머니를 위해 출연한 강승윤, '왕따' 경험을 딛고 노래로 스스로를 치유해온 장재인, 중졸의 학력에 환풍기 수리공으로 힘들게 살아온 허각 등이 '역경 극복' 스토리의 주인공으로 관심을 모으기도 했다. 이들이 자신에게 주어진 다소 불리한 환경과 여건을 딛고 승승장구하여 본선에 진출하고 좋은 성적을 기록하게 된 것에 대하여 단지 '노래 실력'만으로 성공을 거둘 수 있다는 공정한 경쟁의 결과, 혹은 아름다운 휴머니즘의 사례로 설명할 수도 있다. 하지만 그것이 전부는 아니다. 처음부터 〈슈퍼스타K〉는 참가자들의 삶의 스토리를 주목하고 노출시키려 노력했다. 이 프로그램을 연출한 김용범 PD는 참가자들의 지원서에 '가장 행복했던 순간과 내 인생의 고비'를 각각 세 가지씩 쓰도록 했다고 한다. 그리고 이것을 바탕으로 구구절절한 각자의 사연을 인터뷰와 화면에 담기 위해 노력했다고 한다.51) 이는 참가자들의 삶과 성장의 환경을 다양하게 보여줌으로써 시청자들이 다양한 스토리텔링에 공감하고, 감정이입을 할 사례들을 확보하려는 전략이라고 볼 수 있다.52)

〈슈퍼스타K〉 시리즈가 인기를 모을 수 있었던 가장 큰 이유는 바로 참가자에게 감정 이입하게 하는 서사 전략에 있었다. MBC의 〈위대한 탄생〉이 멘토 제도를 도입한 것은 멘토들에 의한 훈련과 조언을 통해 참가자들의 더 나은 실력을 이끌어내고, 멘토들끼리의 자존심 경쟁까지 이끌어내 보려는 시도였지만, 김태원과 같은 삶의 멘토를 두지 못하고 살아가는 대부분의 시청자들 입장에서는 참가자들이 부러울 수는 있었겠지만 참가자들에게 감정이입을 하기는 어려운 결과를 낳았다.53) 사실, 〈슈퍼스타K〉가 참가자들의

---

51) 강병진, 「김용범 PD 인터뷰 : 노래뿐 아니라 캐릭터도 살려낼 거다」, 『씨네21』 721호, 2009.9.22., 71~72쪽.

52) 시청률 측면에서는 그다지 성공하지 못했던 또 다른 오디션 프로그램 KBS 〈톱밴드〉의 경우, 가수가 되기 위해 자신의 인생을 거는 절박한 욕망이 투영되지 않은 참가자들이 있어서 일부 마니아층 시청자들에게는 더욱 친근한 감정이입을 가능하게 했다. 가령 〈톱밴드〉에 출연한 '블루니어마더'의 기타리스트 한준희를 비롯한 다수의 출연자들은 평범한 직장과 가정을 갖고 있으면서 취미로 음악을 즐기는 이들이었다. 가수가 되기 위해 인생을 걸기보다 취미로 음악을 즐기는 이들에게 시청자들은 더욱 편한 마음으로 감정이입할 수 있게 된다. 특히 '블루오션'이라는 가족 밴드는 〈슈퍼스타K 2〉와 〈톱밴드〉에 모두 출연하였는데, 대중의 인기를 얻는 가수가 되겠다는 의도보다 가족끼리 함께 음악을 하며 즐기는 느낌을 주는 이 밴드의 존재는 양쪽 프로그램 모두에 있어서 '시청자 감정이입'이라는 측면에서 상당히 효과적인 소재였다고 할 수 있다. '블루오션'은 두 프로그램 모두에서 예선은 통과했지만, 본격적인 본선 경쟁 구도를 앞두고 탈락했다.

53) 단순한 시청률로 비교하자면 〈위대한 탄생〉이 〈슈퍼스타K〉보다 앞섰다는 평가도 가능하겠지만, 케이블TV와 지상파TV라는 핸디캡 차이를 감안하고 대중적인 관심과 영향력의 측면, 문자투표 참여인원수 등으로 판단할 때, 〈위대한 탄생〉은 〈슈퍼스타K〉를 결코 넘어서지 못했다고 볼 수밖에 없다.

감정이입에 성공한 것은 그 자신의 서사전략에 기인한 측면도 있지만, 우리 사회에 본격적으로 진입하려는 사회 초년생 또는 취업 준비생들의 입장에서 볼 때 지나칠 정도로 치열한 '진입 경쟁'의 현실에 공감할 수밖에 없는 사회 구조 때문이기도 하다.

100만 명이 넘는 참가자들 가운데 단 한 명의 '슈퍼스타K'를 선발하고 그에게 모든 상금을 몰아주는 '승자독식' 시스템은 아무리 공정한 심사위원과 시청자에 의한 직접 투표를 통해 선택된다고 해도 결코 공정하고 정의로운 경쟁일 수가 없다.[54] 〈슈퍼스타K 2〉의 각 단계별 예선을 거치는 과정에서 '패자부활'을 남발한다든지, 〈슈퍼스타K 3〉의 '슈퍼위크'로 가는 단계에서 이미 부활자가 선택되어 있는 상태임에도 불구하고 탈락이 결정된 참가자들에게도 동시에 '거위의 꿈'이라는 노래를 부르도록 시킨다든지 하는 장면은 결코 공정하고 정의로운 경쟁의 모습이라 할 수 없다.

그럼에도 불구하고 시청자들은 이미 승자와 패자가 결정되어 있는 듯한 현실에서 끝까지 최선을 다하는 모습이 아름다울 수 있다는 사실을 새삼스레 되새기면서, 때로는 승패가 뒤바뀌는 기적이 일어날 수도 있을 것이라는 희망이 판타지처럼 펼쳐지기를 바란다. 〈슈퍼스타K〉는 시즌2부터 "기적을 노래하라"를 모토(motto)로 내세우고 있다. 정말로 공정하고 기회가 균등한 사회라면, 백 만 명 가운데 가장 돋보이는 노래 실력을 가지고 있고 노래에 대한 간절한 꿈마저 갖고 있는 사람이 이미 가수로 성공하여 있지 못하다는 것 자체가 부당한 것이다. 어째서 그가 '기적'에 기대야만 가수가 될 수 있다는 말인가. 그것은 역설적으로 이 세계가 얼마나 불공정하며 기회가

---

54) 문강형준, 「〈슈퍼스타 K2〉, 혹은 신자유주의 시대의 스펙타클〉, 『시민과 세계』 제18호, 참여연대 참여사회연구소, 2010.12., 190~192쪽.

균등하게 주어지지 않는 사회인지를 보여주는 사례라고 할 수 있다.

시청자들은 이미 이 사회의 불공정함을 잘 알고 있다. 그렇기 때문에 자신이 응원하거나 감정이입하고 있는 대상 참가자가 좁은 관문을 뚫고 최종 우승자가 되기를 더욱 희망할 수밖에 없으며, 스스로 인터넷투표나 문자투표에 나서거나 팬카페를 조직하여 응원을 하는 일에 능동적으로 가담하게 된다.[55] 라캉이 말한 대로 '타인의 욕망을 욕망'하는 방법으로 이 판타지에 동참하게 되는 것이다. 가령 이 욕망은 환풍기 수리공 출신 허각이 〈아메리칸 아이돌〉 톱24 출신의 존박을 물리치고 〈슈퍼스타K 2〉의 최종 우승자가 됨으로써 정의(正義)를 실현시킨 듯한 착각마저 안겨준다. 스스로 오디션 선발 방식에 가담함으로써, 부당하고 불공정한 기본적 시스템이 마치 극복 가능한 것인 양 착각을 하게 되는 것이다. 이것은 〈위대한 탄생〉 시즌1에서 조선족인 중국인 백청강이 우승한 것도 마찬가지 사례라고 할 수 있다. 이것은 단지 시청자들이 가장 감동적인 '휴먼드라마'를 선택했다는 의미로 볼 수 있는 것이 아니라, 냉혹한 사회 현실을 낭만적인 판타지로 뒤덮으며 봉합하려 했다는 인식으로 바라보아야 할 문제이다.

더 큰 문제는 이 엄청난 관문을 뚫고 우승을 한 참가자에게조차 가수로서의 성공은 결코 보장되지 않는다는 것이다. 오디션이 종결되는 순간, 이들은 그저 남들보다 조금 더 주목받으며 데뷔한 신인 가수에 불과하게 된다. 더군다나 최종 우승자들은 수많은 관문을 거치면서 자신의 가족사, 성장과정, 친구관계, 성격, 노래 이외의 재능 등에 대해 이미 거의 모든 것을 노출시켜버렸기 때문에 더 이상 보여줄 것이 별로 없는 '신인'일 수밖에 없다.

---

55) 〈슈퍼스타K 2〉의 경우 전체 오디션 참가자수가 135만 명이었고, 결승전 문자투표 참여수 또한 거의 비슷한 숫자인 130만 표였다는 것은 물론 우연하게 비슷해진 수치이겠지만, 상당히 의미심장하게 다가온다.

노래에 있어서도 여러 차례의 미션을 거치면서 수많은 장르를 소화하는 모습을 보여주었기 때문에 더 이상 호기심 어린 기대도 받기 힘들고 새롭게 도전할 영역도 거의 남아있지 않다.

우리 사회에서 새롭게 사회에 진입하는 사회 초년병들이나 취업 지망자들은 최고의 '스펙'으로 무장하고 있지만, 이들은 사회가 요구하는 '스펙'을 확보하느라 이미 자신의 재능과 에너지를 상당 부분 소진해버리고 젊음의 패기와 창의적 아이디어를 상실해버리기 일쑤다. 과거의 여러 오디션 프로그램들의 경우에도 그렇고, 현재 〈슈퍼스타K〉나 〈위대한 탄생〉의 경우도 그렇고, 이들 프로그램에서 배출한 가수들이 기대만큼의 인기를 누리지 못하고 있는 이유는 어쩌면 사회 진입 단계에 서 있는 이들에게 이미 너무 과중한 경쟁의 스트레스를 경험하게 했기 때문이라고도 볼 수 있다.

〈나는 가수다〉는 2011년 3월 6일, 김건모, 이소라, 윤도현(YB), 박정현, 김범수, 백지영, 정엽 등 일곱 명의 가수들이 경쟁하는 서바이벌 방식으로 구성되어 MBC 〈우리들의 일밤〉의 한 코너로 방송을 시작했다. 첫 회에는 이들 가수가 자신의 곡을 선보이면서 '선호도 조사'라는 방식으로 공연을 벌였다. 이후 이들에게는 '80년대 명곡 부르기'라는 미션이 처음으로 주어졌는데 2회 중간 점검을 거쳐 3회에는 세대별 100명씩으로 구성된 500명의 '청중평가단' 평가에 따라 최하위를 기록한 한 명의 가수가 탈락하게 되는 방식으로 진행되었다.

〈나는 가수다〉에 처음 출연한 7명의 가수들은 작곡가, 방송국 PD 등 전문가 집단으로 구성된 '자문위원단'의 추천을 거쳐 제작진이 섭외한 인물들로 진용을 갖추었다. 이들 가운데 김건모는 90년대 최고의 인기 가수이자 빼어난 가창력의 소유자로 인정받는 가수였고, 윤도현은 2002년 월드컵 무렵에 크게 지명도를 얻으면서 가장 대중적인 록밴드로 성장한 YB의 보컬리스트였다.56) 이소라는 자신의 색깔이 분명하면서도 확실한 대중적 지지층을 갖고 있는 여자 보컬이고, 백지영은 커다란 시련을 딛고 다시 최고의 인기 가수로 부활한 스토리를 갖고 있는 가수였다. 김범수, 박정현은 동료 가수들이 최고의 남녀 보컬로 꼽는 가창력의 소유자들이며, 정엽은 가수에게 노래를 지도하는 가수로 유명할 만큼의 실력파로 인정받는 인물이었다. 이들은 가창력에서도 인정을 받고 있지만, 음반 및 음원 판매, 공연 티켓 판매 등과 같은 실질적인 인기 지표에서도 손꼽힐 만큼 가요계의 블루칩들이었다.

이미 방송 전, 〈나는 가수다〉의 기획이 알려지면서부터 가장 뛰어난 가수들 가운데 하나로 꼽히는 이들이 남의 노래를 부르는 미션을 통해 일반인 청중 평가단에 의해 '탈락자'가 나오는 방식의 서바이벌 상황에 처했다는 것 자체가 음악의 진정성, 예술의 본질을 훼손하는 것이라는 반응이 제기되었다. 더군다나 〈우리들의 일밤〉이 새롭게 개편되면서 〈나는 가수다〉와 함께 방송된 코너가 방송 아나운서 지망생들의 실제 취업 도전을 서바이벌 프로그램으로 꾸민 〈신입사원〉이었기 때문에, 지나치게 잔혹한 서바이벌 형식이라는 비판은 한층 더 가중되었다. 음악평론가 임진모는 "〈슈퍼스타K〉가 평범한 사람을 대중의 사랑을 받는 대상으로 끌어올리는 역할을 했다면 〈나는 가수다〉는 최고의 가수를 아래로 끌어내리는 반작용"이라고 염려하였고, 가수 조영남은 "아무리 선의가 있더라도 점수를 매겨 떨어뜨린다는 것은 예술에 대한 모독"이라고 비판했다.57) 최근 〈나는 가수다〉에 원곡자의 자격

---

56) 김건모, 윤도현, 이 두 사람은 가요평론가 임진모가 『우리 대중음악의 큰별들』로 꼽은 26명
   의 음악인에 신중현, 송창식, 패티김, 한대수, 양희은, 조용필, 김창완, 이선희, 주현미 등과
   함께 이름을 올릴 정도로 인정받는 대중음악인이다. (임진모, 『우리대중음악의 큰 별들』,
   민미디어, 2004, 364~375, 388~403쪽.)

으로 잠시 출연했었던 김장훈, 조용필 등도 이 프로그램의 경쟁 방식에 대해 크게 우려하는 마음을 가졌었다는 발언을 하기도 했다.

그러나 첫 회가 방송된 이후에는 긍정적인 반응이 주를 이루게 되었다. 가수 윤종신은 "가혹한 기획이라고 생각했지만, 이제 응원을 하겠다"고 했고, 작곡가 김형석은 "방송 시작에는 '막판까지 가는구나'라고 생각했지만 포장과 마케팅만 달리했던 것일 뿐 결국 진짜 음악은 대중을 감동시킨다는 것을 느꼈다"는 반응을 보였다.58) 음악평론가 강태규는 "중량감 있는 가수들이 여기에 출연해 잃는 것이 더 많을 것이라고 생각했지만, 이들의 노래가 음원차트를 장악하는 것을 보고 대중과 가수가 서로 윈윈하는 방법이 될 수 있겠다고 생각했다"59)고 말했고, "예능의 탈을 쓴 진짜 음악 프로그램"60)이라는 평가도 나왔다. 일반 시청자들의 입장에서, 혹은 가수들 입장에서는 '실력 있는 가수들이 혼신을 다해 노래를 부르는 기회'가 주말 저녁 시간대에 제공된다는 점만으로도 긍정적 영향61)을 주었다고 할 수 있었다.

초기 〈나는 가수다〉에 대한 호불호의 문제는 서바이벌이라는 시스템이 단순한 마케팅 요소이면서 출연자들의 최선의 노력을 유도하는 기능에 불과한 것인가, 아니면 대중예술의 가치와 가수들의 자존감을 훼손하는 치명

---

57) 김정은, 「〈나는 가수다〉 첫방 후 반응 엇갈린 가요계」, 『서울신문』, 2011.3.10. 22면. 강수진·박은경, 「가수들 초유의 서바이벌 게임, 〈나는 가수다〉 뜨거운 논란」, 『경향신문』, 2011.3.9. 22면.

58) 윤종신과 김형석, 이 두 사람은 이후 〈나는 가수다〉의 진행자와 자문위원으로 프로그램에 참여하게 되었다.

59) 강수진·박은경, 위의 기사.

60) 강일권, 「강일권의 댓츠 베리 핫 : 예능의 탈을 쓴 진짜 음악 프로그램」, 『국민일보』 쿠키뉴스, 2011.3.12. http://news.kukinews.com/article/view.asp?page=1&gCode=ent&arcid=1299869721

61) 채지은, 「진짜 노래꾼 7인의 처절한 울림, 〈나는 가수다〉」, 『한국일보』, 2011.3.8., 30면.

적 흥기이냐는 것에 대한 입장의 차이였다고 볼 수 있다.

　그런데 사실 제작진들 역시도 최고의 가수들을 모아놓고 서바이벌 형식을 진행해야 한다는 점이 부담스러웠을 수밖에 없었을 것이다. 청중평가단에게는 가장 좋았던 가수를 뽑게 하되, 최하위 득표자 한 명을 탈락시키는 방식 자체도 서바이벌 형식이 가져다주는 충격을 최소화하는 장치였을 것이다. 좀 더 자극적이려면 '최악의 가수'를 뽑게 한 다음 이 결과로 탈락자를 선정하겠지만, 1위로 가장 적게 뽑힌 가수가 탈락한다는 규칙 자체는 최하위가 반드시 '가장 못한 사람'은 아닐 수 있다는 논리로 위안이 가능하다. 최고의 가수들을 출연시키기 위해 제작진이 설득하는 과정에서는 '서바이벌' 형식보다는 '최고의 공연과 음향을 보여줄 수 있는 지원을 아끼지 않겠다'는 제작진의 의지[62], 그리고 '황금시간대에 당신의 노래와 연주를 들려줄 수 있다'는 공중파 방송의 메리트가 중요하게 어필하였을 것이다.[63] 섭외와 설득의 과정에서 자연스럽게 '평가'나 '순위'라는 표현보다는 '선호도'라는 표현을 앞세우기도 했을 것이다.

　당대 최고의 가수들을 출연시켰기 때문에 더욱 잔혹해보일 수 있는 서바

---

62) 김명현, 「〈나는 가수다〉 음향의 비밀은?」, 『텐아시아』, 2011.5.9.
　　http://10.asiae.co.kr/Articles/new_view.htm?a_id=2011050617361075218

63) 음악평론가 강헌은 "2000년 이후 대중음악이 한류다 뭐다 하면서 아이돌 가수 중심으로 흘러가면서 음반이나 콘서트 문화가 사라졌고 실력 있는 가수들이 설 자리가 없어졌다"며 "이런 위기감이 가수들을 서바이벌 프로그램에 응하게 한 배경"이라고 분석했다. 김영희 PD에 이어 〈나는 가수다〉의 연출을 맡고 있는 신정수 PD는 가수들의 섭외 과정에 대해 다음과 같이 말하였다. "(섭외가) 물론 쉽지 않았다. 검투사들의 실력이 출중해야 명승부가 벌어지고 관객도 흥미를 느낀다. 정말 노래를 잘하는 가수들이 나와야 나가수가 성공한다고 생각했다. 그래서 먼저 한 사람을 뚫자고 결정했다. 그 사람이 이소라였다. 이소라가 나오면 다른 가수들도 나올 마음이 들 것이라고 기대했다. 많은 분이 거절했다. 노래에 대한 철학이 달랐다. YB의 윤도현도 처음에는 완강히 거절했지만 '어느 방송에서 록밴드가 가족들이 시청하는 시간대에 나와 연주할 수 있느냐'며 설득했다."
　송평인, 「논설위원이 만난 사람 : 신정수 〈나는 가수다〉 PD」, 『동아일보』, 2011.8.22. 33면. 발췌.

이벌 시스템을 보완하기 위해 몇 가지 보완책을 세워놓았지만, 치열한 생존 경쟁의 결말은 어쩔 수 없이 비극으로 끝맺게 된다는 진리를 확인하는 데에는 그리 오랜 시간이 걸리지 않았다. 〈나는 가수다〉는 실제 경연을 벌여 최초의 탈락자가 나오게 된 2011년 3월 20일 3회 방송분에서 당시 출연자 중 가장 선배 가수였던 김건모가 첫 탈락자로 선정되었다. 이에 김건모를 비롯한 모든 출연자들은 당혹스러워 했다. 당시 진행자를 겸하면서 이 프로그램의 산파역할을 맡기도 했던 이소라는 김건모의 탈락을 받아들일 수 없다는 선언을 하고 촬영장을 벗어나기도 했다. YB 윤도현의 매니저 역할로 출연한 김제동은 '재도전'을 요구하기에 이르고 제작진이 이를 받아들임으로써 〈나는 가수다〉의 서바이벌 시스템은 혼란에 빠지게 되었다. 다수의 시청자들과 언론들은 경쟁과 서바이벌의 기본 원칙을 어겼다고 비난을 쏟아내기 시작했다. 결국 이 사태는 재도전 무대에서 김건모가 마이크를 쥔 손을 부들부들 떨 정도로 긴장하면서 열창을 함으로써 싸늘하게 식었던 시청자들의 마음을 어느 정도 돌려놓기는 했지만, 이후 김건모는 자진 퇴진, 김영희 PD는 경질, 방송은 한 달간의 휴식기를 갖고 재개하는 것으로 끝맺었다.

이 일은 김건모, 이소라, 김제동, 김영희 PD 등에 대한 비난과 그들 가운데 일부의 퇴장으로 끝나긴 했지만, 그 모든 사태의 원인은 '서바이벌'이라는 시스템 자체에 있었다고 보아야 한다. 출연 가수들이 김건모의 탈락을 받아들이기 힘들었던 것은 서바이벌 시스템 자체가 겉으로 볼 때와는 달리 끔찍하게 잔혹하고 부조리한 사회 구조의 산물이라는 사실을 '김건모'의 이름이 호명되는 그 순간에서야 깨달았기 때문이다. 김영희 PD는 "애초에 좋은 무대를 꾸미는 것이 우선의 목적"이라는 이유로 재도전 제안을 허락한다. 김영희 PD는 스스로 출연 가수들을 설득할 때 서바이벌은 '좋은 공연'

을 위한 장치에 불과하다는 점을 강조하였고, 가수들과 출연진들 역시 그렇게 이해하고 있었기 때문에 이들이 '재도전'을 요구하고 받아들였던 것은 어쩌면 그들 입장에서는 크게 문제될 만한 상황이라고 여기지 않았을 수 있다. 오히려 반전과 의외성이라는 예능 프로그램의 흥행 코드를 활용할 좋은 기회로 여겼을 수도 있다. 2회 방송의 끝부분에 보여준 3회 예고편은 '재도전' 논란에 대해 제작진이 단순한 해프닝으로 여겼음을 짐작하게 해준다. 만약 상황의 심각성을 예견했더라면 출연 가수들의 눈물을 보여주면서 "첫 탈락자는? 기대해주세요."와 같은 자막을 쓸 수는 없었을 것이다. 그러나 다수의 시청자들은 이들의 '재도전' 선택을 용납하지 않았다. 가장 큰 이유로 제기된 것은 '규칙을 어겼다'는 것과 '시청자와의 약속을 어겼다'는 것이었다.

생태계의 서바이벌 구조는 그야말로 생존과 진화를 위해 불가피한 것이라 할 수 있지만, 인간이 만들어놓은 서바이벌 구조는 불가피한 것이라기보다 소수의 경제적 '이익'과 '효율'이라는 목적을 위하여 선택된 것에 불과하다. 그럼에도 우리 사회에서는 신자유주의 시대에 만연한 서바이벌 사회 구조가 소수의 '이익'과 '효율'을 위하여 선택된 것이라는 진실을 숨기고 불가피한 사회 구조이자 무단이탈이 불가능한 체제인 것으로 홍보되어 왔다. 〈나는 가수다〉의 가수들과 제작진들은 자신들이 자발적으로 선택하거나 수용한 서바이벌 시스템이기 때문에 이것이 '선택된 수단'임을 누구보다 잘 알고 있었지만, 이미 범사회적인 서바이벌 경쟁 체제에 의해 협박받고 고통받는 이들, 때로는 낙오되기도 했던 이들, 즉 일반적인 시청자들의 입장에서는 자신들을 늘 옥죄고 있던 무한경쟁의 체계가 방송 권력을 갖고 있는 PD와 최고의 대중적 인기를 누리던 연예인들에 의해 한 순간에 무의미한 것으로 취급되는 장면을 납득하기 어려웠던 것이다. 따라서 시청자들 다수의 반응은 '경쟁시스템은 수단에 불과했다'는 깨달음과 각성으로 이어지기보다는 '경쟁시스템마저 자의적으로 조작하는 권력자(가수와 제작진)'들에 분노하는 방향으로 폭발한 것이다.

스스로 선택한 도구였던 서바이벌 시스템에 대한 논란이 부메랑이 되어 김영희 PD와 김건모가 중도하차하게 된 현실은 우리 사회의 '무한경쟁 체제'가 얼마나 견고하게 이념화되었는가를 보여준 사례라고도 할 수 있다. 이 체제가 이념화되어 있는 현실에서는 실수를 만회하기 위한 '재도전'은 물론, 상호 경쟁의 대상이 되는 이들 사이의 '선의'조차도 쉽게 허용될 수 없다. 더욱이 김건모는 〈나는 가수다〉의 출연자들 가운데 유일하게 경쟁 구도를 심각하게 받아들이기보다 '립스틱을 바르는 퍼포먼스'를 통하여 웃음을 추구하려 했다는 점에서 이 강고한 '체제'에 대한 무모한 일탈자로 낙인찍힐 수밖에 없었다. 그가 다음 재도전 기회에서 손을 부들부들 떨면서 노래를 부르던 장면은 '무모한 일탈'이 얼마나 무서운 비난과 처벌로 귀결되는지를 보여주는 매우 잔혹한 풍경이었다. 시청자들 다수가 이 장면을 보고 김건모에 대한 비난을 철회하고 김영희 PD의 복귀를 요구하게 된 것은 자신들이 처해있는 강고한 '체제'의 냉혹한 현실을 김건모를 통해 새삼 깨달았기 때문이었지만, 이 체제 자체를 파괴하려 하지 않는 한 그러한 반성은 부질없는 것일 수밖에 없다.

〈나는 가수다〉는 이후 임재범이 투입됨으로써 새로운 반전의 기회를 얻었고 시청자들의 호응을 다시 얻어내는 데에 성공하였다. 한 차례 경연으로 탈락자가 나오는 제도를 1, 2차 경연을 합쳐 탈락자를 선정하는 방식으로 변경하고, 청중평가단도 1인 1표제가 아니라 1인 3표제를 실시하여 출연 가수와 평가자의 부담을 모두 줄여주었다. 7라운드 연속 생존한 가수들은 '명예졸업'이라는 이름으로 퇴진하게 하여, 김범수와 박정현이 '명예졸업'의 영광을 얻기도 했다. 몇 가지 보완책들이 추가되고 출연 가수들의 폭도 넓어졌다. 출연 가수들끼리는 서로를 격려하고 위로하는 아름다운 '선의'의 경쟁의 모습을 보여주고 있다. 그러나 여전히 JK김동욱이 가사를 잊어 노래를 다시 불렀다는 이유로 비난을 받아 자진하차해야 했고, 자신의 색깔대로 편안한 음색으로 노래를 하던 조규찬은 1라운드만에 탈락해야 했던 상황이 보여주듯, "진짜 가수들이 설 수 있는 무대를 만든다!"[64]는 목표는 '서바이벌'이라는 수단에 잠식되어 버린 지 오래다. '경쟁사회 체제'에는 어떠한 예외도 없다는 것을 보여주는 것이 〈나는 가수다〉의 서사 전략적 목표였다면 이 프로그램은 성공한 것이고, 경쟁을 단순한 수단으로 활용하고자 했던 것이라면 이 프로그램은 실패한 것이다.

〈슈퍼스타K〉가 사회에 막 진입하려는 이들 앞에 놓여 있는 경쟁의 현실을 단적으로 보여주는 서사적 텍스트라면, 〈나는 가수다〉는 이미 사회에 진입하여 어느 정도의 기반을 가지고 있는 이들이 생존을 놓고 경쟁하는 현실을 보여주고 있는 텍스트이다. 〈슈퍼스타K〉가 상대적으로 10대, 20대의 지지를 받았다면, 〈나는 가수다〉가 중장년층의 관심을 끌어모았던 것은 어쩌면 당연한 결과라고 할 수 있었다. 〈나는 가수다〉에 출연한 이들은 겉으로는 화려한 최고의 가수들, 더 이상의 경쟁을 통해 얻을 것도 없을 만한 존재들처럼 보였지만, 점점 공연할 무대가 사라져간다는 절박한 현실이 이

---

64) 이 내용은 〈나는 가수다〉가 포함되어 있는 〈우리들의 일밤〉 공식홈페이지의 '프로그램 소개'에 쓰여진 일부이다.
http://www.imbc.com/broad/tv/ent/sundaynight/common_page/program/index.html

들을 서바이벌의 공간에 서도록 했다. 윤도현은 소녀시대의 "런 데빌 런 (Run Devil Run)"을 가사를 전혀 공감하지 못한 채 불러야 했고, 이소라, 김윤아 등은 극심한 스트레스로 인한 통증에 시달리기도 했다. 출연 가수들은 늘 자신이 선보이고 싶은 음악과 청중평가단의 호응을 이끌어낼 음악 사이에서 방향의 갈등을 호소하곤 했다. 이미 안정적인 위치에 오른 듯한 중견 인기 가수들의 경쟁은 청중들과 시청자들에게 때로는 감동을 안겨주었지만, 그러기 위해 이들이 얼마나 고통을 계속 겪어야하는가를 보여주었다. 사회적 안정층처럼 보이는 기성세대 역시 치열한 생존 경쟁에 시달리고 있음을 보여주는 텍스트가 바로 〈나는 가수다〉라는 프로그램이다. 그럼에도 불구하고, 〈나는 가수다〉의 경쟁이 다행히도 애처롭도록 처절하지는 않은 이유도 있다. 그것은 〈나는 가수다〉의 출연자들 상호간의 신뢰와 선의가 아직까지는 유지되고 있기 때문이고, 가수들 대부분이 그 같은 경쟁을 즐길 만큼의 프로의식의 소유자들이었다는 점이기 때문이기도 하며, '1등만이 살아남는 시스템'이 아니라 '꼴지만 탈락하는 시스템'이라는 작은 여유에서 비롯된 때문이기도 하다.

대중음악은 말 그대로 대중적인 텍스트이다. MP3로 다운받아서 휴대전화기나 MP3 플레이어, PC 등을 이용해서 손쉽게 접하게 되는 대중음악은 이제 턴테이블 위에 조심스럽게 레코드판을 올려놓고 바늘을 정교한 손놀림으로 그 위에 얹음으로써 '감상'하던 시절과는 달리 '유희'와 '소비'의 대상이 되었다고 할 수 있다. 유희적 소비의 대상인 대중음악을 생산하는 것 역시 비장한 예술혼을 필요로 하는 과정이라기보다 '유희적 생산'[65]이 어울리

---

65) "상상은 정신의 놀이다. 상상을 할 때 정신은 노동을 하지 않고 놀이를 한다. 미래에는 노동이 유희가 될 것이라는 카를 마르크스의 예언은 맞았다. 비록 인류의 미래는 공산주의의 것이 아니었지만, 상상력이 생산력으로 전화하면서 노동은 점차 유희에 가까워지고 있기

는 상황이다. 예능프로그램 〈무한도전〉의 "올림픽대로 듀엣 가요제"에서 유재석이 무심코 눌러본 건반의 멜로디를 타이거JK가 그대로 활용하여 'Let's Dance'의 도입부를 만들어낸 것이나 "서해안고속도로 가요제"에서 정준하의 흥얼거림이 그대로 "정주나요" 안에 들어가게 된 것은 유희적 차원의 창작 노동과 생산이 얼마나 유쾌한 생산물의 소통으로 이어질 수 있는 가를 보여준 사례라고 하겠다.[66]

〈슈퍼스타K〉와 〈나는 가수다〉가 서바이벌의 구조를 차용함으로써 냉혹한 사회 현실을 거듭 연상하도록 하고, 대중음악을 그저 마음껏 즐기지 못하도록 무거운 부담감을 안겨준 것도 사실이다. 2013년 〈무한도전〉의 "서해안고속도로 가요제"는 형식상으로 1위를 뽑는 경연식 가요제의 포맷이었음에도 결국 모든 출연자에게 '대상 트로피'를 안겨주면서 마무리되었다. 음악을 즐기는 데에는 순위가 무의미하다는 당연한 진실이 새삼스럽게 느껴지는 것은 어느덧 우리가 〈슈퍼스타K〉와 〈나는 가수다〉와 같은 경쟁 체제 속의 음악에 익숙해져 버렸기 때문이었을 것이다. 사회에 본격적으로 진입하는 이들의 사회적 서사를 상징적으로 보여주는 〈슈퍼스타K〉 시리즈와 사회에 안착해있지만 생존을 위해 다시 경쟁해야 하는 이들의 사회적 서사가 드러나는 〈나는 가수다〉를 살펴봄으로써, 우리는 우리의 사회 현실에 대한

때문이다."
진중권, 『놀이와 예술 그리고 상상력』, 휴머니스트, 2005, 13~14쪽.

66) 〈무한도전〉 외에 대중음악의 생산과 소비를 하나의 놀이이자 유희의 차원에서 접근한 사례는 인디레이블 '붕가붕가레코드'의 경우에서 발견할 수 있다. 이 레코드사는 '음악 사업으로 수익을 만드는 것을 거부'한다. '장기하와 얼굴들'의 의외의 성공으로 상당한 수입이 생긴 것도 사실이지만, "생업과 음악 취미 활동을 공존"시킴으로써 "지속가능한 딴따라질"을 하는 것을 목표로 삼고 있다고 말한다.
붕가붕가레코드, 『붕가붕가레코드의 지속가능한 딴따라질』, 푸른숲, 2009, 72~73, 181~182쪽.

인식에도 도달할 수 있었다.

2016년초에 방송되었던 〈프로듀스101〉은 개성을 드러낼 수도 없는 환경에서 얼굴 한 번 화면에 비추는 것조차 힘겨운 101명의 경쟁 오디션을 보여주었다. 이들은 일반 아마추어도 아니고, 이미 기획사들에 소속되어 트레이닝되고 있는 준프로페셔널 가수들이었지만, 그럼에도 이 어린 소녀들이 요구받은 것은 성적인 매력을 뽐내기와 같은 정의롭지 못한 수준의 경쟁이었다. 그리고 그 경쟁의 끝에는 '한시적 활동'이라는 보상답지도 못한 보상이 기다리고 있었다. 이것 역시, 한층 더 끔찍해져만 가고 있는 또 다른 우리 현실의 단면도였다.

반면, 2014년 연말, 〈무한도전〉에서는 〈토요일 토요일은 가수다〉라는 특집을 통해 1990년대에 크게 활동했던 대중 가수들의 모습과 그들의 노래를 다시 공연의 형식으로 보여준 바 있다. 이미 유사한 방식의 콘텐츠들도 있었지만, 아이 엄마가 된 가수와 역시 생활인이 된 그들의 팬들이 동시대를 살아가고 함께 나이 들어가고 있다는 당연한 사실을 재확인시켜준 것만으로도 이 프로그램의 영향력과 파급력은 매우 컸다. 경제적으로 풍족하고 문화적으로 다양했던 1990년대를 회고하고 추억하는 복고의 흐름에 결정판이라 할 만큼 사회적 반향까지 불러일으킨 음악 프로그램이었다.

이제 방송 프로그램들은 대중음악으로 프로그램 전체를 채우지 않더라도 대중음악에 대한 대중의 관심과 열정을 전략적으로 활용하는 프로그램들을 속속 선보이고 있다. 우리의 몫은 그 안에 담긴 음악을 즐기는 동시에, 그 음악을 활용한 프로그램들의 서사적 전략을 유심히 살펴보는 일일 것이다.

제3부

새로운 시대를 위한 시각들

1. 웹콘텐츠의 현황과 미래

(1) 웹이라는 미디어의 등장

1973년 빈튼 서프와 밥 칸은 프로토콜 TCP/IP(Transmission Control Protocol / Internet Protocol)라는 기본 아이디어를 제시했다.[1] 모든 컴퓨터를 하나의 통신망에 연결하고자 한 의도를 드러낸 아이디어였다. 초기에는 군사시설과 관련 연구 기관에서 활용되는 컴퓨터들을 군사용 통신망 체계로 묶어 연결하게 되었고, 이를 바탕으로 전 세계의 컴퓨터가 연결되는 '인터넷'의 구상이 구체화하기 시작했다.

본래 웹(web)은 거미줄이나 망사모양과 같은 구조물, 또는 그러한 형태를 의미한다. 1990년대 이후, '웹'은 곧 인터넷을 의미하는 용어로 쓰이게 되었다. 1989년, 이른바 '월드 와이드 웹'(www)이 창안되어 전세계 컴퓨터들이 연결되기 시작하였고, 1990년대 모자익, 네비게이터와 같은 웹브라우저가 등장하면서 인터넷은 급격히 대중화될 수 있는 토대를 갖추게 된다. '정보고속도로'라 이름 붙여진 통신망이 도시와 도시, 국가와 국가를 연결하게 되고, 각 가정과 사무실에는 개인용 컴퓨터, 즉 PC가 보급되게 되었다. 주지하다시피, 이러한 흐름은 아주 급격한 변화를 가져왔다. 1990년대 초반만 해도 전세계 수만 명 수준이던 인터넷 이용자는 2000년경 3억 6천만

---

1) 네이버 지식백과 '인터넷 프로토콜' 항목
   (http://terms.naver.com/entry.nhn?docId=799191&cid=43121&categoryId=43121)

명, 2016년에는 36억 명에 달하게 되었다.[2]

　인터넷이 고안되고 기획될 당시만 해도, 컴퓨터는 일부 거대기업이나 정부기관, 군사시설, 그리고 소수의 전문가들에게나 필요한 도구였다. 초창기 개인용 컴퓨터, 즉 PC는 사용방법의 난해함과 가격이 비싼 문제를 떠나서, '무엇을 할 수 있는 물건'인지가 명확하지 않았다. PC는 인터넷으로 연결되면서 비로소 생명력을 얻게 되었고, 인터넷은 PC의 보급을 통해 전세계를 혁명적 변화로 이끌 수 있었다. 한 두 사람이 갖고 있는 전화기는 그 기술에 비해 활용도가 낮을 수밖에 없지만, 전화기가 모든 가정, 혹은 모든 사람의 손에 보급되면서 그것은 필수품이 될 수 있었던 것과 마찬가지였다. PC가 가정과 사무실마다 보급되면서, 인터넷은 각 가정과 사무실, 그리고 도시와 도시, 국가와 국가, 마침내 전 세계를 연결할 수 있었던 것이다.

　1990년대 후반에서 2000년대 초반까지의 시대가 집집마다 한 대 씩의 컴퓨터가 보급되는 시기였다면, 2010년대는 모든 사람들의 손에 '컴퓨터'가 쥐어지는 시기가 되었다. 바로 스마트폰이 그 과정에서 가장 큰 핵심 역할을 한 것이다. 이제 인터넷은 사무실과 사무실을 연결하는 것이 아니라, 사람과 사람을 연결한다. 그리고 한 사람이 활용하는 스마트폰, PC, 그리고 자동차, 가전제품에 이르기까지 수많은 기기들이 또다시 네트워크로 연결되어 인터넷망 안에 놓이게 되었다. 이른바, 사람인터넷, 그리고 사물인터넷의 시대가 열린 것이다.

　2015년 국내 인터넷 이용실태 조사[3]에 따르면, 인터넷이용인구는 85.1%이며, 그들 중 92.3%는 하루 1회 이상 인터넷을 접속하고 있다. 그리고 주

---

2) http://www.internetworldstats.com/stats.htm
3) 한국인터넷진흥원 & 미래창조과학부, 『2015년 인터넷 이용 실태 조사 요약보고서』, 2015, 2~7쪽.

당 평균 이용시간은 13.7시간으로 일평균 2시간 정도를 이용하고 있다. 한마디로 인터넷, 웹 미디어는 우리의 일상이 되어 있다.

인터넷이 우리의 일상이 되었다는 것은 전혀 새삼스러운 일이 아니다. 최근 20여 년간 우리는 점점 인터넷과 더 가까워졌다. 그리고 동시에 우리는 인터넷, 즉 웹을 기반으로 한 콘텐츠들에 익숙해졌다.

시간을 백 년쯤 거슬러 올라가보기로 하자. 1900년을 전후로 우리나라에는 '신문'이라고 하는 새로운 미디어가 등장했다. 1906년경, 제국신문, 황성신문, 만세보, 경향신문, 대한매일신보 등은 한정된 독자층을 대상으로 경쟁관계를 형성하기도 했다. 당시 최대 발행부수를 기록했던 대한매일신보의 발행부수는 최대 1만 3천부 정도였던 것으로 알려져 있다. 1930년대에 이르면, 매일신보, 조선일보, 동아일보 등의 발행부수를 합치면 약 10만부 정도였다고 한다. 우리는 불과 지난 세기의 일이지만, 당시의 시대상을 살펴보려고 하거나 주요 예술작품, 특히 문학작품을 살펴보기 위해 당시의 신문과 같은 인쇄매체를 들춰보곤 한다. 하지만 실제로, 신문과 같은 인쇄매체를 직접 구독한 사람은 그리 많지 않았다. 물론 인쇄매체 못지않은 영향력과 대중성을 갖추고 있던 미디어들도 있었다. 1930년 라디오 수신기 보급은 1만대를 넘어섰고, 1941년에는 22만대, 1945년에는 30만대에 이르렀다고 한다. 1900년대 초의 이른바 신소설들과 1910년대의 이광수 『무정』, 1930년대의 라디오드라마들과 같은 당대의 문화 콘텐츠들은 그 시대에 등장한 새로운 미디어들에 빠르게 올라타서 대중들에게 전달되었다.[4]

요즘 시대는 TV와 극장(영화)을 비롯한 다양한 미디어들이 공존하는 시

---

4) 이와 관련해서는 최성민, 『근대서사텍스트와 미디어 테크놀로지』, 소명출판, 2012, 120~128쪽, 225~239쪽.

대이지만, 그 무엇보다 '웹'을 기반으로 한 콘텐츠들이 가장 주목받고 있는 시대라고 할 수 있을 것이다. 특히 스마트폰은 언제 어디서나 웹에 접속할 수 있는 '유비쿼터스'를 실현하였고, 주변의 수많은 미디어를 블랙홀처럼 빨아들이고 있다.

여기에서 우리는 수많은 콘텐츠들이 웹 기반의 미디어를 어떻게 만나게 되었고, 어떻게 자리 잡게 되었으며, 또 어떻게 변화해왔는가를 폭넓게 살펴보고자 한다. 개별 콘텐츠 장르들을 깊이 있게 살펴볼 때와는 달리, 거시적인 시야의 접근은 '웹 기반 콘텐츠'들의 변화 양상을 넓게 조망할 수 있다는 장점이 있을 것이다. 특히 스마트폰을 중심으로 한 모바일 환경과 급속히 변화하고 있는 테크놀로지의 현 국면들에서 콘텐츠들이 어떻게 적응하고, 혹은 또 어떻게 변화를 선도하며 우리에게 다가오고 있는가를 주목하고자 한다.

(2) 웹 콘텐츠의 범위

웹 콘텐츠, 혹은 웹 미디어 콘텐츠란 말 그대로 '웹'을 통해 소통되는 콘텐츠들을 말한다. 1990년대 초반 웹 사이트 위의 페이지들은 몇 개의 이미지들과 텍스트들로 단순하게 구성되어 있었고, '하이퍼링크'를 통해 또 다른 페이지들로 연결되도록 만들어져 있었다. 간단한 로고 이미지와 텍스트 위주로 페이지를 구성한 것은 웹 페이지를 구성하는 'html' 언어가 충분히 발전되지 못했던 탓도 있지만, 당시의 인터넷 네트워크가 속도나 데이터 양의 측면에서 더 복잡한 페이지를 감당하기 힘들었던 탓도 있었다.

야후, 라이코스, 심마니 등과 같은 인터넷 초창기 검색엔진 사이트 혹은 포털사이트들은 대체로 '디렉토리형' 페이지 구성을 보여주고 있었다. 당시

사이트들이 간단한 키워드 중심의 디렉토리를 나열하고, 그것을 하이퍼링크들로 연결해나가는 방식을 취했던 것은 '전화번호부'5)나 도서관 도서 분류 시스템과 같은 색인의 체계로 정보를 저장, 관리, 접근하고자 했기 때문이었다. 다시 말해서 디지털화된 정보들과 데이터들이었지만, 기존에 익숙한 아날로그 구조를 모방할 수밖에 없었던 것이다.

초창기 야후(yahoo)의 첫 페이지

---

5) 과거 매우 두툼했던 전화번호부 중에 특히 '업종편', 미국에서는 '옐로우 페이지(Yellow Pages)'라 불렸던 유형이 바로 디렉토리형 구성의 대표적 사례이다. 인터넷 초창기에는 지금의 '포털사이트'와 같은 사이트를 '옐로 페이지'라고 부르기도 했다.

이른바 '경로의존성'(path dependence)이라 함은 더 발전된 기술과 환경이 주어졌음에도, 기존에 선택한 방식을 익숙함이라는 관성을 이유로 쉽게 변화시키려 하지 않는 태도를 말한다. 로마 시대 말의 엉덩이 크기 폭에 맞춰져 있는 고속철도 철로의 폭이나 기계식 타자기 시절의 방식을 답습하고 있는 QWERTY 방식의 키보드 배열이 그러한 예이다. 이것은 보다 도전적이고 진보적인 태도를 가로막는 구태라고도 할 수 있지만, 새로운 기술 환경과 미디어가 제공되더라도 조금이라도 익숙한 방식을 먼저 적용하고자 하는 본능적 심리의 작용이라고도 볼 수 있다. 초창기 포털사이트의 페이지 구성은 바로 경로의존성의 결과라고 할 수 있다.

2000년대 이후 인터넷 이용자가 급증하고 웹 콘텐츠 역시 천문학적 수준, 아니 그 이상의 수준으로 양적 증가를 보이면서, 디렉토리 방식의 색인 체계는 더 이상 콘텐츠들의 포털, 즉 관문이 될 수 없었다.

여기서 우리가 '웹 콘텐츠'라는 말을 사용하고 있지만, 현재의 관점에서 웹 콘텐츠가 아닌 것은 없다고 할 만큼, 웹 콘텐츠의 범위는 광범위하다. 초창기 인터넷 인구를 증가시키는 데 기여했던 음란한 이미지나 영상들은 물론이고, 텍스트화되거나 이미지화되어 제공되고 있는 'e-북', 어학사전이나 백과사전과 같은 지식정보들, 클래식에서 EDM에 이르는 모든 유형의 음악 콘텐츠들, 회화·사진·만화와 같은 이미지 콘텐츠들, 방송·영화와 같은 동영상 콘텐츠들, 그리고 기업의 재무 정보나 지도 정보, 군사 정보, 심지어 조선왕조실록과 같은 방대한 전통문화유산에 이르기까지 '웹'을 통하여 접근하지 못할 콘텐츠는 거의 없다고 해도 과언이 아닐 것이다. 웹에는 모든 콘텐츠들이 들어 있지만, 그 모든 콘텐츠들이 본래부터 웹 공간을 위해 만들어진 것도 아니고, 웹이 그 모든 콘텐츠에 잘 어울리는 미디어인 것도 아니다. 핵심적 의문은 바로 이 지점에서 출발한다. 여기에서 우리는 웹 콘텐츠들을 이용하는 대중들의 태도를 통계적으로 확인하고, 대중들을 대상으로 인기를 누리고 있는 콘텐츠들 중에서 서사, 즉 내러티브를 갖추고 있는 콘텐츠들, 특히 웹툰과 영상 콘텐츠들에 보다 초점을 맞추어 몇 가지 양상과 사례들을 살펴보면서, 웹 기반의 콘텐츠들이 어떻게 웹에 적응하고 변화하고 있는지를 고찰하고자 한다.

(3) 웹 콘텐츠로의 재매개

재매개(remediation)라는 개념은 제이 데이비드 볼터와 리처드 그루신에 의해 부각된 개념이다. 그들은 재매개의 양상 중에 미디어의 매개 과정을 보다 뚜렷하게 드러내는 방식의 재매개를 '하이퍼매개'라고 구분하여 칭하는데, 가장 대표적인 '하이퍼매개'로 내세운 것이 바로 월드와이드웹(WWW)이었다. 클릭이라는 행위가 하이퍼매개적 행위이며, 웹 공간은 바로 이 행위를 통해 무한히 연결된다. 1부에서 살펴본 바와 같이, 볼터와 그루신은 "모든 매개는 재매개"라고 말하고 있는데, 이는 수많은 텍스트와 콘텐츠들이 우리에게 전달되는 과정에서 끊임없이 새로운 미디어로 전환되고 있으며, 새로운 미디어에서 더 잘 활용될 수 있도록 하기 위한 변환을 모색해왔음을 강조하고자 한 말이었다.

현재의 웹 콘텐츠들 역시, 재매개의 단계를 밟으며 웹 미디어에 자리 잡고 있다. 초기의 웹 공간은 기존에 존재하던 인쇄텍스트들, 사진이미지들, 음악콘텐츠들이 디지털 파일로 입력된 채로 저장되어, 필요할 때 '로드'되는 방식으로 채워졌다. 점차 웹 미디어에 자리 잡은 콘텐츠들은 그 미디어 환경에 어울리는 방식으로 변화하며 적응해왔다. 고음질, 무손실, 저잡음을 목표로 테이프, LP, CD로 미디어를 바꾸어왔던 대중음악 콘텐츠들은 웹의 공간에 자리잡기 위해, 그리고 빠른 속도로 업로드, 다운로드를 가능하게 하기 위해, 다소간 음질을 훼손하는 방식의 MP3 압축 파일로 표준화되었다. 음질에 있어서는 오히려 퇴보하는 방향으로 진행된 것은 웹 미디어에 최적화하기 위한 선택이었다.

세부적인 콘텐츠 유형별로 따로 살펴볼 필요가 있겠지만, 전반적으로는 기존의 콘텐츠가 디지털화되어 웹에 저장되었던 수준에서 웹 미디어에 최적화된 유형과 모델, 형식을 만들어가면서 웹 콘텐츠는 대중화되었고 할 수 있겠다. 이는 인쇄물이나 영화와 같은 테크놀로지가 등장하고 자리잡게 되었던 과정과 구조적으로는 유사하다고도 할 수 있다. 하지만 웹이라는 미디어 공간은 그 자체로 어마어마한 변화의 흐름 속에 놓여 있기 때문에, 각각의 콘텐츠들 양상의 변화와 미디어의 변화가 동시 병행적으로 진행되고 있다고 할 수 있다.

대표적인 변화는 PC에서 모바일로의 이동이다. '웹 콘텐츠 주시청 단말' 통계6)에 따르면, 웹 콘텐츠에 있어서 이제 스마트폰이 81%가 넘는 비중을 차지해서 가장 보편적인 소통 디바이스가 되었다. 스마트폰이 대중화된 5~6년 사이에 일어난 급격한 변화이며, 스마트폰이 차지하는 비중은 당분간 더욱 늘어날 전망이다. 최근 가구당 PC보급률과 인터넷보급률이 다소 떨어지거나 정체되어 있는 추세7)이지만, 이것 역시 컴퓨터와 인터넷의 활용도가 떨어진 것이 아니라 스마트폰의 비중이 높아진 결과이다. PC에서 스마트폰으로 디바이스가 바뀐 것은 '웹 기반'이라는 점에서는 큰 차이가 없

---

6) 송진 외, 「방송영상 웹콘텐츠 현황 및 활성화 방안」, 한국콘텐츠진흥원, 2015.12, 97쪽.
7) e-나라지표 자료
　　(http://www.index.go.kr/potal/main/EachDtlPageDetail.do?idx_cd=1345)

으나, 실제 콘텐츠의 형식과 접근 태도 등에 있어서 커다란 변화를 동반하고 있다. 이에 대해서는 뒤에서 구체적 사례를 통해 설명하도록 하겠다.

세부항목	빈도	비율(%)
스마트폰	408	81.6
태블릿 PC	16	3.2
노트북 PC	26	5.2
데스크탑 PC	48	9.6
TV(대형모니터)	2	0.4
합계	500	100

웹콘텐츠 주시청 단말 통계

(4) 웹 콘텐츠들에 대한 대중의 접근 방식

웹 미디어를 통해 보고, 듣고, 즐길 수 있는 콘텐츠들이 많아지면서 웹 콘텐츠들을 대하는 대중들의 태도 역시 크게 변화해왔다. 우리나라의 경우, 1990년대 초반에 유행했던 PC 통신이라는 미디어가 1990년대 후반으로 오면서 '인터넷'을 통해 연결된 웹으로 진화하는 양상을 보이게 되었다.[8] PC 통신과 인터넷의 두드러진 차이는 사용자 인터페이스(UI)의 측면과 하이퍼텍스트성, 멀티미디어성, 이렇게 세 가지를 꼽을 수 있겠다. PC 통신은 주로 사용자들에게 문자 텍스트 기반으로 이용되었으며, 디렉토리 단계에 따라 수직, 수평적으로 이동하는 구조를 갖고 있어서 방사형의 하이퍼텍스트 구조인 '웹'과는 확연히 달랐다. 콘텐츠의 측면에서는 무엇보다, PC 통신상

---

8) PC 통신과 인터넷은 층위가 동일하지 않은 개념이어서 직접 비교하기는 적절치 않다고도 볼 수 있으나, 우리나라에서는 이 두 가지는 서로 대체관계에 있었다고 봐도 큰 무리가 없을 것이다.

의 콘텐츠들에 비해 웹 콘텐츠는 시각적 이미지와 영상이 적극적으로 결합된 멀티미디어적 콘텐츠라는 점이 차별적이었다.

한마디로 말해, 웹 콘텐츠는 그림과 영상, 음악이 결합된 것이라는 인식이 뚜렷했다. 물론 PC나 네트워크의 성능에 따라 이러한 멀티미디어 콘텐츠를 자유롭게 활용하기에는 한계도 있었지만, PC 통신의 콘텐츠들에 비해서는 훨씬 화려하고 다채로워진 느낌이었다.

초기부터 웹 콘텐츠는 융합적 성격을 띠었다고 볼 수 있다. 우리나라에서 이제 널리 통용되는 용어가 된 '짤방'이라는 개념은 인터넷 초창기의 대표적 커뮤니티였던 '디시인사이드'의 게시물들에는 반드시 '이미지'가 포함되어야 하며, 그렇지 않을 경우 관리자에 의해 삭제당한다고 하여, '짤림방지' 목적으로 첨부되던 보편적이고 단순한 이미지 파일을 의미하는 것이었다. 현재는 '이미지 파일'을 광범위하게 지칭하는 개념으로 쓰이며, '움짤'과 같은 파생신조어를 만들어내기도 하였다. 이 '짤방'이라는 개념 자체는 인터넷 공간의 콘텐츠는 그저 문자텍스트만으로 채워져서는 곤란하다는 인식이 기저에 깔려 있었음의 방증이 될 수 있다.

사실 그렇다보니, 웹 콘텐츠는 문학이 형식적 특징에 따라 시, 소설 등으로 유형을 명백히 구분하였던 것처럼, 콘텐츠 유형을 구분할 필요를 별로 느끼지 못했던 것도 같다. 왜냐하면 웹 콘텐츠는 기본적으로 복합적이고 융합적이어서, 표면적 유형을 구분하기 쉽지 않은 경우도 많이 있기 때문이다. 웹 소설, 웹 드라마와 같은 콘텐츠 유형 개념이 널리 쓰이게 된 것은 의외로 최근의 일이다.

웹 소설, 웹 드라마와 같은 개념은 웹 미디어로 접할 수 있는 '소설', '드라마'라는 의미로 보아서는 곤란하다. 이광수, 김동인이 썼던 소설들이나 김수현, 박진숙 극본의 드라마들도 '웹'을 통해서 얼마든지 접하고 볼 수 있겠지만, 이들의 소설이나 드라마를 지칭하기 위해 웹 소설, 웹 드라마라는 개념을 사용하는 것은 아니다. '웹 콘텐츠들 중에 소설의 형식, 혹은 드라마의 형식을 띠고 있는 유형이다'라는 의미로 보는 것은 더욱 부적절하다. 웹 소설, 웹 드라마라는 개념은 데스크탑 PC 기반의 개념이라기보다 모바일 환경의 웹 기반에서 활용되게 된 개념이다. 최근의 웹 콘텐츠는 잠깐 잠깐 자투리 시간을 활용하여 접하는 '스낵 컬처'의 경향을 보이고 있다. 결국 웹 소설, 웹 드라마는 짧은 길이, 간결한 내용으로 구성되어 있다는 특징이 무엇보다 중요한 '변별적 자질'이다. 결국 내용과 형식, 그리고 미디어가 결합된 채로 콘텐츠가 구성되는 '컨버전스(convergence)' 현상이 나타난다고 할 수 있다. 한편으로는, 모바일 환경, 유비쿼터스 환경은 언제 어디서나 접속하고 소통할 수 있다는 점에서 시공간의 제약을 탈피한 것이지만, 이것을 활용하는 콘텐츠의 시간 길이는 짧고 간결해야 한다는 제약이 작동하고 있다고 볼 수 있다.

웹 기반의 콘텐츠가 놓여 있는 또 다른 상황은 다른 콘텐츠들과의 경쟁 관계보다는 협력 관계가 더욱 부각되고 있다는 점이다. TV가 처음 등장할 때, 영화 업계가 크게 긴장했던 것처럼, 인터넷의 등장은 기존의 미디어들의 견제와 위축을 불러왔었다. 실제로 PC 모니터는 과거 TV가 담당했던 여가 시간의 시선 방향을 크게 바꾸어놓았다고 볼 수 있다. 그러나 최근의 상황을 보면, 웹 미디어는 TV와 대립적 관계만으로 볼 이유가 별로 없다.

전통적으로 TV는 '가족이 함께 보는 미디어'였다. '안방극장'이라는 표현은 그것을 대변하는 말이었다. 반면 PC 모니터는 개인적 미디어였다. 데스크탑이든, 노트북이든 PC 모니터는 여럿이 함께 보는 용도가 아니었다. 그리고 PC 모니터와 TV 화면은 동시에 바라보기에는 힘든 대상들이었다. 결국 PC 이용 시간이 증대될수록 TV가 여가에서 차지하는 비중은 점차 줄어들 수밖에 없었다. 모바일 기기, 그러니까 스마트폰은 더욱 개인화된 미디어였다. PC는 가족들이 함께 동시에 보지는 않아도, 번갈아 이용하는 경우도 많이 있었지만, 스마트폰은 철저히 개인 1인을 위한 미디어라고 볼 수 있다.

그럼에도 불구하고, 스마트폰과 TV는 묘한 협력과 공존의 관계를 형성하고 있다. 스마트폰을 손에 쥔 채, TV를 보는 것이 얼마든지 가능하고, 또 보편화되었기 때문이다. 스마트폰이 주도하고 있는 인터넷 실시간 검색어는 TV 프로그램의 방송 내용에 좌우되는 경우가 많으며, 인터넷 포털 사이트의 메인 화면 속 뉴스들 역시 실시간으로 방송되거나 조금 전 방송되었던 TV 프로그램 관련 내용으로 채워지는 경우가 많다.

이것이 가능해진 것은 '스마트폰'이 작고 가벼울 뿐만 아니라, 언제 어디서든 접속할 수 있다는 점 덕분이기도 하지만, 근본적으로 스마트폰 자체가 '융합적 미디어'이고 '멀티태스킹'이 가능하다는 점에 있다. 스마트폰은 그 하나의 디바이스 안에서도 카카오톡과 웹서핑, 음악듣기를 동시에 수행하는 멀티태스킹을 구현하지만, 서로 다른 기기를 이용하면서 웹 콘텐츠와 TV 콘텐츠의 멀티태스킹을 낯설지 않게 받아들이고 수행 가능하도록 만들었다. 물론, 과거에도 가령 라디오를 들으면서 책을 읽는 정도의 '멀티태스킹'을 가능했지만, 그러한 콘텐츠 소비가 각각의 콘텐츠 자체에 상호 영향을 주었다고 보기는 힘들다. 하지만 지금 스마트폰과 TV의 관계는 서로의 콘텐츠를 생성하는 데에 큰 영향을 미치고 있다. 스마트폰의 웹 콘텐츠인 인터넷 뉴스나 트윗, 블로그 포스팅이 TV의 영향 하에서 만들어지고, TV

는 웹으로 올라오는 댓글이나 시청자 반응의 영향을 받으면서 콘텐츠를 만들어내고 있다.

(5) 영상 콘텐츠의 경우 : 유튜브와 1인 방송

웹 기반의 미디어콘텐츠 중 가장 인기 있는 콘텐츠 장르 중 하나는 동영상 분야가 아닐까 싶다. 특히 유튜브는 동영상 이용 플랫폼 중 가장 인기 있고 널리 이용되는 플랫폼으로 자리 잡고 있다. DMC미디어에서 펴낸 「온라인 동영상 시청 행태 및 광고효과」 보고서(2015.6.)에 따르면, 국내에서 인터넷 동영상을 이용하는 플랫폼 중 유튜브가 차지하는 비중은 40.3%로, 네이버캐스트 14.1%, 페이스북 12.8%, 다음TV팟 6.2%, 아프리카TV 3.9% 등으로 나타났다.

유튜브의 영향력은 무엇보다 싸이의 〈강남스타일〉 뮤직비디오가 전세계적인 인기를 누리면서 확인된 바가 있다. 싸이의 강남스타일 뮤직비디오는 처음 공개된 지 4년 3개월이 된 최근까지 공식 채널에서만 26억 8천만 뷰를 기록하는 엄청난 인기를 누렸다. 198,90년대 미국의 MTV나 한국의 Mnet과 같은 케이블채널이 뮤직비디오의 주요 플랫폼이었다면, 2000년대 이후 뮤직비디오는 유튜브가 가장 중요한 플랫폼이 되어 있다.

아프리카 TV는, 앞서 인용한 온라인 동영상 시청 플랫폼 비중 조사에는 그다지 높은 비중을 차지하지 못하는 것으로 나왔지만, 2014년 500억 수준의 매출을 올렸으며 일평균 동시시청자 20만 명에, 동시 채널수 최대 6,000개를 기록할 정도의 대중성을 확보하고 있는 미디어이다. 젊은층들 가운데에는 기존의 TV 대신 아프리카TV를 보는 것으로 주 여가시간을 보내는 이들도 상당히 많은 것으로 보인다.

아프리카 TV도 초창기에는 기존의 TV 방송이나 해외 TV 방송 콘텐츠, 혹은 게임이나 스포츠 화면을 중계하는 방식으로 독자적인 콘텐츠를 만들어내지 못하는 경우이거나, 독자적인 방송이라 하면 음란하고 선정적인 방송들이 다수를 이루었다. 현재도 그러한 경우가 없는 것은 아니지만, 워낙 방대한 채널이 동시에 운영되면서, 다양한 취향과 관심사를 세밀하게 충족시켜줄 수 있는 콘텐츠들이 제공되어 주목을 받고 있다.

간혹 선정성 논란, 저질 논란 등이 끊이지 않는 것이 인터넷 1인 방송들이지만, 초창기의 소설, 영화의 경우에도 이와 같은 사회적 논란은 모두 겪었던 부분이다. 과도기적 논란이 지나고 난 뒤에, 웹 기반의 영상 콘텐츠도 대중성과 교육성, 사회성을 획득하며 자리잡을 가능성이 충분하다.

최근 MBC TV와 다음팟에서 방송되고 있는 〈마이 리틀 텔레비전〉과 같은 콘텐츠는 1인 방송 콘텐츠가 TV 프로그램 콘텐츠와 연계 결합된 형태라 할 수 있다. 이 방송은 먼저 웹으로 접속하여 볼 수 있는 다음팟으로 생방송이 진행된 후에, 편집과 자막 작업 이후 일주일 뒤쯤 지상파 TV에서 방송되는 방식을 취한다. 웹 미디어 콘텐츠와 TV 콘텐츠가 화학적으로 융합된 매우 독특한 실험적 콘텐츠라 할 수 있겠다. 이 프로그램 역시 논란의 여지가 적지는 않지만, '정보제공'과 '화제성' 차원에서 충분한 성공 사례가 되고 있다.

최근 유튜브 어플리케이션에서는 VR 기술을 적용한 콘텐츠들도 제공하고 있다. 아이돌 그룹 인피니트(infinite)의 'Bad' 뮤직비디오 360°VR 버전을 스마트폰 유튜브 어플에서 실행하면, 내가 원하는 각도와 방향으로 손가락을 밀어가면서 뮤직비디오를 볼 수 있다.

인피니트 'Bad' 360VR 뮤직비디오

360°VR 기술이 아직까지 풍경이나 스포츠 화면을 다큐멘터리적으로 보여주는 것이나 스트리트뷰 형태의 정보 제공으로 쓰이고 있는 것을 뛰어넘어, 서사적 콘텐츠에 적용될 수 있음을 시도해 본 사례라고 할 수 있다. 특히 이 뮤직비디오에서 '거울'은 아주 중요한 소품이자 배경으로 활용되고 있다. 360°VR은 기술적 흥미로움을 주는 것과는 별개로, 실제 서사적 콘텐츠에서는 그다지 불필요한 방향으로 흘러갈 경우, 서사 전개와 이해에 걸림돌이 될 수 있는데 이 뮤직비디오는 거울을 통해 그 방향을 적절히 제한하는 방식을 취하고 있다. 이를 미루어 볼 때, 미디어와 테크놀로지에 대한 성찰과 고민의 수준이 점차 향상되며 진화하고 있다고 판단된다.

유튜브와 1인 방송 콘텐츠의 몇몇 사례들은 웹 기반의 동영상 콘텐츠들이 기존의 영상 콘텐츠를 그저 웹상에 업로드해 놓은 정도에 그치지 않고, 새로운 미디어 환경과 테크놀로지를 적극적으로 활용하거나 혹은 그 발전의 방향을 선도적으로 밝혀나가는 방식으로 진화하고 있음을 보여주고 있다.

(6) 웹 콘텐츠에 대한 전망

웹 기반 미디어 콘텐츠들의 경우에도, 과거 새로운 미디어가 등장하던 시기마다 겪었던 것과 유사한 방식으로 콘텐츠 적용의 단계를 밟아왔다. 문자 텍스트, 음악, 영화들이 디지털 파일로 변환되어 웹 공간에 업로드되었고,

대중들은 그것을 웹에서 읽거나 듣거나 보며 즐겨왔다. 하지만 웹 미디어가 보편화되고, 모바일로의 전환도 어느 정도 안착된 지금, 웹에는 기존의 콘텐츠들이 그저 옮겨온 형태가 아니라, 웹에 최적화하고 적응된 형식과 내용의 콘텐츠들이 새롭게 모색되고, 또 새로이 등장하고 있었다.

웹툰은 기존의 종이 인쇄물을 이미지 파일로 스캔한 것에 그치지 않았고, 웹 동영상들은 기존의 뮤직비디오나 영화를 옮겨온 것에 그치지 않고 웹 환경과 모바일 환경에 최적화된 방식을 모색하고 있다.

최근의 '웹드라마'나 '웹소설'들도 마찬가지다. 기존의 드라마를 웹으로 볼 수 있는 서비스나 기존의 소설을 디지털화한 'e-북'이 아니라, 웹 미디어의 환경에 어울리는 드라마의 형식이 탐구되고 있고, 웹에 어울리는 이모티콘과 멀티미디어성이 결합된 웹소설이 점차 인기를 얻고 있다.

또 하나, 웹 기반 미디어 콘텐츠에 있어서 가장 중요한 특징 중의 하나는 바로 쌍방향적 소통이 이루어질 수 있다는 점이다. 인터넷이라는 미디어에서 쌍방향적 소통이라는 것은 전혀 새삼스러운 것이 아니다. 댓글을 중심으로 하여 수용자의 즉각적 피드백이 가능하다는 점, 아프리카TV의 예로 보듯 누구나 미디어콘텐츠 생산자가 될 수도 있다는 점은 그다지 놀랍지는 않지만 그래도 충분히 의미 있게 살펴보아야 할 부분이다.

발터 벤야민은 이미 80여 년 전, 「기계복제시대의 예술작품」에서 사진이나 영화와 같은 복제 예술 작품에도 아우라가 존재하는가를 논하고 있었을 뿐만 아니라, "필자와 독자의 차이는 근본적으로 그 의미를 상실하게 되었다"[9]고 주장하기도 했다. 벤야민은 복제가 간편해지고 있는 그 시대의 테크놀로지를 주목하면서 이러한 언급을 했지만, 콘텐츠 창작자와 수용자의

---

9) 발터 벤야민, 최성만 역, 『벤야민 선집 2 : 기술복제시대의 예술작품 外』, 길, 2007, 129쪽.

경계가 진정 사라지고 있는 현상은 바로 웹 기반 미디어를 통해 실현되고 있다.

웹 미디어콘텐츠에서 댓글은 수용자의 반응과 피드백에 그치지 않는다. 웹툰의 경우 댓글은 새로 찾아온 독자들에게 캐릭터와 내용을 이해하게 해주는 지침이 되기도 하고, 창작자에게는 이후 스토리 전개 방향을 의논하는 장이 되어주기도 한다. 때로는 소위 '육아웹툰'이나 '힐링웹툰'의 경우에는 댓글이 그 자체로 하나의 커뮤니티를 형성하면서 독자들끼리 서로의 고민을 상담하는 공간이 되어주기도 한다.

웹 콘텐츠들은 점차 다양한 장르로 분화되고 있다. 동시에 몇 가지 기존 콘텐츠의 양상을 융합하는 방식으로 실험이 이루어지고 있기도 하다. 주로 젊은 세대들이 이용하는 미디어라는 점, 개인주의 문화의 영향에 있다는 점, 자투리 시간에 이용할 수 있는 스낵 컬처의 성격을 띤다는 점, 최신 테크놀로지를 실험해보는 장이 되고 있다는 점, 비교적 저비용으로 콘텐츠를 소통시킬 수 있다는 점, 소비자들은 대체로 무료 콘텐츠에 익숙해있다는 점 등이 현재까지의 웹 콘텐츠들에 나타난 특징들이다.

스마트폰이 '카카오톡'을, '카카오톡'이 '애니팡' 게임을 중년층 이상 세대들에게도 유행시켰던 것처럼 웹 콘텐츠들은 스마트폰이라는 디바이스 내에서 상호 영향을 주고받으며 의외의 방향으로 대중들에게 영향을 미칠 가능성도 농후하다. AR 기술과 위치기반 서비스, 그리고 오랜 전통의 캐릭터 콘텐츠가 결합되어 열풍을 일으켰던 '포켓몬고'의 사례처럼, 새로운 테크놀로지가 결합되면서 예측하기 힘든 내용과 형식의 콘텐츠들이 등장할 가능성도 있다. 한국의 경우, 네이버와 다음카카오라는 거대 포털사이트의 영향력이 크고, 전세계적으로는 구글-유튜브와 애플, 페이스북의 영향력이 점차 거대해져가면서, 앞으로의 콘텐츠 개발 방향도 좌우하게 될 가능성이 높다.

분명한 것은 현재 웹 기반의 콘텐츠는 새로운 테크놀로지와 결합하고, 사용자들의 상호 작용 속에서 다양한 실험과 모색을 거듭하게 될 것이라는 점이다.

2. 장르 문학의 지평

(1) 장르 문학의 개념에 대해

우리가 장르 문학의 현실을 말한다는 것은 어떤 의미를 가지는가. 무엇인가의 현실을 말한다는 것은 대개 그 현실이 만족스럽지 못하거나 어떤 문제를 내포하고 있다는 의미로 이해할 수 있을 것이다. 장르 문학의 현실을 말할 때에도 물론 마찬가지다. 우리에게 장르 문학이 처한 현실은 결코 간단치 않은 문제들로 둘러싸여 있기 때문이다.

사실은 장르 문학을 말하기 이전에 '장르'라는 개념에 대해 먼저 짚고 넘어갈 필요가 있다. 아리스토텔레스 이후 문학의 형식은 서정, 서사, 극이라는 세 가지 종류로 나뉘어 왔다. 장르는 일련의 작품들에서 발견되는 공통된 특징, 혹은 그러한 특징으로 분류된 작품군을 지칭하는 개념이었다. 헤르나디는 "장르는 규범적이기보다는 기술적(descriptive)이며, 독단적이기보다는 유동적이며, 역사적이기보다는 철학적"이라고 말하며 장르 구분의 개방적 성격을 언급한 바 있다. 현대로 올수록 장르 구분은 복잡해지기 마련이었다. 문학의 발전이 곧 장르의 분화라고 할 만큼 장르는 세분화되었고, 장르 구분의 방식에 따른 논쟁도 빈번했다.[10]

구조주의 이후 현대의 문학 이론에서 '장르'의 개념은 한마디로 '관습

---

10) 박철희, 『문학개론』, 형설출판사, 1985, 72~77쪽.

(convention)'으로 설명될 수 있다. 롤랑 바르트 이후로, 장르는 작가와 독자가 공유하고 있는, 일련의 구성상의 관례 내지 규약이며 묵계라고 이해된다.[11] 작가는 장르의 규약에 따라 작품을 창작할 수 있게 되고, 독자는 관습과 예상에 의거하여 작품을 이해할 수 있게 된다. 이런 관점에서 장르는 작가와 독자 양쪽의 소통을 수월하게 해주는 수단이 된다.

어떠한 문학이든, 심지어 파격적이고 실험적인 작품일지라도, 창작과 독서 과정에서의 일정한 관습과 관례는 있기 마련이고, 구분의 기준과 범위, 방법이 다르거나 때로 애매할 뿐이지 장르가 존재하지 않는 작품이 있을 수는 없겠지만, 우리는 굳이 '장르 문학'이라는 명명을 종종 활용하곤 한다. 우리가 흔히 '장르 문학'이라고 할 때에는 크게 몇 가지 '관습적' 의미를 담아 적용한다.

첫째로 '장르 문학'이 흔히 대중 문학의 유의어로 활용되어온 경우이다. 가령 "대중문학은 판타지, 과학소설, 무협소설, 연애소설, 역사소설, 탐정소설, 인터넷소설 등 하위 장르를 포괄하는 일종의 장르문학이라 할 수 있다"[12]고 정의되기도 하는데, 범박하게 이 정의를 더 간략히 하면 '대중문학=장르문학'이라는 명제로 표현해도 무리가 없을 것이다. 사실 장르문학을 대중문학과 동의어로 인식하는 경우는 장르문학의 대중적 영향력과 인기를 주목하는 데에서 기인한 것이겠지만, 역설적으로 적지 않은 경우에 대중적 인기는 상업적이고 통속적인 속성에 바탕을 둔 것이라는 부정적 인식과도 자연스럽게 연결되곤 한다. 이는 마치 대중문화를 바라보는 리비스주의자들의 관점[13]에서처럼 '대중'에 대한 불신에서 비롯된 것이라 할 수 있으며,

---

11) M.H. Abrams, 최상규 역, 『문학용어사전』, 예림기획, 1997, 146~148쪽.
12) 조성면, 「큰 이야기의 소멸과 장르문학의 폭발」, 『경계를 넘고 간극을 메우며』, 깊은샘, 2009, 109쪽.

장르문학은 저급하고 선정적이라는 폄하로 결론으로 귀결되기 쉬운 인식이다.

　두 번째로는 장르 문학의 정체를 밝히는 대신, 그 반대 개념을 명시하면서 장르 문학을 역규정하는 방법이다. 장르 문학을 본격 문학 혹은 순수 문학에 대한 대립적 개념으로 이해하는 경우이다. 이 경우에 '본격'과 '순수'가 무엇을 의미하는지도 사실 불명확하지만, 어쨌든 장르 문학은 덜 본격적인 문학이고 덜 순수한 문학이라는 의미를 담고 있다. 이 역시 장르 문학은 상업적이고 통속적이며, 저급한 하위 문학이라는 시선이 기저에 존재한 결과이다. 좀 더 선명하게 말하면, 순수 문학, 본격 문학은 '그냥' 문학이며, 그에 속하지 않는 부류들을 싸잡아 지칭하는 표현으로 '장르 문학'이라는 표현을 활용하곤 했던 것이다.14)

　세 번째로는 장르 문학의 하위 분류를 통해 장르 문학의 범위와 개념을 인식하는 방법이다. 장르 문학 작품으로 분류되는 작품들을 보면 대개는 전통적 문학 장르로 '소설' 장르에 해당되는 작품들이라는 공통점이 있기는 하지만, 명확한 기준이 있는 것은 아니다. 장르 문학, 혹은 장르 소설에 포함되는 세부적인 하위 장르들은 기준과 관점에 따라 다양하게 나열될 수 있겠지만, 서점의 도서 분류 방법이나 언론 보도에서 활용되는 '장르 문학'이란 표현이 감당하는 범위를 살펴볼 때, 주제나 내용의 측면에서는 추리소설, SF 소설, 공포소설, 무협소설, 역사소설, 로맨스소설 등을 포함한다. 관점과 기준을 달리하는 경우에는 독자층에 근거한 아동소설, 청소년소설, 연재나 출판 형식에 따른 인터넷소설, 라이트노벨 등도 장르 문학의 하위 분류

---

13) 존 스토리, 박모 역, 『문화연구와 문화이론』, 현실문화연구, 1994, 45~53쪽.
14) 정영훈, 「장르문학과 본격문학이라는 시빗거리」, 『창작과비평』 통권140호, 2008.6., 69쪽.

로 제시되기도 한다.15)

  장르 문학의 개념조차 불명확한데 장르 문학의 하위 분류를 언급한다는 것부터가 모순이긴 하지만, 다소 귀납적인 접근 방식을 활용하여 추리소설, SF소설, 공포소설, 무협소설 등을 장르문학의 한 영역으로 간주하는 데에는 큰 무리가 없어 보인다. 이러한 하위 장르들도 기준과 개념이 뚜렷한 것은 아니며, 중복 분류를 피하기 힘든 것도 사실이다. 하지만 추리소설, SF소설, 공포소설, 무협소설 등은 각기 독특한 관습과 규약16)을 가지고 창작된다는 공통점이 있음은 분명하다. 그리고 그런 관습과 규약에 익숙한 독자들에게 특별히 애호된다는 점도 공통점이다.

  위에 언급한 '장르 문학'의 개념에 대한 세 가지 접근 방식들이 모두 약간

---

15) 우리나라의 대표적인 온라인 서점의 분류 체계는 다음과 같다. 인터넷교보문고(http://www.kyobobook.co.kr)의 경우 '소설' 항목의 하위 장르 가운데 '라이트노벨', '장르소설', '테마소설', '청소년소설'을 두고 있고, '장르소설'에서는 다시 SF소설, 판타지소설, 추리소설, 전쟁소설, 역사소설, 로맨스소설, 무협소설을, '테마소설'에서는 인터넷소설, 감성소설, 어른을 위한 동화, 드라마/영화소설, 가족/성장소설을 세분하고 있다. 예스24(http://www.yes24.com)는 '문학'의 하위분류에 소설, 역사/장르문학, 테마소설 등을 두고, '역사/장르문학'에는 추리, 공포, 판타지, 무협, SF, 스릴러, 역사를, '테마소설'에는 성장/가족소설, 연애/사랑소설, 로맨스, 인터넷 소설, 보이러브, 어른을 위한 동화/우화, 라이트 노벨, 영화와 드라마 원작을 세분하여 나열하고 있다. 알라딘(http://www.aladin.co.kr)은 문학의 하위 분류에 라이트노벨, 본격장르소설, 주제가 있는 문학 등을 두고 있으며, '본격장르소설'은 과학소설(SF), 로맨스소설, 무협소설, 추리문학/미스터리, 팬터지/환상문학, 호러/공포소설로 세분하였고, '주제가 있는 문학'은 성장문학, 가족/연애, 역사소설, 기업소설, 전쟁문학 등으로 중복 분류하고 있다. 인터파크도서(http://book.interpark.com)는 소설의 하위 분류에 '한국소설', '외국소설', '장르소설', '주제가 있는 문학' 등을 두고 '장르소설'에는 SF/과학소설, 공포/호러소설, 추리/미스터리소설, 판타지소설, 로맨스소설, 무협소설을, '주제가 있는 문학'에는 역사소설, 라이트노벨소설, 성장문학, 영화/드라마소설 등을 하위 분류하고 있다.

16) 추리 소설, 공포 소설, 무협 소설 등에는 일종의 공통된 서사 문법이 존재한다. 유사한 성격의 인물이 등장하거나 일정한 패턴의 플롯 구성이 존재하기도 하며, 제목이나 출판 형식에도 공통점이 존재하기도 한다. 서양 문학의 플롯 이론이나 서사 이론이 주로 탐정 소설이나 추리 소설을 분석하면서 발전해온 것은 그만큼 뚜렷하게 공통된 문학적 형식과 규약이 존재하기 때문이다.

의 문제점을 지니고 있지만, '장르 문학'이라는 개념이 실제로 통용되는 상황을 고려하고 각각의 접근 방식을 절충해보면, 장르 문학은 일정한 장르 관습과 규약에 따라 창작과 독서가 이루어지는 비주류의 문학 작품들을 통칭하는 개념으로 이해할 수 있을 것이다. 특히 '장르'라는 애초의 개념이 '관습'에 기대고 있으며, 관습은 결국 독자의 독서 행위를 통해 발견되고 구현되는 것이라고 봤을 때, '장르 문학'의 개념과 속성은 문학 작품 내면의 본질에서 찾으려 할 필요가 없다. 사실 장르 문학에서 가장 중요한 것은 나름의 관습과 규약이며 이 관습과 규약에 익숙한 독자의 존재라고 할 수 있다. 따라서 장르 문학이 소위 '마니아'적 성격을 띠게 되는 것은 당연한 일이다. 보편적 대중들의 사랑을 받는 작품이 아니라 소수더라도 열광적인 애호가 집단을 확보하고 있는 작품이 바로 장르 문학이라 할 수 있으며, 이것이 장르문학을 그저 대중문학의 동의어로만 이해할 수 없는 이유가 된다.

요컨대 장르 문학은 본격 문학의 변방에 존재하면서 특정한 주제와 내용, 형식에 따른 규약을 갖추고 마니아적 집단에 의해 애호되고 소비되는 비주류 문학 작품이라 할 수 있다.

(2) 본격 문학, 혹은 순수 문학이라는 게토

앞서도 언급했듯이 장르 문학은 본격 문학, 혹은 순수 문학과의 대립 지점에서 규정되기도 한다. 금기시되는 반정립적 명제를 활용하고는 있지만, 실제로 본격 문학, 혹은 순수 문학이 무엇인지도 명확하지 않기 때문에, 장르 문학과 본격 문학의 대비는 우리에게 아무런 정보를 선명히 전달해주지 못한다.

사실 장르 문학의 대표적 하위 유형으로는 추리 소설, 공포 소설, 역사 소설, 연애 소설 등을 손꼽는데, 이런 소설 유형들은 20세기 초 근대 문학의 형성기에 나타난 소설들 대다수가 이에 속한다고 할 수 있으며, 이인직, 신채호, 이광수, 김동인 등 근대문학사의 정전으로 손꼽히는 작가와 이들의 작품들 역시 이에 해당된다. 이인직의 「귀의 성」에 등장하는 묘사는 웬만한 공포소설 저리가라이며, 이광수의 『무정』 주인공들의 '밀당(남녀 연애 과정에서의 밀고 당기기)'은 흔한 대중적 연애소설과 크게 다르지 않다. 이 소설들의 '장르'를 문학 교과서에서 표기할 때는 공포소설이나 연애소설이라는 말을 쓸 수도 있겠다. 하지만 그럼에도 일반적으로 이 소설들을 '장르문학'이라고는 부르지 않는다.

뿐만 아니라 이들 소설들은 당대의 인기소설이었음이 분명하고 일부 문학사에는 이 작품들의 가치를 언급하면서 당시의 인기를 방증의 증거로 활용하기도 하지만, 역시 이들 소설은 현재 우리가 이야기하는 '장르 문학', 심지어 '대중 문학'과도 별다른 관련이 없게 느껴진다. 무슨 이유 때문일까. 이미 그들, 그리고 그들의 작품이 문학사의 정전이라는 높은 자리에 자리잡았기 때문일까.

근대 문학의 형성기라는 독특한 상황을 감안하기로 하고, 현재의 관점에서 바라보면 또 어떨까. 신경숙의 『엄마를 부탁해』와 김정현의 『아버지』는 모두 대중들에게 엄청난 호응을 얻어낸 베스트셀러였지만 주류 문학계가 이 작품들을 대하는 온도의 차이는 너무나도 극명했다. 하지만 이 두 소설을 읽는 일반 독자들이 기대하고 예상하는 독서 관습이 과연 크게 다르다고 할 수 있을까.

특정한 내용과 형식의 반복이라는 점이 장르 문학의 속성이라면 주류 문학계에서 다루어지는 내면소설이나 사소설 계통의 일부 소설들도 장르 문학의 범위에 들어가지 못할 이유가 없다. 198,90년대의 후일담 소설이나 노동 소설들도 일정한 내용의 반복이 있으며, 일정한 묵계 따른 창작과 독서 과정이 있으며, 마니아적 특정 독자층을 확보하고 있었다는 점에서 장르 문학이라 할 만하다.

하지만 일반적으로 우리가 장르 문학이라고 할 때의 범위는 훨씬 더 제한적이기 마련이다. 일반적으로 장르 문학을 본격 문학, 순수 문학에 대한 대립 개념으로서 정의할 때, 본격 문학, 순수 문학은 그냥 '문학'을 의미하고 그로부터 배제된 것을 '장르 문학'으로 인식해왔다. 주류의 문학 연구자, 이론가, 교수들은 자신들이 추천하고 언급하고 연구하는 것만을 배타적으로 문학, 혹은 본격 문학으로 간주했다. 좀 더 구체적이고 선명하게 언급하자면, 중앙일간지 신춘문예나 주류 문학전문지를 통해 정식 등단을 한 작가들은 문학의 장 안에 포함되게 되지만, 대중적 출판사 편집자의 눈에 들어와 출판하게 된 작가의 작품들은 그 장에서 배제된 문학, 즉 '장르 문학'으로 다루어져 왔던 것이다. 물론 두 개의 장을 오가는 작가들이 없었던 것은 아니지만 흔한 일은 아니었다.

결과적으로 장르 문학은 본격 문학, 순수 문학이라는 '게토'로부터 배제된, 'B급 문학', '저급 문학'의 낙인을 피할 수 없게 되었다. 물론 그러한 낙인도 본격 문학의 장 안에 존재하는 이들에 의해 이루어졌던 것이다. 이 낙인의 상처로부터 벗어나는 방법은 본격 문학 운운하는 이들로부터 멀리 벗어나 자신들만의 영역을 별도로 확보하는 것이었다. '장르 문학'은 폐쇄적인 일부 문학가—문학의 순수성을 믿는 낭만주의자이거나 정전의 가치를 과도하게 신뢰하는 근본주의자—들에 의해 타의로 배제되었으나, 자의에 의해 더 높은 벽을 쌓고 스스로 '폐쇄적 대중소설'[17]이라는 모순된 존재로 생존하는 방식을 택했다. 더욱 놀라운 것은 그러한 생존 방식이 작가가 아니라 독자들에 의해 선택된 방식에 가깝다는 점이다. 장르 소설의 독자들은 강력하고 공고하게 마니아화되고, 독자적인 소통 구조를 갖추어나갔다.[18] 본격 문학이 박제가 되어 교과서와 교실을 차지한 대신, 장르 문학은 독자들을 숙주로 삼아 살아남게 된 것이다.

(3) 장르 문학에 대한 편견

하지만 앞서도 이야기했듯이, 장르 문학의 경계가 본격 문학으로부터 배제된 데에서 비롯된 것이기 때문에 장르 문학의 영역은 애시당초 폄하와 멸시의 대상 영역에 놓여 있었다. 장르 문학과 본격 문학 사이의 경계는 그 경계를 허물어 달라든지 폄하의 시선을 거두어달라든지 하는 요청으로 사라질 만한 것이 아니다. 장르 문학이라는 개념은 근본적으로 편견의 산물이기 때문이다.

사실 장르 문학에 대한 편견을 바로 잡는 일은 '장르'라는 개념을 재규정함으로써 간단하게 이루어질 수 있다. 장르 문학을 본격 문학으로부터 배제된 영역의 것들로 규정하는 것이 아니라, 규약이자 관습인 '장르'의 속성을 전경화하여 적극적으로 활용한 문학 작품들로 규정하는 것이다.

그런데 우리의 현실에서 장르 문학은 그 장르적 속성을 강화하는 것 자체

---

17) 여기서 '폐쇄적 대중소설'이라는 역설적 표현은 기본적으로 장르 문학이 대중성과 상업성을 염두에 둘지라도, 그 대상이 보편적인 일반 대중이 아니라 소수의 마니아 집단에 집중되어 있다는 점을 지적하고자 한 것이다. 특히 마니아 집단의 특성상, 자신들이 애호하는 작품이 주목받기를 바라는 마음과 불특정 다수의 대중에게 지나치게 노출되기를 꺼려하는 마음이 동시에 존재한다는 점에서 때때로 장르 문학 독자 집단은 폐쇄성을 드러내기도 한다.
18) 대표적인 사례는 SF 작가 듀나의 독자들을 보면 알 수 있다. 듀나는 창작 방식도 독특하지만, 하나의 조직화된 커뮤니티를 형성하는 데에 이른 그의 마니아 독자 집단은 특별히 주목할 만한 현상이 아닐 수 없다. 듀나의 영화낙서판 (http://djuna.cine21.com)을 참조.

를 부정당하고 억압당하기도 한다. 장르 문학에 대한 진정한 위협은 사실 본격 문학과의 차별이나 멸시가 아니라, 장르 문학으로서의 존재 가치를 뿌리에서부터 부정당하는 현실에서 발견된다.

대표적으로 한 가지 사례를 떠올려보자. 지난 2006년 출간된 『한국 공포 문학 단편선』[19]은 아홉 명의 작가가 쓴 공포 소설들을 묶어 내놓은 것이었다. 공포 문학은 장르 문학 가운데에서도 변방 취급을 받기 마련이었던 장르였다. 공포는 말 그대로, 우리가 떠올리고 싶지 않고 경험하고 싶지 않은 것이다. 공포를 전경화시킨 '공포 문학'은 무의식의 세계가 표출되는 장이 되며, 프로이트가 말하는 "억압된 것의 귀환"이 일어나는 장소가 된다. 로빈 우드는 통속적이고 저급한 것으로만 취급되던 B급 공포 영화가 '주류의 이데올로기를 주입하는 역할'을 하기도 하지만 '가부장적 가족주의와 같이 상투화되고 일상화된 자본주의의 병폐를 폭로하고 뒤엎는 기능'을 하고 있음을 주목한 바 있는데,[20] 공포 문학도 그 기능과 역할에 있어서는 크게 다르지 않을 수 있다. 어쨌든 장르 문학 계통의 단편소설집이 흔치 않은 현실에서 이 소설집의 출간은 그 자체로도 화제를 모았었지만, 더욱 관심을 끌었던 것은 이 책이 출간과 동시에 '청소년 유해도서'이자 '19세 미만 구독불가'로 지정되었다는 점이었다. 청소년 유해도서 지정의 이유는 폭력성과 잔혹성의 문제였다. 19세 미만 구독 금지 조치는 온라인 서점과 포털 사이트에서의 검색에도 제한이 생기며, 일부 대형서점에서는 진열과 판매가 금지되기도 한다는 점에서 현실적으로 작품에 대한 사형 선고나 다름없는 조치이다.

---

19) 이종호 외, 『한국 공포 문학 단편선』, 황금가지, 2009.
20) 로빈 우드, 이순진 역, 『베트남에서 레이건까지』, 시각과언어, 1995.

물론 정도의 차이는 있겠지만 공포소설에 있어서 폭력성과 잔혹성은 필수불가결한 요소다. SF 소설은 때로 허무맹랑한 상상력이 필수이고, 로맨스 소설은 유치하고 비현실적인 인물 설정이 특징이다. 그 핵심적 속성은 바로 '장르 문학'으로서의 속성이자 본질이다. 춘향전이나 심청전이 음탕하거나 처량해서 유해하다고 비난받았던 일21)은 벌써 100년 전의 일이었다. 그런데 21세기 우리의 현실에서 공포문학이 잔혹하고 공포스럽기 때문에 유해하다는 판단을 한다는 것은 어처구니없는 일이 아닐 수 없었다.

더욱 더 큰 문제는 이와 같은 조치가 자기 검열로서 작동하여, 상상력을 제한하는 결과를 가져올 수 있는 우려이다. 『한국 공포 문학 단편선』은 이후로도 매년 한 권씩 출간되어 현재까지 모두 다섯 권의 책이 출간되었고, 2권 이후로는 '청소년 유해도서' 판정을 피할 수 있었다. 이는 무척 다행스러운 일이지만, 이 단편선 기획과 집필에 참여한 김종일은 1권 이후 자기 검열에 사로잡힌 적이 있음을 토로하기도 했었다.22)

당시의 조치가 더욱 문제될 수밖에 없는 것은 이 『한국 공포 문학 단편선』에 수록된 소설들의 잔혹한 수준이라는 것이 본격 문학으로 분류되는 편혜영이나 백가흠 등의 소설들과 비교해볼 때 그리 심각한 수준이 아니었다는 점이다. 결국 당시 청소년 유해도서 판정 결과의 핵심은 본격 문학 계통의 작품들에 비해 장르 문학 작품이 부당한 억압의 대상이 되었다는 것이다. 그리고 그 배경에는 장르 문학 전반에 대한 불신과 편견이 자리 잡고 있었음을 부인하기 힘들다.

장르 문학에 대해 그 장르적 속성의 과잉을 문제 삼기 시작하면 장르 문

21) 이해조, 『新小說 自由鍾』, 대한황성광학학보, 1910, 10~11쪽.
22) 김종일 작가의 개인블로그 http://jongil.egloos.com 참조

학은 살아남을 수가 없다. 그러나 우리 장르 문학에 가해지는 비판과 편견은 대체로 '장르 문학'의 특성 자체에 대한 몰이해에서 비롯된 경우가 많다. 피카소에게 사실적 묘사를 하지 않았다고 비판하고, 인어공주 애니메이션을 보고 물고기가 어떻게 말을 하냐고 따지는 듯한, 어처구니없는 일이 종종 일어나고 있는 것이다.

(4) 장르 문학의 위상과 역할

장르 문학을 향해 가해지는 편견을 극복하기 위해서는 '장르 문학' 자체의 개념과 위상을 수정할 필요가 있다. 근래 들어 '문학'의 개념이나 정의조차 모호해지고 경계가 사라지고 있는 형국인데, '본격 문학'과 '장르 문학' 사이의 경계만 뚜렷해지는 것은 분명히 비정상적인 상황이다. 장르 문학에 대한 편견은 장르 구분의 완화, 다양한 취향의 존중, 그리고 문학 경계의 해체를 통해 극복되어야 하며, 또한 그렇게 될 수 있을 것이다.

가령 소위 하이틴로맨스로 지칭되던 장르 문학들은 전통적 문학 이론의 관점이나 소설 문법의 잣대로 보자면 폄하할 거리가 넘쳐 나겠지만, 신데렐라나 콩쥐팥쥐와 같은 설화로부터 최근의 TV 트랜디 드라마들로 이어지는 흐름 속에서 놓고 보면, 그 대중적 서사 콘텐츠로서의 위상과 의미가 결코 만만치가 않다고 볼 수 있다.

실제로 장르 문학은 인물이나 플롯이 상투적이라고도 할 수 있지만, 다른 관점에서 보면 전형적이고 보편적이기 때문에 보편적인 대중 독자들도 친근하고 익숙한 독서가 가능하다. 또 전형적이고 선명한 인물 구도와 플롯 전개가 다른 대중 매체 콘텐츠로 전환되어도 유지될 수 있기 때문에 매체 전환에 유리하다. 요즘은 다른 장르 문학과 혼성 교배되어 판타지 로맨스

소설이나 SF 공포 소설의 형태로 나타나는 경우가 흔하다. 특히 『반지의 제왕』와 『해리포터』 시리즈의 인기에 힘입어 기본적인 장르 문학의 속성이 문학이 아닌 다른 대중 매체 콘텐츠에서 복합적으로 구현되는 경우도 쉽게 찾아 볼 수 있다[23].

최근 이런 측면에서 가장 각광받고 있는 장르 문학은 바로 역사소설, 혹은 '팩션' 장르라고 할 수 있다. 역사소설이 대중문학으로서 주목을 받은 것은 길게는 『삼국지』, 『초한지』로 거슬러 올라가고, 우리 작품으로는 『박씨전』, 『임진록』, 비교적 가까이는 『단종애사』, 『대수양』으로 거슬러 올라가야겠지만, '팩션'이라 지칭되는 표현이 대중화된 것은 주로 2000년대 들어서부터였다. '팩션'은 때로는 역사소설의 유의어로, 때로는 역사추리소설의 동의어로 쓰이기도 하며, 작가의 상상력이 얼마나 개입되었는가의 정도를 따지고 들기도 하지만, '팩션'이라는 용어가 의미를 가질 수 있는 것은 '소설'이나 '문학'이라는 영역에 한정될 필요 없이 활용 가능한 개념이라는 점일 것이다. 『장미의 이름』이나 『영원한 제국』처럼 소설과 영화로 모두 존재하는 콘텐츠를 아울러 지칭할 때는 팩션이라는 용어가 매우 유용하다.

우리에게 있어 대중적으로 가장 큰 성공을 거둔 팩션 문학 작품을 떠올리면 김진명의 『무궁화 꽃이 피었습니다』(1993)를 거론할 수 있을 것이다. 이소설의 문학적 완성도와는 별개로 아직까지도 이 소설의 내용을 실제 사실

---

23) 최근 화제를 모았던 SBS TV의 드라마 《시크릿가든》의 경우를 생각해보자. 주원과 라임이라는 두 남녀의 영혼이 서로 뒤바뀐다는 허무맹랑한 설정은 SF적 요소로서도 빈약하고 로맨스 모티프로도 진부하지만, 전형적인 신데렐라 스토리까지 함께 결합되면서 최근 들어 가장 대중적으로 어필한 콘텐츠로 성공을 거둘 수 있었다. 더욱이 이 드라마의 또 다른 한 축인 한류스타 오스카라는 인물을 둘러싼 스토리들은 팬픽 장르에서 반복적으로 등장하는 스토리 요소들—스타와 팬덤 간의 갈등, 동성애 코드의 삽입 등—을 재구성한 것으로 볼 수 있다.

로 여기는 독자가 상당수 있다는 점을 볼 때, 분명히 전략적으로 성공한 팩션이라고 할 수 있겠다. 2000년대 이후에는 김영하의『검은 꽃』, 신경숙의『리진』, 김탁환의『불멸의 이순신』,『방각본 살인사건』,『리심』, 김별아의『미실』, 이정명의『뿌리 깊은 나무』,『바람의 화원』, 김상현의『정약용 살인사건』, 이인화의『하비로』, 김경욱의『황금사과』,『천년의 왕국』등의 작품이 팩션 장르 문학으로 손꼽을 만하다. 그런데 이 가운데 김영하, 신경숙, 김경욱 등은 본격 문학의 범주에서 이정명, 김상현 등은 장르 문학의 범주에서 다루어지곤 한다. 앞서 언급했듯이 이런 범주 구분은 실제 작품에 의거한 것이라기보다는 등단 절차와 소속에 따라 이루어지는 경우가 더 많다.

보다 중요한 것은 현재 팩션 장르가 타매체 콘텐츠를 만들어내기 위한 소스로 크게 주목받고 있다는 점이다. 문학 쪽에서는 장편소설 붐이 일어나고 방송 쪽에서는 한류 사극이 큰 인기를 끌게 되었으며, 이 두 가지가 결합되면서 팩션의 활용도가 높아졌고, 결과적으로 팩션이라는 장르 문학의 위상이 크게 높아지기도 했다는 점이다. 원작 소설의 존재 여부와 무관하게, TV 드라마 ≪대장금≫, ≪선덕여왕≫, ≪바람의 화원≫ 등은 팩션 장르 문학의 성과, 그리고 팩션으로서의 기법과 속성이 축적되어 빛을 본 사례로 손꼽을 만하다.

다매체 시대, 원소스 멀티유즈 시대에 장르 문학의 활용도는 매우 높아졌다. 장르 문학의 위상도 자연히 높아졌다. ≪커피 프린스 1호점≫, ≪성균관 스캔들≫과 같은 드라마의 성공은 장르문학이나 대중문학의 활용도와 대중적 흡입력을 선보인 사례로 볼 수 있다. 하지만 완성도 있는 완결된 문학 작품으로서가 아니라 영화나 드라마의 소스화, 부품화되어 평가받고 있다는 점은 부당하고 우려스럽다는 의견도 제기되고 있다.

또 한 가지 장르 문학의 의의를 짚고 넘어가자면, 여타의 본격 문학들보다 현실을 발 빠르게 반영하여 사실주의적 속성을 드러내기도 한다는 점이다. 실제 현실과 거리가 먼 듯하게 느껴지는 SF 문학이 오히려 재현적인 리얼리즘의 가치를 부각시키고 있고, 세계에 대한 통찰과 대안적 현실을 제시하여 주고 있다는 지적[24]은 그런 점에서 유의미하다.

공포 문학의 경우도 또한 크게 다르지 않다. 공포 문학이 우리 사회의 밝고 아름다운 면을 드러내기 위한 문학이 아님은 물론이다. 우리가 살아가는 현실이 늘 밝고 아름답다면 모르겠지만, 폭력과 전쟁이 만연한 현실 자체가 이미 공포스러운 이상, 공포문학은 그 현실을 반영하는 또 하나의 '리얼리즘 문학'이다. 또한 누구나 감추고 싶어 하는 본능의 밑바닥 심리를 드러내는 '폭로의 문학'이 될 수도 있는 것이다.

(5) 장르 문학의 현실과 전망

그동안 장르 문학은 폐쇄적인 문학 연구 환경, 보수적인 문학 저널과 출판—유통 구조 탓에 폄훼되어 온 것은 물론, 출판되고 유통되어 독자들에게 소개될 기회조차 쉽게 얻기 힘들었던 것도 사실이다. 현재 장르 문학이 처한 현실은 여전히 존재하는 편견과 왜곡된 현실에도 불구하고 과거에 비하면 비교적 나아 보이기도 한다.

실제로 해외 문학 작품과 만화 등이 폭넓게 소개되면서 장르 문학의 독자층은 크게 확대되었다. 특히 반지의 제왕, 해리포터 시리즈 등의 판타지 소설들은 폭발적인 인기를 누렸고, 장르 문학은 서점이나 대학 도서관에서 본격 문학보다 우월한 대중성을 뽐내기도 했다.

---

24) 박진, 「장르 문학에 대한 오해와 편견」, 『작가세계』 제70호, 2008.11., 346쪽.

그러나 정작 우리 장르 문학의 경우 책은 잘 팔리지 않고, 장르 문학의 작가들은 생계를 위협받는 현실에서 살아가고 있는 것이 또 다른 현실이기도 하다. 2007년 첫 선을 보인 월간 ≪판타스틱≫은 장르 문학 전문지를 표방하고 등장하였다. 휴간과 복간, 그리고 다시 휴간, 그리고 웹진25)으로의 변신의 과정이 보여주듯, 순탄하지만은 않은 발행 과정을 겪었는데 이 과정이 우리 장르 문학의 현실을 반영하고 있는 듯하다.

지금 여전히 장르 문학의 가장 큰 문제는 독자 대중을 만나 소통할 수 있는 안정적인 통로를 찾기 힘들다는 점이다. PC 통신에서 인터넷에 이르는 네트워크는 장르 문학의 고향과도 같은 곳이고 언제든지 작품을 손쉽게 업로드하여 독자들에 다가갈 수는 있는 통로이지만, 안정적인 수익 모델이 제시되지 못한데다가 황석영, 신경숙을 비롯한 본격 문학 쪽의 작가들까지 작품을 인터넷에 연재하고 있다 보니 차별성이 모호해지는 상황이다.

근래 장르 문학 전문을 표방하는 출판사들이 제법 많이 등장한 것은 반가운 일이지만, 대다수가 해외 작품 번역에 치중하고 있는 현실이고, 듀나처럼 본격 문학의 핵심 근거지인 '문학과지성사'에서 책을 출판하는 일26)도 있었지만 극히 이례적인 일에 불과하였다. 드라마나 영화에 원작이나 시나리오 콘텐츠로 활용되는 경우도 있지만, 절대적인 수가 많다고는 볼 수 없는 형편이다.

결국 문제는 장르 문학들이 그 속성과 특징, 관습, 그리고 독자층—소비층—에 걸맞은 매체를 확보하고 소통하는 형식에 대한 고민이 부족했다는 것이다. 본격 문학과 장르 문학 모두 종이책과 인터넷을 활용하여 소비되고

---

25) http://www.fantastique.co.kr
26) 듀나, 『태평양 횡단 특급』, 문학과지성사, 2002.

는 있지만, 종이책에 인쇄되던 것을 모니터나 모바일 기기 액정을 통해 본다는 점만 차이가 있을 뿐, 본질적인 콘텐츠의 변화된 적용을 고민하는 데에는 도달하지 못했다. 인터넷 초창기에 시도된 하이퍼픽션은 사실상 실패한 프로젝트로 끝이 났고, 게임 콘텐츠는 문학의 소통 방식과는 전혀 다른 방식으로 전개되므로 논외로 다루는 것이 바람직해 보인다.

첨단 다매체 시대에 걸맞게 장르 문학은 SF 소설, 팬픽, 공포 소설 등 각 세부 장르에 부합하는, 그리고 독자의 상황이나 활용 매체에 부합하는 소통 전략을 필요로 한다. 가령 '만화'가 중앙일간지, 스포츠신문, 잡지, 판매용 단행본, 대여용 단행본, 인터넷 등 소통 매체에 따라 각기 다른 형식과 기법을 활용하고 있음은 상당한 시사점을 제공해준다.

특히 우리나라의 '웹툰'은 전 세계에서도 보기 드문 독특한 방식으로 소통되는 만화 형식으로 자리 잡았다. 웹툰을 종이 지면으로, 지면 만화를 웹툰으로 옮기는 경우도 있었지만, 웹툰은 점차 단지 종이 위의 인쇄물을 화면 위로 옮겨놓는 것에 그치지 않는 방식으로 진화하였다. 페이지를 넘겨가면서 시선이 왼쪽 상단에서 오른쪽 하단으로 흘러가는 종이 인쇄 만화와 달리, 웹툰은 한 시야에 들어오는 컷의 수가 더욱 한정적이며 스크롤을 이용해 상단에서 하단으로 흘러내리는 방식으로 읽게 된다는 점이 고려되면서, 웹툰은 기존의 만화와는 내용 전개나 터치 기법, 주제나 스토리, 캐릭터 표현 등 모든 면에서 새로운 장르의 만화로 자리 잡을 수 있었다.

장르 문학에 요구되는 것도 바로 그러한 변화와 적응이다. 사실 근대 초기 신문이라는 신매체에 적합한 장르로서 소설이라는 문학 장르가 생산되고, 소설이라는 문학 장르에 알맞은 매체로 동인지나 계간지가 탄생했던 것처럼, 매체에 부합하는 장르의 탄생이나 장르에 부합하는 매체의 탄생은 매우 자연스러운 현상이라고 할 수 있다. 다만 인쇄 매체 중심의 문학의 생산과 소통이 워낙 강고했기 때문에 별다른 변화가 없어 보였을 뿐, 요즘의 디지털 환경은 새로운 장르의 문학을, 혹은 새로운 장르적 상상력을 강력히 요구하고 있다. 스마트폰을 비롯하여 이-북(e-book) 위주로 변화해 갈 매체 환경에 알맞은 서사 문법과 독서 관습, 그리고 매체 속성에 부합하는 새로운 장르의 탄생도 충분히 예상할 수 있다. 특별히 장르, 그리고 장르 문학을 주목해야 하는 이유는 시대적 맥락과 사회적 환경의 변화 속에서 작가와 독자 사이에 새롭게 맺어질 관습과 규약이 있다면, 그것이 곧 새로운 장르 문학의 양상이 될 것이기 때문이다. 중요한 것은 시대, 매체, 작가, 독자가 함께 호흡하고 소통할 수 있는 전략의 모색이다.

3. 현대의 신화적 스토리텔링 프로세스

(1) 신화라는 이야기

신화(神話)는 가장 오래된 이야기 형식이다. 신 또는 신성한 존재에 대한 이야기를 뜻한다. 고대 사회는 신화라는 서사를 중심으로 사회를 형성하고 전통과 풍속이 결정되었다. 신화는 신에게 부여된 힘, 혹은 신이 가지고 있는 힘만큼, 사회에 미치는 힘을 갖고 있었으며, 사회의 현상을 설명하는 원리였으며, 진리를 가름하는 오래된 체계였다. 신화는 "사회적 질서를 결정하는 가장 신성한 이야기"이다.

롤랑 바르트에게 '신화'는 '그리스 로마 신화'나 '단군신화'와 같은 고대의 이야기를 뜻하는 것이 아니었다. 하지만 바르트가 신화를 폭로하고 걷어내야 한다고 말할 때의 신화는 결국 이데올로기, 즉 '사회의 질서를 지배하는 이야기이자 담론'이라는 의미에서, 결국 고대의 신화와 본질적으로 다르지 않다. 결국 '신화'는 사회의 질서를 세우고 지키며 유지하는 작용을 하는 이야기라고 할 수 있겠다.

여기에서 우리는 〈라이프 오브 파이〉, 〈빅 피쉬〉라는 두 편의 영화를 대상으로 어떻게 신화적 이야기가 만들어지고, 현실의 질서를 지키고 봉합하는 방식으로 기능하게 되는지를 살펴보고자 한다. 이 두 편의 영화는 판타지적 속성을 가지고 있기도 하지만, 궁극적으로 '이야기에 대한 이야기', '신화에 대한 신화'라는 점에서 이 논의의 대상으로 삼기에 적합하다고 판단했다. 이 두 영화를 왜 '이야기에 대한 이야기', '신화에 대한 신화'라고 말하는지에 대해서는 점차적으로 설명해나가기로 하고, 일단 두 영화에 대한 기본적 소개부터 하도록 하겠다.

〈라이프 오브 파이〉는 얀 마텔의 원작 소설 〈파이이야기(Life of Pi)〉(2001)를 이안 감독이 2012년에 영화한 작품이다.[27] 원작 소설을 쓴 얀 마텔은 캐나다 외교관의 아들로 1963년에 스페인에서 출생한 인물이다. 2001년 발표한 〈파이이야기〉는 2002년 부커상을 수상하였고, 전세계 40개 이상의 언어로 번역 소개된 그의 대표작이다. 이 소설은 〈음식남녀〉, 〈브로크백 마운틴〉, 〈색, 계〉 등을 감독한 이안 감독에 의해 3D 영화로 제작되었고, 영화 역시 전세계적인 흥행에 성공하였다.

〈빅 피쉬〉는 다니엘 월러스의 원작 소설 〈큰 물고기(Big Fish)〉(1998)를 팀 버튼 감독이 2003년에 영화화한 작품이다.[28] 원작 소설을 쓴 다니엘 월러스는 미국 남부 출신의 작가로, 〈큰 물고기〉는 그의 첫 장편소설이며 평단의 호평을 받았던 작품이다. 팀 버튼 감독은 〈가위손〉, 〈배트맨〉, 〈크리스마스의 악몽〉, 〈찰리와 초콜릿 공장〉과 같은 동화적 판타지와 디스토피아적 음울함, 창조적 상상력이 결합된 작품들로 각광을 받아온 대표적 인기

---

27) 얀 마텔, 공경희 역, 『파이이야기』, 작가정신, 2004.
   이안 감독, 『라이프 오브 파이』, 20세기폭스, 2012. (DVD)
   소설과 영화 모두 원제는 "Life Of Pi"이지만, 소설은 국내에 『파이이야기』로 번역되었고, 영화는 『라이프 오브 파이』로 소개되었기에, 이를 존중하여 적을 것이다. 즉, 여기에서 『파이이야기』는 원작 소설을, 『라이프 오브 파이』는 영화를 의미한다. 주로 영화를 기본으로 언급하되, 필요한 경우 소설도 함께 언급하거나 비교하는 것으로 하겠다.

28) 다니엘 월러스, 장영희 역, 『큰 물고기』, 동아시아, 2004.
   팀 버튼 감독, 『빅 피쉬』, 소니픽쳐스, 2003. (DVD)
   이 역시 소설과 영화 모두 원제는 "Big Fish"이지만, 소설은 『큰 물고기』, 영화는 『빅피쉬』라는 제목으로 소개되었다. 이를 존중하여 적기로 한다. 주로 영화를 다룰 것이지만, 소설을 언급할 경우 『큰 물고기』라는 제목을 밝히거나, '소설'임을 밝히며 언급할 것이다.

영화감독이다.

영화 〈라이프 오브 파이〉는 캐나다의 한 소설가가 성인이 된 파이를 찾아가서 그의 모험담을 듣게 되는 데에서 시작된다. 파이는 인도 폰디체리에서 가족과 함께 살았다. 파이는 피신 몰리토 파텔이라는 본 이름이 있었지만, '피신(Piscine)'이 '오줌싸개'라는 영어 '피싱(pissing)'의 발음과 유사하여 주변의 놀림을 받자, 앞 두 글자만을 따서 '파이(Pi)'라는 이름으로 불리기를 스스로 요구한다. 파이의 아버지는 동물원을 운영하였는데, 사회 변화에 따라 시의 지원이 끊기고 경영난에 시달리게 되자 가족과 동물을 모두 배에 싣고 캐나다로 이민을 떠나려 하였다. 하지만 일본 선박 '침춤(Tsimtsum)'[29] 호를 타고 항해하던 도중, 배는 태평양 한 가운데에서 침몰하게 되고, 파이는 가족 모두를 잃게 된다. 파이는 오랑우탄, 얼룩말, 하이에나, 그리고 벵골 호랑이와 함께 작은 구명보트를 타고 표류하는 신세가 되고 만다. 호랑이에 의해 다른 동물들도 죽임을 당하고, 결국 파이는 호랑이와 함께 단 둘이 227일 동안 바다를 표류하다가, 멕시코 해안에 도달하여 구조됨으로써 목숨을 건지게 되었다. 표류과정에서 숱한 풍랑과 위기를 겪는 과정에서, 파이에게 호랑이는 생명의 위협 요인임과 동시에, 생존 욕망의 자극제가 되기도 했던 동반자였다. 판타지적인 이미지로 채워진 재난과 표류의 이야기는 마지막 20분을 남겨 놓고 반전(反轉)으로 이어진다. 간신히 살아난 파이는 병원에서 회복되는 동안, 일본 선박회사로부터 침몰 사고에 대한 조사를 받게 된다.[30] 호랑이와 함께 표류하며 생존했다는 이야기를 조사관들이 믿

---

29) 침춤(Tsimtsum)은 유대교에서, 자연이 원인이 되도록 신이 스스로 원인의 자리에서 물러나는 것, 자발적인 자기제한, 자기후퇴, 자기축소를 의미하는 용어이다. 스스로 자신의 권능이나 영역을 가장자리로 옮긴 뒤, 그 빈 자리에 세계를 창조한다는 의미이기도 하다.
* https://en.wikipedia.org/wiki/Tzimtzum
* http://www.chabad.org/library/article_cdo/aid/2047206/jewish/Tsimtsum.htm

어주지 않자, 파이는 어머니와 요리사, 불교신자와 함께 네 명이 생존하여 표류하는 과정에서 폭력과 살인, 식인(食人)의 끔찍한 체험 끝에 홀로 살아남게 되었다는 두 번째 이야기를 들려주게 된다.

〈빅 피쉬〉는 에드워드 블룸이라는 인물의 생애를 다룬 영화이다. 에드워드는 늘 허풍과 과장된 거짓말로 자신의 삶을 설명하곤 해서, 아들 윌 블룸은 아버지에 대한 불만이 많았다. 윌의 결혼식에서조차 아버지의 허풍이 계속되자 윌은 아버지와의 소통을 끊고 지내게 된다. 3년의 세월 후에 아버지의 병환이 깊어지자 윌은 아버지를 다시 찾아오게 되고, 마지막 소통을 시도하게 된다. 영화는 윌과 에드워드 사이의 갈등과 화해가 전개되는 현재의 이야기와 더불어, 아버지 에드워드의 과거 이야기를 교차 편집하여 보여준다. 에드워드 블룸은 어린 시절, 마녀의 눈을 통해 자신의 죽음의 순간을 미리 본 적이 있었다. 그후 죽음에 대한 두려움을 잊은 에드워드는 마을에 위협이 되었던 거인 카알을 설득하여 함께 모험의 길을 떠나는가 하면, 특유의 친화력과 재능을 발휘하여 사업에 성공을 하기도 하고, 아름다운 여인 산드라와의 사랑을 쟁취해내기도 했으며, 전쟁에 참전하여 큰 공적을 거두기도 하였다. 에드워드는 일생을 통하여 마녀, 거인, 늑대인간, 샴쌍둥이 자매, 기이한 행적의 시인 등과 같은 다양한 판타지적 인물들을 만나기도 했다. 물론 이 모든 이야기는 에드워드의 구술 발화에 기반한 에피소드들이지만, 아들 윌은 모든 이야기를 거짓이라고 여기며 아버지에게 진실을 이야기해줄 것을 요구한다. 결국 아버지 에드워드의 마지막 순간이 찾아온다. 윌은 아버지에게 아버지의 이야기들 속에 나왔던 모든 이들의 축복을 받으

---

30) 조사의 주체는 영화에서는 일본 선박회사, 소설에서는 일본 운수성 해양부로 약간 다르게 나타나 있다.

면서 커다란 물고기가 되어 강물 속으로 사라짐으로써 생을 마감하게 되었다는, 아버지 인생 이야기의 결말을 대신 서술함으로써, 아버지와의 극적인 화해를 경험하게 된다.

〈라이프 오브 파이〉와 〈빅 피쉬〉, 이 두 영화는 판타지적 속성을 갖고 있는 영화라는 점, 원작 소설이 있다는 점, 다양한 장르에 재능을 보이며 적지 않은 팬층을 갖고 있는 감독들에 의해 영화화되었다는 점 외에도 많은 공통점을 가지고 있다.

이 두 영화에서는 '물'은 아주 중요한 소재이자 공간으로 등장한다. 〈라이프 오브 파이〉는 227일 동안 표류하는 바다 위가 영화 대부분의 공간적 배경이 된다. 〈빅 피쉬〉는 강물 속 풍경으로 영화가 시작되고, 결말부에는 주인공 에드워드가 큰 물고기로 변신하여 강물 저 멀리로 사라지는 장면이 등장한다. 엄청난 폭우에 자동차가 물속에 잠겨버리는 장면이라든지, 집안의 수영장이나 욕조처럼 '물'과 관련된 공간과 소재가 지속적으로 활용되기도 한다. 〈라이프 오브 파이〉의 호랑이 리처드 파커의 원래 이름은 '목마름'이었고, 파이는 목마름을 해결하고자 성당을 찾아가게 된다. 〈빅 피쉬〉의 아버지는 병환 중에 수시로 목마름을 호소하고 물을 찾는다. 원형적 상징의 의미를 굳이 들추지 않아도 물은 어머니의 양수나 생명의 근원에 관련된 탄생의 상징임과 동시에, 회귀(回歸)와 미지(未知)에 관련되면서 죽음의 상징이기도 하다. 두 영화 속에서 '물'은 주인공들의 삶의 운명적 공간이면서, 삶을 유지시키는 수단이고, 죽음의 공포가 엄습하는 공간이기도 하다.

두 영화의 또 하나의 공통점은 극중 인물 서술자를 활용한 액자소설의 형식을 취하고 있다는 점이다. 〈라이프 오브 파이〉는 성인이 된 파이를 찾아간 소설가가 파이의 경험담을 듣게 되는 형식으로 진행된다. 파이의 표류기는 일본 선박 보험 문제로 파견된 조사관들에게 구술되기도 하고, 다시 소설가에게 구술되기도 하며, 영화는 결국 이러한 구술 과정을 카메라에 담아 관객에 전달하는 형식을 취하기 때문에, 중층적 구조를 띠고 있다. 〈빅 피쉬〉는 에드워드 블룸이 죽음을 앞둔 노인이 되어 아들 윌 블룸과 겪게 되는 갈등과 화해의 내용도 드러나지만, 대부분의 내용은 아버지에 의해 스토리텔링되었던 그의 젊은 시절 이야기들이 주를 이룬다. 그런데 결국 에드워드의 구술을 관객에게 전달하는 것은 그의 아들 윌 블룸이다. 영화의 초반부에 윌의 목소리로 전달되는 내레이션은 "아버지 인생을 얘기할 때, 사실과 허구를 구분하긴 어렵지만, 최선을 다해 아버지 방식으로 얘기하겠다."라며 아버지의 출생에 얽힌 이야기부터 말하기 시작한다. 결국 이 두 영화 모두는 현재 시점에서 서술자와 피서술자의 대화 장면, 그리고 구술에 기반한 과거의 경험과 에피소드 장면들이 시종 교차되면서 진행되는 플롯 구조를 갖고 있다.

〈라이프 오브 파이〉의 현재 대화 장면　　〈빅 피쉬〉의 현재 대화 장면

(2) 신화적 인물과 신화적 스토리텔링

〈라이프 오브 파이〉의 주인공 파이는 어린 시절 이름 때문에 놀림을 받게

되자, 자신을 '피신'이나 '피싱'이 아니라 '파이'라고 불러달라면서, 무한소수이자 무리수인 파이(π)를 칠판 세 바닥에 걸쳐 적을 정도로 외우는 능력을 보여준다. 놀라운 암기능력을 보여줌으로써, '피신'은 '파이'로 기억될 수 있게 되었다. 또한 그는 227일 간의 표류를 통해 생존했음은 물론, 모두가 사망한 침몰 사건에서 유일한 생존자로 살아남았다. 호랑이와의 동선(同船) 여부와 상관없이, 파이라는 인물은 역경 극복의 스토리를 갖고 있는 '신화적 존재'라 말하기에 부족함이 없다.

캐나다인 소설가는 마마지로부터 파이를 만나보라는 권유를 받으면서, 파이의 이야기는 "신의 존재를 믿게 될 이야기"라는 부연설명을 들었었다. 파이의 체험담이 종교적 의미에서는 '영적 체험의 이야기'이며, 그 자체로 하나의 '신화'와도 같다는 말이다. 어린 시절의 파이는 힌두교, 이슬람교, 가톨릭까지 종교를 두루 접하고 믿음을 갖게 되었다. 현재 시점의 파이는 유대교의 신비를 가르치는 직업을 갖고 있기도 하다. 파이의 아버지는 "동시에 여러 개를 믿는 것은 하나도 안 믿는 거랑 똑같다."며 아들의 종교적 태도를 나무라지만, 파이는 아랑곳하지 않고 여러 종교의 기념일과 기도법을 두루 존중하며 생활한다.

파이는 자신이 다양한 신을 믿는 이유에 대해 소설가에게 자신이 처음 소개받았던 종교인 힌두교에는 "자그마치 3천 3백만의 신들이 있으니, 어찌 보면 당연한 거잖아요?"라고 말한다. 다신교인 힌두 신앙의 전통으로 볼 때는 불교는 힌두 신앙의 한 분파[31]이며, 그밖의 다른 신들도 3300만의 신의 숫자를 하나 늘려놓는 것에 불과하니, 복수의 신앙이 불가능할 이유가 없어

---

31) 힌두교에서 가장 중요한 신 중의 하나인 비슈누는 세계 질서가 혼란해질 때마다 새로운 '아바타라(Avatara)'로 모습을 바꾸어 현신(現身)한다고 하는데, 여덟 번째의 모습이 파이가 제일 먼저 접한 신인 '크리슈나'였고, 아홉 번째의 모습이 '부처'라고 한다.

보인다. 하지만, 파이가 복수의 신앙을 갖고 있다는 것은 현실 사회의 종교적 관점에서 봤을 때는 있을 수 없는 일이다. 파이의 신앙적 태도는 그 자체로 하나의 독자적인 세계관이며 신화 체계라고도 할 수 있다.

영화 〈라이프 오브 파이〉에서는 종교나 신화적으로 이해되거나 해석될 만한 많은 에피소드와 대사들이 들어 있다. 파이는 표류 중에 거센 풍랑을 맞이하다 한줄기 번개의 빛을 본 직후, "세상의 신을 경배하라."며 외치다가 "전 가족을 잃었어요. 모두 잃었어요. 굴복했잖아요. 더 이상 뭘 바라세요."라며 신을 원망하기도 한다. 목마름과 배고픔에 시달리다 죽음을 직감하는 순간에는 "신이여, 저를 창조하여 주셔서 감사합니다. 이제 돌아갈 준비가 되었어요."라고 읊조린다. 그리고 바로 그때 신비로운 식충섬에 상륙하게 되자 파이는 "내가 구원의 희망을 잃었을 때 신은 나에게 휴식을 주고 여행을 계속하게 해주었다."라고 말한다. 식충섬의 이미지는 멀리서 봤을 때, 우주의 바다를 떠다니며 잠을 잔다고 알려진 '비슈누'의 모습을 닮아 있었으며, 표류 도중 발견하게 된 신비로운 바다 속 풍경은 비슈누의 여덟 번째 현신인 크리슈나의 입 속에 담긴 우주의 모습을 닮아 있었다.

〈빅 피쉬〉의 주인공 에드워드 블룸 역시, 신화적 존재라고 할 수 있다. 영화의 결말부에 윌의 아들이 '할아버지가 거인과 싸운 이야기'를 친구에게 자랑스럽게 말하면서 아빠인 윌에게 "사실이죠?"라고 묻는다. 윌은 "물론이지."라고 대답한다. 그리고 영화는 다음과 같은 내레이션으로 마무리된다. "아버지의 농담은 이렇게 끝난다. 그 자신이 이야기가 된 한 남자가 있다. 그는 사후에도 이야기로 남아, 불멸이 되었다." 그만큼 에드워드의 삶이 신화적이었다는 얘기다. 영화의 원작 소설 〈큰 물고기〉의 머리말이 "나의 아버지는 하나의 신화가 되었다."[32]로 마무리 되고 있음은 더욱 의미심장하다.

에드워드는 출생부터가 비범했다. 출생의 순간 세상 밖으로 너무나 빠르게 뛰쳐나온 탓에 병원 복도 쪽으로 날아가듯 태어났다. 그리고 어린 시절 동네 아이들과 마녀의 집을 가게 되었을 때, 가장 용감하게 마녀에게 말을 건네었고 마녀의 유리눈을 바라봄으로써 자신 생의 결말을 미리 알고 있었다. 그는 어린 시절 워낙 급격하게 성장한 탓에 근육이 성장을 감내하지 못하여 3년 동안 누워서 지내야만 하기도 했다. 그는 또한 놀라운 용기와 담력을 갖고 있는 인물이었다. 마을에 화재가 일어나거나 문제가 발생했을 때, 언제나 문제를 해결하는 것은 에드워드였다. 18살의 에드워드는 이미 고향인 애쉬톤 마을에서 가장 위대한 인물이 되어 있었다. 그래서 그는 거인 카알과 대적할 만한 유일한 인물로 나서게 되었고, 결국 거인을 설득해 마을을 안전하게 지켜냈다. 세일즈맨으로서의 성공, 사라질 뻔했던 마을 하나를 모두 사들여 지켜낸 일과 같은 에피소드들을 볼 때, 에드워드의 생애는 가히 신화적이었다고 할 수 있다. 그리고 아들 윌이 태어나던 날에는 반지를 훔쳐 달아나던 거대한 물고기를 사투 끝에 잡아내기도 했다. 에드워드가 신화적 인물이라는 것은 그의 생애에 등장하는 특이한 인물들, 가령 거인이나 샴 쌍둥이 자매, 늑대인간과 같은 인물들로도 설명될 수 있다. 전통적 신화에서도 신화적 인물 주변에는 역시 비범한 인물이 등장하기 마련이다.

두 영화는 파이 파텔이라는 인물, 그리고 에드워드 블룸이라는 인물, 각각의 인물이 얼마나 신화적 인물이었는가를 보여주고 있다. 이제부터는 이 두 영화에서 이들 인물의 신화적 모습이 구체적으로 어떻게 스토리텔링되고 있으며, 어떻게 판타지적 성격을 띰과 동시에 리얼리티적 효과를 거두고 있는지를 살펴보기로 하겠다.

---

32) 다니엘 월러스, 장영희 역, 『큰 물고기』, 동아시아, 2004, 7쪽.

(3) 판타지로서의 〈라이프 오브 파이〉와 〈빅 피쉬〉

〈라이프 오브 파이〉와 〈빅 피쉬〉는 2000년대를 대표할 만한 판타지 영화로서 손색이 없는 작품이다. 〈라이프 오브 파이〉는 3D 기술을 가장 적절하게 활용한 영화로 손꼽힐 만큼, 관객에게 환상적인 감각적 체험을 안겨준 영화였다. 작은 보트에서 갑자기 호랑이가 뛰쳐나오는 장면이라든지, 파이가 풍랑에 휘말리는 장면, 바다 속에서 거대한 고래가 솟아오르는 장면 등, 이루 헤아릴 수 없는 많은 장면에서 아름답고 환상적인 이미지를 관객에게 선사하고 있는 작품이다. 무엇보다 영화 속 표류 장면 내내 등장하는 벵골 호랑이의 모습을 컴퓨터 그래픽으로 그려내어 자연스럽게 움직이도록 한 기술적 효과는 영화의 판타지적 특성을 한껏 발휘한 결과였다고 할 수 있다.

〈빅 피쉬〉는 〈라이프 오브 파이〉에 비해서는 컴퓨터 그래픽의 활용을 자제하고 아날로그적으로 만들어진 영화[33]라고도 할 수 있겠지만, 판타지 영화 장르의 거장인 팀 버튼 감독의 영화답게, 소소한 볼거리와 환상적 상상력이 가득한 영화라고 할 수 있다. 에드워드가 나중에 아내가 되는 산드라를 서커스 공연장에서 처음 만나게 되는 장면에서, 흔히 "시간이 멈춘 것 같다"고 말하곤 하는 감성을 주변 인물들과 팝콘의 움직임이 정지된 상태를 시각적으로 표현해놓음으로써, 판타지적으로 구현해놓고 있는 장면이 대표적인 부분이다. 마녀의 눈을 통해 죽음의 순간을 미리 볼 수 있다는 이야기라든지, 신발을 걸어놓고 매일 축제처럼 일상을 보내는 '유령마을(Spectre)'

---

33) 〈빅 피쉬〉의 DVD 속 제작진 코멘터리를 보면, 영화 속에서 노란 채송화가 한 가득 피어 있는 모습이나 자동차가 나무 위에 걸려 있는 장면과 같은 장면들은 컴퓨터그래픽이 아니라 직접 꽃을 심고, 자동차 속 부품을 걷어내어 나무 위에 올려놓은 뒤에 촬영한 장면이라고 한다.

이야기도 판타지적 성격이 강한 부분이다.

판타지는 기본적으로 관객이나 독자에게 현실이 아닌 것을 감각적으로 체험할 수 있게 할 때 극대화될 수 있다. W.R.어윈은 "판타지란 일반적으로 가능하다고 받아들여지는 것에 대한 공공연한 위반"이라고 정의하며, "비사실적인 것을 사실적으로 보이게 만들려는 작가와 독자의 공모에 의해 만들어지는 것"이라고 말한다.[34] 캐서린 흄은 "판타지란 사실적이고 정상적인 것들이 갖는 제약에 대한 의도적 일탈", 즉 "등치적 리얼리티로부터의 일탈"이라고 말한다. 〈라이프 오브 파이〉에서 '호랑이와 227일 동안 보트를 타고 함께 표류했다'는 것은 일반적으로 가능하다고 받아들여지는 상식에 대한 위반이며, '지도에도 나오지 않으며, 식물도감에도 나오지 않는 식물들이 사는 식충섬'은 '사실적이고 정상적인 질서와 상식으로부터 일탈'된 상상력의 결과물이다. 〈빅 피쉬〉에서 윌 블룸이 아버지 에드워드 블룸의 이야기들을 믿을 수 없었던 이유는 그 이야기들이 '사실적이고 정상적인 것'이 아니라고 보았기 때문이었다.

사실 이러한 판타지에 대한 정의들은 매우 보편적이고 포괄적인 정의라 할 수 있다. 판타지를 문학의 입장에서 체계적으로 연구하려 했던 초기 시도인 츠베탕 토도로프의 이론은 이에 비해 훨씬 협소한 개념으로서의 판타지를 한정한다. 토도로프는 『환상문학서설』에서 판타지를 "초자연적 현상과 사건에 직면하여 체험하게 되는 '망설임'이 발생할 때 나타나는 것"이라고 정의한다.[35] 토도로프에게 있어 판타지는 망설임이 지속되는 동안 발생

---

34) 캐서린 흄, 한창엽 역, 『환상과 미메시스』, 푸른나무, 2000, 45~53쪽.

35) 최기숙, 『환상』, 연세대학교 출판부, 2003, 19~21쪽. 토도로프는 이와 관련하여 판타지의 조건을 세 가지로 제시한다. ; ① 텍스트가 독자에게 작중인물의 세계를 살아있는 인간의 세계로 생각하게 하고, 일어난 사건에 대해서는 합리적 설명과 초자연적 설명 사이에 망설임

하며, 독자와 작중인물은 결말에 이르러 이 망설임의 정체에 대해 고민하여 결정해야 한다고 말한다. 이때, 망설임이 사라지는 순간, 초자연적 요소들이 합리적 설명으로 대체될 때를 '기괴'라고 하며, 초자연적 현상들을 그대로 인정하게 될 때 '경이'라고 한다. 토도로프는 기괴와 경이 어느 쪽에 해당하지 않은 채, 끝까지 망설임이 유지되면서 실재-꿈, 혹은 진실-환각의 애매함이 유지되는 경우에 순수한 '환상', 즉 순수한 '판타지'라 할 수 있다고 보았다.

반면, 어쩐지 믿기 어렵고 이상하다는 점에서 판타지 텍스트와 유사한 반응을 보이지만 이성의 법칙으로 충분히 설명 가능한 '순수한 기괴', 처음엔 초자연적으로 보였던 것이 마지막에 합리적으로 설명되는 이야기인 '환상적 기괴', 망설임을 불러일으키는 환상적 이야기에서 시작하여 초자연을 수용하는 것으로 마무리되는 '환상적 경이', 시종일관 초자연적 요소들의 이야기로 이어지는 '순수한 경이'로 기괴-환상-경이로 이어지는 장르적 스펙트럼을 구상해놓기도 했다.

이러한 토도로프의 판타지 이론은 이후에 문학적 체계와 이론을 통해 판타지를 이해하려는 많은 노력들의 기원이 되었고, 판타지를 둘러싼 장르적 경계에 대한 스펙트럼을 제시하였다는 점에서 의의가 있지만, 순수한 환상의 경우 지나치게 그 경계를 협소하게 보았다는 지적을 받곤 했다.[36]

〈빅 피쉬〉의 경우에는 아버지 에드워드 블룸의 생애 체험들이 초자연적

이 일어남. ② 작중 인물이 망설임을 느낄 때 독자는 작중 인물과 동일화되며 망설이게 되고, 망설임은 텍스트 안에서 하나의 테마가 됨. ③ 독자는 텍스트에 대해 특정한 태도를 취하게 되는데, 시적 해석이나 우의적 해석을 거부하게 됨.

36) 실제로 토도로프는 자크 카조트의 『사랑에 빠진 악마』나 헨리 제임스의 『나사의 회전』과 같은 극소수의 작품들만이 순수한 환상의 범주에 포함된다고 보았다.

인 것으로 여겨지도록 서술되어 있다. 아들인 윌 블룸은 그 모든 것을 거짓이라고 생각하지만, 조금씩 아버지의 이야기들이 현실적 사실에 바탕을 두고 있음이 확인되기도 하면서 '망설임'의 순간을 경험하게 된다. 아버지의 죽음의 순간, 윌 블룸은 아버지의 죽음의 순간에 대해 초자연적인 결말을 스스로 서술하게 된다.

> 에드워드 : 그게 …… 어떻게 되는지 말해다오.
> 윌 : 뭐가요?
> 에드워드 : 내가 어떻게 죽는지.
> 윌 : 그 유리 눈에서요?
> 에드워드 : (고개를 끄덕인다)
> 윌 : (잠시 침묵) 전 몰라요. 그 얘긴 안 해주셨잖아요. 알았어요. 해볼게요.
> 어떻게 시작하는지만 말씀해주세요.

윌은 아버지의 방식대로 이야기를 서술하기 시작한다. 아버지를 휠체어에 태워 병원 밖으로 탈출한 뒤 어렵사리 강가에 도달하게 되고, 그곳에서 아버지의 생애와 그 이야기에 등장한 모든 인물들을 만나게 된다는 이야기를 서술한다. 그 모든 인물들의 환송 속에 아버지를 안고 강물 위에 눕히자, 아버지는 이내 큰 물고기가 되어 저 멀리 헤엄치며 사라지는 것으로 그 이야기는 끝을 맺는다.

> 윌 : 그리고나서 강에 가까워져보니 많은 사람들이 와 있는 거예요. 그러니
> 까 모두가요. 믿을 수가 없어요.
> 에드워드 : 내 인생 얘기란다.
> 윌 : 다들 슬픈 기색 없이 그저 만난 걸 기뻐하며 작별 인사를 해요. 아버진
> 원래의 모습이 돼요. 아주 큰 물고기요. 그렇게 돌아가세요.

에드워드 : 그래. 정확하구나.

윌이 아버지의 모든 초자연적 이야기들을 받아들여 스스로 환상적 이야기를 서술한 것은 '망설임'이 초자연적인 것으로 귀결되는 것이 아니라, 오히려 그 반대로 합리적 원리에 의해 초자연적 이야기들이 생성된 이유를 깨닫게 되었기 때문이었다.

윌은 아버지의 주치의였던 베넷 박사로부터 자신이 태어나던 순간의 사실을 전해 듣는다. 자신이 태어나던 날, 아버지는 출장 중이었기 때문에 출생의 순간을 함께 할 수조차 없었다. 이것이 사실(fact)이지만, 아버지는 아들이 태어난 날을 가장 특별한 날로 만들고 싶다는 생각으로 바로 그날 '큰 물고기'를 잡았다는 매우 특별한 이야기를 만들어냈다. 아마도 이것이 아버지의 진심이자, 아들에게 알려주고 싶었던 진실(truth)일 것이다.

아버지의 이야기에 등장하는 거인, 샴 쌍둥이 자매, 늑대인간, 마녀들은 아버지의 장례식에 모습을 드러낸다. 아버지의 이야기 속에 등장하는 초자연적 모습들과는 다르지만, 그렇게 과장되게 표현할만한 이유가 있는 인물들로 현실 세계에 모습을 드러낸 것이다.

사실, 에드워드의 이야기 속에서 '늑대인간' 에피소드는 이미 그 단서를 보여준 바 있다. 서커스단 단장이었던 칼로웨이씨가 늑대인간이었다는 것이 아버지가 구술한 이야기의 내용이었다. 하지만 아버지는 이렇게 덧붙인다. "보통 악마나 요괴라 불리는 것들의 대개가 실은 외롭고 약한 존재들이더구나." 이 말은 결국 늑대인간처럼 보일 정도로, 에드워드 자신이나 단원들에게 혹독하게 대하던 단장이 사실은 매우 소심하고 나약한 존재였다는 '사실'을 드러낸 것이다.

〈빅 피쉬〉에서 에드워드의 이야기는 결말에 이르러, 합리적 인과관계로 설명될 수 있는 사실을 바탕으로 한 약간의 과장이나 윤색이었다는 사실이 밝혀진 셈이다. 토도로프에게 〈빅 피쉬〉는 '환상적 기괴'에 해당하는 이야기라고 할 수 있을 것이다.

반면, 〈라이프 오브 파이〉의 경우에 '망설임'은 끝내 사라지지 않는다. 일본의 조사관들에게, 그리고 소설가에게 파이 파텔이 이야기해준 두 가지 이야기가 있다. 하나는 호랑이와 오랑우탄이 등장하고 식충섬이 등장하는 '환상적' 이야기이고, 또 하나는 끔찍한 살육과 식인이 있었던 이야기이다. 두 번째 이야기에 따르면, 침춤호 침몰 직후 네 명이 살아남았다. 괴팍한 주방장과 불교신자 선원, 그리고 어머니와 파이였다. 다리를 다친 선원을 주방장이 죽였고, 식인행위에 항의하는 어머니도 주방장에게 희생당했다. 그리고 파이는 어머니를 바다에 던진 주방장을 죽이게 되었고, 그 후 홀로 살아남았다는 이야기다. 이 이야기를 다시 전해들은 소설가는 "주방장이 하이에나, 선원은 얼룩말, 그리고 어머니는 오랑우탄, 당신은 그러니까 호랑이였군요."라고 그 비유적 체계를 설명한다.

이 두 가지 이야기에 대하여, 〈라이프 오브 파이〉에 대한 다수의 해석은 두 번째 이야기가 진실이며, 첫 번째 이야기는 충격에 빠진 파이가 소환해낸 방어기제로서의 허구적 판타지, 혹은 종교적 체험의 이야기로 설명하곤 한다.[37] 호랑이는 파이 그 자신이면서, 동시에 자신의 동물적 본능과 폭력

---

[37] 〈파이 이야기〉에 대한 국내 유일한 학위 논문인 김대우의 논문에서는 "동물적 생존 본능에 의해 구명보트에서 연명할 수 있었으나 극단적으로 표출된 생존 본능의 야비한 모습을 안고 계속 살아가는 것은 파이가 감당하기에는 너무도 힘겨운 것이었다."라며, 호랑이 이야기는 파이가 방어기제로 만들어낸 이야기라고 단정하면서, 그 결과 파이는 신에 의지할 수밖에 없었다고 설명한다.
김대우, 「프로이드와 종교 그리고 〈파이이야기〉」, 전북대학교 교육대학원 영어교육전공 석사학위논문, 2012, 48~49쪽.

적 무의식의 반영물이라는 식의 설명이다.

그러나 사실 소설과 영화 양쪽 모두에서 파이의 두 가지 진술 중 어떤 것이 진짜 진실인지에 대해서는 명백하게 밝혀진 것이 없다. 영화에서 파이의 두 번째 진술이 등장하기 직전의 대화 상황을 보자.

[회상]
(젊은) 파이 : 뭘 더 바라세요?
조사관(오카모토) : 우릴 바보처럼 안 만들 스토리. 보고서를 써야 하는데
　　　　　　　　회사도 수긍하고 우리도 믿을 만한 그런 거 말야.
파이 : 현실적으로 그럴 듯한 스토리요? 짐승이나 식충섬 따윈 나오지 않
　　　는?
조사관 : 그래 진실 말이다.

[현재 시점]
소설가 : 그래서 어쩌셨어요?
늙은 파이 : 다른 스토리를 들려줬죠.

[회상]
젊은 파이 : 넷이 살아남았죠, 구명보트를 탄 주방장과 선원이 제게 튜브를
　　　　　던져줬어요. (후략)

이 대화 상황을 보면, 구조되어 병원에 있던 파이는 첫 번째 진술을 믿어주지 않자 부득이하게 두 번째 이야기를 말하게 된다. 조사관들은 '진실'을 요구하는 듯 보이지만, 그들이 원하는 것은 정확하게 말하면 '진실인 것처럼 보이는, 믿을 수 있는 정도의 이야기'일 뿐, 진실 그 자체는 아니었다.

소설 〈파이 이야기〉를 보면 이 점을 좀 더 명확하게 알 수 있다.

"두 분이 원하는 게 뭔지 알아요. 놀라지 않을 이야기를 기대하겠죠. 이미 아는 바를 확인시켜줄 이야기를 말이에요. 더 높거나 더 멀리, 다르게 보이지 않는 그런 이야기. 당신들은 무덤덤한 이야기를 기다리는 거예요. 붙박이장 같은 이야기. 메마르고 부풀리지 않는 사실적인 이야기."

　… (중략) …

"우리는 침춤 호의 침몰을 설명해주는, 동물이 안 나오는 이야기를 듣고 싶어요."

"잠깐만 시간을 주세요."

"물론 그러죠. 이제야 방향을 제대로 잡은 것 같군. 말이 되는 이야기를 기대해보자구."[38]

　파이가 두 번째 했던 이야기는 '합리적인 것처럼 보이는 이야기'일 뿐, 실제로 합리적 설명이라고 보기도 힘들다. 그 이야기 역시 '식인'처럼 비상식적인 사건을 내포하고 있는 이야기일 뿐이다. 파이가 주방장을 죽인 이후, 오로지 혼자서—호랑이 동료도 없이— 200일 넘게 표류하여 살아남았다는 이야기 역시 초자연적이긴 마찬가지다.

　특히 영화 〈라이프 오브 파이〉에서 조사관 두 사람 중 하나(치바)가 파이의 첫 번째 이야기를 진실이 아니라고 반박하는 중요한 근거는 '오랑우탄이 바나나뭉치를 타고 왔다'는 파이의 진술에 대해 "바나나는 물에 뜨지 않아요."라고 말한 부분이다. 조사관 치바는 실험을 해보아도 좋다면서 파이는 거짓을 말한 것이라고 확신한다. 그러나 파이의 두 번째 진술이 이어졌을 때, "어머니는 바나나 덩어리를 타고 왔고요."라고 말한 부분에 대해서는 전혀 이의를 제기하지 않는다.

　이 바나나 논란과 관련하여 소설 〈파이이야기〉에서는 영화와는 조금 다

38) 얀 마텔, 공경희 역, 『파이이야기』, 작가정신, 2004, 375~376쪽. (밑줄은 인용자)

르게 표현되어 있다. 조사관이 바나나가 물에 뜨지 않기 때문에 파이의 진술은 거짓이라고 주장하는 것은 동일하지만, 곧 실제로 세면대에 물을 받아 실험을 해보니 바나나가 물에 뜨는 것이 확인된다. 파이의 말이 맞았던 것이다. '식충섬'의 존재에 대해 조사관들이 그것은 과학적으로 말이 안 된다고 지적하자, 파이는 그들의 논리를 다시 한 번 반박한다.

> "그런 걸 당신들이 못 봤으니까 그런 거죠."
> "맞아요, 우리는 눈으로 보는 것만 믿습니다."
> "콜럼버스도 그랬지요. 어둠 속에 있을 때는 어떻게 하죠?"
> …(중략)… "어떤 과학자도 당신 말을 믿지 않을 거예요."
> "코페르니쿠스와 다윈을 내쫓은 사람들이라면 그렇겠죠."[39]

소설에서는 또, 파이가 조사관들에게 두 번째 이야기에 대한 진술을 마치자, 긴 침묵이 흐른 뒤 파이가 이렇게 물음을 던진다. "이번 이야기가 더 나은가요? 믿기 어려운 부분이 있나요? 바꾸면 좋을 대목이라도 있어요?" 이에 조사관 치바는 "끔찍한 이야기네요."라고 말한다. 파이의 말을 곱씹어보면, 이번에도 믿기 어렵다면 세 번째 이야기를 해줄 용의도 있다는 의미이며, 세부적 내용을 수정할 용의도 있다는 의미이다.

이렇게 볼 때, 결국 파이가 진술한 첫 번째 이야기가 합리적이지 못할 이유도 없으며, 두 번째 이야기가 더 합리적이어야 할 이유도 없다. 어떤 이야기가 진실인지, 더 합리적인지, 더 초자연적인지는 명확하게 알 수 없다. 결국 〈라이프 오브 파이〉에 대해 토도로프 식으로 말하자면, '망설임'이 작중인물과 독자 모두에게 끝까지 지속되는 영화이며, '순수한 환상'으로 분류

---

39) 얀 마텔, 같은 책, 364~365쪽.

될 작품인 것이다.

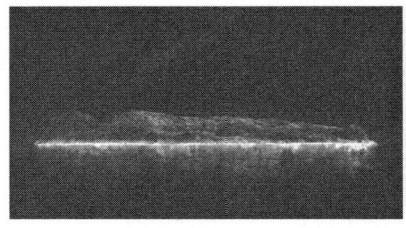 

〈라이프 오브 파이〉의 판타지 장면   〈빅 피쉬〉의 판타지 장면

(4) 진실과 거짓의 경계 문제와 스토리텔링

소설 〈파이이야기〉의 앞 부분 '작가노트'에서 작가는 마마지를 통해 처음 알게 된 이야기를 캐나다에서 파텔을 직접 만나 듣게 되었으며, 이 소설은 그 이야기를 옮겨 놓은 것이라면서 "이 글에 부정확한 대목이나 실수가 있다면 모두 내 잘못이다."라고 적어놓고 있다. 그리고 이어서 다음과 같이 적어놓기도 하였다.

몇 분에게 고마움을 표하고 싶다. 파텔 씨에게 큰 신세를 졌다. 바다보다 넓고 깊은 감사를 보내며, 내가 풀어낸 이야기에 그가 실망하지 않기를 바란다. (중략) 직업정신의 표본으로 삼을 만한 세 분에게도 고마움을 전한다. 최근까지 오타와 주재 일본대사관에 근무한 오다 카즈히코, 오이카 해운의 와타나베 히로시, 특히 지금은 퇴직한 일본 운수성의 오카모토 토모히로에게.[40]

---

40) 얀 마텔, 같은 책, 12쪽.

많은 독자들이 간혹 잊어먹거나 현혹되곤 하지만, 소설이란 기본적으로 '허구', 즉 만들어진 이야기이다. 하지만 소설책에서 '작가노트'나 '작가의 말'은 이 소설을 쓰기까지의 과정이나 소설을 쓴 뒤의 소회에 대해 실제 작가가 솔직하게 써놓은 '사실'이라고 여기는 것이 일반적이다. 하지만 소설 〈파이이야기〉의 작가노트 부분을 '사실'이라고 믿기에는 석연치 않은 부분이 많다. 작가노트대로라면 '파이', 즉 '파텔'씨는 실존인물이어야 하고, 그의 표류 역시 사실이어야 한다. 하지만 227일간 표류하여 멕시코 해안에 도달한 인물에 대한 실제 기록은 어디에서도 찾을 수가 없다.

흥미로운 것은 파이의 첫 번째 증언에서 파이와 함께 생존하였다고 말한 '리처드 파커'라는 호랑이의 이름에 대한 부분이다. 〈라이프 오브 파이〉에서 파이 파텔은 소설가에게 호랑이가 리처드 파커란 이름을 얻게 된 이유를 설명해준다. 새끼 때 냇물을 마시다가 리처드 파커란 이름의 사냥꾼에게 잡혀서 원래 '목마름(Thirsty)'이란 이름을 갖고 있던 호랑이였는데, 동물원에 들어오게 될 때 서류상의 실수로 사냥꾼과 호랑이의 이름이 바뀌어 기재되게 되었다는 이야기다. 그런데 장기간 표류한 사건과 관련하여 '리처드 파커'라는 이름은 실화와 관련된다. 마이클 센델의 『정의란 무엇인가』[41]에서도 언급된 실제 사건인데, 1884년 여름에 구명보트에 의존한 채 남대서양을 표류한 네 명의 선원에 대한 이야기다. 보트에 탄 인물의 이름들은 선장 토마스 더들리, 일등 항해사 에드윈 스티븐슨, 일반 선원 에드먼드 브룩스, 그리고 잡일을 담당한 17세 소년 '리처드 파커'였다. 결국 세 명의 선원들은 리처드 파커를 죽여 식인을 함으로써 생존할 수 있었고, 구조된 이후 이들은 재판을 받게 되었다는 이야기이다. 이 이야기는 에드가 앨런 포가 쓴 소

---

41) 마이클 센델, 이창신 역, 『정의란 무엇인가』, 김영사, 2010, 51~52쪽.

설 『아서 고든 핌의 모험』의 원화(原話)였다고도 알려져 있다. 피신 몰리토 파텔이 아니라, '리처드 파커'라는 이름이 실제 있었던 표류 사건에 연관되어 있기는 하지만, 소설 〈파이이야기〉는 소설 내용과 작가노트까지 모두 픽션이라고 볼 수밖에 없을 것이다.

〈라이프 오브 파이〉에서도 무엇이 진실이고, 어디까지가 거짓인가에 대한 혼란은 이 영화를 통틀어 가장 의미심장한 논쟁 지점이다. 하지만, 이 소설은 진실을 탐색하는 이야기가 아니라 '더 좋은 이야기'를 찾는 과정이라고 할 수 있다. 늙은 파이인 파텔 씨에게 찾아가 그의 모험담을 듣는 인물은 캐나다인 소설가이다.[42] 소설가란 본래 '진실'을 찾는 것이 목적이 아니라 '재밌는 이야기', '흥미를 끌만한 거짓 이야기'를 써야 하는 직업이다. 인도에서 만난 마마지가 소설가에게 파이를 만나보라고 했던 이유도 '흥미로운 소설 소재'를 추천해주겠다는 의도였다.

영화의 마지막 부분에서 파이는 소설가에게 어떤 이야기가 더 마음에 들었냐고 묻고, 소설가는 '호랑이가 등장한 이야기가 더 좋다(That's the better story.)'고 대답하는 것으로 영화는 마무리된다.[43]

> 파이 : 두 가지 버전의 스토리를 들려줬는데, 배가 침몰한 원인은 설명 안
>   되고 어떤 게 사실인지는 아무도 입증 못하죠. 두 가지 스토리 모두
>   배는 침몰하고 가족이 죽고 난 고통 받아요.
> 소설가 : 그렇죠. (True.)
> 파이 : 어떤 스토리가 맘에 들어요? (So which story do you prefer?)

---

42) 이러한 점에서 영화 〈라이프 오브 파이〉는 소설 〈파이이야기〉에 비해 보다 더 '메타픽션'으로서의 성격을 띠게 되었다.

43) 소설 〈파이이야기〉에서는 파이가 운수성 조사관들에게 '어떤 이야기가 더 마음에 드는지'를 물어보는데, 여기에서도 역시 운수성 조사관 오카모토는 '동물이 나오는 쪽이 더 나은 이야기 같아요.'라는 답변을 하게 된다.

소설가 : 호랑이 이야기요. 그 이야기가 더 좋아요. (The one with the
　　　　　tiger. That's the better story.)
파이 : 고맙습니다. 신도 그러하지요. (Thank you. So it goes with
　　　　God.) 44)

　젊은 파이의 진술을 들은 조사관들과 늙은 파이의 이야기를 들은 소설가
는 모두 호랑이가 등장하는 첫 번째 이야기를 선택한다. 진실을 말하라며
파이를 다그쳤던 조사관들 역시, 결국 보고서에 호랑이가 등장하는 첫 번째
이야기를 선택한 것45)으로 보인다. 왜 이들은 첫 번째 이야기를 택했을까?

소설가 : 마마지가 옳았네요. 놀라운 이야기예요. 정말 제가 책으로 내도
　　　　　돼요?
파이 : 물론이죠. 그래서 마마지가 당신을 나에게 보냈던 것 아닌가요?

　이 대화는 영화 속 소설가가 호랑이 이야기가 '더 나은 이야기'라고 말한
직후의 대화이다. 이 대화를 연결하여 보자면, 소설가는 호랑이가 있는 이
야기가 '책으로 내기에 좋은 이야기'라고 생각했던 것으로 이해할 수 있다.
결국 소설가에겐 진실의 문제가 아니라 '흥미로움'의 문제였고, 조사관들에

---

44) 이때, "좋은 이야기(the better story)"라는 말은 의미 해석을 하기에 따라서 '좋은 이야기',
　　'아름다운 이야기', '흥미로운 이야기', '도덕적인 이야기' 등으로 해석될 여지가 있다. "So
　　it goes with God."의 의미 해석도 '신의 문제도 그러하지요', '신의 문제도 믿음의 문제지
　　요.', '그것이 신과 함께 하는 삶이지요.' 등과 같은 몇 가지 가능성이 존재한다. 이 의미
　　해석에 따라, 자신의 경험담에 대한 소설가와 파이의 태도를 다르게 이해할 수 있다. 〈라이
　　프 오브 파이〉의 이안 감독은 이 대화에서의 표현들을 일부러 중의적으로 처리하여, '모호함'
　　과 '망설임'을 좀 더 지속시키려 한 것으로 생각할 수도 있다.
45) 영화의 마지막 시퀀스. 파이와 대화를 끝낸 직후 파이의 가족들이 집에 돌아오자 파이는
　　자리에서 일어난다. 소설가는 일본 조사관이 작성한 보고서 자료를 들춰보게 되는데, 이
　　보고서에 이렇게 적혀 있었다. ; "파텔 씨만큼 오래 생존한 조난자는 없었으며, 벵골호랑이
　　와 함께 있었던 사람 역시 그 외에는 없었다."

게도 진실과 과학의 문제가 아니라 '덜 끔찍함'의 문제46)였던 것이다. 물론 파이에게 있어서 첫 번째 이야기는 그것이 자신의 상처와 고통을 조금이라도 덜어줄 수 있는 이야기이기 때문에 유효하다.

영화 〈빅 피쉬〉에서 아들 윌 블룸은 아버지에게 진실을 말해줄 것을 부탁했다. 그에게 아버지는 늘 거짓을 말하는 허풍쟁이였을 뿐이었다. 아버지 에드워드 블룸은 아들에게 "우린 둘 다 이야기꾼인데, 난 말로 하고 넌 글로 쓰니 같은 거지."라고 말한다. 아들 윌 블룸은 통신사 UPI에 근무하는 기자다. 그에게는 '진실'의 이야기를 찾아 전달하는 것이 임무이자 직업이었지만, 아버지에게는 그렇지 않았다.

윌 블룸이 아버지를 견딜 수 없었던 이유는 '진실의 이야기'를 요청하는 자신과 달리 아버지는 '재미있는 이야기'만을 강조하는 이야기꾼이었기 때문일 것이다. 아들인 윌은 아버지의 신화적 이야기들을 거의 믿지 않았지만, 아버지가 주변 인물들에게 인기 있는, 모두가 좋아하는 천부적 이야기꾼이라는 사실만큼은 부인하지 못한다. 아버지의 이야기는 확실히 재미있는 이야기였고, 아버지는 흥미로운 스토리텔러였다.

인간은 살아가면서 수많은 경험을 하게 된다. 모든 경험을 기억할 수 있는 사람은 아무도 없다. 근래의 인지과학은 인간의 '기억'이 인간 정체성의 원천이며, '기억'은 '스토리텔링'에 의해 저장될 수 있게 됨을 밝혀내고 있다. 아버지는 자신의 삶을 오래오래 기억에 남기고 싶어 하는 인물이었다. '에드워드 블룸'의 이야기를 오래 기억할 수 있기 위해서는 그 이야기가 진실이어야 하는 것이 아니라 '재미있는 이야기'이어야 했을 것이다.

---

46) 조사관들에게는 파이의 진술은 어차피 침몰 원인을 밝히는 데에는 도움이 되지 않는 이야기일 뿐이며, '사고의 수습' 과정에서 침몰 사고의 피해와 상처를 최소화하여야 필요가 있었을 것이다.

월 블룸이 아버지가 생각하고 있던 아버지 생의 결말에 대해 구체적으로 알 수 없었음에도 불구하고, '죽음의 순간에 대한 이야기'를 대신 서술할 수 있었던 것은, '재미'라고 하는 가장 중요한 서사 전략을 깨달았기 때문이었다. 아버지의 머릿속에 들어있던 이야기를 예측할 수는 없어도, 독자인 아버지가 가장 재미있어 할 이야기는 예측할 수 있었던 것이다. 아버지의 생각대로, 월 블룸 역시 타고난 이야기꾼이었던 모양이다.

아버지의 병환이 깊어질 때쯤, 아버지의 주치의 베넷 박사는 월 블룸에게 월이 태어나던 날의 진실에 대해 이야기해주었다. 이때 베넷 박사는 이렇게 말한다. "물고기나 반지로 꾸며진 이야기와 그냥 진실 중 하나를 고르라면, 나라도 더 환상적인 쪽을 택했을 거야."라고 말이다. 이 장면은 〈라이프 오브 파이〉에서 두 가지 이야기 중 하나의 이야기를 선택하던 소설가의 장면과 매우 흡사하게 겹쳐 보인다. 의사인 베넷 박사는 과학과 진실의 기준이 아니라, 흥미라는 대중의 눈으로 이야기를 선택하는 모습을 보인다. 베넷 박사가 이어서 "내 생각은 그래."라고 말하자, 월 블룸은 "괜찮은 생각이네요."라고 화답한다. 월 블룸이 아버지의 이야기를 이해하고, 그 이야기에는 담긴 아버지 부성애의 진실과 진심을 깨닫게 된 순간이었을 것이다.

아버지는 늘 거짓만을 말한다며, 진짜 아버지의 모습은 무엇이냐며 질책하는 월에게 아버지 에드워드는 "난 평생 내가 아니었던 적이 없다. 다른 내가 있다면 그건 잘못 본 거야."라고 응수한다. 자신의 이야기는 사실이 아닌 거짓이었지만, 거기에는 진심이 담겨 있었음을 말하고 싶었던 것이다.

사실, 아버지가 허구의 이야기를 아들인 월에게 처음 해주는 순간은 어린 월의 침대 머리맡에서 소위 '베드타임 스토리'를 전해주던 순간이었다. 아버지가 해주던 평범한 이야기를 듣던 월은 '마녀 이야기'를 해줄 것을 요청한다. 이에 아버지 에드워드는 "엄마가 그 얘기는 해주지 말라고 했는데."라면서도 마녀에 대한 이야기를 시작한다. 말하자면, 아버지 에드워드의 거짓말은 '아들'이라는 독자(청자)의 요청에 의해 시작된 것이다.

〈라이프 오브 파이〉에서 진실 문제   〈빅 피쉬〉의 진실 문제

(5) 신화가 만들어지는 과정, 그리고 봉합의 서사

소설 〈파이이야기〉의 작가노트에서 소설가는 인도의 폰디체리에서 마마지라는 인물을 우연히 만나서 파이의 모험담을 처음 접하게 되던 대화 내용을 다음과 같이 인용하여 적고 있다.

"내 이야기를 들으면, 젊은이는 신을 믿게 될 거요."
나는 흔들던 손을 멈추었다. 의심스러웠다. 여호와의 증인가?
"이천 년 전 로마 제국의 외진 곳에서 일어난 일인가요?"
"아니요."
그럼 이슬람교 선교사?
"7세기에 아라비아에서 일어난 일인가요?"
"아니, 그게 아니오. 몇 년 전 바로 이곳 폰디체리에서 시작되어 바로 당신네 나라에서 끝난 일이라오."
"그 이야기를 들으면 내가 신을 믿게 될 거라구요?" 47)

마마지가 '신을 믿게 될 이야기'라고 했던 이야기는 바로 파이의 모험담이었다. 파이의 모험담을 통해 신의 존재를 인식하고 신앙이 생겨날 수도 있겠으나, 앞에서 살펴본 바와 같이 파이의 모험담은 이미 그 자체로 '신화'라고 할 수 있다. 2천 년 전도, 7세기 경도 아니라, 바로 몇 년 전 만들어진 '신화'말이다. 물론 파이는 그 자체로 숭배의 대상으로서의 신은 아니었지만, 그의 비범하고 신비한 체험 때문에 '신화적 인물'이 될 수 있었다.

위의 대화에서 한 가지 주목되는 점은 신화의 등장이 하필 제국주의나 식민주의적 체제와 관련되어 있다는 점이다. 기독교 구약은 이집트의 지배를 탈출하려는 유대인들의 역사가 담긴 신화이며, 신약은 로마 제국의 억압을 극복하려는 혁명적 인물인 예수가 신화적 인물이 되는 이야기라 할 수 있다. 이렇게 볼 때, 제국주의의 억압은 '신화'라는 탈출구를 만들어낼 필요조건일 수도 있겠다. 파이가 어렸을 적 살던 폰디체리는 프랑스령 인도의 수도였고, 현재의 파이 역시 과거 프랑스의 영향 하에 있었던 지역에 살고 있다. 침춤호 배 안에서 채식주의자 가족들을 농락하고, 파이의 두 번째 이야기에서 어머니를 살해한 원수인 주방장은 프랑스인이다. 〈라이프 오브 파이〉에서 프랑스는 억압적 질서 체계와 제국주의의 상징이다.

어린 파이에게 있어 또 하나의 억압적 주체는 아버지였다. 아버지는 가부장적으로 캐나다로의 이민을 일방적으로 통보하기도 하였고, 파이의 자유로운 종교 탐색을 억압하는 존재이기도 하다. 과학적 합리성을 강조하는 아버지가 안겨준 '목마름'을 파이는 종교를 통해 해소해보고자 했다. 말하자면, 파이에게 종교는 아버지라는 상징계적 질서로부터 벗어난, 실재계를 향한 탈주로서의 의미를 갖고 있었다. 여기서 과학이 억압이 될 수 있는 것은

---

47) 얀 마텔, 같은 책, 10쪽.

합리적 과학 이성이란 것이 서구 제국주의에 의해 유입되고 강요된 것이기 때문이며, 파이에게 종교가 실재계를 향한 탈주가 될 수 있는 것은 하나로 고정되거나 유일신적 체계로 획일화된 종교를 거부하고 있었기 때문이었다.

사실 '파이'라는 이름은 수학적 공식에서 활용되는 기호의 의미이기도 한데, 이 '파이'는 원리를 예측할 수 없는 무한한 소수, 즉 '무리수' 3.141592……의 기호가 된다. 파이는 한 마디로 불가해한 것을 간단하게 '봉합'해버린 기호이다.[48]

본래 봉합이란 라캉의 이론을 계승하면서 자크 알랭 밀레가 말하는 주체의 분열을 막아주는 보호막이거나 스티븐 히스가 말하는 상상계와 상징계의 결합[49], 또는 영화 이론에서 말하는 쇼트-역쇼트의 통합적 인식을 의미[50]한다. '봉합'의 의미를 좀 더 확장하여 해석하면, 복잡한 세계의 원리를 간략히 상징화하거나 실재계적 환상을 상징적 질서로 뒤덮어 은폐[51]하는 경우까지 아울러 말할 수 있을 것이다. 어린 시절 파이가 종교를 두루 탐사했던 것은 혼란스러운 삶의 원리를 간략히 요약해주는 '봉합'으로서의 종교를 갈구했기 때문이었을 것이다.

파이는 표류 중에 살아남기 위해 두 가지 방식의 태도를 취한다. 하나는

---

48) 자크 알랭-밀레는 존재하지 않는 수인 '0'을 설정하는 것은 실재계의 조각을 상징계에 편입시키는 것과 같으며, 이를 '봉합'이라 한다고 보았다. (김서영, 「라캉과 벤야민」, 『문예중앙』 112, 2005년 겨울, 410쪽.) 수학적 기호 '파이'도 마찬가지라고 할 수 있다.

49) Silvio Gaggi, From Text To Hypertext, University of Pennsylvania Press, 1997, p.95.

50) 마단 사럽, 김해수 역, 『알기 쉬운 자끄 라깡』, 백의, 1994, 224~227쪽.

51) 나병철은 상징계의 균열에서 환상이 발생하는데, 이 균열 자체를 은폐하는 방식으로 환상이 작동하는 것을 '이데올로기적 환상-현실'이라고 보고, 균열을 통해 드러난 실재계와의 교섭으로써 상징계를 해체하고 또다른 현실을 암시하는 것을 '미학적 환상-현실'이라고 말한다. 여기서 균열의 은폐는 결국 '봉합'의 의미와 다르지 않다. (나병철, 『환상과 리얼리티』, 문예출판사, 2010, 34~39쪽.)

냉혹한 생존 본능을 부각시키면서 호랑이 리처드 파커와 이자적 관계로서의 상상계를 유지하는 것52)이고, 또 다른 하나는 로빈슨 크루소의 경우처럼 시간을 분할하여 계획적 삶을 살거나 일기를 쓰는 방식으로 '상징계'적 질서를 받아들이는 방법이다. 이 둘 사이의 미묘한 줄타기는 파이의 생존을 자극시켜 주었다.

죽음의 세계, 실재계를 표상하는 공간은 엄청난 풍랑의 모습으로 다가오기도 하고, 깊은 바다 속 심연의 모습으로 나타나기도 했지만, 가장 두드러진 공간은 바로 식충섬이다. 이 공간은 오랜 시간 표류해왔던 파이에게는 물과 식량이 확보되어 있는 안락한 곳이다. 그러나 그곳에 안주하는 순간 죽음이 닥쳐올 수밖에 없는 공간이 식충섬이었다. 물론 파이는 실재계적 위협이자 죽음의 위협인 식충섬을 벗어나서 끝내 멕시코 해안에 도착하여 구조된다. 이때 호랑이 리처드 파커가 사라진 것은 마치 엄마의 뱃속으로부터 출생하여 분리될 때처럼 상상계적인 이자적 관계의 붕괴를 의미한다고 볼 수 있다. 파이가 구조대원들에 안겨 울음을 터트리는 장면이 마치 갓난아기가 산부인과 간호사들 품에서 울음을 터트리는 장면처럼 묘사되는 것은 우연이 아닐 것이다.

파이가 결국 두 가지 이야기들을 제시하고 어느 한 쪽의 선택을 물어보는 것은 역시 상상계와 상징계 사이의 줄타기를 유지하기 위한 전략이다. 그럼에도 불구하고 〈라이프 오브 파이〉에서는 서둘러 봉합이 이루어지는 상황

---

52) 라캉은 어머니와의 이자적 관계에서 아이는 모든 것이 충족되는 유토피아를 경험하는 것이 아니라, 어머니에게 흡수되어 버릴지 모른다는 최악의 불안을 경험한다고 보았다. 파이와 호랑이의 공존 상황은 그러한 면에서 매우 불안한, 아주 전형적인 이자적 관계로 이해할 수 있다.
홍준기, 「자끄 라깡, 프로이트로의 복귀」, 김상환 홍준기 편, 『라깡의 재탄생』, 창작과비평사, 2002, 117쪽.

도 자주 눈에 띈다. 생명을 위협하던 호랑이가 순식간에 공존의 관계가 되기도 하고, 조사관들이나 소설가가 너무 쉽게 '호랑이 이야기'를 선택하는 상황도 발생한다. 모든 바늘 꼬매기가 그러하듯, 서두른 '봉합'은 불안을 가중시킨다.

〈라이프 오브 파이〉의 결말 부분에서 소설가가 파이에게 그 이야기로 소설을 써도 되냐고 재차 확인하여 묻자, 파이는 물론이라며, 이 이야기는 이제 당신의 이야기라고 말한다. 그 소설가가 써놓은 소설을 다시 영화로 바꾸어놓은 구조적 관계에서 만들어진 영화를 본 관객은 이미 수차례, 그리고 중층적으로 다시 질문을 받게 된다. "당신은 어떤 이야기가 더 마음에 드는가?" 끊임없이 새로운 기의와 결합하여 확장해나가게 되는 롤랑 바르트의 '신화론'에서의 '신화'처럼, 파이라는 인물의 신화적 이야기는 계속 새로운 이야기들을 만들어내게 될 것이다.

〈빅 피쉬〉의 영화의 중후반부쯤, 아들 윌 블룸은 아버지 에드워드 블룸에게 자신에게 줄곧 아버지가 해왔던 거짓의 이야기가 지겹고도 싫다며 다음과 같이 말한다.

> 윌 블룸 : 그런 건 어린 아들이 침대 맡에서 듣는 거지 그 아들이 어른이 되도록 계속되는 신화가 아녜요. (침묵) 그래도 믿었어요. 너무나 오래 아버지 얘길 믿었기에 모든 게 사실이 아니란 걸 알았을 땐 바보가 된 기분이었죠. 아버진 산타 같아요. 매력적이지만 가짜인.

앞서도 언급했던 것처럼, 아버지의 거짓 이야기는 아들 윌에 대한 베드타임 스토리에서 출발한다. 라캉의 이자적 관계는 엄마-아이 사이에 형성된 것이지만, 침대 위에서 이루어진 어린 월과 젊은 아버지 에드워드와의 대화는 친밀한 이자적 관계이자 상상계적 관계로 이해될 수 있었다.

그러나 아들 월은 아버지가 집안을 비우고 떠나 있는 동안 이미 철이 들어버린 어른이 되었고, 월은 아버지에게 진실의 질서, 상징계적 질서를 요구한다.[53] 라캉적으로 보면 당연히 아버지의 몫일 상징계적 억압은 에드워드에게는 존재하지 않았다. 에드워드의 언어는 권위가 없는 허구이자 상상계적 영역의 것이었기 때문이다.

한 가지 또 흥미로운 것은 〈라이프 오브 파이〉에서의 식충섬과 비견될 만한 실재계적 공간이 〈빅 피쉬〉에도 등장한다는 점이다. 신발을 줄에 걸어놓고 한 번 찾아오면 쉽게 떠나지 못하는 곳, 늘 즐겁고 유쾌함으로 가득 차 보이는 곳, 바로 '스펙터(Spectre)'라는 유령마을이 그곳이다. 이곳 역시 안락한 현실처럼 보이지만, 안주하게 되면 죽음을 맞이하거나 다시는 집으로 회귀할 수 없게 되는 공간, 즉 실재계의 위협이 직시되는 공간이다.

아버지의 죽음을 앞두고 월은 아버지의 상상계적 언어, 상상계적 이야기의 원리를 깨닫게 되었다. 그리고 아버지를 대신하여 스스로 아버지의 죽음 이야기를 서술할 수 있게 되기도 했다. 월이 서술한 아버지의 죽음 이야기에서, 강에 도착하자마자 아버지의 신발은 벗겨져 높은 줄에 내걸린다. 실재계 혹은 죽음의 시공간으로 들어가는 순간임이 명백해진다.

그러나 아이러니컬한 것은 역설적인 관계였던 상상계적 아버지와 상징계

---

53) 소설 『큰 물고기』는 아들 월의 서술로 대부분의 소설이 전개되는데, 아버지의 죽음을 앞둔 상황에 월은 이렇게 서술하고 있다. "비록 그가 죽어가고 있다 해도 그는 여전히 내 아버지고, 아이한테 하듯 말하는 것을 달가워할 리 없기 때문이다. 지난 한 해 동안 우리의 역할은 바뀌었다. 내가 아버지가 되고 그는 나의 병약한 아들이 되었다."(다니엘 월러스, 같은 책, 108쪽.) 프로이트와 라캉의 이론에서 '아버지의 이름', 아버지의 말씀은 곧 상징계적 질서였지만, 아버지의 죽음을 앞둔 시점의 아버지와 아들의 관계는 역전이 된다.

적 아들의 관계가 '봉합'의 서사를 맞이하는 순간, 그러니까 아버지와 아들이 화해하는 순간에 모든 이야기는 상징계적 질서에 포섭되고 말게 되었다는 것이다. 아들 윌이 아버지의 죽음의 순간을 구술하고, 아버지가 진짜 죽음을 맞이하게 된 후, 장례식장에 찾아온 '합리적이고 이성적으로 설명되는 하객들의 모습'이 바로 그것을 확인시켜 준다. 거인 카알은 아버지보다 두 배 이상 큰 거인이 아니라 남들보다 키가 많이 큰 정도의 인물이었고, 샴쌍둥이 자매는 똑같이 생긴 일란성 쌍둥이 자매일 뿐이었던 것이다. 아들에 의해 아버지의 판타지 서술이 마무리 된 이후, 모든 것은 합리적 세계로 귀속된다. 토도로프가 말하는 '환상적 기괴'는 라캉에게 '봉합'이다.

현대의 신화들은, 마치 종교의 상징체계들처럼, 그리고 수학기호 '파이'처럼, 혼란과 카오스를 일시적으로 정지시켜 합리적 설명이 가능한 세계로 만들어주는 '봉합의 열쇠'라 할 수 있다. 파이의 표류담이 보고서로 쓰여지면서 파이는 신화가 되었고, 에드워드 블룸의 모험담이 아들에 의해 재구술되면서 에드워드는 신화가 되었다.

그러나 이야기는 봉합을 다시 열어젖힐 때, 생명력을 가질 수 있고, '박제된 영웅'이 아니라 살아있는 신화가 될 수 있다. 〈라이프 오브 파이〉와 〈빅 피쉬〉가 액자소설적 체계를 갖추고 '구술'된 내용의 '재구술' 형식으로 전달되는 것은 바로 그런 힘을 활용하고자 함이다. 이 두 영화가 신화적 인물의 생애에 대해서 취한 스토리텔링 전략은 그러한 점에서 영리하고 강력하다. 이 두 영화는 끊임없이 재생산되고 재소통될 수 있는 스토리텔링으로서의 신화적 이야기의 잠재적 사례로 이해될 수 있을 것이다.

(6) 현대의 신화

〈라이프 오브 파이〉와 〈빅 피쉬〉는 흥미로운 판타지 영화이면서, 한 신화적 인물에 대한 영화이다. 그리고 스토리텔링에 대한 영화이기도 하다. 다시 말해서, 영화란 무엇인가, 이야기란 무엇인가에 대한 대답으로서의 영화이기도 하다.

〈라이프 오브 파이〉에서 어린 시절 파이가 호랑이에게 직접 먹이를 주려다 팔이 잘릴 뻔한 순간을 모면하게 되었을 때, 아버지는 파이에게 이렇게 말한다. "네가 호랑이 눈에서 본 것은 네 자신 감정이 반사된 것일 뿐이야." 〈빅 피쉬〉의 감독 팀 버튼은 입버릇처럼 "영화는 꿈이어야 한다."고 말한다.

우리는 스토리텔링의 결과물을 읽고 이해하면서, 우리가 하고 싶은 이야기를 투영하고 반사시켜 발견하게 될 수 있다. 우리는 우리의 삶이 즐겁고 행복하며 재미있기를 욕망한다. 이 두 영화는 우리가 관심 있는 스토리텔링이란 결국 재미가 있는 이야기임을 확인시켜 주었다. 〈라이프 오브 파이〉의 소설가나 〈빅 피쉬〉의 베넷 박사가 선택한 이야기는 바로 '재미'있는 이야기였다.

문제는 이 재미있는 이야기가 신화화되면서, 그것은 진실의 문제로 옮겨오게 된다는 것이다. 결국 두 영화는 파이와 에드워드가 구술한 신화적 이야기를 '진실'의 영역으로 옮겨오는 방식을 취한다. 그것은 상징계적 질서에 의해 봉합되어 전달되는 신화가 되었다. 그리고 그것은 '진실'의 문제에서 '이데올로기'의 문제로 또다시 옮겨간다.

주지하다시피 롤랑 바르트는 고전적 의미에서의 '신화'와 차별화된 '신화론'을 내세웠다. '신화'를 기호론과 이데올로기의 측면에서 설명하려 한 것이다. 바르트는 오늘날의 신화는 신문기사, 잡지기사, 광고문, 시와 소설,

사진, TV 쇼, 강연, 영화 등에서 폭넓게 발견된다고 보았다. 롤랑 바르트는 기의와 기표의 결합에 의한 1차 기호가 다시 또다른 기의와 결합하는 기표가 될 때 2차 기호 작용이 일어나며, 이때 비로소 '신화'가 만들어진다고 보았다. 저 유명한 〈파리마치(Paris March)〉 표지의 어린 흑인병사가 프랑스의 삼색기를 향하여 경례를 올리는 '애국심'이란 이데올로기로, 더 나아가 인종차별을 은폐하는 이데올로기로, 혹은 프랑스의 여전한 제국주의적 태도를 폭로하는 방식으로 의미작용을 일으킬 때, 바로 바르트에게 있어 '신화'가 만들어진 것이다.[54]

우리가 살고 있는 현대 사회에서 '신화'란 '경제개발 신화', '포철 신화', '정주영 신화', '박정희 신화', '연습생 신화'처럼 고난을 딛고 일어선 '성공담(成功談)'이거나 '극복담(克復談)'들이다. 혼란하고 암울한 현실을 이겨낸 이야기들이며, 이것은 스토리텔링을 통해 신화화하여 우리 사회를 규정하거나 통제하는 원리가 되곤 한다. 우리 사회의 확고한 주류적 질서를 확립하는 '아버지의 이름' 역할을 담당하기도 한다.

우리의 현실은 현재 시점에서 완결되지 않은 서사이며, 따라서 '해피엔딩'일 수가 없다. 그럼에도 불구하고 우리에게 재미를 주고, 안락함을 안겨주는 이야기는 해피엔딩의 영웅담으로, 즉 '신화'의 형태로 봉합된 이야기들이다. 롤랑 바르트는 우리가 신화를 폭로해야만 한다고 주장한다.[55] 신화의

---

54) 롤랑 바르트, 정현 역, 『신화론』, 현대미학사, 1995, 37쪽.
55) 김대환은 사회의 발전을 위해 '동시대적 신화'의 베일 속에 은폐된 현실을 드러내는 것이 중요하다고 주장한다. 김한식은 인문학이 걸어야 할 길은 신화와 거짓의 내면화를 극복하는 일이라 주장한다.
  김대환, 「박정희 정권의 경제개발 : 신화와 현실」, 『역사비평』 25, 역사비평사, 1993, 60쪽.
  김한식, 「국가주의와 문학, 신화와 거짓의 위험한 내면화」, 『오늘의 문예비평』 62, 오늘의 문예비평, 2005.6., 150쪽.

폭로를 위해서는 신화가 구성되는 과정을 면밀히 분석하는 것이 필요하다. 〈라이프 오브 파이〉와 〈빅 피쉬〉, 이 두 편의 영화는 현대의 신화가 만들어 지고 스토리텔링되면서 신화화되고 이데올로기화되는 과정을 보여주고 있으며, 우리는 그 과정에 대한 분석과 폭로를 수행해본 것이다.

제4부

결언 : 텍스트에서 콘텐츠로

1. 스토리텔링의 시대

우리는 누구나 이야기를 하고 싶어 하고, 이야기를 듣고 싶어 한다. 이야기는 인간의 근원적 욕망이라고 할 수 있다. 이야기는 인류의 역사와 함께 시작되었고, 이야기를 가지고 있지 않은 민족은 어디에도 없으며, 이야기는 언제 어디서나 누구에게나 존재한다고 할 수 있다. 가장 오래된 이야기 형태 중의 하나인 '신화'에는 고대 사람들의 세계관이 담겨 있다. 앞선 사람들이 경험한 삶과 사건을 기록한 '역사'는 후대에 남기고 싶은 이야기들의 모음이라 할 수 있다. 현대에 다양한 미디어로 전달되는 소설, 광고, 드라마, 영화, 대중음악, 웹툰 등은 각기 다른 방식으로 표현된 이야기들이다.

인간은 이야기를 하고 싶어 하는 욕망을 갖고도 있지만, 이야기를 듣고 싶어 하는 욕망도 갖고 있다. 드라마의 마지막 장면을 보고 다음 회의 내용을 궁금해 하는 마음, 친구에게 보낸 '카카오톡'에 답이 올 때까지 마음 졸이고 기다리는 마음은 모두 이야기를 듣고 싶어 하는 욕망 때문이다. 누군가에게 어떤 일이 일어났는가에 대한 호기심은 이야기 '듣기'의 욕망이라 할 수 있다.

앞의 제1부에서 우리는 문학의 기원에 대해 살펴보면서, '임금님 귀는 당나귀 귀'와 '아라비안 나이트'의 사례를 통해 이야기에 대한 욕망이 얼마나 강력한 것인가에 대해 언급했었다.

우리는 이야기를 나누면서, 진실된 감정과 구체적 체험, 개인적 성찰의 결과를 공유할 수 있게 된다. 이야기의 대상이 실제의 경험과 체험일지라도, 그것을 표현하기 위해서는 '꾸미기'의 과정도 필요하다. 그것은 거짓이나 과장을 말하기 위해서가 아니라, 더 효과적으로 전달하고 소통하기 위한 목적에 부합하는 과정이다. 의사소통은 결국 서로의 생각과 감정을 나누는 과정이라 할 수 있고, 그것은 사람과 사람이 서로를 이해하고 공감하게 되는 과정이라 할 수 있다.

할머니가 손주에게 호랑이 담배피던 시절의 이야기를 들려주는 것도 '이야기하기'이며, 소설 속 화자가 어떤 사건에 대해 진술하는 것도 '이야기하기'이다. 소설에 대한 연구자들은 '이야기'라는 범주를 사건의 시간적 연속인 '스토리'와 그 흐름을 인과관계와 흥미유발요소를 고려하며 조정하고 재배열한 '플롯'으로 구별하여 논의하기도 한다. 또 실제 소설책에 쓰여진 내용을 '텍스트' 또는 '담화', 그 내용을 통해 독자가 추상해내는 '스토리', 스토리를 텍스트로 풀어내는 행위와 기법과 관련된 '서술'이라는 개념으로 나누어 설명하기도 한다.

스토리텔링은 한마디로 이야기하기다. '이야기', 즉 스토리는 권태롭고 답답한 삶의 구속으로부터 벗어나 전혀 다른 흥미진진한 세계로 우리를 이끌어 들인다. 하지만 그것은 그저 현실도피에 그치지 않는다. 현대 사회의 사람들은 점점 더 파편화된 관계 속에서 각박한 사회 현실을 살아간다. 우리가 어떤 '스토리'를 접한다고 했을 때, "재미있을까?"에 대한 궁금증도 있겠지만, "가능한 일일까?", "말이 되는가?", "그렇다면 앞으로는 어떻게 될 것인가?"와 같은 질문을 제기하게 되는 것 역시 너무나 당연한 일이다. 우리가 흔히 "말도 안 되는 이야기", 즉 "어불성설(語不成說)"이라고 말할 때는 자신이 알고 있는 실제 사실과 너무 다른 이야기인 경우이거나 실제론 일어날 가능성이 없는 이야기인 경우, 혹은 나의 가치 판단과 상반되는 관점이 적용된 이야기인 경우 등에 해당될 것이다. 즉, 개연성이나 핍진성, 합리성, 인과성, 예측가능성 등은 '스토리'가 좋다, 나쁘다, 혹은 그럴 듯하다, 그렇지 않다를 판단하는 복합적 기준이 되는 것이다.

　'스토리텔링'이라는 개념은 문자 그대로 보자면, '텔링(telling)'의 주체인 '화자(話者)'와 '청자(聽者)', 즉 말하는 사람과 듣는 사람 간의 관계 상황을 연상하게 하지만, 이때 '텔링'의 주체는 사물이나 상품, 공간일 수도 있다. 스토리텔링의 '수용자(receiver)'는 오래된 사진 한 장이나 때 묻은 낡은 가방 하나에서, 그리고 고향집 뒷마당의 장독대에서도 '스토리'를 발견할 수 있다.

벨라스케스 〈시녀들〉(1656) 프라도미술관 소장

〈시녀들〉(Las Menanis)은 펠리페 4세 시대 스페인의 궁정화가였던 벨라스케스가 그린 그림들 중에서도 가장 걸작 중 하나로 손꼽히는 회화 작품이다. 이 그림에는 가장 중앙 아래쪽에 빛을 받는 위치에 자리잡은 마르가리타 왕녀의 모습과 주변에서 시중을 드는 시녀들의 모습이 한 장의 순간 포착 '스냅 사진'처럼 그려져 있다. 그리고 왼편으로는 커다란 캔버스에 무언가를 그리고 있는 화가 벨라스케스의 모습이 보이며, 그의 얼굴 우측에는 벽면에 걸린 거울이 눈에 띈다. 그리고 그 거울 안에는 바로 펠리페 4세 왕과 마리아나 왕비 내외의 모습이 보이는 듯하다.

미셸 푸코는 『말과 사물』의 1장에서 바로 이 그림에 대한 '이야기'를 펼쳐 놓는다. 푸코는 벨라스케스가 왼편의 캔버스에 왕과 왕비의 초상화를 그리고 있었을 것으로 추정한다. 푸코에 따르면, 이 그림은 화가가 모델을 바라본 관점이 아니라, 모델이 화가를 바라본 관점으로 그려진 것이다. 일반적으로 그림은 그림의 틀, 즉 액자 안에 담긴 내용만 전달하지만, 〈시녀들〉 그림은 그림의 바깥에 훨씬 다양한 이야기들을 담고 있다.

어쩌면 왕녀는 왕과 왕비가 무엇을 하나 궁금한 나머지 이 공간을 찾아왔을 수도 있고, 왕과 왕비의 요청에 의해 이곳을 방문했던 것일 수도 있다. 벨라스케스는 그때 왕과 왕비를 뒷면만 보이는 캔버스에 그리고 있었지만, 그 현장에 찾아온 마르가리타 왕녀를 중심에 둔 그림을 더욱 그리고 싶었는지도 모른다. 혹은 그것은 핑계에 불과하고, 그림을 그리고 있던 화가 자기 자신을 그리기 위해 이 그림을 그렸는지도 모를 일이다. 왕과 왕비는 〈시녀들〉 그림은 그저 자신들을 그리던 그림 작품의 기록화였다고 생각했을 수 있다.

우리는 왼쪽의 캔버스 안의 그림을 볼 수 없다. 바로 그 때문에 우리는

〈시녀들〉을 보고 다양한 이야기를 상상해볼 수 있다. 그 결과물 중의 하나는 피카소가 그린 〈시녀들〉 연작이고, 미셸 푸코의 『말과 사물』이며, 박민규의 소설 『죽은 왕녀를 위한 파반느』이다. 이 모든 것은 〈시녀들〉을 둘러싼 스토리텔링들이다.

스토리텔링은 기존의 소설(novel)이나 '서사(narrative)'라는 개념보다도 더 폭넓은 의미로 활용되고 있다. 그럼에도 불구하고, 우리가 앞서 살펴본, 서사라는 개념이나, 이야기, 스토리, 플롯과 같은 개념들이 이미 존재하는데, '스토리텔링'이라는 새로운 개념이 필요한 것인가라는 의문이 들 수 있다.

미국 『스토리텔링 네트워크(National Storytelling Network)』에서는 스토리텔링을 "말과 행동을 통하여 스토리의 각 요소와 이미지를 끌어내어 듣는 이의 상상력을 자극하는 雙방향 예술이다."라고 정의한다.

스토리텔링은 雙방향으로 이루어진다. 스토리텔링은 스토리를 들려주는 이와 여러 명의 듣는 이 사이에 일어나는 雙방향의 반응이다. 듣는 이의 반응은 스토리를 들려주는 행위에 영향을 미친다. 실제로 스토리텔링이란 들려주는 이와 듣는 이와의 雙방의 반응, 협조적인 노력에서 생겨나는 것이다. 연극을 관람할 때는 대화를 나누거나 기침을 크게 할 수 없다. 연극공연과 달리 스토리텔링은 들려주는 이와 듣는 이들이 雙방향으로 교신하며 진행된다. 일방적으로 진행되지 않으므로 스토리를 들려주는 이와 듣는 이들은 계속하여 다른 형태의 교감을 하게 되는 것이다. 그런 雙방향성이 스토리의 변형을 초래하기도 하며, 새로운 창작의 자극이 되기도 한다. 스토리텔링은 양쪽 이야기 주체의 적극적 활동과 상호작용을 유도할 때 의미 있는 개념이 된다.

정리하자면, '스토리텔링'이라는 개념을 새삼스럽게 부각시키고, '스토리텔링의 시대'라는 명명을 하는 것은 다음과 같은 맥락 위에서이다. 첫째, '이야기'의 중요성을 강조하고 범위를 광범위하게 인식하는 시대의 도래와 관련된다. 둘째, 다매체 시대에 알맞은 미디어 리터러시(Media literacy)의 중요성이 확장되고 있고, 그에 따라 다양한 미디어에 포괄적으로 적용할 수 있는 개념에 대한 요구이다. 셋째는 쌍방향적(interactive) 소통과 상호텍스트성(intertextuality)의 강조이다. '스토리텔링' 개념의 가장 큰 핵심은 사실, 스토리(story)도 아니고, 이야기하기(tell)도 아니고, 바로, '~ing', 즉 상호작용에 있다고 해도 과언은 아닐 것이다.

누군가에게 어떤 식당의 음식이나 어떤 브랜드의 옷은 그저 상품에 불과하겠지만, 그 음식을 처음 먹던 날의 추억을 떠올리거나 해당 브랜드가 어떻게 성장해왔는가를 생각하게 되면, 그것도 또한 스토리텔링의 영역이 될 수 있다.

스토리텔링은 고정된 이야기를 읽거나 듣는 것이 아니라, 이야기를 즐기며 '향유'하는 것이다. 감상이나 해석의 방식의 수용이 아니라, 참여와 수행이 동반된 태도가 요구되는 것이다.

롤랑 바르트는 저자와 작품의 권위를 소멸시킴으로써 독자가 텍스트를 가지고 놀며 즐길 수 있게 된다고 말했다. 이른바 '텍스트의 유희'이다. 자크 라캉은 '향유'의 개념을 제시한다. 향유는 상징계적 질서, 즉 법과 이성, 언어가 만들어놓은 합리적이고 제도적인 틀을 넘어설 때, 금지와 규칙을 벗어날 때 누릴 수 있는 것이다.

바르트의 '유희', 그리고 라캉의 '향유'는 결국 스토리텔링이다. 스토리텔링이란 제시된 스토리를 일정한 권위나 틀에 가둔 채로 감상하거나 소비하는 것에 머물지 않고, 적극적으로 참여하고 새롭게 변형시키거나 생성, 창조할 수 있는 상호작용이기 때문이다.

최근의 대중문화의 공간에서는 독자나 관객의 적극적 참여가 매우 빈번하고 다양하게 나타난다. 이른바 오마주나 리메이크는 물론, 팬덤이나 덕후와 같은 '참여' 양상은 새로운 스토리텔링의 시대에선 일상적이고 보편적인 일들이다. 코스프레나 팬픽과 같은 활동도 그러한 양상 중의 하나로 볼 수 있다.

디지털 정보 기술 분야에서도 원천 기술을 독점적으로 확보하거나 개척한 기업뿐만 아니라, 관련된 기술이나 하드웨어를 함께 공유하며 활용할 수 있는 또 다른 상품을 만들어내는 것을 '서드 파티(Third Party)'라고 한다. '서드 파티'는 저작권자의 일방적 권리를 내세우기보다는 기술과 도구를 공유하면서, 보다 많은 사람들이 함께 즐기며 생산, 소비할 수 있는 생태계 환경을 구성할 수 있게 된다는 점에서 의미가 깊다.

문학이나 문화콘텐츠 분야에서도 창작자와 소비자가 따로 존재하지 않는 흐름이 보편화되고 있다. 창의적 상호작용이 기반이 된 '스토리텔링'의 시대가 열리고 있는 것이다.

2. 텍스트에서 콘텐츠로

롤랑 바르트는 일찍이 작가의 생애나 작가의 의도로부터 벗어나서 자유로운 문학적 접근의 가능성, 독자 중심의 문학 이론을 세우는 과정에서 "작품에서 텍스트로(From Work To Text)"를 천명한 바 있다. 그 도그마는 20세기 후반, 그리고 21세기 초반까지 기존의 문학 이론을 뒤바꿔 놓았다고 해도 과언이 아니다. 이제 더 이상 문학 이론은 작가의 의도를 파헤치기 위해 존재하지 않고, 작가의 말 한 마디에 작품의 이해가 좌우되지 않는다. 독자의 역동적이고 적극적인 해석과 참여가 문학 작품, 아니 문학 텍스트를 구성한다고 보는 '구성주의 이론'이 보편적인 문학 이론으로 존중받고 있다.

하지만 어느덧 텍스트를 대신하는 개념으로 '콘텐츠'라는 말이 부각되고 있다. 1990년대 무렵부터 유럽을 중심으로, 일정한 디지털 기술을 통해 전달되는 내용물이라는 의미로 '멀티미디어 콘텐트(multimedia content)'라는 말이 쓰이기 시작했다. 일본에서는 이것을 '콘텐토'(contento コンテント)라고 불렀다. 처음에는 대체로, 기존에 존재하던 책이나 자료들을 디지털화하여 입력하고, 데이터베이스화하여 저장한다는 의미로 쓰였다.

우리의 경우에는 1990년대 말부터, 이 단어를 받아들여 쓰기 시작했는데, 웬일인지 복수형 단어로 '콘텐츠(contents)'라고 쓰기 시작했다. 왜 복수형 단어가 되었는지에 대해서는 의견이 분분하다. 이것은 '콩글리쉬(Ko-nglish)'라며 영어권에서 쓰는 대로 '콘텐트'라고 바꿔 불러야 한다는 주장도 존재했다. 아직까지 '콘텐트'와 '콘텐츠'라는 용어가 혼란스럽게 쓰이던 2001년 무렵, '한국문화콘텐츠진흥원'이라는 정부기관이 설립되면서부터 콘텐트보다는 '콘텐츠'라는 용어가 우리에게 익숙해졌다. 2009년에는 보다 광범위한 통합 기관인 '한국콘텐츠진흥원'이 출범하자, '콘텐츠'는 더 이상 '콩글리쉬'가 아니라 한국만의 독창적이고 포괄적인 '용어'로 자리 잡았다.

다소 이론적이고 아카데믹한 개념이었던 텍스트를 대신하여 콘텐츠는 소비 문화의 풍토, 생산과 유통의 시스템이 작동하는 예술 환경, 그리고 다매체 시대의 하드웨어를 다양하게 활용하는 다층적 재매개 텍스트라는 의미를 내포하면서, 보다 더 역동적인 의미로 활용되고 있다.

'작품'이라고 하면, 문화적 전통을 바탕으로 예술가가 창조해낸 예술품이라는 의미를 떠올리게 되고, '텍스트'라고 하면 독자에 의해 수용되고 해석되고 구성되는 대상물이라 할 수 있다. 그리고 '콘텐츠'라고 하면, 문화적, 상업적 환경의 대중적 수용 과정을 주목한 개념으로서, 시대적 트렌드와 산업적 맥락도 함께 중시한 개념으로 인식되고 있다. 특히 콘텐츠는 어떤 미디어를 통해 전달되고 수용되는가에 대해 중요하게 여긴다. 어떤 하드웨어와 소프트웨어를 활용하는지에 관심을 기울인다는 것이다. 한마디로 말해서, 텍스트가 개별적 독자에 의해 구성되는 것이라면, 콘텐츠는 대중에 의해 규정되고 영향 받는 개념이라 할 수 있다.

하지만 콘텐츠 개념으로 인해 염려되는 부분도 적지 않다. 모든 것을 상업적 시각에서 보거나, 산업화 전략으로 바라보게 되지 않을까하는 염려이다.

다매체 시대라는 말조차 진부한 시대, 이제 모든 미디어는 상호 경쟁하고 분 초 단위로 사람들을 유혹한다. 이제 쉽고 빠르고 편리한 미디어를 활용

해서 텍스트를 접하겠다는 것은 이기적이거나 예술에 대한 몰이해적 태도
가 아니라, 보편적인 실용적 태도로 보이기도 한다. 그러다보니 더 주목받
는 개념이 바로 '원 소스 멀티 유즈'란 개념이다.

　디지털 시대에 더욱 활성화되긴 했지만, 사실 '원 소스 멀티 유즈'의 역사
는 꽤나 오래된 것이다. 우리에게 대표적인 예로서, '춘향 서사'는 판소리
로, 딱지본으로, 연극으로, 영화로, 창극으로, 라디오 드라마로, TV 드라마
로, 발레로, 마당놀이로, 애니메이션으로 끊임없이 재가공되어 재탄생되어
왔다. 사실 하나의 서사가 다양한 매체로의 전환될 것을 고려할 때, 원본에
대한 집착이나 특정한 매체에 대한 편견어린 가치 부여는 오히려 버려야할
태도가 될 것이다. 하지만 수많은 '원 소스 멀티 유즈'의 사례들에도 불구하
고 원작으로서의 '원 소스'의 가치는 당연히 존중되어야 한다. 그것은 '멀티
유즈'를 가능하게 한 원천이기 때문이기도 하고, 다른 '멀티 유즈'들에 비해
서 가장 익숙하고 오래된 작품이라는 이유때문이기도 하다. 하지만 무엇보
다 중요한 것은 가장 창의적이고 창조적인 예술 활동이 '원 소스'의 창안자
에 의해 이루어진다는 점이다.

　지금 현재, 문화 예술조차도 산업화되고 상업화된 현실에서 '원 소스 멀
티 유즈'는 '저비용 고효율'이라는 경제 논리의 다른 표현일 뿐이다. 가령 새
로운 영화를 기획하거나 제작해야 하는 이들은 훌륭한 시나리오 작가를 양
성하여 그의 창의적 아이디어를 활용하려 하기보다는 '멀티 유즈'에 활용할
'원 소스'를 기존의 연극에서, 만화에서, 소설에서 발견하는 방법을 택하곤
한다. 그것이 훨씬 간편하고 효율적이고 경제적이기 때문이다. 그 결과, 한
때 전 세계의 가장 창의적인 이야기꾼들이 몰려들던 할리우드에서도 참신
한 이야기를 찾아보기가 어려워졌다. 그리스로마 신화나 기독교 신화 속 인

물이나 에피소드들은 이미 지겹도록 반복되고 있고, 다른 나라 영화 시나리오의 리메이크작을 만들거나 기존 영화의 속편을 거듭 만들어내는 방식과 같은 손쉬운 선택이 선호되고 있다.

롤랑 바르트의 말처럼 '작품에서 텍스트로'의 이행이 일어나나 싶더니, 어느 순간 '작품에서 콘텐츠로'의 변화가 현실이 되었다. 주지하다시피, 바르트의 '텍스트' 개념은 의미란 저자의 권위로부터 오는 것이 아니라 수용자의 자유로운 해석을 통해 구성되는 것이라는 인식에서 비롯되었다. 그러나 '콘텐츠'의 시대는 너무 많은 것을 소비의 차원에 가두어버리고 말았다. 이제 예술은 창작자의 예술혼이 담긴 '작품(work)'도 아니고, 수용자의 창의적 해석을 유도하는 '텍스트(text)'도 아니고, 상업적 재가공의 대상이 될 한낱 '콘텐츠(contents)'로 규정될 뿐이다.

신의 영역에 견줄 수 있을 만큼의 창조 능력을 발휘해야 할 서사 창작자들은 '원 소스' 콘텐츠라는 원재료를 납품해야 하는 하청 생산자로 전락해버렸다. '원 소스 멀티 유즈' 전략의 성공을 위해서라도 더욱 더 존중받고 지원받아야 할 '원 소스'의 창작자들은 '멀티 유즈'의 성과를 온전히 돌려받지 못하는 경우가 빈번하다. 생산 기지 역할에 충실했지만 가공 생산과 유통을 담당한 제국주의 국가들에게 경제적 성과를 모조리 빼앗기고 말았던 과거 식민지 국가들의 처지는 지금 만화가에게, 시나리오 작가에게, 소설가에게는 그저 옛날 역사 이야기가 아닌 것이다. 그들에게는 여전히 펜이, 혹은 작은 노트북이 들려 있지만, 그들이 창조의 재능을 발휘하기 위해서는, 다시 '문학적 상상력'에 대한 관심이, 특히 창작자의 예술혼에 대한 관심이 필요하다.

'뉴미디어 시대'의 문학 교육은 문자, 활자, 인쇄물에 한정된 범위에 문학을 가둬둔 채로 접근해야할 이유가 없다. 영화나 게임, 웹툰 등을 포함하여, 보다 자유로운 미디어 환경에서 소통될 수 있는 다양한 형식과 내용의 서사들이 대등한 지위에서 다뤄질 필요가 있다. 그러나 뉴미디어 시대와 다매체 시대에 대한 섣부른 낙관이나 막연한 기대감은 유의해야 한다. 매체를 전환하여 변형된 텍스트들의 내용을 나란히 비교하거나 새로운 각색과 패러디에 대한 시도를 해보기에 앞서, '원 소스 멀티 유즈' 시대의 콘텐츠 현실에 대한 문제의식도 갖추어야 할 것이다. 서사를 담아 전달하는 도구의 역할에 그치지 않고, 그 자체로 의미를 만들고 사회적 현상을 창출해내는 '미디어'의 존재와 역할에 대한 깊이 있는 고찰, 그리고 그것이 반영된 '미디어 리터러시'에 대한 적합한 교육이 필요한 시점이다.

참고문헌

국내 논저

강명관. 「근대 계몽기 출판운동과 그 역사적 의의」. 『민족문학사연구』 14. 민족문학사연구소, 1999.

강준만. 『한국대중매체사』. 인물과사상사, 2007.

강준만·권성우. 『문학권력』. 개마고원, 2001.

강지웅 외. 『게임과 문화연구』. 커뮤니케이션북스, 2008.

강태영·윤태진, 『한국TV 예능·오락 프로그램의 변천과 발전 : 편성 및 사회문화사적 의미와 평가』, 한울아카데미, 2002.

강현구. 「대중문화시대의 영화소설」. 『어문논집』 제48집. 민족어문학회, 2003.10.

_____. 「영화소설의 시대별 고찰」. 『어문논집』 제49집. 민족어문학회, 2004.04.

_____. 『대중문화와 문학』. 보고사, 2004.

고소설연구회 편. 『고소설의 저작과 전파』. 아세아문화사, 1994.

고정민 외, 『만화 유통환경 개선방안』, 한국콘텐츠진흥원, 2016.

구장률. 「근대계몽기 소설과 검열제도의 상관성」. 『현대문학의연구』 제26집. 한국문학연구학회, 2005.6.

국립중앙도서관 편. 『국립중앙도서관 고문서해제 Ⅰ-Ⅱ』. 국립중앙도서관, 1972~1973.

권두현. 「하이퍼링크, 알고리즘, 인터페이스 : 디지털 시대의 텔레비전 대중연예 프로그램에 대한 소고」, 『한국극예술연구』 36, 한국극예술학회, 2012.6., 113~149쪽.

권보드래. 『한국 근대소설의 기원』. 소명출판, 2000.

권순긍. 「활자본 고소설의 간행과 유통」. 『소재영 교수 환력기념논총 : 고소설사의 문제』. 집문당, 1993.

권영민 편. 『한국문학 50년』. 문학사상사, 1995.

김 향. 「다매체 시대의 희곡의 이해」. 한국문학연구학회 편. 『다매체 시대의 한국문학 1』. 국학자료원, 2002.

김건우. 『사상계와 1950년대 문학』. 소명출판, 2003.

김경수. 「한국근대소설과 영화의 교섭양상연구: 근대소설의 형성과 영화체험」. 『서강어문』 15집. 서강어문학회, 1999.12.

_____. 「염상섭 소설과 연극」. 『현대소설연구』 제31호. 한국현대소설학회, 2006.9.

김균·정연교. 『맥루언을 읽는다: 마셜 맥루언의 생애와 사상』. 궁리, 2006.

김기국·오세정. 「만화의 공간과 상상력의 스토리텔링」, 『인문콘텐츠』 19, 인문콘텐츠학회, 2010.11., 279~300쪽.

김기란. 『한국 근대 계몽기 신연극 형성 과정 연구 : 연극성을 중심으로』. 연세대학교 대학원 국어국문학과 박사학위논문, 2004.

김남석. 『한국 문예영화 이야기』. 살림, 2003.

김남일, 「텔레비전 오락 프로그램에서 웃음유발의 정치성 : MBC-TV ≪무한도전≫의 텍스트 분석을 중심으로」, 『한국방송학보』 제22-6호, 한국방송학회, 2008년 11월, 22~31면.

김동식. 『한국의 근대적 문학 개념 형성과정 연구』. 서울대학교 대학원 국어국문학과 박사학위논문, 1999.

_____. 「개화기의 문학 개념에 관하여 : 의사소통양식으로서의 문학을 중심으로」. 국제어문학회 편. 『국제어문』 제29집. 보고사, 2003.

김동윤. 『신문소설의 재조명』. 예림기획, 2001.

김려실. 『영화소설연구』. 연세대학교 대학원 석사학위 논문, 2002.

_____. 『투사하는 제국 투영하는 식민지 : 1901~1945년의 한국영화사를 되짚다』. 삼인, 2007.

김병익. 『한국문단사 1908~1970』. 문학과지성사, 2001(1973).

김상환·홍준기 편, 『라깡의 재탄생』, 창작과비평사, 2002.

김석봉. 『신소설의 대중적 성격 연구』. 서울대학교 대학원 국어국문학과 박사학위논문, 2003.

김성학. 『서구 교육학 도입과정 연구 (1895~1945)』. 연세대학교 대학원 교육학과 박사학위논문, 1996.

김수남. 「한국 시나리오 태동에 대한 고찰」. 『영화평론』 제11호. 한국영화평론가협회,

1999.12.

김영민. 『한국근대소설사』. 솔, 1997.

_____. 「1910년대 신문의 역할과 근대소설의 정착과정」. 한국문학연구학회 편. 『현대 문학의 연구』 제25호. 2005. 3.

_____. 「동인지 창조와 한국의 근대소설」. 한국문학연구학회 편. 『다매체시대의 한국문학2』. 국학자료원, 2002.

_____. 「한국의 근대 신문과 근대 소설」. 『현대소설연구』 제29호. 한국현대소설학회, 2006.3.

_____. 『한국근대소설의 형성과정』. 소명출판, 2005.

김영성. 「무한도전에 나타난 서사전략과 희극성 : 무한상사를 중심으로」, 『대중서사 연구』 19(2), 대중서사학회, 2013.

김용재. 「게임 퀘스트 스토리텔링 구조분석」, 『한국콘텐츠학회논문지』 11(10), 한국 콘텐츠학회, 2011.10. 69~76쪽.

김윤규. 『개화기 단형서사문학의 이해』. 국학자료원, 2000.

김정은. 『대중문화 읽기와 비평적 글쓰기』, 민미디어, 2003.

김진량. 「디지털 서사체의 재현 전략과 서사장」, 『문학과 영상』 제6권 1호, 2005., 173~196쪽.

_____. 『인터넷, 게시판, 그리고 환타지소설』. 한양대학교 출판부, 2001.

_____. 「디지털 네트워크 환경에서 서사성의 변화」. 『현대소설연구』 제29호. 한국현 대소설학회, 2006.3.

_____. 『디지털 텍스트와 문화읽기』. 한양대학교 출판부, 2005.

김찬기. 『한국 근대소설의 형성과 전(傳)』. 소명출판, 2004.

_____. 「근대계몽기 단행본 소설 출판물의 현황과 그 성격」. 『현대소설연구』 제29호. 한국현대소설학회, 2006.3.

김창남. 『대중문화와 문화실천』. 한울, 1997.

김창식. 「1930년대 한국 신문소설의 존재 방식」. 대중문학연구회 편. 『신문소설이란 무엇인가』. 국학자료원, 1996.

김춘식. 『미적 근대성과 동인지 문단』. 소명출판, 2003.

김행숙. 『문학이란 무엇이었는가: 1920년대 동인지 문학의 근대성』. 소명출판, 2005.

_____. 『창조와 폐허를 가로지르다: 근대의 구성과 해체』. 소명출판, 2005.

김현 편. 『미셸 푸코의 문학비평』. 문학과지성사, 1989.

김현주. 『구술성과 한국서사전통』. 월인, 2003.

김형중. 『애국계몽기의 신문연재소설』. 한국문화사, 2001.

김형효. 『데리다의 해체철학』. 민음사, 1993.

나병철. 『환상과 리얼리티』. 문예출판사, 2010.

노영택. 「일제시기 문맹률 추이」. 국사편찬위원회 편. 『국사관논총』 제51집. 탐구당, 1994.

듀나. 『태평양 횡단 특급』. 문학과지성사, 2002.

大谷森繁. 『조선조의 소설독자연구』. 고려대학교 대학원 국어국문학과 박사학위논문, 1984.

류준필. 『형성기 국문학 연구의 전개 양상과 특성』. 서울대학교 대학원 국어국문학과 박사학위논문, 1998

_____. 「문명'·'문화' 관념의 형성과 '국문학'의 발생」. 『민족문학사연구』 18. 민족문학사학회, 2001.

류현주. 『하이퍼텍스트 문학』. 김영사, 2000.

_____. 『컴퓨터 게임과 내러티브』. 현암사, 2003.

류철균·장정운, 「리얼리티 쇼(Reality Show)의 게임성 연구」, 『인문콘텐츠』 제13호, 인문콘텐츠학회, 2008, 33~48쪽.

문강형준. 「〈슈퍼스타 K2〉, 혹은 신자유주의 시대의 스펙타클〉, 『시민과 세계』 제18호, 참여연대 참여사회연구소, 2010.12., 186~201쪽.

문명재·이동일 외. 『세계문학의 기원』. 한울아카데미, 2001.

문학과비평연구회 편. 『한국 문학권력의 계보』. 한국출판마케팅연구소, 2004.

민병덕. 『한국 근대 신문연재소설연구: 작품의 공감구조와 출판의 기능을 중심으로』. 성균관대학교 대학원 국어국문학과 박사학위 논문, 1989.

박근서. 「비디오 게임의 이야기와 놀이에 관한 연구」, 『언론과학연구』 9(4), 한국지역언론학회, 2009.12., 208~242쪽.

박상우. 『컴퓨터 게임의 일반문법』. 커뮤니케이션북스, 2009.

박유희. 「1960년대 문예영화에 나타난 매체 전환의 구조와 의미」. 『현대소설연구』 제32호. 한국현대소설학회, 2006.12.

박인규. 「다큐멘터리의 사실성과 장르 변형」. 『현상과 인식』 제30권 1·2호, 한국인문

사회과학회, 2006.5., 148~170쪽.

박정운. 「개념적 은유와 시적 은유」, 『시학과 언어학』 7, 시학과언어학회, 2004.,
　　117~151쪽.

박주연. 『텔레비전 리얼리티 프로그램』, 한국언론재단, 2005.

박진. 「장르 문학에 대한 오해와 편견」, 『작가세계』 제70호, 2008.11., 332~346쪽.

박찬부. 『현대정신분석비평』, 민음사, 1996.

박철희. 『문학개론』, 형설출판사, 1985.

_____ 편, 『문예비평론』, 탑출판사, 1988.

박춘서 · 송해룡 편역. 『미디어의 실제』, 커뮤니케이션북스, 2001.

박헌호. 「한국 근대소설사에서 단편양식의 위상」. 민족문학사연구소 편. 『민족문학사
　　연구』 제16집. 소명출판, 2000.6.

방현석. 『소설의 길, 영화의 길』. 실천문학사, 2003.

배식한. 『인터넷, 하이퍼텍스트, 그리고 책의 종말』. 책세상, 2000.

배정상. 『근대계몽기 ≪독립신문≫의 '독자투고' 연구』. 연세대학교 대학원 국어국문
　　학과 석사학위논문, 2004.

백문임. 『한국 공포영화 연구 : 여귀의 서사기반을 중심으로』. 연세대학교 대학원
　　국어국문학과 박사학위논문, 2002.

상허학회 편. 『1920년대 동인지 문학과 근대성 연구』. 깊은샘, 2000.

_____. 『1920년대 문학의 재인식』. 깊은샘, 2001.

서광운. 『한국신문소설사』. 해돋이, 1993.

서성은. 「디지털 게임 스토리텔링과 사용자 경험 연구」, 『인문콘텐츠』 27호, 2012.12.
　　129~139쪽.

서재길. 「≪방송지우(放送之友)≫와 일제 말기 방송소설」. 민족문학사연구소 편. 『민
　　족문학사연구』 22. 소명출판, 2003.6.

_____. 『한국 근대방송문예 연구』. 서울대학교 대학원 국어국문학과 박사학위논문,
　　2007.

설성경. 『춘향전의 통시적 연구』. 박이정, 1994.

소재영 · 민병삼 · 김호근 편. 『한국의 딱지본』. 범우사, 1996.

송민경. 『일제하 방송소설연구』. 연세대학교 대학원 국어국문학과 석사학위논문,
　　2003.

송진 외. 「방송영상 웹콘텐츠 현황 및 활성화 방안」, 한국콘텐츠진흥원, 2015.12.

송효섭. 「구술성과 기술성의 통합과 확산 : 국문학의 새로운 사유와 담론을 위하여」. 『국어국문학』 제131집. 국어국문학회, 2002.

_____. 「산문문학연구」. 『국어국문학 연구의 반성, 쟁점, 전망』. 서강대학교 출판부, 2002.

신경림 외. 『우리 문학이 가지 않은 길 : 문화관광부 주최 인터넷문학세미나』. 자우출판사, 2001.

신재훈. 『대중영상매체의 문학텍스트 개입에 대한 연구』. 성균관대학교 대학원 국어국문학과 박사학위논문, 2001.

신지영. 『≪대한민보≫ 연재소설의 담론적 특성과 수사학적 배치』. 연세대학교 대학원 국어국문학과 석사학위논문, 2003.

안선주. 『인기남성댄스그룹의 팬픽현상에 대한 연구: 'god'와 '신화'를 중심으로』. 연세대학교 대학원 신문방송학과 석사학위논문, 2003.

안종화. 『한국영화측면비사』. 현대미학사, 1998. (초판본 1962년)

안춘근·윤형두 편저. 『눈으로 보는 책의 역사』. 범우사, 1997.

양세라. 「개화기 서사 양식에 내재된 연극적 유희성 연구(1)」. 『현대문학의 연구』 제22집. 한국문학연구학회, 2004.2.

연세대학교 HUNO 프로젝트 연구단 편. 『기술매체 시대의 텍스트와 미학 : 매체와 이야기의 인문학』. 연세대학교 출판부, 2005.

연세대학교 근대한국학연구소 기초학문연구팀 편. 『한국 근대 서사양식의 발생 및 전개와 매체의 역할』. 소명출판, 2005.

연세대학교 근대한국학연구소 편. 『근대계몽기 단형 서사문학 연구』. 소명출판, 2005.

염동철. 「〈심슨가족〉의 캐릭터를 통한 관객성 연구」, 『만화애니메이션연구』 21, 한국만화애니메이션학회, 2010.12., 1~17쪽.

우찬제. 「디지털 복제 시대의 문학」. 『타자의 목소리』. 문학동네, 1996.

유민영. 『개화기연극사회사』. 새문사, 1987.

_____. 『한국근대연극사』. 단국대학교출판부, 2000(증보판).

유탁일. 『한국문헌학 연구』. 아세아문화사, 1989.

윤명구. 『한국근대문학연구』. 인하대학교 출판부, 2000.

윤재근. 「예술과 대중적 시장성에 관한 연구」. 『한양어문』 제17집. 1999.

이경돈. 「≪조선문단≫에 대한 재인식: 1920년대 중반 문학의 변화 양상과 관련하여」. 『상허학보』 제7집. 2001.8.

이경숙·조경진. 「오락프로그램에 차용된 리얼리티와 경쟁의 조합」. 『방송과 커뮤니케이션』 11(1). 문화방송. 2010.6., 89~119쪽.

이광린·유재천·김학동. 『대한매일신보연구』. 서강대학교 인문과학연구소, 1986.

이동은. 「신화적 사고의 부활과 디지털 게임 스토리텔링」. 『인문콘텐츠』 27호. 인문콘텐츠학회. 2012.12., 105~115쪽.

이동후. 「제3의 구술성 : 뉴 뉴미디어 시대 말의 현존 및 이용 양식」. 『언론정보연구』 47권 1호. 서울대학교 언론정보연구소. 2010., 43-76쪽.

이병목. 『한국의 대학도서관 기준에 관한 연구』. 연세대학교 대학원 도서관학 박사학위논문, 1983.

이상란. 『희곡과 연극의 담론』. 연극과인간, 2003.

이석우. 『대학의 역사』. 한길사, 1998.

이수연. 「텔레비전 서술양식의 이론적 고찰을 토한 코믹한 자막의 이해」. 『한국언론학보』 제43-3호. 1999, 182~212쪽.

이승희. 『하이퍼텍스트 노래문학의 민요성 연구』. 동아대학교 대학원 국어국문학과 석사학위논문, 2005.

이연숙. 「디아스포라와 국문학」. 민족문학사학회 편. 『민족문학사연구』 제19호. 2001.

이영수. 「공포게임의 서사적 요소로서의 공간분석」. 『한국콘텐츠학회논문지』 11. 한국콘텐츠학회, 2011.10. 116~126쪽.

이영재. 『초창기 한국 시나리오 문학 연구: 1919~1945년까지의 현존작품을 중심으로 한 사적 고찰』. 연세대학교 대학원 국어국문학 석사학위논문, 1989.

이용성. 「1960년대 비판적 지식인 잡지 연구 : ≪사상계≫의 위기와 ≪창작과 비평≫의 등장을 중심으로」. 『한국학논집』 제37집. 한양대학교 한국학연구소, 2003.

이용욱. 『사이버문학의 도전』. 토마토, 1996.

_____. 「온라인게임의 놀이적 맥락과 환상성」. 『대중서사연구』 제16호. 대중서사학회, 2006.12.

_____. 『문학, 그 이상의 문학』. 역락, 2004.

이재선. 『한국 개화기 소설 연구』. 일조각, 1972.

_____. 『한말의 신문소설』. 한국일보사, 1975.

이재인. 『매체문학과 시각』. 태학사, 1999.

이정엽. 『디지털 게임, 상상력의 새로운 영토』. 살림, 2005.

_____. 「디지털 게임의 서사학 시론」, 『한국문학이론과 비평』 제36집, 한국문학이론
과 비평학회, 2007, 55~81쪽

이종수. 『TV 리얼리티』, 한나래, 2004.

이종호 외. 『한국 공포 문학 단편선』, 황금가지, 2009.

이호규 외. 『새로운 미디어와 유토피아적 이미지의 진화』, 정보통신정책연구원,
2004.

이호림. 『1930년대 소설과 영화의 관련 양상 연구』. 성균관대학교 대학원 국어국문학
박사학위논문, 2004.

이효인. 『한국영화역사 강의 1』. 이론과실천, 1992.

이희정. 「1910년대 ≪매일신보≫ 소재 단편소설 연구」. 한국현대소설학회. 『현대문학
연구』 제25호. 2005.3.

임성래. 「신문소설의 입장에서 본 『혈의 누』」. 대중문학연구회 편. 『신문소설이란
무엇인가』. 국학자료원, 1996.

임정희. 「심슨가족 애니메이션의 포스트모던 패러디」, 『애니메이션연구』 1(1), 한국
애니메이션학회, 2005.8., 295~306쪽.

임지룡·김영순. 「담화 매체의 기호 체계에 관하여」, 『독일어문학』 11, 한국독일어문
학회, 2000., 469~489쪽.

임진모, 『우리대중음악의 큰 별들』, 민미디어, 2004.

장노현. 『하이퍼텍스트 서사에 관한 연구』. 한국정신문화연구원 한국학대학원 박사학
위 논문, 2002.

장동현. 『대학학과분화에 관한 분석적 연구』. 서울대학교 대학원 교육학과 석사학위
논문, 1984.

장유정. 『일제강점기 한국 대중가요 연구 : 유성기 음반 자료를 중심으로』. 서울대학교
대학원 국어국문학과 박사학위논문, 2004.

전경란. 『디지털 게임의 미학 : 온라인 게임 스토리텔링』, 살림, 2005.

전홍남. 「심훈의 영화소설 『탈춤』과 문화사적 의미」. 『한국언어문학』 52집, 2004.

6.

정기철, 『상징, 은유 그리고 이야기』, 문예출판사, 2002.

정선태, 『개화기 신문의 논설 수용 양상』, 소명출판, 1999.

정영훈, 「장르문학과 본격문학이라는 시빗거리」, 『창작과비평』 통권140호, 2008.6.

정지영, 『하이퍼텍스트 구조의 레토릭적 패턴』, 연세대학교 대학원 국어국문학과
　　　박사학위 논문, 1998.

정진석, 『대한매일신보와 배설』, 나남, 1987.

조성면 편저, 『한국 근대대중소설 비평론』, 태학사, 1997.

조성면, 『대중문학과 정전에 대한 반역』, 소명출판, 2002.

　　　, 『경계를 넘고 간극을 메우며』, 깊은샘, 2009.

조성희, 「디지털 게임의 초점화 양상 연구」, 이화여대 디지털미디어학 석사논문,
　　　2010.

진중권, 「팬텀과 매트릭스 : 귄터 안더스의 미디어 이론」, 『프로그램/텍스트』 5호,
　　　2001, 205~222쪽.

　　　, 『놀이와 예술 그리고 상상력』, 휴머니스트, 2005.

차혜영, 『한국근대문학제도와 소설양식의 형성』, 도서출판 역락, 2004.

채영숙, 「게임콘텐츠에 나타난 스토리의 역할과 구조 분석」, 『동북아 문화연구』 31,
　　　동북아시아문화학회, 2012.6., 601~612쪽.

천정환, 『한국 근대 소설 독자와 소설 수용 양상에 대한 연구』, 서울대학교 대학원
　　　국어국문학과 박사학위논문, 2002.

　　　, 『근대의 책읽기 : 독자의 탄생과 한국 근대문학』, 푸른역사, 2003.

최기영, 『대한제국시기 신문연구』, 일조각, 1991.

최기숙, 『환상』, 연세대학교 출판부, 2003.

최덕교, 『한국잡지백년 1』, 현암사, 2004.

최동현·김만수, 『일제강점기 유성기 음반 속의 대중희극』, 태학사, 1997.

　　　　　　, 『일제강점기 유성기 음반 속의 극·영화』, 태학사, 1998.

최성민, 『근대 서사 텍스트와 미디어 테크놀로지』, 소명출판, 2012.

　　　, 「위기담론과 뉴미디어」, 『문화와 융합』 38권3호, 한국문화융합학회, 2016.,
　　　391~413쪽.

　　　, 「현대신화 스토리텔링의 프로세스」, 『기호학연구』 45호 , 한국기호학회,

2015., 83~116쪽.

_____. 「대중음악을 활용한 방송프로그램의 서사 전략」, 『대중서사연구』 17권2호, 2011., 337~364쪽.

_____. 「대중매체 텍스트의 리얼리티 연구」, 『인문콘텐츠』 18호, 2010., 125~146쪽.

_____. 『서사텍스트와 매체의 관계 연구』, 서강대학교 대학원 국어국문학과 박사학위 논문, 2007.

_____. 「근대 서사 텍스트의 매체와 대중성의 문제」, 『한국근대문학연구』 제13호, 한국근대문학회, 2006.6.

_____. 「토론의 서사화와 근대의 형성」, 『한국소설연구』 5집, 한국소설학회, 2003.

_____. 『서사텍스트의 구성 원리 연구 : 1930년대 단편소설을 중심으로』, 서강대학교 대학원 국어국문학과 석사학위논문, 2000.

최수일, 「≪개벽≫의 출판과 유통」, 민족문학사학회 편, 『민족문학사연구』 제16호, 2000.6.

최시한, 『스토리텔링, 어떻게 할 것인가』, 문학과지성사, 2015.

최유찬, 『컴퓨터 게임과 문학』, 연세대학교 출판부, 2004.

최재모, 『하이퍼텍스트 소설 연구 : 『디지털 구보 2001』을 중심으로』, 한국교원대학 교 대학원 국어교육학과 석사학위논문, 2004.

최중은, 「TV 오락프로그램의 엿보기 카메라 활용방식에 관한 연구」, 중앙대학교 신문방송대학원 석사학위논문, 2002.

최지선, 「오디션 프로그램의 생산과 소비 : 〈슈퍼스타 K2〉를 중심으로」, 『문화과학』 2010년 겨울호, 문화과학사, 2010.12., 312~323쪽.

최혜실, 『디지털 시대의 문화읽기』, 소명출판, 2001.

_____. 「1920년대 서간체 소설의 서술유형」, 『한국현대소설의 이론』, 국학자료원, 1994.

하동호, 『한국근대문학의 서지연구』, 깊은샘, 1981.

하상일, 「≪창작과 비평≫과 1960년대 현실주의 비평담론」, ≪오늘의 문예비평≫ 제56호, 세종출판, 2005년 봄.

한국문학연구학회 편, 『다매체 시대의 한국문학 1,2』, 국학자료원, 2002.

한국방송공사 편, 『이산가족을 찾습니다: TV특별생방송 138일의 기록』, 한국방송공 사, 1984.

한국인터넷진흥원 & 미래창조과학부, 『2015년 인터넷 이용 실태 조사 요약보고서』, 2015.

한기형 외. 『근대어 · 근대매체 · 근대문학 : 근대매체와 근대 언어질서의 상관성』. 성균관대학교 대동문화연구원, 2006.

한기형. 「1910년대 신소설에 미친 출판 · 유통 환경의 영향」. 『한국학보』 84. 일지사, 1996.

_____. 『한국 근대 소설사의 시각』. 소명출판, 1999.

한원영. 『한국 개화기 신문연재소설연구』. 일지사, 1990.

_____. 『한국 근대 신문연재소설연구』. 이회문화사, 1996.

_____. 『한국 신문 한 세기 : 개화기편』. 푸른사상, 2002.

_____. 『한국 신문 한 세기 : 근대편』. 푸른사상, 2004.

_____. 『한국 현대 신문연재소설연구 (상 · 하)』. 국학자료원, 1999.

한진일. 「근대소설의 형성과 잡지의 역할 : 1910년대 '현상문예'를 중심으로」. 한국현대소설학회 제26회 학술연구발표대회 자료집. 2005.12.

한혜원. 「디지털 게임의 다변수적 서사 연구」, 이화여대 국문과 박사논문, 2009.

_____. 『게임 스토리텔링 : 게임 은하계의 뉴패러다임』, 살림, 2005.

한혜원 · 남승희. 「트랜스미디어 콘텐츠의 스토리텔링 구조 연구」, 『인문콘텐츠』 15, 인문콘텐츠학회, 2009.7., 7~27쪽.

한혜원 · 안보라. 「디지털 게임에 나타난 자아와 세계의 상호작용 연구」

함태영. 「방송과 친일의 만남」. 『민족문학사연구』 21호, 2002.

허정아. 「문학과 매체」. 『인문과학』 제84집. 연세대학교 인문과학연구소, 2002.12., 205~213쪽.

홍석경. 「텔레비전 장치와 재연의 재현양식」, 『한국언론학보』 제43권 3호, 한국언론학회, 1999.4., 395~430쪽.

황국명. 「현단계 서사론의 과제와 전망」, 『인간 · 환경 · 미래』, 인제대학교 인간환경미래연구원, 2010.4., 3~26쪽.

황종연. 「문학이라는 譯語 : '문학이란 何오' 혹은 한국 근대 문학론의 성립에 관한 고찰」. 문학사와비평연구회 편. 『한국문학과 계몽 담론』. 새미, 1999.

황지우. 『새들도 세상을 뜨는구나』, 문학과지성사, 1983.

번역서 및 국외 논저

마에다 아이[前田愛]. 유은경·이원희 역. 『일본근대독자의 성립』. 이룸, 2003.

쓰가와 이즈미[津川泉], 『JODK, 사라진 호출부호』, 김재홍 역, 커뮤니케이션북스, 1999.

Abrams, M.H. 최상규 역, 『문학용어사전』, 예림기획, 1997.

Anderson, Benedict. 윤형숙 역. 『상상의 공동체 : 민족주의의 기원과 전파에 대한 성찰』. 나남, 2002.

Asitoteles. 천병희 역, 『시학』, 문예출판사, 2002.

Barthes, Roland. Image, Music, Text. Ed. & Trans. Stephen Heath. New York: Hill & Wang, 1977.

_____. 『롤랑 바르트 전집 12: 텍스트의 즐거움』, 동문선, 1997.

_____. 정현 역, 『신화론』, 현대미학사, 1995.

Battles, Matthew. 강미경 역. 『도서관, 그 소란스러운 역사』. 넥서스, 2004.

Benjamin, Walter. 반성완 편역, 『발터 벤야민의 문예이론』, 민음사, 1983.

Benjamin, Walter. 최성만 역, 『벤야민 선집 2 : 기술복제시대의 예술작품 外』, 길, 2007.

Bishop, Isabella Lucy Bird. 이인화 역. 『한국과 그 이웃 나라들』. 살림, 1994.

Blasselle, Bruno. 권명희 역. 『책의 역사』. 시공사, 1999.

Bolter, Jay David & Richard Grusin. 이재현 역. 『재매개 : 뉴미디어의 계보학』. 커뮤니케이션북스, 2006.

Bolz, Norbert W. 윤종석 역. 『구텐베르크-은하계의 끝에서: 새로운 커뮤니케이션 상황들』. 문학과지성사, 2000.

Burton, Richard. 김병철 역, 『아라비안 나이트』, 범우사, 1992.

Casson, Lionel. 김희영·이양진 역. 『고대 도서관의 역사: 수메르에서 로마까지』. 르네상스, 2003.

Charle, Christophe 外. 김정인 역. 『대학의 역사』. 한길사, 1999.

Couturier, Maurice. Textual Communication : A printed-based theory of the novel. New York: Routledge. 1991.

Culler, Jonathan. 이은경 임옥희 역, 『문학이론』, 동문선, 1997.

Davis, Lennard J. Factual Fictions : The Origins of the English Novel. New

York: Columbia University Press, 1983.

Derrida, Jacques. 남수인 역. 『글쓰기와 차이』. 동문선, 2001.

Diik, Van. 정시호 역, 『텍스트학』, 민음사, 1995.

Doelker, Christian. 이도경 역, 『미디어에서 리얼리티란 무엇인가』, 커뮤니케이션
북스, 2001.

Draaisma, Douwe. 다우베 드라이스마. 정준형 역, 『기억의 메타포』, 에코리브르,
2006.

Eisenstein, Sergei Mikhailovich. 이경운 역. 『영화연출강의』. 영화언어, 1990.

Faulstich, Werner. 황대현 역. 『근대초기 매체의 역사 : 매체로 본 지배와 반란의
사회문화사』. 지식의풍경, 2007.

Gaggi, Silvio. From Text To Hypertext, University of Pennsylvania Press,
1997.

Guglielmo Cavallo & Roger Chartier(ed.). A History of Reading in the West.
Amherst: University of Massachusetts Press, 1999.

Hume, Kathryn. 한창엽 역, 『환상과 미메시스』, 푸른나무, 2000.

Joly, Martine. 김동윤 역. 『영상 이미지 읽기』. 문예출판사, 1999.

Kent, Steven. 이무연 역, 『게임의 시대』, 파스칼북스, 2002.

Kerby, Anthony Paul. Narrative and the Self. Bloomingstone and
Indianapolis: Indiana UP, 1991.

Lane, Richard J. 곽상순 역, 『장 보드리야르 소비하기』, 앨피, 2008.

MacLeod, Roy 外. 이종인 역. 『에코의 서재 : 알렉산드리아 도서관』. 시공사, 2004.

Manguel, Alberto. 정명진 역. 『독서의 역사』. 세종서적, 2000.

Manovich, Lev. 서정신 역. 『뉴미디어의 언어』. 생각의나무, 2004.

Martel, Yann. 공경희 역, 『파이이야기』, 작가정신, 2004.

McKeon, Michael. The Origins of the English Novel. Baltimore: The Johns
Hopkins University Press, 1988.

McLuhan, Marshall. 김성기·이한우 역. 『미디어의 이해: 인간의 확장』. 민음사,
2002.

_____. 김진홍 역. 『미디어는 맛사지다』. 열화당, 1988.

_____. 임상원 역. 『구텐베르크 은하계: 활자 인간의 형성』. 커뮤니

케이션북스, 2001.

Murray, Janet, 한용환 역, 『인터랙티브 스토리텔링』, 안그라픽스, 2001.

Ong, Walter J. 이기우 · 임명진 역. 『구술문화와 문자문화』. 문예출판사, 1994.

Paech, Jochaim. 임정택 역. 『영화와 문학에 대하여』. 민음사, 1997.

Poster, Mark. 김성기 역. 『뉴미디어의 철학』. 민음사, 1994.

Richardson, Robert D. 이형식 역. 『영화와 문학』. 동문선, 2000.

Ryan, Marie-Laure, Narrative across the media, University of Nebraska Press, 2004

Sandel, Michael. 이창신 역, 『정의란 무엇인가』, 김영사, 2010.

Sarup, Madan. 김해수 역, 『알기 쉬운 자끄 라깡』, 백의, 1994.

Schmidt, Siegfried. 박춘서 · 송해룡 편역, 『미디어의 실제』, 커뮤니케이션북스, 2001.

Scholes, Robert & Robert Kelloge. 임병권 역. 『서사의 본질』. 예림기획, 2001.

Story, John. 박모 역, 『문화연구와 문화이론』, 현실문화연구, 1994.

Sturken, Marita & Lisa Cartwright. 윤태진 · 허현주 · 문경원 공역. 『영상문화의 이해』. 커뮤니케이션북스, 2006.

Tatarkiewicz, Wladyslaw. 손효주 역. 『미학의 기본개념사』. 미술문화, 1999.

Wallace, Daniel. 장영희 역, 『큰 물고기』, 동아시아, 2004.

Weimann, Gabriel. 김용호 역. 『매체의 현실구성론 : 현대 미디어와 현실의 재구성』. 커뮤니케이션북스, 2003.

Wheelwright, Philip Ellis. 김태옥 역, 『은유와 실재』, 문학과지성사, 1982.

Wood, Robin. 이순진 역, 『베트남에서 레이건까지』, 시각과언어, 1995.